UN DÉFENSEUR POUR CHLOÉ

UN DÉFENSEUR POUR CHLOÉ (MERCENAIRES REBELLES, TOME 2)

SUSAN STOKER

DU MÊME AUTEUR

<u>Autres livres de Susan Stoker</u>

<u>Mercenaires Rebelles</u>

Un Défenseur pour Allye

Un Défenseur pour Chloé

Un Défenseur pour Morgan

Un Défenseur pour Harlow

Un Défenseur pour Everly

Un Défenseur pour Zara

Un Défenseur pour Raven

<u>Ace Sécurité</u>

Au Secours de Grace

Au secours de Alexis

Au secours de Chloe

Au secours de Felicity

Au secours de Sarah

<u>Forces Très Spéciales Series</u>

Un Protecteur Pour Caroline

Un Protecteur Pour Alabama

Un Protecteur Pour Fiona

Un Mari Pour Caroline

Un Protecteur Pour Summer

Un Protecteur Pour Cheyenne

Un Protecteur Pour Jessyka

Un Protecteur Pour Julie

Un Protecteur Pour Melody

Un Protecteur Pour the Future

Un Protecteur Pour Kiera

Un Protecteur Pour Les Enfants de Alabama

Un Protecteur Pour Dakota

Delta Force Heroes Series

Un héros pour Rayne

Un héros pour Emily

Un héros pour Harley

Un mari pour Emily

Un héros pour Kassie

Un héros pour Bryn

Un héros pour Casey

Un héros pour Wendy

Un héros pour Mary

Un héros pour Macie

Un héros pour Sadie (Jul)

PROLOGUE

— Entre, fiston.

Leon Harris ouvrit la porte du bureau de son père, une pièce où il était rarement autorisé à entrer. À peine âgé de vingt-cinq ans, il avait réintégré le domicile familial deux mois plus tôt, après avoir obtenu sa maîtrise en comptabilité. Il n'était pas intéressé par la matière, mais comme il aimait l'argent, il lui semblait que ça irait de pair. Sans compter que son père avait insinué qu'il pourrait y avoir du débouché dans l'entreprise familiale s'il décrochait son diplôme.

— Assieds-toi, lui indiqua Ray Harris en désignant le grand fauteuil de cuir situé devant son imposant bureau d'acajou, à la démesure exaspérante.

Leon eut toutes les peines du monde à faire disparaître le rictus ironique qui s'était dessiné sur son visage face à cet onéreux mobilier qui lui rappelait l'océan de différences existant entre eux. Il n'en pouvait plus du contrôle exercé par son père sur son argent de poche, l'empêchant d'avoir ce dont il avait besoin pour mener la vie qu'il avait l'impression de mériter. Tout le monde savait que Harris était plein aux as. Le mystère restait entier sur les raisons qui l'avaient poussé à limiter Leon à cent mille dollars par an pendant qu'il était à l'université. Et ce mystère mettait l'intéressé en rage.

— Bonsoir, père, lança Leon sur un ton contrôlé et modulé à la perfection, dont les mots ne laissaient nullement transparaître la colère que lui inspirait cet homme.

Ray Harris se cala contre le dossier de son propre fauteuil de cuir, les doigts pressés devant lui pendant qu'il scrutait son fils unique. Finalement, il prit une profonde inspiration et se pencha en avant, vrillant sur lui un regard intense.

— Félicitations pour l'obtention de ton diplôme. Je t'ai dit après ton bac que si tu décrochais une maîtrise en comptabilité, je t'embaucherais... et que tu t'engagerais sur un chemin sans retour en arrière possible. Ma question est la suivante : es-tu certain que c'est ce que tu veux ?

— Oui, père, s'empressa de répondre Leon.

Ray leva une main.

— Pas si vite. Tu dois comprendre tout à fait de quoi il retourne.

Leon hocha la tête avec enthousiasme. Enfin, il allait être introduit dans l'entourage proche de son père. La curiosité s'était faite insupportable au fil des années. Il avait vu son père se rendre à des réunions sous la protection de plusieurs gardes du corps, les siens comme ceux des hommes d'affaires invités à franchir la porte de son bureau. Leon détestait ne pas être dans le secret, mais, apparemment, il avait relevé assez d'épreuves pour que son père soit sur le point de le mettre au parfum. Pas trop tôt.

— Il y a deux ans, Joseph Carlino s'est approché de moi pour me demander si je voulais intégrer sa branche de la Cosa Nostra. Tu sais de quoi il s'agit ?

Leon hocha la tête, même s'il n'était pas tout à fait sûr. Pas question d'admettre devant son père qu'il ignorait quelque chose. L'arrogant saligaud risquait d'utiliser ça contre lui pendant le restant de sa vie. C'était le genre de pratiques qu'affectionnait ce connard.

Ray retroussa les lèvres, mais il ne reprit pas son fils sur un mensonge aussi patent.

— Cosa Nostra, c'est la mafia. L'une de ses divisions les plus anciennes et les plus connues. Elle est née en Sicile au XVIIIe siècle et a été introduite ici, aux États-Unis, par les immigrants. De nos jours, elle est active et bien portante dans notre pays. L'organisation compte plusieurs branches. Le chef de la Cosa Nostra à Denver s'appelle Joseph Carlino. Il travaille avec plusieurs autres familles influentes et il m'a demandé si je voulais intégrer leurs rangs pour développer leurs affaires ici, à Colorado Springs.

— Et tu as accepté, n'est-ce pas ? s'enquit Leon tout excité.

La mafia, c'était un truc de malade, même s'ils recouraient à un nom aussi stupide que Cosa Nostra.

Son père soupira, pour lui faire comprendre que sa question était absolument ridicule.

— Oui, Leon. Évidemment.

— Cool, murmura son fils.

— Si tu as fini de te comporter comme si tu avais huit ans, j'aimerais te mettre au courant de ce qu'on fait.

Leon hocha la tête, mais intérieurement, il bouillonnait. Il détestait que son père le traite comme s'il était encore un gamin.

Pendant les deux heures qui suivirent, Ray Harris expliqua à son fils les détails de ce qu'impliquait l'entreprise familiale. Il lui parla délit d'initiés, extorsion et racket, vente occasionnelle de drogue et opérations de chantage, bref ce qui constituait la colonne vertébrale de leur contribution à la Cosa Nostra, y compris la façon dont l'argent était collecté.

Quand il eut terminé, Leon en salivait presque.

La pensée de la quantité d'argent sur laquelle il pourrait mettre la main était presque écrasante. Non seulement il aurait le genre de mode de vie qu'il avait toujours su mériter, mais il jouirait également du pouvoir et du respect qui allaient de pair.

— Quel sera mon rôle, père ? demanda-t-il, alors que flottaient dans son esprit des visions de tabassages d'entrepreneurs et de valises pleines d'argent.

Ray Harris se pencha sur son bureau et plongea le regard dans celui de son fils.

— Je t'ai expliqué ce que nous faisons, mais ça ne signifie pas que tu vas entrer immédiatement dans le cœur des choses.

Leon plissa les paupières.

— Comment ça ? demanda-t-il.

— Je veux te prévenir par là qu'il ne m'a pas échappé que tu étais une nullité à l'université. Tu as été plus souvent absent que présent en cours, tu as payé d'autres étudiants pour faire le travail à ta place et tu as même couché avec certaines de tes professeures que tu as fait chanter ensuite. Comme ce type de comportement aurait normalement dû te valoir un renvoi, tu as eu de la chance que le président de l'université me doive quelques faveurs. Non seulement ça, mais tu as failli ne pas décrocher ton diplôme à cause de ton comportement.

Leon se renfonça dans son fauteuil et croisa les bras. Son père avait toujours été un sacré rabat-joie. Les femmes avaient été envoyées sur terre pour servir les hommes. Elles étaient plus faibles et moins intelligentes qu'eux. Bien entendu, il s'était servi des filles de l'université pour effectuer ses devoirs à sa place. Quant aux assistantes pédagogiques avec lesquelles il avait couché, elles n'étaient rien d'autre que des putains, de toute façon.

— Quel sera mon rôle ? répéta Leon qui n'aimait pas la tournure prise par la conversation.

— Tu es intelligent, Leon, déclara Ray. Tes notes ne le reflètent pas, mais je le sais aussi bien que toi. Cela dit, il va falloir que tu me le prouves avant que je te donne accès à n'importe lequel de mes tableurs. Ce n'est pas seulement le nom des Harris qui est en jeu, ici. C'est également celui des Carlino et des Smaldone, les deux familles les plus influentes de la Cosa Nostra. Il suffirait du plus infime ratage pour que nous soyons éjectés. Et je ne veux pas seulement dire : « mis à la porte ». Nous serons morts. Tu piges ?

— Oui, père, répondit-il, docile.

Il avait appris au fil des années comment réagir face à son père.

— Bien. Comme notre argent est lié à celui de Joseph Carlino, je n'ai pas l'intention de te laisser faire n'importe quoi dans les tableurs. Tu vas devoir prouver que ce que tu es censé avoir appris en cours a été assimilé. Montre-moi que tu as hérité d'une partie des aptitudes mathématiques de ta sœur.

À la mention de sa sœur, Leon serra les dents. Il détestait être comparé à Chloé. Son père n'arrêtait pas de lui jeter les succès de sa sœur en pleine face et Leon en avait ras le bol. Elle avait cinq ans de plus que lui et leur père l'avait toujours traitée comme une saleté de princesse au lieu de l'imbécile de connasse qu'elle était. Elle travaillait pour une entreprise du centre-ville – dont il avait oublié le nom – comme conseillère financière. Apparemment, elle se faisait pas mal d'argent, mais Leon s'en moquait complètement. Il détestait cette garce pourrie gâtée. Il l'avait toujours haïe et il la haïrait toujours.

— Pourquoi tu ne la fais pas travailler, elle, dans nos affaires ? demanda-t-il, un peu narquois.

Ray abattit violemment sa paume sur son bureau en acajou. Leon sursauta sous l'effet de la surprise.

— Ne me tente pas, gamin, répliqua-t-il d'une voix basse et menaçante. C'est une femme, voilà pourquoi. La Cosa Nostra n'a pas de femme à sa tête. Mais ne t'y trompe pas : elle est deux fois plus intelligente et pourrait te damer le pion pour ce qui est de faire de l'argent.

Leon veilla à vider son visage de toute émotion, contrôlant la vieille rage à laquelle il était accoutumé. Il en avait toujours été ainsi. « *Pourquoi ne peux-tu pas être comme Chloé ? Chloé saurait comment faire, elle. Chloé n'obtient que des A, pourquoi pas toi ?* » Il n'en pouvait tellement plus d'être comparé à la perfection qu'était sa sœur aînée qu'il aurait pu crier.

Ray Harris prit une profonde inspiration et appuya le menton sur ses mains jointes.

— Quand j'ai épousé ta mère, elle était l'unique héritière de la fortune de sa famille. Elle valait des millions. Mais ce n'est pas pour cette raison que je l'ai épousée. Je suis tombé amoureux d'elle et je m'en fichais royalement de son argent. J'en gagnais assez de mon côté. L'avocat de sa famille gérait sa fortune pour elle et ça n'a jamais été un problème entre nous. Après sa mort, j'ai découvert qu'il existait des dispositions prises il y a plus d'un siècle pour mieux protéger le demi-milliard qu'elle avait en banque. L'argent était à elle et à elle seule. Même si elle était mariée avec moi, je n'avais aucun droit légal dessus.

— Mais... quand elle est morte, tu en as hérité, n'est-ce pas ? s'enquit Leon.

Ray secoua la tête.

— Non, mon fils. Je reçois un traitement tous les mois, mais le reste de l'argent est inaccessible.

— C'est n'importe quoi ! s'exclama Leon.

— Quand Louise est morte, il y a cinq ans, sa fortune est aussitôt passée à sa fille, mais Chloé ne la touchera pas avant d'avoir trente-cinq ans. Apparemment, ses ancêtres préféraient accorder davantage de temps aux femmes de la famille pour se marier et avoir des enfants, avant d'hériter.

— Ce n'est pas juste, répliqua Leon. Et toi ?

Ray haussa les épaules.

— Je n'ai pas besoin d'un centime sur l'argent de cette famille.

— Mais moi, je ne toucherai que dalle, alors ? rétorqua immédiatement Leon.

Pendant de longues secondes, Ray jaugea son fils d'un œil critique, puis il lâcha :

— En effet, tu ne recevras rien.

— Merci pour ce rien, maman, murmura-t-il.

— Ne dis pas du mal de ta mère, le réprimanda Ray. Elle a organisé les choses de telle sorte que cinquante mille dollars soient virés chaque mois sur mon compte, afin que je les utilise pour Chloé et que je paie la gestion du fonds. Mais tu sais ce que j'ai fait ? (Sans attendre une réponse à sa question, il reprit) : Je t'ai versé une indemnité afin que tu puisses glandouiller à l'université et sauter toutes les femmes que tu voulais, qu'elles soient consentantes ou non. J'ai réparé tes conneries et payé les personnes qu'il fallait pour qu'elles ne portent pas plainte contre toi. J'ai réglé à tes dealers les sommes que tu leur devais pour ta consommation de drogue, quand ils venaient se plaindre à moi de ce que tu n'avais pas payé la marchandise que tu leur avais prise. J'ai utilisé cet argent pour protéger tes arrières, mon fils. Sauf qu'aujourd'hui, c'est terminé. Tu es responsable de tes faits et gestes à présent. Tu ne recevras plus aucune indemnité de ma part. Et quand Chloé aura trente-cinq ans, je lui parlerai de son héritage. Ce sera à elle de voir à quoi elle emploiera cet argent.

Leon vit rouge.

Non, il refusait d'y croire. Il était impossible que sa maudite sœur ait tout cet argent à sa disposition quand lui n'avait rien.

— Ce n'est pas juste, geignit-il à nouveau.

Ray haussa les épaules.

— Juste ou pas, c'est comme ça. Voici donc ce que je te propose. Tu peux parfaitement gagner cinquante mille dollars par mois, mais... Je veux voir ce que tu es capable d'en tirer. Ton boulot consistera à trouver comment faire croître ce capital. Si, dans un an, tu as transformé ces six cent mille dollars en au moins deux millions, je t'accueillerai à bras ouverts dans l'entreprise familiale. Je te laisserai avoir accès à l'argent de nos affaires et gérer le compte de l'entreprise. (Il posa un regard scrutateur sur son fils.) Apporte-moi la preuve que tu as appris quelque chose, quoi que ce soit, au cours des sept années que tu viens de passer à l'université. Montre-moi que l'argent que j'ai dépensé t'a servi à autre chose qu'à baiser, boire, te droguer et faire la fête. Si tu fais ça, je te prends à bord.

— Je dois à la fois vivre avec cet argent et l'investir ? s'enquit Leon.

— Oui. Tu ne toucheras pas un autre centime de ma part. Tu peux vivre ici et avoir ta propre voiture. Mais c'est tout. Le reste est entre tes mains.

— Et si je ne suis pas d'accord ? voulut-il savoir.

Ray se passa les mains derrière la tête et s'adossa à son fauteuil, l'air détendu et indifférent.

— Dans ce cas-là, tu te débrouilles entièrement seul.

Plus d'indemnités, plus de voiture, plus aucun accès à l'argent des Harris.

Leon resta quelques secondes sans bouger, tandis que son père et lui s'affrontaient du regard. L'injustice de la situation était trop difficile à avaler. Il savait que son père tentait d'allumer un feu sous ses fesses pour le motiver.

Mais au lieu de ça, Ray avait embrasé une tout autre flamme.

Un brasier dangereux qui n'allait pas tarder à prendre le contrôle et à consumer tout ce que Ray Harris connaissait et aimait.

Lentement, Leon se leva et tendit la main droite vers son père.

— Marché conclu.

Ray se leva lui aussi, sourire aux lèvres, et serra la main de son fils.

— Rends-moi fier, mon fils.

Sans rien répliquer, Leon hocha la tête et se tourna pour prendre congé. Dès qu'il eut refermé la lourde porte de bois derrière lui, il laissa tomber le masque conciliant qu'il avait adopté devant son père. Un rictus lui déforma les lèvres et il jeta un regard noir à l'entrée du bureau paternel.

— Retiens bien mes paroles, père : l'argent de Chloé m'appartiendra. Jusqu'au dernier cent. Et je ne m'arrêterai pas là : je te prendrai ton argent aussi. En fait, je vais tout rafler. Que je fasse mes preuves pour toi ? Rien à foutre. Je n'ai pas à faire mes preuves devant qui que ce soit. Personne ne me dicte ma conduite.

Sur quoi, Leon Harris pivota et se dirigea vers ses appartements, dans l'aile opposée de leur immense manoir. Son esprit tournait à cent à l'heure. Il devait élaborer des plans. Des plans d'envergure.

1

———————

Cinq ans plus tard

— Qu'est-ce que tu as trouvé ? demanda Ronan Cross qui s'impatientait.

Ro et ses amis occupaient leur emplacement habituel, au Pit, la salle de billard qu'ils fréquentaient. Tous les six étaient membres des Mercenaires Rebelles, un groupe de gars qui travaillaient pour leur officier traitant, un homme appelé Rex. Les affaires dont ils s'occupaient visaient toutes à sauver des femmes et des enfants de la lie de l'humanité qui voulait les réduire en esclavage, les violer ou les assassiner.

Mais pour l'heure, Ro ne se souciait que d'une femme.

Chloé Harris.

Elle avait débarqué, d'un pas hésitant, dans sa propriété de Black Forest, au nord de Colorado Springs, portant des vêtements mal ajustés, et l'histoire qu'elle lui avait racontée ne tenait pas debout. Ro aurait laissé tomber... s'il n'avait vu la grosse marque bleuâtre et noire dans le bas de son dos. Quelqu'un l'avait frappée. Violemment.

Il ne pouvait pas laisser passer. Ces dernières années, il

s'était attaché à faire tout ce qui était nécessaire pour tirer des femmes du danger. Pas question qu'il laisse disparaître de sa vie, tel un nuage de fumée, la seule qui l'avait intriguée à un niveau personnel depuis très longtemps. Surtout si elle était victime de violences.

Il lui avait donné sa carte professionnelle, sachant qu'il n'entendrait fort probablement plus jamais parler d'elle. Il savait aussi, mieux que quiconque, que les femmes battues demandaient rarement de l'aide avant de toucher le fond, et parfois même jamais.

Mais il craignait que le syndrome de la femme battue ne soit pas la raison pour laquelle elle ne l'avait pas contacté. Il avait la sensation qu'on l'avait empêchée de lui téléphoner.

Comment le savait-il ? Ro n'aurait su le dire, mais il le savait.

Elle avait affirmé qu'elle vivait avec son frère, Leon Harris.

Or lui, Ro le connaissait.

Tout le monde le connaissait. Tous ceux qui jouaient un rôle à Colorado Springs connaissaient Leon. Au cours de ces dernières années, il n'avait pas ménagé ses efforts et dépensé de l'argent sur assez d'organismes caritatifs pour que les dirigeants de la ville l'adorent. Mais Ro et les autres Mercenaires Rebelles savaient qu'il était membre de la Cosa Nostra. La mafia.

Il n'était pas le caïd en responsabilité – lui, c'était Joseph Carlino, qui vivait et travaillait à Denver. Toutefois au cours de la dernière décennie, Carlino s'était diversifié, invitant les autres familles influentes à intégrer son réseau.

Si Leon Harris – comme Carlino, d'ailleurs – n'était pas apparu sur le radar de leur officier traitant et n'avait pas été mis hors d'état de nuire, c'était uniquement parce que leur groupe ne commettait pas de délits contre les femmes. Leur organisation ne s'occupait ni de prostitution ni de trafic humain... pour autant que Rex le sache.

En fait, Joseph Carlino et son principal partenaire en affaires, Peter Smaldone, étaient connus pour aimer leur femme et leurs enfants. Et par-dessus le marché, ils se donnaient du mal afin de s'assurer de leur protection, en affectant plusieurs gardes de corps à chacun.

Ro avait parlé à Rex de ses soupçons concernant Leon et sa sœur. Son officier traitant avait souligné que Carlino ne saurait tolérer la moindre violence envers les femmes, de quelque forme que ce soit.

Mais Ro n'arrivait pas à se sortir Chloé de l'esprit. Il avait fait appel à l'un de ses amis, en l'occurrence Meat.

Hunter Snow, connu aussi sous le surnom de Meat, donc, était leur expert en informatique attitré. Il pouvait pirater n'importe quelle base de données.

— Alors ? demanda Ro en pianotant sur la table devant lui, tandis qu'il attendait de savoir ce que Meat avait dégoté concernant Leon.

Meat fronça les sourcils.

— Honnêtement, je ne pensais pas trouver grand-chose d'intéressant. Le mec n'est pas un saint, c'est une certitude. D'une manière ou d'une autre, il a pris dans ses filets la moitié du bureau du maire, et la moitié des flics aussi.

— Pour quelle raison ? s'enquit Gray.

— Comme d'habitude. On dirait bien que les dirigeants de cette ville ont un penchant soit pour rendre visite à ces dames, quand ils passent la soirée à Denver, soit pour prendre toutes sortes de drogues.

— Putain, que je déteste les politiciens, marmonna Arrow dans sa barbe.

— Sérieusement, si le lieutenant Joe Kenda n'avait pas

pris sa retraite, il t'aurait nettoyé la police sans aucun problème, intervint Black.

— Le type de l'émission de télévision ? Celui qui répète sans arrêt : « Bon sang, ça alors ! » ? demanda Ball.

— Lui-même. L'un des meilleurs inspecteurs de tous les temps dans les services de police de Colorado Springs. Même si à son époque, dans les années 1980, la preuve par l'ADN était bien moins au point que maintenant, il a quand même réussi à boucler la plupart de ses affaires, expliqua Black.

Ro cessa de prêter attention à ses coéquipiers. Il n'en avait rien à faire de qui couchait avec qui ou de ce qu'untel se fourrait dans le pif, et il se souciait encore moins d'une saleté d'émission télé. Ce qui comptait, c'était Chloé.

— Quoi de plus ? demanda-t-il encore à Meat.

— Comment sais-tu qu'il y a autre chose ?

Ro ne répondit pas verbalement, il se contenta de dévisager Meat.

— OK. Oui, j'ai trouvé autre chose, admit ce dernier. On dirait bien qu'il y a deux ans, Leon Harris a démarré un nouveau business. Tu connais le club de strip-tease au sud-est de la ville ? Il lui appartient.

— Le BJ's[1] ?

Meat leva les yeux au ciel.

— Oui. Apparemment, celui qui lui a trouvé son nom s'est cru malin. Enfin bref, c'est une propriété de Harris. Un grand nombre des photos qui servent à ses chantages proviennent de cet endroit. Mais le plus intéressant dans cette histoire, c'est que je ne suis pas certain que Carlino soit au courant. Il a déclaré à plus d'une occasion que la Cosa Nostra ne tâtait pas des établissements bas de gamme dans ce genre. Comme Rex l'a indiqué, ils chérissent leurs femmes et n'envisageraient probablement pas de leur manquer de respect en fréquentant ou en possédant un club de strip-tease.

— Alors quel est le problème ? voulut savoir Ro.

Meat haussa les épaules.

— Soit Carlino a donné à Harris la permission d'ouvrir ce club, soit il ferme les yeux, pour une raison qui m'échappe. Ou bien il ne surveille pas le club de Leon aussi attentivement qu'il le devrait. Mais vu de l'extérieur, il a exactement l'air de ce qu'il est : un club de strip-tease.

— Et de l'intérieur ? s'enquit Arrow en se penchant en avant, coudes sur la table.

Ro regarda autour de lui et se rendit compte que le reste de l'équipe paraissait aussi intéressé que lui par la réponse de Meat.

— Je ne sais pas encore. Je suis toujours dessus, mais en surface, l'affaire est réglo. Les impôts sont payés en temps et en heure, les papiers ont été remplis correctement avec la ville, quand le club a été ouvert, et les employés à plein temps bénéficient d'une assurance maladie. J'ai réussi à pousser mes recherches assez loin pour découvrir qu'un autre immeuble a été acheté récemment, à l'autre bout de la ville, et qu'un permis a été délivré pour l'ouverture d'un deuxième club. (Il leva les yeux au ciel.) Dont le nom proposé serait : The Beaver Den[2].

— Pourquoi cet intérêt soudain pour la famille Harris ? demanda Ball à Ro. Leon Harris est sur la scène depuis des années, de même que son petit club de strip-tease.

Ro prit une profonde inspiration et retint son souffle un long moment avant de le relâcher bruyamment.

— Il y a environ deux semaines, une femme est venue dans mon garage pour m'emprunter mon téléphone. Elle portait des talons hauts avec lesquels elle avait du mal à marcher et des vêtements bien trop serrés. Elle était perturbée, nerveuse, et émettait des ondes que je n'aimais pas.

— Et ? insista Gray. Quoi d'autre ?

Ro n'était pas étonné que Gray se montre impatient. Depuis qu'il sortait avec Allye, il préférait passer moins de temps à traîner, à jouer au billard au Pit et davantage chez lui, avec sa petite amie. Non que Ro songe à l'en blâmer.

— Tu sais où j'habite, mec. Black Forest n'est pas exactement un endroit fréquenté. Il n'y avait absolument aucune raison pour qu'elle se trouve là, à pied, habillée comme elle l'était. Je l'aurais laissée repartir sans plus y penser si elle n'avait pas eu un énorme hématome dans le dos. Il était facile à voir sous le chemisier transparent qu'elle portait. (Arrow émit un petit sifflement.) Elle a dit s'appeler Chloé Harris, que Leon était son frère et qu'elle vivait avec lui. Un peu plus tard, une poule qui semblait avoir un balai coincé dans le cul en permanence est venue la récupérer et Chloé s'est fait passer un savon monumental. La situation ne m'a pas plu sur le moment et elle ne me plaît toujours pas, conclut Ro.

Meat fronçait les sourcils.

— Je savais que Leon avait une sœur, mais je ne me rappelle pas grand-chose sur elle. Il va falloir que je creuse son cas. Tu aurais dû me parler d'elle d'entrée de jeu, le réprimanda-t-il.

Ro haussa les épaules, sans être le moins du monde affecté par les reproches de son ami.

— Je voulais en apprendre davantage sur son frère, savoir s'il trempait dans des trucs louches. Et maintenant, je sais que c'est le cas.

— Posséder un club de strip-tease n'est pas exactement ce qu'on pourrait appeler « louche », commenta Gray.

Ro regarda son ami.

— Peut-être pas, mais agir sous les radars, afin que Carlino n'en sache rien, ça, c'est certainement douteux. Et je ne parle pas du chantage et des autres merdes qu'il fait. Écoute, Chloé m'a semblé être une fille bien. Tu vois ce que je veux dire. Elle était nerveuse et effrayée.

— Mais un hématome et une cohabitation avec son frère ne signifient pas forcément que ce soit lui qui se soit montré violent avec elle. Elle pourrait avoir un petit ami qui la cogne, objecta Black à juste titre.

— C'est lui. Je le sais, purée, répliqua Ro sans manifester le moindre doute.

— Rex affirme que la Cosa Nostra n'entre pas dans notre champ d'action, lui rappela Gray.

— Écoute, je ne demande pas qu'on lance un assaut général sur le club de strip-tease. Je vérifie juste des trucs. (Gray ne parut pas convaincu.) Sérieusement, insista Ro. Meat va continuer à fouiller dans la famille Harris pour voir ce qu'il peut dégoter.

— Et toi, que vas-tu faire ? demanda Ball.

Ro sourit pour la première fois.

— Certains parmi vous sont partants pour une petite virée nocturne ?

— Laisse-moi deviner... Une sortie au BJ's ? s'enquit Arrow.

— Ça fait une éternité que je ne suis pas allé dans une boîte de strip-tease, déclara Ro. Je me suis dit qu'on pourrait changer un peu. Le Pit peut être lassant parfois.

Les autres levèrent les yeux au ciel.

— On y va juste en mission de reconnaissance alors, déclara Black avec emphase. Mais avant qu'on fasse quoi que ce soit, il faut qu'on mette Rex au parfum, afin d'avoir son aval. Vous savez aussi bien que moi que, quand on a signé avec les Mercenaires Rebelles, on a juré de ne jamais agir seul.

Ro opina brièvement du chef.

— Inutile de me le rappeler. Je sais ce que j'ai promis et je ne reviens jamais sur ma parole.

— Mais... ? intervint Gray, qui avait à l'évidence deviné que Ro voulait en dire davantage.

— On a également promis de faire tout ce qu'il faudrait pour s'assurer qu'aucune femme ne soit opprimée ou retenue contre sa volonté. Si nous découvrons que Harris oblige des femmes – ou, Dieu l'en garde, des gamines – à faire plus que juste ôter leurs vêtements, ou s'il les force à travailler, peut-être en les faisant chanter, je vais entreprendre tout ce qui est en mon pouvoir pour faire fermer cette merde, déclara Ro.

— Je suis d'accord.

— Moi aussi.

— Bingo !

Ro était ravi quand ses amis étaient du même avis que lui.

— Je marche, lança Black. Mais j'aurais encore une question.

— Balance, répliqua Ro.

— Tu vas péter les plombs si cette Chloé se trouve au BJ's ? Et pire encore, si elle est là-bas, mais de plein gré ?

Ro serra si fort les dents qu'il en eut mal à la tête.

— Si elle est là-bas, ce n'est pas de son propre chef, déclara-t-il au bout d'une seconde.

— Mais si tu te trompes ? insista Black.

— Dans ce cas, pas de problème. Sauf que si on découvre des mineures là-bas, ou des femmes qui ne sont pas là de leur plein gré, je vais tenter de mettre Rex sur l'affaire pour qu'il fasse tomber Harris.

— Même si ça doit lancer la Cosa Nostra aux trousses des Mercenaires Rebelles ?

Ro se pencha vers Black.

— Oui.

— Bien, approuva Black en souriant. Je voulais juste m'en assurer.

Même si Ro se détendit pendant une fraction de seconde, il n'en était pas moins légèrement contrarié par son ami. Il détestait quand Black faisait ce genre de connerie. Ce qui était devenu une habitude, chez lui : il adorait se faire l'avocat du diable. Ro savait que Black était aussi engagé qu'eux tous pour faire tomber les connards qui traitaient les femmes comme des moins de rien.

Mais pour une raison qui lui échappait, cette femme-là, cet être innocent, qui était entrée dans son garage et l'avait courageusement regardé dans les yeux en déclarant qu'elle allait bien quand c'était manifestement faux, refusait de quitter l'esprit de Ro. Il était prêt à parier sa vie et sa réputation qu'elle était victime de quelque chose de plus sordide.

Il avait déjà eu des prémonitions par le passé – elles lui avaient plus d'une fois sauvé la vie –, mais elles n'avaient jamais impliqué une femme. Cela aurait dû suffire à le faire paniquer, pourtant ce n'était pas le cas. Au contraire, quand il songeait que Chloé Harris était dans la panade jusqu'au cou, il était plus déterminé que jamais à aller au fond de cette affaire.

Si son frère la faisait chanter d'une manière ou d'une autre ou l'obligeait à faire quelque chose contre gré, Ro allait veiller à ce qu'elle échappe à ses griffes. Quoi qu'il en coûte.

2

Chloé s'assit à l'arrière de la Mercedes et écouta la conversation entre son frère et Abbie, sa petite amie, sur la soirée qui s'annonçait. Elle serrait les poings si fort qu'elle aurait des marques d'ongles dans la chair quand ils arriveraient au BJ's.

Le BJ's. Quel nom ridicule pour un club de strip-tease ! Mais c'était typique de Leon. Il s'était toujours imaginé bien plus drôle qu'il ne l'était en réalité.

Chloé ignorait comment elle en était arrivée là. Autrefois, elle menait une vie heureuse et privilégiée. Elle aimait être une grande sœur et adorait ses parents.

Et puis soudain, sa mère avait été tuée. Son père n'avait jamais été très affectueux, mais il semblait qu'avec la mort de sa femme, toute trace du père aimant qu'il avait été s'était évanouie du même coup. Ce n'était pas qu'il ne l'aime pas, il disparaissait juste de plus en plus derrière la porte de son bureau. Le travail était devenu plus important que tout, y compris ses enfants.

Ce changement s'était produit à peu près à l'époque où

son frère avait commencé à traîner avec un nouveau groupe d'amis. De jeunes hommes au caractère problématique, dont certains étaient affublés de réputations extrêmement peu flatteuses. Chloé avait essayé de le prévenir, mais il ne l'avait pas écoutée.

Ils n'avaient pas été proches au cours des années suivantes. Elle avait déjà décroché son diplôme universitaire, puis un emploi. Après la mort de leur père, quand elle avait perdu son poste et que Leon l'avait invitée à se réinstaller dans le manoir où elle avait grandi, elle s'était dit qu'il avait dû devenir un homme meilleur que celui qu'il avait été quand il était plus jeune.

Mais elle s'était trompée. Et dans les grandes largeurs.

Chloé soupira tristement. Ce qui était fait était fait. Elle ne pouvait revenir en arrière, juste aller de l'avant.

— Il est temps d'arrêter de glandouiller, lança Leon à Chloé, la tirant de ses déprimants souvenirs.

— Quoi ? demanda-t-elle, faute de comprendre exactement de quoi il parlait.

— Putain, tu pourrais suivre, non ? s'emporta-t-il. Tu as entendu un mot de ce qu'on a dit ?

Elle ne put que secouer la tête.

Tout en caressant le bras de son frère, Abbie jeta un regard dédaigneux à Chloé.

— Ça fait plusieurs semaines que je te forme au travail en cabine privée. Il est grand temps que tu commences à y travailler vraiment.

— Ce soir ? demanda Chloé, soudain remplie d'effroi.

— Tu te jetteras à l'eau, si je puis m'exprimer ainsi, répondit Abbie avec un petit gloussement méchant. Au lieu de passer la moitié de ton temps dans l'arrière-salle, à lire et à tourner en rond, tu vas passer toute la soirée à te rendre utile... et davantage. Bien entendu, pas question que tu danses, parce que tu es la personne la plus mal coordonnée que j'aie jamais vue. Tu te débrouilles pour trébucher sur les fissures du trottoir, bon sang. À partir de ce soir, tu vas servir les boissons et commencer à divertir les clients en cabine privée.

Chloé sentit son corps se figer, tandis que ses ongles s'enfonçaient plus profondément dans sa peau.

Les deux dernières semaines avaient été un enfer. Depuis qu'Abbie était venue la récupérer à Black Forest – après que Leon l'avait éjectée de sa voiture –, Chloé s'était vu infliger une « formation » humiliante. Elle avait commis une erreur tactique, ce jour-là : elle avait tellement agacé son frère qu'il avait décidé de changer ses obligations au club.

— Je préférerais vraiment continuer à faire le service et à tenir les registres. Je ne suis pas certaine d'être douée pour... tous les autres trucs.

Elle avait tenté de donner à sa voix des intonations accommodantes plutôt qu'irritées. Il devenait de plus en plus difficile de continuer à jouer le rôle de la sœur docile qu'elle endossait depuis trois ans, conformément à ce qu'elle avait planifié.

— Je suis sûr que si tu y mets du tien, sœurette, rétorqua Leon d'une voix douce, alors que son attention était partagée entre la route et le rétroviseur où il l'observait, tu découvriras que tu es plus que capable de fournir un divertissement acceptable à nos invités. J'ai été patient. Tu vis chez moi gratuitement depuis des années. Tu ne paies ni la nourriture, ni l'hébergement, ni même les vêtements. Tu n'as pas été fichue de te dégoter un boulot dans ton domaine, donc j'ai même fini par te prendre en pitié et t'embaucher. Mais il est temps pour toi de réaliser que le traitement de faveur est terminé. Tu as plutôt un joli corps : même si tu es en surpoids, plusieurs gars m'ont demandé s'ils pourraient tâter la marchandise. Ce n'est pas comme si tu étais mariée. Si tu avais fait un peu plus d'efforts avec les types que je t'ai présentés, tu pourrais être casée à l'heure qu'il est, dotée de ta propre famille. Mais non. Tu continues à vivre à mes crochets et ce merdier doit s'arrêter aujourd'hui. Des gens avec tes compétences en comptabilité, ça court les rues. Tu me rendras bien plus service et me feras gagner bien plus d'argent de cette autre façon.

Chloé frissonna. Elle savait ce que son frère fabriquait. Elle l'avait vu manipuler des tas de gens en douceur, elle repérait ses tactiques à des kilomètres.

— Donc si j'étais mariée à l'un des hommes que tu m'as présentés, je n'aurais pas à devenir une prostituée ?

La mine détendue de son frère s'évanouit à ces mots.

— Tu t'es toujours comportée comme si tu valais bien mieux que moi et que tous les gens autour de toi. Mais flash info : ce n'est pas le cas. Il est plus que temps que tu te maries. Tu es une honte pour mère, père et la famille Harris. Je t'ai mise en relation avec un homme tout ce qu'il y a de bien, la semaine dernière. Et au lieu de faire ce que tu aurais dû pour notre famille, tu l'as insulté. J'ai dû venir te récupérer comme si tu étais une gamine.

Chloé savait qu'elle était allée trop loin, ce jour-là, mais quand l'« ami » deux fois divorcé de Leon avait tenté, malgré ses cinquante-huit ans, de glisser une main dans l'échancrure de son chemisier – et ri qu'elle s'en offusque –, elle avait craqué. Elle n'allait pas accepter cette merde, pas question.

Le type avait appelé Leon pour lui dire de venir la récupérer, sous prétexte que « ça n'allait pas coller », qu'il n'allait pas « épouser une salope frigide comme elle, quelle que soit la somme en jeu ».

Quand Leon était arrivé, il était furieux. Et au lieu de chercher à l'apaiser, domaine où Chloé en était venue à exceller au fil des années, elle lui avait lancé, dans des termes sans ambiguïté, que cet homme était un porc et qu'elle en avait terminé de rencontrer les hommes avec lesquels Leon entendait la marier. Il était devenu enragé, l'avait sur-le-champ flanquée hors de sa voiture, sans ménagement.

Chloé se força à prêter attention à son frère... au lieu de penser à l'autre homme qu'elle avait rencontré ce jour fatal.

— Si tu n'as pas l'intention de contribuer à l'expansion de l'entreprise familiale en épousant un homme issu d'une famille respectable, poursuivait Leon, tu vas devoir démontrer ta valeur d'une autre façon.

— En me déshabillant ? demanda Chloé, incrédule. Comment cela pourrait-il contribuer au développement de l'entreprise familiale ?

Abbie se retourna sur son siège, comme pour dire quelque chose, au lieu de quoi, elle s'en prit à Chloé qu'elle frappa aussi fort que possible.

Chloé porta aussitôt une main à son visage, fusillant Abbie du regard.

Leon avait commencé à sortir avec elle environ un an et demi auparavant. Elle avait rapidement cessé de faire semblant de vouloir devenir l'amie de Chloé et son vrai visage était apparu. Aussi diabolique que Leon, elle lui servait d'espionne zélée et gardait souvent un œil sur Chloé. Ces derniers temps, toutefois, son rôle avait changé pour devenir celui de geôlière. Chloé ne pouvait plus rien faire, aller où que ce soit sans avoir Abbie avec elle, qui la surveillait. Et rendait compte de tout à son frère.

— Arrête de répondre, lui ordonna la mégère. Tu dois obéir à ton frère. Ça te ferait les pieds s'il te faisait sortir ici de la voiture et te laissait te débrouiller toute seule.

Chloé tressaillit, sachant qu'ils s'attendaient à lire de la peur sur son visage. Mais à présent qu'elle était censée travailler dans les cabines privées du BJ's, elle espérait que Leon la ferait descendre de voiture. Elle attendait son heure depuis trois ans, cependant si elle avait une chance de s'échapper ce soir, elle la saisirait, quitte à ne pas disposer de toute la somme dont elle pensait avoir besoin non seule-ment pour survivre, mais pour se cacher de son malade de frère et de sa petite amie démente.

La dernière fois qu'il l'avait virée de sa voiture, il l'avait abandonnée en plein milieu de Black Forest, une zone peu peuplée au nord de Colorado Springs. Elle avait marché jusqu'à ce qui lui avait semblé être une entreprise à domicile et elle avait pu se faire prêter un téléphone pour appeler Abbie et lui demander de venir la chercher, sachant que c'était ce qu'on attendait d'elle. Chloé se rappelait sa rencontre avec le propriétaire des lieux comme si c'était hier.

Ronan Cross. Ro. Il avait prétendu être américain, mais son savoureux accent anglais démentait cette affirmation.

Il avait remarqué le bleu laissé par un coup que lui avait asséné son frère, quelques jours plus tôt, et il en avait été contrarié pour elle. Il s'était également montré très respec-tueux, sans profiter de ce qu'elle était une femme vulné-rable, perdue au milieu de nulle part. Il n'avait même pas jeté un œil à son chemisier trop petit qui laissait voir ses seins.

Au lieu de quoi, il lui avait donné sa carte de visite, pour le cas où elle aurait besoin d'aide. En fait, il lui avait ordonné de l'appeler si elle avait besoin de quoi que ce soit.

Elle avait jeté la carte : elle ne pouvait se permettre de donner à penser à Abbie ou Leon qu'elle cherchait à obtenir de l'aide de quiconque ou même que quelqu'un puisse s'être intéressé à elle au point de lui communiquer son numéro de téléphone. Mais elle avait mémorisé le nom de son entreprise : Carrosserie Ro. Si elle avait besoin d'aide, elle chercherait son numéro sur Internet et verrait s'il était sérieux quand il lui avait fait sa proposition.

— Vas-y. Arrête la voiture et laisse-moi sortir, déclara Chloé, espérant, contre toute vraisemblance, avoir assez énervé son frère pour qu'il mette sa menace à exécution.

Son esprit bouillonnait, à la recherche de solutions afin de lui échapper. Ce n'était pas exactement ce qu'elle avait projeté, mais au point où elle en était, il était plus important de s'enfuir que de continuer à jouer le rôle qu'elle perfectionnait depuis si longtemps.

Leon gloussa.

— Je le ferai. Mais tu seras à poil quand ça arrivera. C'est ce que tu veux, sœurette ? Je ne crois pas. Ce n'est pas vraiment le meilleur quartier qui soit et une femme les fesses à l'air, ce serait une sacrée tentation, à mon avis. Tu te ferais culbuter en moins d'une minute. Bosser pour le BJ's ne te paraîtra plus aussi embêtant dans ce cas, hein ?

Chloé savait qu'elle ferait mieux de ne pas mettre son frère au pied du mur. Il n'hésiterait pas à la déshabiller, à l'éjecter de sa voiture et à la laisser ici. Bon sang ! Elle devait réévaluer la situation et trouver un autre moyen de lui échapper.

Elle n'avait aucune idée de ce qui était arrivé au petit garçon heureux et aimant qu'elle avait élevé, le fait est que toute trace de lui avait disparu depuis longtemps. Elle ne comprenait pas non plus pourquoi son frère la haïssait à ce point. L'affection qui avait pu exister entre eux quand ils étaient enfants s'était évanouie aussi.

Elle s'adossa à son siège, accablée.

— Bien, donc ce soir, reprit Leon, on passera la première partie de soirée à te former, comme ces deux dernières semaines. Tu regarderas les autres filles opérer en cabine privée et tu commenteras leurs performances. Ensuite, quand le club sera bondé, ce sera ton tour. J'attends de toi que tu mettes tes atouts en avant, sœurette, ricana Leon. Je sais à quel point c'est important pour toi d'avoir de bonnes notes. Tu seras regardée et évaluée pour tes performances de ce soir, comme tu l'as fait avec les autres filles. Sois-en bien certaine.

— Et si je ne réponds pas à tes attentes ? demanda-t-elle.

Leon gara la Mercedes sur sa place de parking personnelle, à l'arrière du club de strip-tease, et coupa le moteur. Il se retourna sur son siège, afin de pouvoir la regarder dans les yeux pour la première fois.

— C'est ta période de formation, lui répondit-il. Je me rends compte que ça prend du temps de s'habituer à travailler en cabine et j'ai l'intention de te l'accorder. Ce soir, ce sera juste branlettes, strip-teases et pipes. Mais demain, tu seras censée faire tout ce que font les autres filles. Si ce n'est pas le cas, il ne me restera plus qu'à te déplacer sur une autre entreprise.

Un frisson descendit le long de la nuque de Chloé, mais elle se refusa à lui demander de quoi il parlait.

Abbie passa la main sur le bras de Leon et se retourna vers Chloé.

— Ton frère ne t'en a pas parlé pour ménager ta sensibilité, mais il possède un bordel. Des hommes le paient assez généreusement pour avoir des relations sexuelles où, quand et comme ça leur chante.

Chloé prit une brusque inspiration.

— Mais c'est... c'est illégal, Leon ! Comment peux-tu ?

La question était idiote. Elle savait qu'il n'avait aucun scrupule, mais Abbie la surprenait encore.

— Comment je peux ? demanda-t-il, en haussant un sourcil arrogant. Un jour, père m'a dit qu'il ne m'embaucherait dans l'entreprise familiale que si je faisais mes preuves. Je devais tripler une certaine somme d'argent avant qu'il m'autorise à travailler pour lui. Bon, il est mort avant l'échéance, mais n'empêche que je lui ai montré ce dont j'étais capable. J'ai multiplié cette putain de somme par trois et même plus. Et tu sais comment je m'y suis pris ? Pas en investissant, c'est bien évident. Mais en vendant de la chatte. Voilà. Les hommes en chaleur sont prêts à payer ce que je leur demande pour dégorger leur poireau. Pas la peine de faire la dégoûtée, sœurette. Tu vis dans ma maison. À ton avis, comment je rembourse mon emprunt ? Comment je paie la nourriture que tu avales ? Les domestiques qui font tout pour que tu n'aies pas à lever le petit doigt ? Je t'ai laissée tranquille pendant ces trois dernières années, mais c'est terminé. Tes nichons et ton cul ont plus de valeur que ton cerveau. N'importe qui est capable d'additionner des chiffres.

— Ne fais pas ça, le supplia Chloé, sans prêter attention à Abbie, assise là à les écouter. Laisse-moi partir. Si tu n'as plus besoin de moi pour ta comptabilité, je peux partir et c'est tout.

Elle avait espéré qu'en la voyant se plier à la formation qu'Abbie l'avait forcée à supporter ces deux dernières semaines, Leon finirait par changer d'avis et la laisserait continuer à servir des verres au lieu de travailler en cabine. Par le passé, sa docilité avait suffi à lui offrir du répit et à ce que Leon lui fiche la paix pendant un moment. Elle s'était dit que la formation n'était rien de plus qu'une tactique pour lui flanquer la frousse après qu'elle l'avait mis en rage.

Mais il paraissait déterminé à mettre sa menace à exécution, cette fois. La transformation de son poste, de comptable à serveuse, puis à entraîneuse était en préparation depuis trois ans, mais c'était à l'évidence vers le résultat de ce soir que Leon l'avait poussée depuis le début.

Il éclata de rire.

— On en a parlé des milliers de fois. Tu ne peux aller nulle part. Je suis l'ultime rempart entre la mafia et toi, sœurette. Dès le premier mois de ton installation chez moi, tu as volontiers aidé les familles Carlino et Smaldone à réaliser leurs investissements. Ils ne laissent tout simplement personne jeter un œil dans leurs finances ou voir leurs comptes offshore. Je ne mentionne même pas le détail de leurs déclarations d'impôts que tu as remplies ces deux dernières années. Des impôts plus que certainement sous-évalués de plusieurs millions de dollars, vu les dessous-de-table que nous avons acceptés. Tu fais partie de la famille, à présent. Et je leur ai rendu des comptes toutes les semaines. Si je laisse ne serait-ce qu'entendre que tu fais désormais cavalier seul ou que tu veux déserter le navire, ils réagiront. Ils savent comment torturer les gens de façon à ce qu'ils finissent par implorer la mort moins d'une heure après être tombés entre leurs griffes. Tu les supplieras de t'occuper de leurs impôts, d'investir leur argent ou même d'être leur putain personnelle. Je te protège, Chloé. Et tu le sais.

Connaissant son frère comme elle le connaissait, elle ne doutait pas un instant qu'il la livrerait à Carlino et Smaldone dans l'instant si cette traîtrise lui permettait de sauver ses fesses. Elle aurait quitté la maison de Leon – et Colorado Springs, du reste –, presque au lendemain de son emménagement chez lui, s'il ne l'avait pas menacée de la livrer aux célèbres chefs de la mafia.

Certes, elle avait peur de son frère, mais Chloé était encore plus terrorisée par Carlino et Smaldone.

Elle aurait dû se rendre compte que Leon avait une idée derrière la tête quand il lui avait proposé de venir vivre chez lui, après qu'elle avait perdu son travail. Cela faisait des années qu'ils n'étaient plus proches et elle ne lui avait même pas parlé depuis des mois. Mais quand il l'avait appelée, un soir, alors qu'elle se sentait particulièrement abattue à propos de la tournure que prenait sa vie, elle avait baissé la garde.

La première fois où elle avait tenté de partir, juste quelques mois après son emménagement, Leon l'avait ramenée à la maison à coups de pied, en hurlant. Il lui avait dit que c'était pour son propre bien. Que les chefs de la mafia la tueraient si elle partait parce qu'elle en savait déjà trop.

Cette première fuite avait aussi coïncidé avec la première fois où il l'avait frappée. Cette manifestation de violence avait tant surpris Chloé qu'elle n'avait pas répliqué : elle avait juste observé son frère, incrédule, quand il lui avait parlé des liens de sa famille avec la mafia.

Les mises en garde avaient fonctionné. Elle avait continué à vivre dans la maison de Leon, complaisamment pendant un bref laps de temps, mais en voyant son comportement empirer, elle avait tenté de s'enfuir une nouvelle fois, sans plus se soucier de la menace que constituait la mafia. Leon l'avait retrouvée, une fois de plus, et ramenée à la maison.

Cette fois-là, il l'avait battue pour avoir osé lui désobéir.

Les côtes cassées qu'elle y avait gagnées l'avaient clouée au lit pendant des semaines. Non qu'elle aurait pu aller loin à ce moment-là, même si elle l'avait voulu. Après sa deuxième tentative de fuite, Leon s'était mis à l'enfermer dans sa chambre.

Les verrous ne l'auraient peut-être pas dissuadée de trouver coûte que coûte un moyen de s'enfuir, mais pendant qu'elle se remettait de la raclée qu'elle avait reçue sur les ordres de son frère, elle avait reçu la visite d'un homme.

Il s'était présenté sous le nom de Peter Smaldone. Et il ne s'était pas privé pour la tabasser à son tour.

Il l'avait menacée de lui arracher les ongles un par un et de lui couper les oreilles si elle songeait seulement à cesser de s'occuper de ses impôts et de ses investissements. Il lui avait dit que Leon avait agi sur ses ordres et qu'il devait garder Chloé avec lui, à travailler pour la Cosa Nostra.

Elle avait retenu la leçon, ce soir-là, sans toutefois perdre sa détermination à fuir tout ce que son frère représentait.

Donc elle avait fait semblant d'être effrayée par lui. Elle mangeait ce qu'il lui disait de manger, portait les vêtements qu'Abbie et lui voulaient la voir porter et continuait à investir son argent et celui de la mafia.

Mais elle avait également concocté un plan, dont elle savait que l'exécution prendrait du temps. En attendant, elle s'était refait une santé et avait appris tout ce qu'elle pouvait sur les faiblesses de son frère et de la mafia.

Elle avait également ouvert un nouveau compte d'investissement sous un nom d'emprunt et, chaque fois qu'elle transférait de l'argent de l'un des comptes de Leon sur un autre, elle en plaçait un minuscule montant sur son compte secret.

Les montants n'étaient pas assez élevés pour être remarqués par quiconque auditerait son travail. Depuis que Leon lui avait vidé ses comptes personnels, elle n'avait littéralement plus aucun argent pour l'aider dans sa fuite. Elle devait donc faire quelque chose.

Son compte grossissait depuis trois ans. Les trois plus longues années de la vie de Chloé. Elle feignait d'être docile et abattue, mais au fond d'elle-même, sa détermination ne faisait que croître.

À présent, elle n'en pouvait plus. Même si elle n'avait pas autant d'argent qu'elle l'avait espéré, l'heure était venue. Elle devait s'échapper. Ce soir.

Leon se pencha vers elle, l'œil mauvais.

— Ce soir sera pour toi une introduction à la vie qui va être la tienne à partir de maintenant, Chloé. Tu as eu assez de temps pour regarder et apprendre. Tu recevras tes propres clients dans une cabine. Tu les titilleras. Tu leur montreras tes nichons, tu les laisseras toucher si ça leur chante. Danse, fais-les jouir à la main ou avec ta bouche, mais pas davantage. Ils auront tellement envie de ta chatte qu'ils seront prêts à tout. Demain soir, tu travailleras en cabine de l'ouverture à la fermeture et tu feras tout ce que les clients payants demanderont. Si l'homme que je charge de suivre les opérations en direct trouve que le client n'en a pas pour ton argent, je te conduirai en personne au bordel et tu y resteras jusqu'à ce que tu aies retenu la leçon. Pigé ?

Que pouvait-elle faire d'autre à part opiner du chef ? Chloé baissa le menton pour dissimuler son visage, sachant que sa rage et sa haine seraient trahies par son regard.

Leon sourit.

— Bien. Abbie, prépare-la, ordonna-t-il en sautant de voiture pour se diriger sans un regard de plus vers l'entrée de service du club.

— Il est temps d'y aller, déclara Abbie en ouvrant la portière arrière. Il faut qu'on aille te passer une tenue plus appropriée.

Chloé refusait d'imaginer ce qui serait plus approprié que le petit short et le chemisier échancré sur le soutien-gorge pigeonnant qu'elle portait déjà.

Emplie d'une sensation de froid et de mort, de plus en plus inquiète quant à ce qu'elle serait forcée de faire cette nuit avant de pouvoir s'enfuir, elle mit un pied hors du véhicule. Elle ne protesta pas quand Abbie lui agrippa l'avant-bras d'une poigne de fer et la fit avancer vers la porte où son frère avait disparu.

3

———

— Ça va ? demanda Gray à Ro alors qu'ils entraient au BJ's.

Ils avaient décidé qu'il vaudrait mieux qu'ils ne soient que trois au lieu de six pour procéder à leur reconnaissance dans le club de strip-tease. Black, Ball et Meat se tenaient prêts, juste pour le cas où. Rien n'était censé se produire ce soir-là, mais les autres avaient proposé leur concours, quoi qu'il arrive.

Gray, Ro et Arrow étaient plantés à côté de l'Audi de Gray, parlant à voix basse avant de se diriger vers le club à l'aspect miteux. S'élevant bien haut, au-dessus du bâtiment de béton, une enseigne au néon rose annonçait le BJ's et le parking était plein de voitures qui allaient de vieilles épaves déglinguées à de luxueux véhicules haut de gamme. L'endroit était populaire, ce qui était à la fois bien et mal.

— Ça va, lâcha Ro en réponse à la question de Gray.

— Il y a des caméras partout, le prévint Arrow. C'est certainement comme ça qu'ils gardent un œil sur les femmes dans le club et c'est aussi un moyen idéal pour avoir des enregistrements et faire chanter les clients. Alors, faites attention. Ne tentez rien qui nous mette, les Mercenaires Rebelles et nous, dans une position vulnérable.

Ro et Gray hochèrent la tête.

— Ce soir, c'est juste pour se familiariser avec les lieux, voir si, à notre avis, les filles ont l'air d'être là contraintes et forcées et dans quel état se trouvent des danseuses. Si elles sont défoncées à la coke ou en bonne santé, par exemple. On fera notre rapport à Rex et on le laissera décider si ça vaut la peine d'aller plus loin. C'est d'accord ? s'enquit Gray.

Arrow hocha la tête, mais Ro hésitait.

— Tu es inquiet à l'idée de revoir la sœur ? insista Gray.

— Oui, répondit Ro. Tu ne l'as pas vue, l'autre jour. Il y avait quelque chose qui clochait. Et si elle se trouve ici, ce quelque chose cloche dans les grandes largeurs. Ce n'est pas un endroit pour elle. Si on me demandait mon avis, je dirais qu'elle ne traînerait jamais dans un club de strip-tease sordide si on lui laissait voix au chapitre.

— On décidera le moment venu comment agir, promit Gray. Simplement, garde ton calme si elle est à l'intérieur. D'accord ?

— Je ne promets rien, répondit honnêtement Ro.

Gray soupira.

— Avant que tu commettes un geste stupide, parle-nous, OK ? Tu sais qu'on sera là pour t'épauler.

— Si je peux, je le ferai, concéda Ro.

— Je pense qu'on ne pourra pas obtenir mieux, comme réponse, plaisanta Arrow. Allons-y. Plus vite on entrera, plus vite on se tirera. Je ne supporte pas ce genre d'endroits.

— Dans ce cas, pourquoi tu t'es porté volontaire ? s'étonna Gray.

Arrow regarda son coéquipier dans les yeux.

— Parce que c'est très important pour Ro. Je ne l'ai pas vu aussi à fond sur quelque chose depuis longtemps.

Ro prit une profonde inspiration. Il avait en effet été à fond quand il s'était agi de trouver des infos sur la famille Harris. Après sa rencontre aussi brève que mémorable avec Chloé, il n'avait pu s'en empêcher. Il n'était pas surpris que son ami ait remarqué qu'il y avait plus que de la simple curiosité dans son enquête. Chloé lui avait tapé dans l'œil. Elle était un mélange de vulnérabilité, de bravade et de courage qui avait fait vibrer une corde en lui, réveillant des sensations qu'il n'avait plus éprouvées depuis longtemps. Ro ne savait pas trop s'il était excité ou circonspect à ce sujet.

— Allez, lâcha-t-il laconiquement. C'est l'heure.

Les trois hommes se dirigèrent vers la porte d'entrée et, une fois à l'intérieur, furent accueillis par un gros type faisant office de videur qui les reluqua de la tête aux pieds, puis hocha la tête et les laissa passer.

Ils traversèrent un petit couloir sombre au bout duquel, repoussant un rideau noir, ils entrèrent dans une salle immense. La musique était forte, mais sans plus, et les basses pulsaient lourdement. Ro les sentait tambouriner dans sa poitrine pendant qu'ils examinaient les environs.

Une grande scène se dressait au fond de la salle, où trois femmes dansaient à différents stades de leur effeuillage. L'une d'elles, complètement nue, se tortillait autour d'une perche. Des hommes lui tendaient des billets, attendant à l'évidence qu'elle achève sa routine et s'approche du bord de la scène pour ramasser leurs pourboires.

La deuxième femme portait un string, mais elle avait déjà ôté son haut. Elle avait des seins énormes, manifeste-ment faux, et elle se penchait par-dessus le bord de la scène, pour laisser les types glisser du cash dans sa culotte et entre ses seins qu'elle pressait l'un contre l'autre.

La troisième femme était en short et soutien-gorge. Elle suivait le rythme de la musique, mais n'avait clairement pas le cœur à l'ouvrage. Elle tournait le dos à l'assistance et trémoussait ses fesses, suscitant des acclamations enthousiastes chez les hommes.

Il y avait des tables partout et Ro voyait plusieurs femmes y effectuer un strip-tease. Un bar courait le long du côté gauche de la salle, derrière lequel se tenaient deux barmaids en petite tenue, servant des boissons avec une concentration extrême. Un homme se tenait, bras croisés, à l'entrée d'un couloir à côté du bar, le protégeant visiblement de tout visiteur importun.

Où que Ro pose les yeux, il voyait des femmes en tenue étriquée servant de l'alcool aux hommes emplissant la salle.

Il balaya rapidement l'endroit du regard, à la recherche de Chloé. Il ne la vit pas, ce qui l'inquiéta et le rassura tout à la fois.

— Viens. Il y a une table, là-bas, lui indiqua Arrow en désignant un coin reculé, à droite de la porte.

Il n'était pas difficile de comprendre pourquoi l'emplacement n'était pas populaire : éloigné de la scène et de l'action qui s'y déroulait, il y faisait assez sombre.

Mais pour les trois hommes qui s'empressèrent de gagner cette table, il était parfait. Ils pouvaient s'adosser aux murs, si bien que personne ne risquait de se faufiler derrière eux, et voir la salle entière sans avoir à tourner la tête. Par ailleurs, le coin étouffait significativement la musique, ce qui leur permettait de s'entendre parler sans trop de difficulté.

— Comment Allye a pris que tu viennes ici ce soir ? demanda Arrow à Gray.

L'intéressé sourit.

— En fait, elle m'a encouragé à venir.

— Sérieusement ? fit Ro.

Il n'arrivait pas à imaginer une femme désireuse que son

homme vienne reluquer le corps d'autres femmes nues dans un club de strip-tease.

— Oui. Elle a déclaré que c'était l'équivalent d'une soirée entre filles. Elle a ajouté que du moment que je regardais sans toucher, elle récolterait les fruits de mon excitation pour avoir été titillé toute la soirée.

— Elle est vraiment spéciale, commenta Arrow.

— En effet confirma Gray. Alors, quel est le plan ?

— De rester assis et d'observer pendant un moment, répondit Ro.

Il allait continuer quand il fut interrompu par une femme portant un bikini si petit qu'ils voyaient ses aréoles pointer par-dessus la bordure du minuscule morceau de tissu. Elle ne portait rien d'autre qu'une culotte, si fine qu'on distinguait ses poils noirs sous le tissu.

— Qu'est-ce que je vous sers ? demanda-t-elle d'une voix monocorde.

Ro la regarda plus attentivement. Pour quelqu'un vêtu de façon aussi provocante, elle ne cherchait absolument pas à les aguicher.

— Rhum Coca, répondit Arrow.

— Une pression, renchérit Gray.

— Une Newcastle Brown Ale, répondit Ro, qui précisa, en recevant un regard vide de la serveuse : C'est une bière anglaise, ma belle. Bon, un whisky on the rocks, soupira-t-il devant son absence de réponse.

Visiblement soulagée, la serveuse hocha la tête, puis pivota sur ses talons de douze centimètres pour aller récupérer leur commande au bar.

— On parie qu'on va se faire servir la pire merde coupée à l'eau qu'on ait jamais goûtée ? ironisa sèchement Arrow.

— Je ne me risquerais pas à parier, fit Gray.

Ro ne répondit rien. Son attention était focalisée sur les

femmes dans la salle. Il y en avait beaucoup, mais les hommes étaient tout de même deux fois plus nombreux. Sur scène, la femme nue, qui avait fini de danser, ramassait les billets jetés autour d'elle, avant d'être remplacée par une grande Asiatique élancée qui portait un kimono quand elle arriva sur la scène, mais dont elle se débarrassa sans tarder. Elle portait une paire de cache-tétons et un string. Elle entreprit alors de démontrer sa souplesse, poussant ainsi des hommes à l'acclamer et à lui jeter presque de l'argent dessus.

La quantité de chair exposée importait peu à Ro. Il appréciait les formes féminines autant que n'importe quel homme hétérosexuel, mais il n'était pas ici pour le plaisir. Il redoutait de découvrir Chloé, même s'il espérait tout autant la voir ce soir. Les vêtements qu'elle portait deux semaines plus tôt étaient la seule raison qui l'avait poussé à conclure qu'elle pouvait être ici. Il ne parvenait pas à imaginer pourquoi elle porterait une tenue aussi étriquée, sinon.

Il observa la serveuse qui revenait avec leurs commandes. Quand elle se pencha par-dessus la table pour y disposer les boissons, ses seins menacèrent de sauter par-dessus le haut de bikini qui les contenait tout juste.

Quand elle en eut terminé, elle glissa le plateau sous son bras et s'appuya des deux mains sur la table. La position était provocante, sensuelle et aurait été extrêmement sexy si la femme n'avait pas eu l'air aussi stressée.

— Vous êtes nouveaux par ici, les gars ?

— Comme tu le dis, ma belle, répondit, Arrow pour le reste du groupe.

— Bienvenue au BJ's. Votre plaisir est mon plaisir, lâcha-t-elle, la mine presque ennuyée. Il vous suffit de demander. N'hésitez pas à vous promener où bon vous semble : toutes les serveuses acceptent les pourboires, exactement comme les danseuses. Nous avons des cabines privées à l'arrière, où vous pourrez faire connaissance avec la femme de votre choix. Si vous êtes intéressés, parlez-en à l'objet de votre affection. Elle vous indiquera le prix correspondant à la prestation requise.

Elle regarda par-dessus son épaule et Ro ne put s'empêcher de suivre la direction prise par son coup d'œil.

Il se raidit en voyant Chloé émerger du couloir gardé aux côtés d'un homme.

Les yeux rivés au sol, elle le suivait d'un pas traînant, comme si elle était embarrassée, frottant ses bras nus et fronçant les sourcils.

Ro remua sur son siège, prêt à se lever et à se précipiter vers elle, mais Gray posa une main sur son bras pour l'en empêcher.

La serveuse ramena le regard sur eux et se raidit.

— Votre serveuse attitrée devrait bientôt venir voir si vous avez besoin de quelque chose d'autre, mais je suis disponible si vous voulez aller faire un tour en cabine.

Sur quoi, elle leur adressa un clin d'œil et, après avoir pivoté, fonça droit sur Chloé.

— C'est quoi, ce bordel ? cracha Arrow. Elle vient de nous dire qu'on peut se payer n'importe quelle femme ici présente ?

— On dirait bien, convint Gray.

Ro ne répondit rien, l'œil rivé sur Chloé. La serveuse se dirigea vers elle et se pencha pour lui toucher deux mots. Chloé hocha la tête et se rendit au bar pour récupérer un plateau. Alors qu'elle lui tournait le dos, Ro examina ce qu'elle portait. Comparé à la plupart des serveuses, c'était quasiment une tenue de bonne sœur. Mais ça ne faisait que la rendre plus intrigante et il vit plusieurs hommes lorgner ses fesses quand elle leur tourna le dos. N'empêche qu'elle montrait bien trop de peau pour le goût de Ro… et le sien propre, semblait-il.

Ses talons faisaient un modeste cinq-sept centimètres, quand les autres femmes étaient montées sur des échasses entre dix et quinze centimètres. Avec ses centimètres supplémentaires, elle devait mesure à peu près autant que Ro. Elle portait une jupe courte qui lui descendait au milieu des cuisses. Son corset lui donnait une taille très fine, mais ses seins paraissaient bien trop volumineux pour sa silhouette. Ils étaient haut perchés et bien en vue. Ses épaules en revanche étaient voûtées, comme si elle cherchait à se cacher des hommes qui la reluquaient, mais c'était peine perdue. Impossible de masquer son décolleté pigeonnant.

Elle avait davantage de courbes que leur précédente serveuse : son corset ne lui couvrait pas tout à fait le ventre et dévoilait une minuscule bedaine alors qu'elle s'approchait à contrecœur de leur table. Chacun de ses pas remontait un peu la jupe sur ses cuisses charnues, jusqu'à ce qu'elle les laisse presque voir quand elle arriva devant eux.

Elle paraissait si mal à l'aise et si affligée que Ro eut envie de passer les bras autour d'elle pour la protéger des regards et de la concupiscence des hommes dans la pièce, et la leur subtiliser.

S'obligeant à rester assis, il attendit de voir ce qu'elle leur dirait ou ferait quand elle parviendrait à leur table. Allait-elle prétendre ne pas le connaître ou manifesterait-elle d'une manière ou d'une autre qu'ils s'étaient déjà rencontrés ?

Elle s'arrêta là où leur précédente serveuse s'était tenue. Mais, les yeux baissés, elle tenait le plateau devant elle, comme pour se protéger de leurs regards.

— Bienvenue au BJ's. Votre plaisir est mon plaisir,

déclara-t-elle d'une voix tremblante. J'espère que vous appréciez vos boissons. Si vous désirez quoi que ce soit, il suffit de demander. Nous avons des cabines privées à l'arrière et je me ferais un plaisir de vous montrer l'excellente hospitalité qui a fait la réputation du BJ's... si tel est votre bon plaisir.

Elle attendit et Ro aurait juré qu'elle retenait sa respiration. Il était furieux que les autres serveuses et elle-même se vendent ainsi, mais il n'allait pas donner suite à cette colère. Ce n'était ni l'heure ni le lieu.

— Chloé ? demanda-t-il à voix basse, désireux de tendre le bras vers elle, sans toutefois la contrarier plus qu'elle ne l'était déjà.

Au son de son nom, elle leva les yeux pour la première fois et, rencontrant les siens, ils s'écarquillèrent. Il les distinguait à peine dans l'atmosphère tamisée du club, mais il devina qu'ils étaient marron foncé. Visiblement, elle ne portait pas les lentilles violettes qu'elle avait mises quand il l'avait croisée la première fois. Elle était lourdement maquillée et ses cheveux noirs, très raides, étaient rassemblés en un chignon lâche à la base de son cou.

Elle ouvrit la bouche pour parler, avant de la refermer sur-le-champ.

— Ne paniquez pas, s'empressa de lui glisser, Ro. Mes amis et moi, on est ici pour voir si vous avez besoin d'aide. Si ce n'est pas le cas, si tout va bien, dans ce cas, tout va bien de notre côté aussi. Mais si vous n'avez aucune envie d'être ici et que vous avez besoin d'aide, tout ce que vous avez à faire, c'est de le dire et je veillerai à ce que vous soyez mise en sécurité.

Elle continuait à le dévisager, les yeux ronds comme des soucoupes. Il la vit agripper son plateau si fort que ses jointures blanchirent. Elle le quitta des yeux pour regarder Gray et Arrow, puis son regard revint se poser sur lui.

— Pourquoi ? demanda-t-elle.

— Parce que dans mon univers, personne ne fait du mal à une femme. Elle n'a pas un bleu de la taille d'un poing dans le dos et elle ne déambule pas dans Black Forest sans sac à main ni moyen d'appeler à l'aide, avec des vêtements trop petits et des talons trop hauts.

Elle tressaillit et prit une profonde inspiration.

— Je... Je ne peux pas... Je ne sais pas...

— Arrêtez de paniquer, lui ordonna Gray. (Les yeux de Chloé se posèrent sur lui.) Chaque chose en son temps. Vous allez bien ? Vous n'êtes pas blessée ?

Chloé se passa la langue sur les lèvres et détourna le regard, mais elle ne hocha ni ne secoua la tête.

— D'accord, ça répond à ma question. C'était votre frère qui vous surveillait, là ? s'enquit Gray.

Ils reçurent un petit hochement de tête.

— À quelle heure vous finissez ? demanda Arrow.

— À 3 heures.

Ro regarda sa montre. Il lui restait encore une heure et demie.

— Vous devez aller en cabine avec toute personne qui vous le demande ?

Elle hocha la tête.

Ro se pencha en avant et ordonna, passant au tutoiement :

— Regarde-moi, chérie.

Elle leva les yeux vers lui et il fut abasourdi de l'espoir et de la peur qu'il y lut. Il eut envie de la prendre dans ses bras pour l'emmener hors d'ici sans ajouter le moindre mot. Mais il savait qu'ils n'atteindraient jamais la porte. Pas si elle était surveillée par d'autres personnes en plus de son frère.

— Dis à tous ceux qui te poseront la question que j'ai déjà payé pour ta prochaine séance en cabine.

L'espoir mourut dans ses yeux et il n'y resta plus que la peur... ainsi qu'une pointe de colère.

Ro détesta voir cette peur, comprenant pourquoi elle était contrariée : elle pensait à ce qu'il allait sans doute l'obliger à faire, mais il n'avait pas le temps de la détromper, car la serveuse qui avait apporté leurs boissons s'approchait de nouveau de la table. Elle se pencha vers Chloé et lui glissa quelque chose à l'oreille. Ro n'entendit pas ces paroles, mais les lèvres de Chloé se pincèrent, sous l'effet de son agitation.

Elle se tourna vers son interlocutrice et laissa échapper, en désignant Ro d'un signe de tête :

— Il a déjà dit qu'il voulait une session.

La serveuse hocha la tête.

— Je vais prévenir Abbie, se contenta-t-elle de dire en tournant de nouveau la tête vers le bar.

— La femme qui est venue me chercher chez vous nous observe aussi, souffla doucement Chloé.

Ro comprit ce que cela signifiait. Il n'était pas certain que cette Abbie le reconnaisse dans la pénombre du bar, mais il abaissa un peu sur son front la vieille casquette de base-ball dont il s'était coiffé au dernier moment, juste pour le cas où. La dernière chose qu'il voulait, c'était que Chloé souffre de s'être associée avec lui.

— Bien, euh... les sessions débutent à cinquante dollars pour un strip-tease et, en fonction de ce que vous voulez, les prix augmentent, reprit Chloé, sans le regarder dans les yeux pendant qu'elle énumérait les prix pour le temps passé en cabine.

La rage s'empara de Ro jusqu'à ce qu'il se sente sur le point d'exploser, alors il se contrôla. Avec la plus grande difficulté. Il entendit Gray grommeler dans sa barbe et vit Arrow se redresser dans sa chaise en face de lui. Aucun des Mercenaires Rebelles n'aimait voir une femme se faire abuser ou violenter, mais ils aimaient encore moins ça quand les femmes en question étaient manifestement effrayées et réticentes, comme Chloé l'était.

Ro attrapa son whisky et le vida, puis il se leva sans un regard à ses coéquipiers. Tendant la main vers Chloé, il déclara :

— Je veux passer autant de temps que possible avec toi, chérie. Allons-y.

4

———

Chloé regarda la main de Ro et déglutit avec peine. Elle se détestait en cet instant. Elle détestait sa vie. Son frère. Tout ce qu'elle voulait, c'était remonter le temps et revenir à l'époque où elle travaillait pour Springs Financial Group et était relativement heureuse.

Elle s'était creusé la cervelle toute la nuit, s'efforçant de trouver un plan pour échapper au travail en cabine et s'enfuir, mais elle n'avait pour l'heure pas été capable de trouver quelque chose susceptible de fonctionner. Elle savait qu'Abbie la surveillait de son regard d'aigle et Leon avait des sbires partout. Ils ne la laisseraient jamais s'en aller et disparaître.

— Chloé ? fit Ro.

Prenant une profonde inspiration et sachant qu'elle n'avait pas le choix, Chloé mit sa main dans la sienne.

La sensation de cette paume calleuse se refermant sur sa peau aurait dû lui donner la nausée, étant donné ce qu'elle était sur le point de faire, au contraire, elle se sentit instantanément protégée. Ce qui était idiot, vu qu'il l'emmenait dans l'une des cabines.

Elle avait beaucoup pensé à lui pendant les deux dernières semaines et avait songé à l'appeler, peut-être pour lui demander de venir chez elle sous un prétexte ou un autre. Elle l'aurait supplié de l'emmener loin et, bien sûr, il aurait accepté et ils se seraient éloignés dans le soleil couchant.

Mais il ne s'agissait pas d'un conte de fées et, de toute façon, ça n'aurait jamais fonctionné, car Leon aurait envoyé ses hommes de main la récupérer et blesser Ro dans le processus.

Et pourtant, sans qu'elle sache trop comment, il était là, planté devant elle, lui tenant la main comme si elle l'avait fait apparaître.

Bien entendu, il ne l'avait pas jetée sur son épaule pour l'emmener loin du club, comme elle l'avait rêvé, à la place, il entendait profiter de l'une des cabines.

Ils restèrent plantés, l'espace d'une fraction de seconde, main dans la main, et on aurait dit que le reste du club avait soudain disparu. Puis elle fut bousculée par un homme passant dans les parages et le choc réveilla Chloé de sa stupeur. Elle se tourna pour se diriger vers le couloir du fond. Celui dont elle venait de sortir. Celui où elle avait eu l'impression d'abandonner l'ancienne Chloé derrière elle pour devenir quelqu'un qu'elle ne connaissait ni n'appréciait plus. Qu'elle ne voulait pas connaître.

Le videur du couloir – Chloé pensait qu'il s'appelait Dan – les arrêta, ainsi que le voulait le protocole. C'était lui qui se chargeait de la transaction financière : les filles n'avaient pas le droit de toucher l'argent qu'elles gagnaient. Bien évidemment. Elles auraient pu en voler, ce qui leur aurait permis de s'enfuir du club et des griffes de Leon.

— On paie avant de toucher, lança Dan à Ro d'un ton pragmatique.

Chloé voulut lâcher la main de Ro, mais il refusa de la laisser partir.

— Pas de problème. Combien ?

— Ça dépend de ce que tu veux, répondit Dan.

— Je veux autant de temps que je peux en avoir, répondit Ro, sans davantage regarder Chloé.

Elle n'aimait pas voir Dan décider de ce qu'elle allait faire ou pas, mais ce n'était pas comme si elle avait le choix. Si Dan ne s'était pas chargé de la tâche, ç'aurait été Abbie. Ou Leon. Sa vie ne lui appartenait plus et ça craignait. Énormément.

Dan examina Ro, puis tourna un regard plein de convoitise vers Chloé. Elle frissonna. En tant que « nouvelle fille », elle savait que des tas d'employés voulaient tenter leur chance et se la taper. Abbie lui avait expliqué avec une iiiimmense sollicitude que les employés avaient en général la priorité sur les bleues, histoire de les « entraîner », même si Chloé était une exception.

— Trente minutes. Max, précisa Dan. C'est cinquante dollars pour un strip-tease de dix minutes, sans toucher la marchandise. Si tu veux une pipe, c'est quinze minutes pour cent dollars. Si tu veux plus que ça, ce sera cent de plus toutes les cinq minutes.

Sans ciller ou avoir une attaque en entendant le prix, Ro laissa tomber la main de Chloé et attrapa son portefeuille. L'ouvrant, il compta quatre cents dollars et les tendit à Dan.

— Eh bien, ce sera donc trente minutes.

Dès que Dan eut pris l'argent, Ron remit son portefeuille dans sa poche et rattrapa tout de suite la main de Chloé. Elle savait qu'il ne le faisait pas par affection, juste pour s'assurer qu'elle n'allait pas s'enfuir, n'empêche que la sensation était agréable.

L'argent disparut dans la poche de Dan qui croisa les bras.

— Toutes les cabines sont sous vidéosurveillance, pour la sécurité de nos employées.

Ro hocha la tête.

— Quoi d'autre encore ?

— Quoi d'autre quoi ?

— Quelles sont les règles ?

— Les règles ? Il n'y a pas de règles, autres que celles d'utiliser un préservatif et de s'amuser, répondit Dan avec un petit sourire. La cabine 4 est libre, au bout du couloir.

Chaque muscle dans le corps de Ro parut se crisper, mais il se contenta de hocher la tête et, dès que Dan leur eut libéré le passage, il entraîna Chloé à toute vitesse vers l'autre extrémité du couloir, baissant la tête pour que les caméras ne saisissent pas ses traits. Il ouvrit brutalement la porte afin de l'attirer à l'intérieur et de refermer la porte dans un clic définitif.

— Pas de verrou. C'est déjà quelque chose, constata-t-il avec une grimace.

Chloé frissonna. Elle n'avait même pas réfléchi à la question. Si un client devenait trop enthousiaste et les enfermait de l'intérieur, personne ne serait en mesure de l'aider… à supposer qu'Abbie ou les pervers installés dans la salle de vidéosurveillance aient seulement essayé.

Comme Ro ne remuait pas, elle leva les yeux vers lui. Il balayait la pièce du regard, pour en assimiler les détails. Il n'y avait pas grand-chose à voir : une petite pièce d'un mètre cinquante sur deux mètres cinquante, avec un canapé en cuir en son centre. Pas de moquette au sol, de photos sur les murs. Une petite table flanquée d'une poubelle était appuyée contre un mur, supportant une boîte de lingettes désinfectantes. Une minuscule fenêtre en hauteur, au ras du plafond, déversait une faible lumière en provenance du parking.

Le luminaire suspendu au centre de la pièce comportait une ampoule à la puissance très faible, qui donnait tout juste assez de lumière pour que les caméras saisissent les traits et ce qui se passait dans la pièce. Chloé supposait que c'était censé créer une ambiance apaisante et romantique, mais le résultat était tout simplement glauque.

Sans un mot et sans lui lâcher la main, Ro se dirigea vers la chaise et se tourna. Croisant son regard, il s'assit lentement. Comme il libérait sa main, Chloé se sentit abandonnée, sans comprendre trop pourquoi. Ro écarta les jambes et tendit le bras pour l'attirer à lui. Ses tibias heurtèrent le cuir du canapé, ce qui la fit grimacer.

Il ouvrit la bouche pour dire quelque chose quand la musique démarra. Elle n'était ni douce ni séduisante, mais bruyante et brutale. Bref, une musique plus appropriée à un quelconque donjon BDSM qu'à une cabine privée dans un club de strip-tease baptisé BJ's.

Les yeux de Ro ne s'éloignaient pas des siens. Ils étaient intenses, perçants et, dans la lumière tamisée de la pièce, paraissaient plus foncés.

— Où est la caméra, chérie ? demanda-t-il. Je ne veux pas donner l'impression de la chercher.

Chloé cilla et se passa la langue sur les lèvres.

— Au-dessus de la porte, répondit-elle juste assez fort pour être entendue par-dessus la musique, mais pas assez pour être saisie par la caméra.

— Bien. Ta tête m'empêche de la voir, commenta Ro qui hocha la tête et la regarda dans les yeux.

Les mains qu'il avait posées sur ses hanches ne la serraient pas au point de lui faire mal ni ne se baladaient de façon inconvenante. Elle prendrait ça comme une victoire.

— Je suis censée veiller à ce que tu sois entièrement sur la vidéo à un certain moment, avoua-t-elle.

— Je m'y attendais. Ne t'inquiète pas, la rassura-t-il.

Chloé se tenait maladroitement entre ses jambes. Elle savait qu'elle était supposée onduler au rythme de la musique, se déshabiller, mais elle était emprisonnée par son regard. Ce qu'elle avait vraiment envie de faire, c'était se jeter dans ses bras et le supplier de la faire sortir d'ici.

— Danse, chérie, lui conseilla-t-il avec une petite pression des doigts. Comme on nous observe, tu dois faire en sorte qu'ils ne soupçonnent rien.

Chloé ne savait pas trop ce qu'il voulait dire par « ne soupçonnent rien ». Elle n'avait aucune idée de ce qu'était son plan, mais elle savait qu'il avait raison. Si elle ne voulait pas qu'Abbie ou, Dieu l'en garde, son frère débarque dans la pièce pour, au minimum, l'embarrasser et, au pire, la forcer à accomplir devant eux un acte sexuel d'une nature ou d'une autre, elle devait passer à l'action.

Faute d'autre choix, Chloé obéit à Ro. Elle balança des hanches, porta les mains à ses cheveux, s'efforçant d'avoir l'air séduisante, mais avec la sensation d'être juste ridicule.

Les mains de Ro remontèrent de ses hanches pour se poser sur sa taille, entre le haut de sa jupe et le bas de son corset. Elle sursauta. Les doigts de Ro étaient froids sur sa peau surchauffée et elle rentra le ventre, afin de dissimuler le petit bourrelet qu'elle savait pointer de sa tenue étriquée.

— Détends-toi. Ne réfléchis pas, contente-toi de bouger, lui murmura Ro.

« Détends-toi » ? Comme si c'était possible. Mais elle fit de son mieux pour danser sur la musique qui tambourinait à travers les haut-parleurs.

Et pendant tout ce temps, Ro ne la quittait pas des yeux.

Il ne reluquait pas son décolleté, ses mains ne se promenaient pas sur son corps comme celles du gars d'avant.

— C'est ça. Tu t'en sors très bien.

Il avait la voix basse et grave. Apaisante. Tout ce qu'il avait fait depuis qu'elle l'avait rencontré était apaisant. Deux semaines plus tôt, il lui avait demandé de voir son hématome, il ne l'avait pas exigé. Oui, il avait tenu fermement son bras, mais il ne lui avait pas fait mal, pas comme Abbie lorsqu'elle l'agrippait, ni comme son frère quand il la frappait.

Il lui avait tenu doucement la main dans le club et, pour l'instant, il ne lui avait pas peloté les seins ni exigé qu'elle danse pendant qu'il se branlait. Chloé frissonna au souvenir de sa dernière fois dans une cabine privée. Heureusement, le type n'avait pas voulu de pipe... en revanche, c'était ce pour quoi Ro avait payé, lui.

Elle déglutit à cette pensée et regarda l'homme assis devant elle. Les yeux de Ro restaient fixés sur son visage, mais Chloé employa le temps que durait sa danse pour l'examiner. Il portait un jean noir qui collait aux endroits appropriés. Un renflement assez impressionnant transparaissait à son entrejambe, ce qui la terrifia sur le moment. En d'autres circonstances, elle aurait pu être intriguée, mais vu qu'il venait de payer quatre cents dollars pour l'entraîner dans la cabine privée d'un club de strip-tease pour trente minutes, elle n'était pas exactement aux anges.

Il avait aux pieds une paire de bottes noires, sales et éraflées. Chloé pouvait en dire beaucoup sur un homme en examinant ses chaussures. Leon ne portait que des mocassins noirs ou marron, toujours cirés et polis par l'un des domestiques de sa maison, bien sûr. Si les chaussures étaient une métaphore de la vie, elles représentaient juste sa façade. Les mocassins de son frère pouvaient bien être propres, ça ne signifiait pas que lui l'était. Comme elle avait pu s'en rendre compte, Leon était aussi corrompu qu'il était possible de l'être. Il obligeait simplement d'autres personnes à faire le sale travail, notamment nettoyer ses chaussures, afin qu'il n'ait pas à s'en charger.

Les chaussures de Ronan Cross étaient souples. Confortables. Elle aurait mis sa main à couper qu'il n'avait jamais même songé à faire quelque chose d'aussi stupide que de cirer et polir leur cuir éraflé. Il devait considérer que plus ses chaussures étaient assouplies, plus elles étaient confortables.

— Remue un peu plus les hanches, murmura-t-il, brisant le cours de ses rêvasseries ineptes.

Elle hocha la tête et mit un peu plus de conviction dans sa danse, tout en continuant à observer l'homme devant elle. Il portait un tee-shirt blanc et un blouson de cuir noir. Ses joues étaient ombragées d'un début de barbe et, pour l'heure, ses lèvres étaient pressées l'une contre l'autre. Il avait le nez légèrement busqué, comme s'il se l'était cassé par le passé. Doté de longs cils et de pommettes hautes, il aurait pu passer pour un gentil garçon s'il n'avait eu ces cheveux châtains, trop longs, qui, dépassant de sa casquette, lui tombaient sur le front.

Revenant à ses yeux, Chloé en conclut que c'était sa caractéristique la plus intéressante : quoique bleus, ils changeaient de couleur en fonction de l'environnement. Pour l'heure, ils étaient d'une nuance bleu foncé à cause de l'éclairage, mais deux semaines plus tôt, ils avaient été plus clairs, davantage d'un bleu ciel éclatant que du bleu nuit qu'ils affichaient en cet instant. Elle y décelait un océan d'émotions, sans pour autant être vraiment en mesure de déchiffrer lesquelles.

Secouant la tête en constatant quelles pensées stupides lui traversaient l'esprit quand elle aurait dû réfléchir à la façon de s'enfuir de son cauchemar personnel, Chloé ferma les paupières et tenta d'oublier qui elle était. Ce qu'elle faisait, à savoir danser de façon suggestive, presque sur les cuisses d'un inconnu.

— Voici le plan, reprit Ro d'une voix trop basse pour être captée par la caméra au-dessus de son épaule gauche. Je suis venu ici pour m'assurer que tu étais en sécurité. Mes amis et moi, on a fait des recherches sur ton frère et ce qu'on a trouvé, c'est assez inquiétant. Je peux t'aider, Chloé. À trouver ta propre place, à décrocher un travail loin d'ici. Tu n'es pas obligée de faire ça. Ni pour de l'argent ni encore moins pour ton frère.

Chloé plissa plus fermement les paupières, afin de retenir ses larmes. Elle avait envie de hurler « Oui ! » et d'entraîner Ro hors de la pièce, jusqu'à la porte d'entrée. Mais elle ne pouvait pas. Leon ne la laisserait pas partir. Pas maintenant. Elle en savait trop.

— Plus que vingt minutes. Passe à l'action, ma poule ! lança une voix dans un haut-parleur au-dessus de la porte.

Chloé s'y prit d'une façon si désastreuse qu'elle serait tombée si Ro ne l'avait pas retenue avec les mains qu'il avait posées sur sa taille. Elle avait reconnu la voix d'Abbie : les yeux écarquillés, elle sentit sa respiration accélérer. Elle savait ce qu'elle était censée faire, mais s'y refusait. Pas maintenant. Ni jamais.

— Viens ici, lui susurra Ro en l'attirant à lui avec une force implacable.

Chloé tendit les mains et les posa sur ses épaules, alors qu'il l'attirait entre ses jambes. Elle n'avait d'autre choix que de le chevaucher. Ses genoux reposaient sur les coussins à côté des cuisses de Ro. Comme sa mini-jupe s'était relevée, Chloé savait que s'il baissait les yeux, il verrait le string rouge vif qu'Abbie l'avait forcée à enfiler.

Écarlate, haletante d'anxiété, Chloé surplombait en tremblant les cuisses de Ro.

— Fais pivoter tes cuisses, chérie, lui intima-t-il, sans fixer autre chose que son visage. Danse sur mes cuisses comme tu le faisais, il y a une seconde.

Sans plus réfléchir, elle obtempéra, ondulant sur la musique, certes avec une certaine raideur, mais ondulant quand même. Il l'aidait de ses mains, l'attirant sur ses jambes, puis la soulevant et lui faisant pivoter les hanches.

Désemparée, Chloé fronça les sourcils. Elle baissa les yeux vers son entrejambe pour obtenir une confirmation, puis releva les yeux vers lui.

— Tu n'es pas dur !

C'était une remarque idiote : elle savait que les hommes étaient sensibles sur la question. La dernière chose qu'elle voulait, c'était mettre Ro en rogne contre elle, surtout après qu'il s'était montré très doux comparé au dernier homme qui l'avait entraînée en cabine. Mais au lieu de s'énerver, il grimaça.

— Si tu t'imagines que je peux être excité dans un moment pareil, tu es folle.

Elle aimait l'accent britannique qui transparaissait à tout bout de champ dans ses paroles, mais elle n'en demeurait pas moins perplexe.

— Ne me regarde pas comme ça, chérie, reprit Ro tout en l'abaissant une fois de plus sur ses cuisses. Si j'étais en chasse, je ne viendrais pas dans un club de strip-tease.

— « En chasse » ?

Les lèvres de Ro esquissèrent un demi-sourire, mais il redevint presque aussitôt sérieux.

— En quête d'une partie de jambes en l'air. Si je voulais me taper une nana, je n'irais pas dans une boîte de strip-tease... Sans vouloir te vexer. Et même si tu es magnifique à mes yeux, impossible de bander quand je vois de la terreur au fond de tes yeux.

— Oh…

— Défais ton chignon, lui intima Ro.

Sans réfléchir, Chloé ôta le bandeau qui retenait ses cheveux, lesquels tombèrent en vagues sur ses épaules. Elle aurait dû se sentir mieux, plus dissimulée, mais cela ne fit qu'accroître sa nervosité.

Lentement, Ro leva une main vers sa tête et attrapa une poignée de mèches pour lui tirer la tête en arrière. Il se pencha en avant et Chloé prit une brusque inspiration en sentant les lèvres de Ro se poser sur son cou.

— Chuuut, je ne vais rien faire de plus, la rassura Ro. Je ne fais qu'offrir un spectacle à celui ou celle qui nous observe. C'est ça, continue à te déplacer sur moi.

Chloé tenta de se détendre, mais sans succès. Elle remuait mécaniquement des hanches et se cramponnait à ses biceps où elle enfonçait les ongles, attendant de voir quelle serait la prochaine étape.

Ro approcha la bouche de son oreille et elle sentit la chaleur de son haleine passer sur la peau ultra sensible de son cou. Ses bras se couvrirent de chair de poule.

— Oui ou non : es-tu ici de ton plein gré ? demanda Ro.

Chloé se raidit. Elle brûlait de répondre « non », mais elle ne voulait pas non plus que l'homme assis sous elle soit vexé si elle le faisait. Leon n'était peut-être pas au mieux de sa forme, en revanche il avait des tas d'amis, surtout ici, au club. Des hommes qui n'oseraient pas lui désobéir s'il leur demandait de malmener Ro. Elle avait décidé de s'échapper ce soir, mais pouvait-elle risquer la vie de Ro en l'impliquant dans cette histoire ?

Et si elle s'en abstenait, pourrait-elle s'enfuir par ses propres moyens ?

Les questions affluaient, sans que surgisse aucune réponse claire et nette.

— Oui ou non, chérie ? demanda-t-il une nouvelle fois.

Chloé avait l'impression que sa bouche était pleine de morceaux de coton. Elle était incapable d'avaler ou de dire quoi que ce soit.

Elle entendit Ro soupirer, mais il n'insista pas.

— OK, lâcha-t-il. C'est l'heure du spectacle. Je vais donner l'impression de te forcer à t'agenouiller. Comme ça, ils auront une bonne image de moi à l'écran. Ouvre mon pantalon, mais reste sur tes genoux, afin que la caméra ne puisse voir exactement ce que tu es en train de faire. Je mettrai mes mains sur ta tête et tu feras semblant de me tailler une pipe.

Chloé tressaillit involontairement. Non, elle ne voulait pas faire ça. Elle ne pouvait pas, peu importait combien il avait payé.

— Tu peux le faire, Chloé, insista Ro comme s'il lisait dans son esprit. Faire semblant. Il ne s'agit de rien de plus. Ouvre ma braguette, mais sans descendre mon slip. C'est un spectacle, chérie. C'est tout. Fais-moi confiance. (Voyant qu'elle hésitait toujours, il ajouta :) Chloé, c'est soit ça, soit le faire vraiment avec un autre homme qui n'en aura rien à foutre de tes sentiments.

— Parce que toi, tu te préoccupes de mes sentiments ?

La question était sortie toute seule et Chloé grimaça. Si elle l'agaçait, il pourrait lui faire du mal, lui faire subir exactement ce qu'elle ne voulait pas.

Elle ouvrait la bouche pour s'excuser, quand l'homme assis devant elle sourit. *Bon sang !* Elle n'avait encore jamais vu Ro sourire et cette vision lui coupa le souffle. Ce sourire transformait le dur à cuire, un peu effrayant, en un homme extrêmement sexy, dans le genre *bad boy*.

— Je m'en préoccupe, répondit-il au bout de quelques secondes. Tu peux me croire, chérie.

À ces mots, Chloé prit une profonde inspiration et hocha la tête. Quel autre choix avait-elle ? C'était la meilleure proposition qu'elle allait avoir. N'importe quel autre homme la forcerait à engloutir son sexe tout au fond de sa gorge.

— Tu es très courageuse, murmura Ro. Alors, allons-y.

Sur quoi, elle sentit le poing de son « client » se serrer encore sur ses cheveux et il utilisa son avant-bras pour l'inciter doucement à s'agenouiller entre ses jambes. Elle obtempéra et demeura bien droite, cachant l'entrejambe de Ro à l'objectif de la caméra.

Les mains tremblantes, elle défit la ceinture à sa taille. Il lui fallut trois tentatives pour déboutonner son jean tant elle tremblait. Parvenue finalement au résultat voulu, elle abaissa la braguette.

Elle n'en était qu'à mi-chemin quand Ro chuchota :

— Ça suffit.

Chloé ne savait pas trop où poser les mains. Elle avait déjà fait une fellation par le passé, mais son petit ami et elle étaient tous les deux nus à ce moment-là, et dans un lit. Mais là, Ro était un inconnu et elle était en terrain si étranger que la situation n'avait rien de drôle.

Sans un mot, Ro lui prit les mains et les posa sur ses cuisses. Chloé y enroula les doigts et se cramponna quand elle sentit les mains de Ro lui agripper la tête.

— Oui ou non, chérie ? demanda Ro.

Sachant qu'il lui reposait la même question que précédemment, Chloé se mordilla la lèvre, indécise, et lui reluqua l'entrejambe. Il n'était toujours pas dur. Elle avait ouvert son pantalon et soufflait pratiquement sur son sexe, pourtant il n'était pas en érection. Il était bien membré, aucun doute là-dessus, mais en effet, ce qu'ils étaient en train de faire ne l'excitait pas. Ce constat contribua à renforcer la confiance qu'elle avait dans cet homme.

— Allons-y, grommela Ro.

Elle le sentit appuyer sur sa tête, la poussant vers son entrejambe.

Comprenant que les minutes filaient et qu'elle devait le faire, Chloé ferma les yeux et fit semblant de tailler une pipe à Ro.

Elle abaissa et releva la tête, offrant la meilleure imitation d'une fellation qu'elle puisse proposer, avec ses cheveux qui masquaient l'entrejambe de Ro. Elle n'avait jamais procédé ainsi, auparavant – agenouillée, avec lui qui observait chacun de ses mouvements –, et elle n'était pas certaine de bien parvenir à feindre. C'était un peu intimidant : elle avait toujours préféré que son partenaire soit allongé. Mais elle ne pouvait nier que si la situation avait été réelle, il y aurait eu quelque chose de presque valorisant à être regardée par Ro pendant qu'elle lui donnait du plaisir.

À un moment de sa fausse fellation, elle sentit qu'une des mains de Ro allait se poser sur ses fesses et serrer. Elle avait toujours sa jupe autour des hanches et savait qu'elle donnait au pervers derrière la caméra – et à Abbie – une vue splendide sur son fessier dénudé, mais, honnêtement, c'était le cadet de ses soucis pour l'heure. Elle se sentit fière de n'avoir sursauté qu'une fois en sentant la paume calleuse de Ro se poser sur sa peau nue, avant de s'efforcer d'ignorer combien cette main lui semblait possessive.

Au bout de plusieurs minutes, Ro murmura :

— OK, chérie, le bouquet final.

Elle aurait souri n'eût été la situation. Il avança les hanches d'un coup brusque et gémit. Bruyamment. Sachant que ce gémissement serait entendu par la caméra, Chloé cessa de remuer la tête. Elle porta une main à sa bouche et fit semblant de s'essuyer.

Levant les yeux vers Ro, elle cilla sous l'admiration qu'elle lut dans ses yeux. Cela faisait longtemps que personne ne l'avait plus regardée avec autre chose qu'une expression de dégoût, de mépris ou de concupiscence.

— Reboutonne-moi.

Sans détacher ses yeux des siens, elle s'affaira sur le jean et la ceinture de Ro. Une fois qu'elle en eut terminé, Ro lui posa les mains sur la taille et la souleva du sol pour la ramener sur ses cuisses. Elle le chevauchait de nouveau alors qu'il lui passait une main sur la joue pour lui demander :

— Tu n'as pas mal aux genoux ? Le sol devait être hyper dur.

Fronçant les sourcils, Chloé se passa la langue sur les lèvres.

— Ça va.

— N'importe quoi. Mais je ne vais pas m'appesantir sur la question pour l'instant. (Il leva son autre main et prit son visage en coupe, ses doigts s'entortillant dans les mèches autour de ses oreilles.) Oui ? Ou non ? demanda-t-il encore une fois.

Chloé hésita. Elle n'avait aucune idée de ce que ferait Ro si elle avouait qu'elle n'était pas ici de son plein gré. Elle connaissait son frère. C'était un saligaud, qui avait des tas de gens à sa solde. Des gens dans sa maisonnée qui n'avaient pas levé le petit doigt quand il la frappait. Des gens qu'il payait grassement pour la surveiller. Des gens qui n'hésiteraient pas à l'emprisonner si Leon le leur ordonnait.

Et des gens comme Peter Smaldone et Joseph Carlino, qui tortureraient Ro pour l'avoir aidée. Elle n'avait aucune idée de ce que ce... mécanicien... serait capable de faire pour la secourir.

Pourtant, la pensée d'avoir quelqu'un de son côté qui lui donnait la sensation de n'être pas aussi seule était trop puissante pour qu'elle y résiste. Elle n'avait pas fait confiance à qui que ce soit depuis très longtemps, mais Ro ne venait-il pas de lui prouver qu'on pouvait se fier à lui ? Au moins un petit peu ? Elle savait qu'il pouvait très bien lui passer de la pommade en cet instant pour mieux la jeter ensuite en pâture au lion, seulement elle n'avait pas d'autre choix.

Faisant fi de la prudence, Chloé prit une profonde inspiration et chuchota :

— Non. Je ne suis pas ici de mon plein gré.

L'expression sur le visage de Ro demeura inchangée. Le seul signe lui indiquant qu'il l'avait entendue, ce furent ses doigts qui resserrèrent leur emprise sur sa tête l'espace d'une seconde.

Puis il approcha la sienne et effleura tout doucement ses lèvres des siennes.

Chloé sursauta à ce contact. On aurait dit qu'elle venait de se faire électrocuter. C'était fou, parce que le baiser de Ro avait été léger, sans rien de sexuel. Mais à la seconde où elle sentit ses lèvres, quelque chose changea entre eux.

Il la dévisagea et elle sentit une nouvelle fois ses mains rugueuses se poser sur ses flancs. Elle aurait dû être gênée de se retrouver sur ses genoux, presque nue, la jupe remontée à la taille, mais ce n'était pas le cas. Elle se sentait... en sécurité.

— Tu sens archi bon, chuchota Ro.

Chloé devina qu'elle rougissait. Des hommes avaient loué ses seins et ses fesses toute la soirée, mais la confession murmurée de Ro était bien plus louangeuse que tout ce qu'elle avait jamais entendu.

— Du lilas. C'est ma lotion. Ma mère m'a acheté ma première bouteille quand j'étais adolescente. Cela me fait penser à elle.

Ro ferma les yeux et se pencha vers Chloé pendant une seconde. Elle sentit son nez effleurer une nouvelle fois la peau sensible derrière son oreille et l'entendit inhaler.

Elle frissonna.

Il recula et ses lèvres s'écartèrent, mais ils furent interrompus avant qu'il puisse proférer le moindre mot. La voix d'Abbie retentit à travers la pièce.

— Votre temps est écoulé ! Laisse-la partir avant qu'on envoie Dan t'y obliger.

Chloé sentit les mains de Ro la relâcher et pendre le long de ses flancs. Maladroitement, elle quitta ses genoux, rajustant sa jupe tout en se plantant devant lui.

Ro se leva lentement et hocha la tête pour désigner son corset.

— Tu veux arranger ça avant qu'on sorte de là ?

Jetant un coup d'œil à sa mise, Chloé vit qu'un de ses seins avait fini par s'échapper du corset. Elle lança un rapide regard à Ro.

D'un geste rapide, elle remisa tant bien que mal son sein dans le tissu, non sans chercher à contrôler la rougeur qui lui montait au front. Quand son regard revint sur Ro, elle soupçonna qu'il ne l'avait pas quittée du regard tout le temps qu'elle avait arrangé le défaut de sa tenue.

N'importe quel autre type aurait profité de ce peep-show gratuit. Pas Ro. Elle avait l'impression qu'il cherchait à la protéger de l'embarras que pouvait lui causer le fait d'être reluquée par un homme. Chloé savait que personne à part lui n'aurait ouvert la bouche, tous ses autres clients se seraient contentés de profiter du spectacle des chairs qu'elle ignorait montrer.

— Merci, dit-elle doucement.

— Je t'en prie. Viens, il faut y aller.

Sur quoi, Ro lui prit la main et l'entraîna vers la porte qu'il ouvrit. Et ils regagnèrent le brouhaha du club. Ensemble.

5

———————

Ro détesta partir sans adresser un mot à Chloé, mais il disposait de moins d'une heure pour contacter Rex et les autres et bâtir un plan. Il regarda derrière lui encore une fois avant de franchir le rideau noir qui les séparait du petit couloir à l'avant du club et la vit qui le regardait partir, les yeux pleins d'incrédulité.

Ce regard faillit le détruire.

Il aurait voulu lui dire qu'elle ne passerait pas une nuit de plus dans ce bouge, mais il n'en avait pas eu l'occasion. Dès qu'ils émergèrent du couloir, Dan avait annoncé à Chloé que l'enterrement de vie de garçon en cours requerrait la présence d'une autre serveuse pour la dernière tournée. Elle avait été emmenée avant que Ro puisse la rassurer d'une manière ou d'une autre.

Il était retourné à la table où se trouvaient Gray et Arrow et il leur avait déclaré qu'il était temps de partir. Sans poser de questions, ils s'étaient immédiatement levés et l'avaient suivi dehors.

Ro resta silencieux jusqu'à ce qu'ils atteignent l'Audi de

Gray. Dès qu'ils se retrouvèrent à l'intérieur, il sortit son téléphone et appela Rex.

— Raconte-moi tout, lâcha leur officier traitant en guise de salutations.

— Il y a bel et bien des femmes retenues là-bas contre leur gré. Et ils proposent plus que du strip-tease. En apparence, ça a l'air légal, mais je pense qu'il suffirait de gratter un peu et on n'aurait aucun mal à révéler qu'il s'agit d'une affaire de proxénétisme.

— Tu sais qu'on a besoin de plus que ça, répliqua Rex. J'ai beau brûler de faire irruption là-bas, ça ne réglera pas le problème. Harris va juste la mettre en sourdine pendant un moment et revenir plus tard. On doit la jouer malin.

— Il force sa propre sœur à se prostituer ! Elle m'a dit qu'elle était là-bas contre son gré. Il faut qu'on les fasse sortir, elle et les autres.

— Pas sans preuve solide, répéta Rex. Ça craint, je le comprends bien, mais un salopard comme Harris ne se fait pas l'argent qu'il gagne avec ce seul club. Si on bouge maintenant, on ne sauvera jamais les femmes des autres endroits qu'il possède, qu'ils soient dans le genre de ce club ou pires.

— Si Chloé était ta sœur ou ta femme, tu me dirais la même chose ? Tu me demanderais d'être patient ? Certainement pas, putain !

— Tu dépasses les bornes, là, marmonna Rex d'une voix grave où transparaissait de l'irritation.

Ro prit une profonde inspiration. Il savait que Rex avait raison, c'était simplement difficile à entendre.

— Je te présente mes excuses, mais Rex, j'ai intégré ce groupe pour éviter à des femmes de vivre ce genre de choses. Pour l'instant, Chloé n'a pas été forcée de « servir » un client, mais demain soir à la même heure, je suis prêt à parier tout ce que j'ai que ce ne sera plus le cas. Je comprends d'où tu viens, vraiment. Je ne veux surtout pas faire quoi que ce soit qui pourrait nuire à la réputation des Mercenaires Rebelles... mais c'est personnel. Chloé n'est pas une femme persécutée et abusée, anonyme et sans visage. C'est un être de chair et de sang pour moi et, si le regard dans ses yeux m'a indiqué quelque chose, c'est qu'elle est au bout du rouleau. Je suis sa dernière chance.

Rex resta silencieux un long moment avant de répliquer, à voix basse :

— Si tu es en mesure de faire sortir la sœur sans que Harris ferme tout le truc, alors je te suis. Mais c'est un gros « si », Ro.

— J'en suis capable.

— Est-ce que je peux savoir comment ?

Ro sourit.

— Je vais prendre exemple sur ce connard. Reste à l'écoute si tu veux davantage d'infos.

Sur quoi, il raccrocha.

Gray avait démarré quand il demanda :

— C'est quoi, le plan ?

— Le plan, c'est d'appeler les autres. Nos visages sont sur toutes les caméras de surveillance de cet endroit.

— Mais pas ceux de Ball, Meat et Black, conclut Arrow.

— Exactement, confirma Ro avec satisfaction.

Les trois hommes hochèrent la tête alors que Ro revenait à son téléphone et passait un nouvel appel.

Chloé était aussi déçue que furieuse. Elle avait pris des risques et admis avoir besoin d'aide. Elle avait été sûre que Ro allait faire quelque chose pour l'aider à quitter le club... quoi ? Elle n'en avait aucune idée, mais il était certain qu'à eux deux, ils auraient trouvé un moyen.

Au lieu de quoi, il était sorti du couloir réservé, puis il était parti.

Une fois encore, elle se retrouvait seule, un état habituel, sauf que l'espace d'une seconde, elle avait eu l'espoir que peut-être, oui peut-être, elle avait eu quelqu'un à ses côtés pour une fois.

Abbie et Leon n'avaient pas tari d'éloges sur sa première nuit en cabine privée et la façon dont elle avait « joué l'inaccessible » avec les clients. Apparemment, il y avait une liste d'attente pour ses services la nuit prochaine, ce qui rendait Chloé malade... et désespérée.

Elle aurait fait à peu près n'importe quoi pour s'enfuir loin de son frère et d'Abbie avant ce soir-là, mais à présent, elle se rendait compte que c'était maintenant ou jamais.

Chloé savait qu'une fois rentrée à la maison, ses chances de fuite seraient quasi nulles. Même si Leon et Abbie pensaient qu'elle avait peur de son ombre et qu'elle était trop soumise pour tenter de s'échapper de nouveau, ils la boucleraient à l'intérieur, juste au cas où.

Avant cette soirée, son plan avait été de s'enfuir par la fenêtre, bien que sa chambre se trouve au premier étage, et de descendre précautionneusement jusqu'au jardin entourant la maison pour gagner la rue. Là, elle aurait évité toutes les voitures et marché jusqu'à la ville. Ce n'était pas un plan très élaboré, mais c'était le meilleur qu'elle ait pu mettre au point.

Abbie avait eu l'idée géniale de remplacer tous ses vêtements par des shorts et des jupes dévergondés, des chemisiers échancrés et de la lingerie sexy, mais Chloé avait dissimulé quelques pièces, notamment un jean et des tee-shirts, sous une planche descellée de son armoire. Pas question qu'elle laisse Leon ou sa petite amie lui dicter la manière dont elle allait s'habiller pendant son temps libre.

Quand ils l'enfermaient pour la nuit, elle enfilait un pyjama confortable et fomentait des plans.

Leon lui avait également confisqué son permis de conduire, en revanche, Dieu merci, il n'était pas au courant du passeport qu'elle s'était procuré, deux mois avant d'emménager chez lui. Elle l'avait caché avec ses vêtements, sachant qu'elle en aurait besoin pour récupérer l'argent qu'elle avait mis de côté.

Elle n'avait pas de voiture, la sienne était tombée en panne – c'était du moins ce qui semblait – et Leon avait promis de la conduire dans un garage... avant de montrer son véritable visage. Ensuite de quoi, il lui avait annoncé que le garagiste ne pouvait pas la réparer et qu'il l'avait vendue pour la casse.

Chloé était bien consciente de s'être fourrée elle-même dans ce pétrin et, malgré les menaces de Leon de lâcher les poids lourds de la mafia sur elle, il était temps qu'elle s'extirpe de là. Elle devrait se montrer ultra prudente pour dissimuler ses traces afin que personne ne puisse la retrouver.

Au désespoir, Chloé baissa les yeux. Elle avait été autorisée à renfiler le short et le chemisier qu'elle portait en arrivant au club, un peu plus tôt. Elle aurait bien aimé avoir un jean, mais sa cachette secrète n'avait finalement servi à rien. Elle ne pouvait courir le risque de retourner à la maison.

Son absence de papier d'identité ne ferait que compliquer sa situation, cependant elle ne pouvait se débarrasser du sentiment prégnant que sa meilleure chance de fuite, elle l'aurait avant qu'ils arrivent chez eux.

Abbie et son frère l'ignoraient, tout heureux de discuter de la soirée qui s'était déroulée et de la somme qu'elle allait leur faire gagner.

— Tu as vu l'intérêt qu'elle a suscité ? Il y a une liste d'attente de vingt gars pour elle, chantonna Abbie.

— On viendra une heure plus tôt, demain, histoire que les employés puissent avoir leur tour avant qu'on ouvre, glissa Leon à sa petite amie. Veille à déplacer la chaise dans la cabine n° 2. Les images de ce soir étaient nazes, parce que sa tête empêchait la plupart du temps qu'on voie le visage du gars. Il nous faut des angles de meilleure qualité si on veut avoir la moindre chance d'utiliser les vidéos pour du chantage.

— Pas de problème. Je pensais aussi à augmenter son prix. Vu qu'elle est nouvelle et pas aussi abîmée que les autres. On pourrait utiliser ça à notre profit, suggéra Abbie.

Chloé serra les dents, mais garda la tête basse. Elle savait que d'ici une minute ou deux, Leon allait ralentir pour tourner et que ce serait sa meilleure chance. Elle avait fait exprès de ne pas boucler sa ceinture quand ils avaient quitté le BJ's. Elle était assez désespérée pour se jeter hors d'un véhicule en mouvement afin d'échapper une bonne fois pour toutes à son frère diabolique.

L'opération serait périlleuse. Sans doute allait-elle se rompre un os... ou deux. Mais du moment qu'elle protégeait ses jambes pour être en mesure de courir, elle supporterait n'importe quelle douleur s'il s'agissait de s'enfuir.

Abbie parlait de cantonner Chloé aux pipes pour une semaine au moins, afin de titiller encore un peu les clients, avant de lui permettre d'« y aller à fond » quand Leon s'exclama soudain :

— Purée, mais qu'est-ce que c'est que ça ?

Chloé sentit qu'il appuyait brusquement sur l'accélérateur, ce qui eut pour effet de la plaquer contre la banquette. Elle s'était déjà crispée, pour se préparer à ouvrir la portière et effectuer un roulé-boulé, mais en accélérant, Leon avait définitivement contrecarré ses plans. Impossible qu'elle survive en sautant de la voiture s'il roulait à aussi vive allure.

Toutefois, elle n'eut pas le temps de se retourner pour découvrir ce que Leon avait vu ou ce qu'il tentait de fuir que quelque chose venait heurter le pare-chocs arrière de la Mercedes. Le corps de Chloé fut projeté vers l'avant, puis violemment sur le côté quand la voiture se mit à pivoter sur elle-même. Sa tête s'écrasa contre la vitre du côté passager, assez fort pour qu'elle voie des étoiles.

La voiture continua ses tête-à-queue et Chloé entendit Abbie hurler, puis un bruit de tôle qui se froissait et de verre qui se brisait.

La voiture s'immobilisa et le silence fut total pendant quelques secondes, à l'exception du sifflement de la vapeur qui montait de l'avant de la Mercedes, à l'endroit où elle avait heurté un arbre au bord de la route.

Puis Abbie se remit à hurler.

Avant que Chloé ait pu voir ce qui clochait ou se jeter hors de la voiture et courir, la portière s'ouvrit à côté d'elle et une main se faufila à l'intérieur de la voiture pour se refermer sur son bras. Elle fut forcée à se lever et à sortir de la voiture avant de pouvoir reprendre ses esprits. Elle entrevit un homme immense qui portait un masque avant qu'il la fasse basculer sur son épaule et se dirige vers un Hummer gigantesque, derrière la voiture endommagée de son frère.

Chloé sentait un bras puissant enroulé autour de ses cuisses, qui la maintenait en sécurité. La tête pendant dans le dos de l'homme, elle tenta de se secouer pour s'éclaircir les idées, mais ne réussit qu'à avoir des élancements dans la tête.

— Qu'est-ce que vous...

La phrase de Leon fut subitement interrompue et Chloé se redressa en prenant appui sur les fesses extrêmement dures de l'homme pour voir ce qui se passait. Elle aperçut un autre homme portant un masque noir, debout à la portière du côté conducteur de la Mercedes et, juste au moment où Abbie poussait un nouveau hurlement, un autre homme passa la main à travers la portière passager, faisant taire son hurlement.

La peur vrilla le ventre de Chloé. Comment disait-on, déjà ? Tomber de Charybde en Scylla ?

Elle ne voulait plus vivre avec son frère ou Abbie, mais elle ne connaissait pas les hommes qui avaient embouti leur voiture. Merde, qu'allait-il se passer s'ils travaillaient pour Carlino ou Smaldone ? Peut-être avaient-ils découvert qu'elle siphonnait l'argent de Leon pour alimenter un compte séparé et désiraient-ils l'obliger à payer.

Prise de panique, elle se mit à gigoter désespérément. Pourquoi ne la laissait-on pas tranquille ? Qu'avait-elle fait pour mériter cette vie ?

— Calme-toi, lui glissa l'homme qui la tenait, même si son bras se resserra encore autour de ses cuisses.

Chloé ne pouvait se calmer. Elle savait que si ces trois hommes la faisaient entrer dans le Hummer, les choses risquaient d'aller de mal en pis. Se redressant encore, elle cambra le dos et tenta de se projeter loin de l'épaule de l'homme.

Poussant un juron, il s'arrêta près de la portière du grand véhicule tout terrain.

Voyant qu'en se tortillant, elle n'arrivait pas à desserrer l'étreinte du bras de l'homme, elle se retourna et tira d'un coup sec sur son masque. Elle réussit seulement à voir qu'il était blond. En réaction, il abaissa brusquement l'épaule pour la remettre sur pieds et la faire pivoter afin qu'elle se retrouve face au Hummer.

N'ayant aucune arme à sa disposition, Chloé utilisa ce qu'elle avait. À savoir ses dents. Elle tourna la tête et lui mordit le bras, s'assurant d'y aller bien fort, histoire de causer autant de dégâts que possible.

— Aïe ! protesta l'homme, qui relâcha sa prise assez longtemps pour que Chloé se dégage.

Elle atterrit au sol sur les mains et les genoux. Le choc fut rude et l'assomma momentanément. Sa tête lui faisait plus mal que jamais, mais elle s'efforça d'ignorer son malaise. Elle devait s'enfuir.

— Oh, merde, rattrape-la, Black ! lança l'un des autres types, alors que Chloé s'était levée d'un bond pour échapper en courant à son ravisseur.

Un homme aux cheveux aussi noirs que la nuit – elle le voyait clairement, maintenant qu'il avait ôté le masque qu'il portait – la saisit par la taille, puis modifia immédiatement sa prise pour lui refermer les bras autour du torse et lui emprisonner les bras sur les côtés. Il faisait à peu près sa taille, soit un mètre quatre-vingts, maintenant qu'elle avait perdu ses talons dans la bagarre. Elle rejeta aussitôt la tête en arrière, cherchant à lui briser le nez pour qu'il la relâche.

L'homme, qui esquiva sa manœuvre in extremis, jura.

— Il faut qu'on se tire d'ici, déclara le troisième homme.

— Je sais, maugréa Black, le type qui la retenait. J'y travaille. Si Ball ne l'avait pas lâchée, on serait déjà en route.

Chloé n'avait jamais entendu Leon mentionner aucun Black ni aucun Ball quand il l'avait menacée des représailles de la mafia, mais cela ne signifiait pas pour autant qu'ils n'étaient pas affiliés à Carlino et Smaldone.

— Ne lui fais pas mal, sans quoi on va se faire botter les fesses, le prévint le troisième gars qui retira son propre masque et le glissa dans sa poche arrière.

— Ne pas lui faire de mal ? Elle m'a mordu ! s'insurgea le premier gars, qui paraissait écœuré.

— Je recommencerai, si vous vous approchez encore de moi ! le menaça Chloé.

On la força à avancer vers le Hummer. Incapable de libérer ses bras de l'emprise de Black, elle tenta de devenir toute molle, mais cette tentative ne fit que faciliter la tâche de l'homme qui la rapprochait du véhicule.

Chloé n'était pas stupide. Elle connaissait les statistiques : si vous montez dans une voiture avec vos ravisseurs, la probabilité pour que vous en ressortiez vivante baisse de façon exponentielle. Elle n'avait aucunement l'intention de monter dans le véhicule de ses ravisseurs. Pas question. Exclu.

— Les deux autres ne devraient pas rester bien longtemps dans le coaltar. On a fait en sorte qu'ils soient KO le temps qu'on se tire. Tu es certain qu'il n'y a pas de caméra dans les parages, Meat ?

Chloé ne reconnaissait pas non plus le nom du troisième homme. Meat... Elle fit travailler son imagination pour découvrir les affreuses raisons ayant présidé au choix de ces surnoms.

— Certain. Il n'y a pas de danger, déclara le dénommé Meat à ses comparses.

— Amène-la ici, ordonna celui qu'elle avait mordu.

Ball. Son surnom était Ball.

Elle leva les yeux vers lui et vit qu'il tenait une seringue. Il n'en fallut pas davantage pour qu'une panique généralisée s'empare d'elle.

— Non, éloignez-vous de moi !

Elle envoya des coups de pied et secoua frénétiquement la tête, ravivant sa migraine, mais il était hors de question qu'elle se laisse droguer par ces types. Que lui arriverait-il s'ils y parvenaient ? Que lui feraient-ils pendant qu'elle serait inconsciente ?

— Merde, elle saigne, constata Ball, les sourcils froncés par l'inquiétude.

— Elle s'est sans doute cogné la tête pendant l'assaut, supposa Meat. Ro s'en occupera. Allez, Ball, vas-y.

Submergée par la panique, Chloé avait le plus grand mal à comprendre leurs paroles. Joe ? Qui était ce Joe ? De quoi allait-il s'occuper ? Était-il de mèche avec la mafia, lui aussi ? Elle lutta avec une vigueur redoublée, cherchant à échapper à cet homme.

Meat vint se planter à côté de son ami et agrippa l'avant-bras de Chloé. Avec l'aide de Black, ils l'immobilisèrent complètement, tandis que Ball s'approchait avec son aiguille.

— Ça ne fait pas mal, déclara-t-il en tendant la main vers son bras.

— Va te faire foutre, cracha Chloé. Ce n'est pas ton bras que tu vas piquer.

— Exact, concéda-t-il en ricanant.

Son rire mit Chloé en rage. Toute la frustration et la peur refoulées au cours de ces dernières semaines se déversèrent de sa bouche quand elle sentit l'aiguille lui transpercer la peau.

— Je n'arrêterai jamais de lutter ! Si vous vous approchez encore de moi, je vous mordrai la queue, bande de connards. Vous vous êtes gourés sur la personne à kidnapper. Pourquoi les hommes ne peuvent pas me foutre la paix ? Qu'ai-je fait à un seul d'entre vous ? Rien !

L'homme que les autres avaient appelé Ball lui retira l'aiguille du bras et recula d'un pas. Il avait l'air choqué par les mots qu'elle lui avait hurlés dessus. *Tant mieux.*

— Qu'est-ce qui vous donne le droit de me droguer ? De me kidnapper ?

Elle commençait à avoir la tête qui tournait, mais se

débattait pour repousser le produit avec lequel Ball l'avait droguée.

— Je suis fatiguée qu'on me dise quoi faire ! Comment m'habiller ! Pourquoi les hommes sont-ils des brutes ? Je vais vous dénoncer à la police, vous et vos potes de la mafia, et vous allez regretter d'avoir suivi les ordres de Joe...

Les yeux de Chloé se fermaient et elle fut tentée de les laisser ainsi. Elle était si lasse. Lasse d'avoir peur, lasse d'être maltraitée et malmenée.

— Qui est Joe ? s'enquit Black qui se tenait derrière elle.

La question lui desserra une nouvelle fois les lèvres, mais tout était flou, parce qu'elle ne pouvait plus faire la mise au point avec ses yeux. Sa colère s'évacuait lentement, pour laisser place à une peur pure et sans mélange.

— Oh, merde ! S'il vous plaît, laissez-moi juste partir. Je ne vous dénoncerai pas. Je plaisantais. Je veux juste partir. J'avais l'intention de m'enfuir ce soir... de disparaître. Je ne parlerai pas des investissements. Ne faites pas ça. S'il vous plaît... Je vous rendrai tout ce que j'ai pris si vous me laissez partir. Tout. Jusqu'au moindre centime !

Chloé sentit qu'on la faisait avancer. Quelqu'un avait ouvert la portière arrière du Hummer et elle était transportée dans les bras d'un autre homme pour être placée doucement sur la banquette. Elle voulait se rapprocher de l'autre côté, puis ouvrir l'autre portière et s'enfuir, mais elle ne parvenait pas à obliger son corps à obéir à ses ordres.

— Tu veux retourner chez ton frère ? demanda Black.

Elle devinait qu'il s'agissait de lui, même si sa vision était troublée. Il se tenait devant la portière ouverte, penché au-dessus d'elle pour boucler sa ceinture.

— Non, répondit aussitôt Chloé. Laissez-moi juste quelque part sur le bas-côté de la route. C'était mon plan, de toute façon. Je trouverai bien où aller quand je me réveillerai.

— On ne va pas t'abandonner sur le bord de la route, Chloé, lui lança Meat depuis l'autre côté.

Chloé fit rouler sa tête vers lui. Il était assis à côté d'elle et, quand elle leva les yeux vers lui, il plaça un linge replié sur son front. Elle grimaça sous la douleur qui fusa sans tarder.

— Désolé.

Chloé fronça les sourcils. Elle était complètement perdue. Pourquoi se montrait-il attentionné ? Pourquoi essayait-il d'arrêter le sang qui coulait de sa tête ? Elle se rappela ce qu'il avait dit.

— Je préférerais que vous m'abandonniez au lieu de m'amener à Joe ou de me ramener à mon frère pour qu'il me prostitue.

— Qui est Joe ? demanda Ball depuis le siège conducteur.

— Je ne sais pas, chuchota Chloé. C'est toi qui as dit que Joe s'occuperait de moi. Ton chef, quoi. Je ne veux pas qu'il s'en charge. S'il te plaît...

— Chuuut, l'interrompit Meat d'un ton apaisant. Tout va bien. Tout va bien se passer.

— C'est ffffacile à ddddire, balbutia-t-elle.

Elle referma les yeux et eut l'impression de flotter. La substance qu'ils lui avaient donnée était puissante. Elle ne pouvait plus lutter.

Le désespoir s'abattit sur elle, telle la couverture duveteuse dont elle avait coutume de se couvrir sur son canapé, avant de perdre son travail. Elle avait aimé cette couverture. Que lui était-il arrivé, d'ailleurs ?

Quelques secondes plus tard, elle ne pensait plus à rien.

Son corps s'affaissa, inerte et vulnérable face à ce que les trois hommes projetaient de lui faire.

— Putain, pourquoi avez-vous mis tellement de temps ? aboya Ro dès que Ball se gara dans son allée de Black Forest.

Il n'avait pas eu beaucoup de temps pour planifier la libération de Chloé, mais ses coéquipiers étaient prêts quand il les avait appelés depuis le club.

Meat avait effectué une rapide recherche et deviné quelle route Leon emprunterait probablement pour regagner ses pénates. Il avait également trouvé une zone sans caméra de surveillance. Ball étant le meilleur conducteur des trois, ils l'avaient tout naturellement choisi pour procéder à l'assaut. Black avait participé à la mise hors d'état de nuire de Leon et de sa petite amie. L'un dans l'autre, toute l'opération n'aurait dû prendre que quelques minutes. Mais le Hummer était arrivé avec environ dix minutes de retard sur le plan. Et chacune de ses minutes avait augmenté les suées de Ro.

Il tendit la main vers la poignée de la portière arrière, mais interrompit son geste en voyant Ball sauter du siège conducteur et lâcher :

— Il y a eu des complications.

Un coup d'œil par la fenêtre permit à Ro de voir Chloé affalée sur la banquette où Meat la soutenait. Cependant, plus inquiétant encore, il remarqua le linge que son ami lui plaquait sur le front et qui était trempé d'un sang rouge vif.

— Purée ! jura Ro en ouvrant la portière.

Il déboucla la ceinture de Chloé et gagnait sa porte d'entrée à grandes enjambées, la jeune femme dans ses bras, avant que quiconque ait pu lui expliquer quoi que ce soit.

Ses amis le suivirent à l'intérieur, sans qu'il leur ait laissé le temps de lui raconter.

Arrow lui tint la porte pendant que Ro entrait et fonçait droit sur son canapé, pour y allonger doucement Chloé. Il balaya son corps des yeux, en quête d'autres blessures. Il détestait le chemisier étriqué qu'elle portait et son short, qui avait remonté, était si étroit qu'il distinguait clairement les contours de son sexe à travers le tissu.

— Gray, va chercher un pantalon de survêtement et un tee-shirt dans ma chambre, ordonna Ro sans détacher le regard de la poitrine de Chloé qui s'élevait et s'abaissait doucement.

— Je ne suis pas certain que ce soit la meilleure idée, le prévint Gray. Elle ne va pas être ravie-ravie si elle se réveille et réalise que tu l'as changée.

Ro s'agenouilla à côté du canapé et se tourna vers son ami, une main toujours posée sur le bras de Chloé, car il avait besoin de cette connexion.

— Tu penses qu'elle sera plus heureuse si elle se réveille dans cette tenue trop courte et nous voit en train de la reluquer avec des yeux de merlan frit ?

Gray hocha la tête.

— Tu marques un point.

— Et tu restes planté là ? répliqua Ro.

Gray eut un petit sourire amusé, mais quitta la pièce.

— Qu'est-ce qui s'est passé, bordel ? demanda Ro sans s'adresser à personne en particulier.

Il se retourna vers Chloé pour soulever doucement le linge et jura devant l'entaille qu'il découvrait.

— On a mené l'assaut comme prévu, répondit Ball. Même si ce connard de Harris est à l'évidence un conducteur de merde : il a paniqué et accéléré, puis il a braqué le volant. C'est à ce moment-là qu'elle a dû se cogner la tête contre la vitre, à notre avis. On a déboulé en quelques secondes et on a coincé Harris et sa petite amie.

— Il vous a vus ? l'interrompit Arrow.

— Non, répondit Black. On portait nos masques. Ils ne se rappelleront pas grand-chose de ce qui s'est passé quand ils se réveilleront, de toute façon.

Meat revint de la cuisine à proximité et tendit un linge propre à Ro. Hochant la tête pour le remercier, il remplaça le tissu sanguinolent et pressa sur l'entaille pour arrêter l'hémorragie. Il ne pensait pas qu'elle aurait besoin de points de suture... peut-être d'un peu d'adhésif cutané, en revanche. Il leur était arrivé, à ses coéquipiers et lui, d'utiliser de la bonne vieille colle forte, mais la colle médicale était meilleure. Les blessures à la tête saignaient énormément. Il le savait, pourtant cela ne l'empêchait pas de se sentir démuni en voyant Chloé saigner.

— Ta Chloé est une sacrée guerrière, ajouta Ball. Je la tenais et je la transportais vers le Hummer afin qu'on puisse se casser et elle m'a mordu. Hyper fort, je dois dire.

Incrédule, Ro leva les yeux vers son ami.

— Elle t'a mordu ?

— Oui. Au bras. J'ai été tellement surpris que je l'ai relâchée. Elle a essayé de s'enfuir, mais Black l'a rattrapée. Elle a même cherché à lui donner un coup de boule. Disons qu'elle n'était pas vraiment contente – et c'est un euphémisme – qu'on essaie de l'attraper. Elle a cru qu'on l'emmenait voir un type appelé Joe. Je sais que ce n'était pas prévu, mais on a dû l'endormir, Ro. Elle était bien trop paniquée.

Ro soupira et posa les yeux sur Chloé. C'était la première fois qu'il ne la voyait ni terrifiée, ni nerveuse. Elle paraissait relaxée et sereine, allongée ainsi sur son canapé. Naturellement, elle saignait et pensait avoir été kidnappée, mais elle était avec lui, enfin en sécurité. Son connard de frère ne pourrait pas la prostituer la nuit prochaine, dans son putain de club de strip-tease. Ro savait qu'il devait s'accommoder de la situation. Accepter d'avoir dû l'effrayer.

— Joe ? demanda-t-il en se remémorant ce que Ball avait dit.

— On était perplexes, nous aussi, répliqua Meat. Elle n'arrêtait pas de ressasser à propos de ce Joe. Elle nous a même suppliés de l'abandonner au bord de la route, afin qu'elle n'ait pas à retourner voir son frère et que Joe ne lui fasse pas non plus ce qu'il allait lui faire. Ça nous a pris une minute, mais quand elle a sombré dans les vapes et qu'on a été en route vers ici, j'ai réalisé que j'avais dit à Ball que tu t'occuperais de sa blessure à la tête. Je pense qu'elle a juste mal entendu et pensé que j'avais dit « Joe » au lieu de « Ro ».

— Tu m'étonnes que je vais m'occuper de ça, grommela Ro.

— Voici tes fringues, lança Gray en revenant avec un pantalon de survêtement et un tee-shirt appartenant à Ro.

— Tu as besoin d'autre chose ? s'enquit Arrow.

Ro se leva et regarda les cinq meilleurs amis qu'il ait jamais eus. Il avait été membre du SAS, le Special Air Service, à savoir l'unité des forces spéciales d'élite de l'armée britannique. Il avait travaillé avec d'autres gars qu'il avait appelés ses amis. Il leur avait sauvé la vie et ils avaient sauvé la sienne. Mais il n'avait pas trouvé sa « place » jusqu'à ce qu'il soit embauché par Rex pour travailler comme Mercenaire Rebelle. Œuvrer dans le but de débarrasser le monde de connards tels que Leon Harris, qui ne voyaient aucun inconvénient à abuser, manipuler et faire chanter des femmes, c'était la vocation de Ro.

Combattre des fanatiques religieux pendant qu'il était dans l'armée britannique, c'était une chose, mais la plupart du temps, les actions qu'il avait menées pour son pays étaient politiques et il s'était senti éloigné, aussi bien émotionnellement que physiquement, de leurs résultats. Ce qui n'était pas le cas quand on sauvait des femmes et des enfants. Il avait vu de ses propres yeux ce qu'ils avaient traversé, la façon dont ils avaient été traités et leur reconnaissance d'avoir été libérés de leurs oppresseurs.

Travailler avec Gray, Arrow, Black, Ball et Meat n'avait rien à voir avec travailler avec les hommes de son ancienne section. Ils se connaissaient mutuellement. Sur le bout des doigts. Il n'avait aucun frère et sœur de sang, mais ces cinq hommes étaient ses frères. Dans tous les sens du mot.

— Tout baigne, répondit Ro à Gray.

— Elle va être furax quand elle se réveillera, le prévint Meat. Elle n'était pas trop contente d'être endormie. Pas du tout même. Tu ne vas pas chômer.

— J'ai pigé, déclara Ro d'une voix ferme.

— Sérieusement, le mit en garde Black. Elle…

— Au moins, je ne vais pas la réveiller devant un tas de types qui lui répéteraient qu'elle ne peut pas partir.

— Super, mais la dernière chose qu'elle devrait faire, c'est de s'enfuir. Et elle le fera, la prévint Ball. Tu ne l'as pas vue, ce soir. Elle flippait complètement. Elle était même au-delà de la flippe. Elle est au bout du rouleau, désespérée. Si tu lui tournes le dos, elle va se casser. C'est une certitude.

Ro dévisagea son ami.

— Donc il me suffira de la convaincre que je suis de son côté et que je ne lui ferai jamais de mal.

Ro et Ball échangèrent un long regard. Finalement, ce dernier se contenta de secouer la tête.

— Ne viens pas te plaindre que je ne t'ai pas prévenu, lâcha-t-il.

— C'est noté, répliqua Ro.

— Tu veux que j'appelle Rex pour lui raconter ce qui s'est passé ? s'enquit Arrow.

— Oui. Mais attends demain. Je parlerai à Chloé pour m'assurer qu'elle va bien, et je t'appellerai pour te mettre au parfum. Ensuite, tu pourras appeler Rex. Tu sais qu'il voudra le plus d'infos possible et sera hyper furax si on ne les a pas quand on l'appellera pour faire le point.

Arrow gloussa.

— Certes.

— Merci. J'apprécie, lui glissa Ro.

Arrow balaya ses remerciements d'un revers de la main.

— Ouais, c'est ça, ducon.

Ro sourit.

— Merci pour tout, les gars. Je suis sincère.

Ses remerciements furent accueillis par des majeurs dressés et des yeux levés au ciel. Oui, il pouvait affirmer sans crainte de se tromper qu'il aimait les hommes de ce groupe.

— Si je n'ai pas reçu de nouvelles de toi à 10 heures, je t'appellerai, promit Arrow.

— Si tu veux qu'on passe, Allye et moi, dis-le, ajouta Gray.

— Je vais continuer à creuser sur Harris, pour voir si je peux trouver quelque chose à utiliser contre lui, proposa Meat.

Black et Ball levèrent le menton, dans un semblant d'au revoir et, tout à coup, Ro se retrouva seul avec Chloé.

Il s'agenouilla à côté d'elle, se pencha et embrassa doucement le linge posé sur son front.

— Je suis désolée, chérie, chuchota-t-il. Tu es libre maintenant. Et je vais veiller à ce que ça reste ainsi. Il ne te touchera plus... ni aucun autre de ces connards.

Sur quoi il se leva et se dirigea vers la salle de bains, où se trouvait sa trousse de premiers secours.

Chaque chose en son temps. D'abord refermer sa blessure. Puis il s'occuperait de lui changer ses vêtements et de l'installer dans un lit. Même s'il était furax de ce qui était arrivé à Chloé et que la nuit avait été sacrément longue, Ro se sentait plus calme et plus en paix qu'il l'avait jamais été auparavant. Simplement parce que Chloé était là.

6

Chloé gémit et porta une main à sa tête. Ça la lançait, mais pas autant que certaines fois où Leon l'avait frappée. Ouvrant tant bien que mal les yeux, elle se rendit compte qu'elle se réveillait nettement plus tard qu'à l'accoutumée. Elle ne dormait jamais aussi longtemps. Même quand elle rentrait chez elle aux petites heures du jour après avoir travaillé au club de strip-tease de son frère, elle avait conservé l'habitude de se lever tôt. Il était plus prudent de se réveiller avant que Leon ne sorte de son lit. Elle l'avait appris de la manière forte. Les deux fois où il s'était réveillé avant elle, il avait déboulé dans sa chambre, l'avait violemment tirée du lit, traitée de « salope de feignasse » et lui avait dit de descendre son cul au rez-de-chaussée pour commencer à bosser.

À cette pensée, Chloé s'empressa de s'asseoir et le regretta aussitôt.

Autour d'elle, la pièce tourbillonnait et elle dut fermer les yeux pour faire cesser la sensation de nausée. Quand elle eut repris le contrôle d'elle-même, elle rouvrit précautionneusement les paupières... et regarda les lieux, consternée.

Où se trouvait-elle ? Elle ne reconnaissait pas du tout la pièce. Tout ce qu'elle savait, c'était qu'elle n'était pas dans sa chambre. Baissant les yeux sur son corps, Chloé vit qu'elle portait des vêtements qui ne lui appartenaient pas non plus. Les battements de son cœur s'accélérèrent, mais elle s'interdit de paniquer. Elle avait besoin de comprendre où elle se trouvait avant de bondir de son lit comme une folle.

Fronçant les sourcils, elle tenta de se rappeler quelque chose, n'importe quoi sur la manière dont elle était parvenue jusqu'ici, peu importait où se trouvait cet « ici ». Elle conservait quelques souvenirs épars d'avoir été terrifiée, après s'être trouvée au BJ's, mais rien de plus.

Juste à ce moment-là, la porte de la pièce s'ouvrit et Chloé tourna la tête dans cette direction. À la seconde où l'homme franchit le seuil, tout ce qui s'était passé la nuit précédente lui revint en mémoire.

Tout de suite, elle se mit à hyperventiler et se déplaça vers le côté opposé du lit, aussi loin de lui que possible.

Elle n'avait aucune idée de ce qui se produisait, mais elle se rappelait avoir été avec cet homme au club, puis qu'il était parti, après quoi elle s'était retrouvée sur la banquette arrière de la Mercedes de son frère et la voiture avait eu un accident. Elle se souvenait d'avoir été kidnappée, puis que des hommes l'avaient droguée. À présent, elle était ici. Portant des vêtements trop grands pour elle, même s'ils étaient confortables, couchée dans le lit d'un inconnu.

Et elle connaissait l'homme planté dans l'encadrement de la porte. Ronan Cross. Il avait dit de lui faire confiance. Qu'il allait l'aider. Elle savait également qu'il était d'une manière ou d'une autre impliqué dans les événements de la nuit dernière. Était-il l'un des organisateurs de son kidnapping ? Appartenait-il à la mafia lui aussi ? Merde !

— Ça va, chérie ? demanda-t-il d'un ton apaisant. Respire calmement ou tu vas tomber dans les pommes.

— Qui êtes-vous ? s'écria-t-elle.

— Tu sais qui je suis. Ronan. Ro.

Chloé secoua la tête.

— Non, je parle de votre véritable nom. Êtes-vous Joe ? Est-ce que vous m'avez kidnappée ? Où sont les autres types qui travaillent pour vous ? Vous êtes de la mafia, c'est ça ? Si vous avez un problème avec mon frère, vous allez devoir le régler en direct avec lui.

— Oh, j'ai un sacré problème avec ce connard, mais je le réglerai plus tard.

L'accent anglais de Ro était plus que sexy, mais Chloé ne devait pas s'attarder là-dessus pour le moment. Elle jeta ses jambes hors du lit, le corps toujours tourné pour garder Ro dans sa ligne de mire.

— Ne te lève pas, s'empressa-t-il de lui dire. Tu as été blessée, la nuit dernière.

— Sans déconner, rétorqua Chloé d'un ton glacial. Tes malfrats ont embouti notre voiture !

— Chloé, répliqua Ro d'une voix sévère, en entrant dans la chambre pour poser la tasse qu'il tenait sur sa table de chevet. Ne fais pas ça.

Mais son avertissement lui parvint trop tard. Chloé, qui s'était déjà levée, reculait à son approche. Elle sut en se levant qu'elle n'irait pas très loin. La chambre tournoyait et sa tête commença aussitôt à pulser une fois de plus. Les bords de sa vision s'obscurcirent... elle comprit qu'elle allait heurter le sol.

Mais avant le choc, elle fut rattrapée par les bras puissants de Ro. Il la rallongea sur le lit. Elle le sentit s'asseoir à côté de sa hanche, mais elle se refusa à rouvrir les yeux.

Sentant des sanglots monter de ses entrailles, elle fit tout son possible pour les retenir, sans succès.

Elle avait peur, mal, elle était confuse. Elle ignorait ce qui se passait, où elle était et ce qui allait lui arriver.

Avant qu'elle puisse comprendre ce qu'il faisait, Ro l'avait doucement retournée sur le flanc et s'était blotti dans son dos. Il plaça un bras sous son cou et enroula l'autre autour de sa poitrine, pour la serrer contre lui. Il n'y avait plus un centimètre entre eux. Elle percevait sa chaleur dans son dos et la sensation était agréable. Sa confusion ne fit que redoubler.

Alors elle éclata en sanglots. Elle n'aurait pu refouler ses larmes, même si sa vie avait été en jeu. Elle pleurait parce qu'elle avait été kidnappée la nuit précédente. Elle pleurait à cause de ce que son frère et Abbie l'avaient obligée à faire au club et de ce qu'ils projetaient de lui faire faire chaque soir dans un avenir proche. Elle pleurait parce que tout ce qu'elle voulait, c'était sa mère, et que c'était impossible. Elle pleurait parce que son frère était un connard et sa copine une garce de première.

Pendant tout ce temps, Ro la tint serrée, comme si elle était la chose la plus précieuse qu'il possède. Il n'interrompit pas ses pleurs ni ne la réprimanda de ses larmes. Il resserra tout simplement son étreinte et elle eut l'impression que seuls les bras de cet homme la maintenaient en un seul morceau. Sans lui, elle aurait volé en un million d'éclats et se serait dissoute.

Finalement, ses sanglots se muèrent en quelques reniflements occasionnels et elle demeura, vaincue, dans les bras de Ro, se demandant ce qui allait lui arriver désormais. Les choses ne pouvaient pas empirer, si ?

— Je ne vais pas te faire de mal, chuchota Ro derrière elle. La nuit dernière a été complètement naze. Du début à la fin. Je suis allée au BJ's pour voir si je pouvais t'y trouver. Je n'avais pas l'intention d'aller en cabine privée avec toi, mais je ne regrette pas de l'avoir fait. Je sais que si ça n'avait pas été moi, ç'aurait été quelqu'un d'autre et je ne pouvais pas permettre que ça arrive.

— Pourquoi ? demanda Chloé. Pourquoi faites-vous ça ?

— Parce que depuis que j'ai vu cet hématome dans ton dos, il y a deux semaines, je n'ai pas pu te sortir de mon esprit. Je n'aimais pas l'idée que quelqu'un te frappe. Te marque. Mon équipe et moi, on a fait des recherches sur ton frère.

— Pourquoi ? répéta-t-elle, avec l'impression d'avoir deux ans.

Ro gloussa et Chloé tenta d'ignorer la sensation de ce torse qui remuait contre son dos et de ce son grave qui s'installait dans son ventre.

— Parce que ce n'est pas un type bien, chérie. Je ne pense pas que ce soit un scoop pour toi. Mais il y a plus que ça. J'ai l'impression qu'il y a quelque chose de glauque dans toute ta situation.

— De « glauque » ?

— Pardon, de suspect. Je n'aimais pas ça avant et je n'aime pas ça maintenant. Quand je t'ai vue la nuit dernière et à quel point tu étais terrifiée, je ne pouvais absolument pas te laisser là-bas. Mais conviens-en, je ne pouvais pas non plus simplement quitter ce club de strip-tease bras dessus bras dessous avec toi.

Chloé secoua la tête. Non, même si elle en avait effectivement rêvé. Ça n'aurait jamais pu se produire.

— Donc j'ai dû trouver un autre moyen de te permettre d'échapper à ton frère. Je dois admettre que les choses ne se sont pas tout à fait déroulées comme prévu. Ton frère est un conducteur sacrément merdique et il a fait une embardée pile au mauvais moment. Tu t'es cogné la tête contre la vitre.

— J'avais l'intention de sauter de sa Mercedes quand il ralentirait dans le virage.

— Vraiment ? Tu aurais pu être blessée ! s'exclama Ro.

Chloé haussa les épaules.

— C'était là ou jamais. Vous avez tué Leon ? demanda-t-elle, les yeux fixés sur la fenêtre de l'autre côté de la pièce.

Elle n'était pas certaine de la réponse qu'elle voulait entendre, si bien qu'elle se sentit encore plus mal. Quel genre de personne était-elle si une partie d'elle-même espérait qu'il ait tué Leon ?

— Pardon ?

— Les avez-vous tués, lui et Abbie ?

Chloé sentit Ro remuer dans son dos et elle se raidit quand il l'obligea à s'allonger sur le dos. Levant les yeux vers lui, elle fut surprise de découvrir l'expression sur son visage. Elle s'attendait à y lire de la colère, peut-être même un air choqué. Mais elle ne s'était pas attendue à y lire de la déception.

— Non, chérie. Nous ne les avons pas tués. Ce n'est pas notre genre. Je ne peux pas nier que nous avons abattu des gens par le passé, mais ce n'est pas ce que nous avons l'habitude de faire. Je dois bien avouer que l'idée m'a traversé l'esprit, quand j'ai réalisé qu'il allait te forcer à coucher avec des clients du club, mais il est encore en pleine forme. Du moins, il l'était quand mes amis l'ont laissé, la nuit dernière.

Chloé refusait de s'excuser pour avoir posé la question, même si les mots lui brûlaient la langue.

Il soupira, puis poursuivit :

— On les a endormis. J'ai compris que ton frère ne te laisserait pas partir par bonté d'âme, parce qu'il est évident qu'il n'a pas une once de gentillesse dans son cœur noir et ratatiné. Tu n'étais pas censée résister, ajouta-t-il avec un petit sourire. Ball affirme que tu lui as ôté un sacré morceau de chair sur le bras.

Chloé refusait également de culpabiliser à ce sujet.

— Il me kidnappait. Qu'est-ce que j'étais censée faire ?

Ro tendit le bras et repoussa une mèche de cheveux tombée sur le front de Chloé.

— Je pense qu'ils s'attendaient à te voir leur exprimer de la reconnaissance.

La pulpe des doigts de Ro avait un effet délicat et apaisant sur sa peau, mais elle préféra se concentrer sur leur conversation.

— De la reconnaissance pour avoir été kidnappée ?

Ro grimaça et haussa les épaules.

— Je n'ai pas eu beaucoup de temps pour planifier l'opération, chérie. C'est le mieux que j'ai pu trouver. Mais ils n'étaient pas censés te droguer. Tu dois me croire.

— Dans ce cas, pourquoi l'ont-ils fait ? demanda-t-elle.

— Parce qu'ils devaient déguerpir et qu'ils savaient que tu n'arrêterais pas de lutter contre eux, ce que, honnêtement, j'approuve. Tu n'as pas capitulé et ça t'a rendue hyper forte. Au cas où tu te poserais la question, sache que j'admire les femmes capables de se défendre. D'autant que, par-dessus le marché, tu saignais.

Chloé leva une main, mais son geste fut intercepté par les doigts puissants de Ro avant d'avoir pu toucher le bandage sur son front.

— J'ai utilisé de la colle pour refermer ton entaille. Tu garderas une petite cicatrice, mais rien de bien visible. Comme je sais que c'est sans doute douloureux, je t'ai apporté quelques antalgiques, à prendre avec ton café. Tu ne peux pas le mouiller pendant deux jours, parce que l'eau risque de dissoudre l'adhésif, mais je peux t'aider à te laver les cheveux, si tu veux.

Incrédule, Chloé leva les yeux vers lui.

— Il faut que j'y aille, murmura-t-elle.

— Où ça ? Chez Leon ?

Elle secoua la tête si énergiquement qu'elle grimaça sous l'effet de la douleur qu'elle avait réveillée.

— Non, je ne retournerai jamais là-bas de mon plein gré. Il y a des choses que j'aimerais bien récupérer cela dit : mon passeport, des souvenirs de ma mère et de mon père, mais si cela signifie que Leon va me remettre la main dessus, je m'en passerai. Cela étant, je dois quand même m'en aller. Quitter la ville, l'État. Partir quoi.

Ro secoua aussitôt la tête.

— Tu ne vas nulle part, déclara-t-il.

— Donc je suis prisonnière ?

— Non. La nuit dernière, tu m'as dit que tu n'étais pas au BJ's de ton plein gré. Et tu as raison, si tu retournes dans la maison de ton frère, tu n'auras sans doute plus d'autre chance de t'enfuir. Mais tu ne peux pas non plus te promener par monts et par vaux sans la moindre pièce d'identité. Et pour ce qui est de l'argent ? Tu n'iras pas loin sans un sou.

Les yeux de Chloé se remplirent à nouveau de larmes et elle ne chercha même plus à retenir leur ruissellement le long de ses joues au point de mouiller ses cheveux. Bon sang, elle détestait pleurer, mais elle était tellement submergée qu'elle n'aurait jamais pu arrêter ses larmes de couler. Elle avait besoin de cet écoulement émotionnel.

— J'ai de l'argent. Enfin, en quelque sorte. Je ne sais pas si je peux le récupérer sans mon passeport.

— Je vais t'aider, Chloé. Je t'aide déjà, ajouta Ro d'une voix douce. Je jure devant Dieu qu'il ne t'arrivera rien tant que tu es avec moi. Ton frère est un sacré connard et je ne veux pas que tu te retrouves dans ses parages. Il se fiche de qui il blesse et de qui il utilise. Mais j'ai plus de questions que de réponses, à ce stade.

— Comme ? demanda Chloé.

— Comme la raison pour laquelle il t'a proposé de venir vivre chez lui, pour commencer. Il avait déjà quelqu'un qui s'occupait de ses impôts, alors pourquoi t'a-t-il placée à ce poste ? Il travaille pour les familles Carlino et Smaldone à Denver. Est-ce qu'ils sont au courant du club qu'il possède ? Ce n'est pas leur genre de business, d'habitude. Et puis ton frère se fait pas mal d'argent, mais d'après ce que Meat a pu découvrir, il est impossible que tout provienne du BJ's. Donc d'où est-ce qu'il vient ? On parle de dizaines de milliers de dollars par mois, là, chérie, pas de quelques billets de plus. Et pourquoi toi ?

— Pourquoi moi, quoi ?

Chloé se posait pas mal de questions semblables, mais elle n'était pas pour le moment prête à l'admettre. Elle voulait faire confiance à Ro, croire qu'elle était en sécurité, mais il n'était vraiment pas évident pour elle de se fier à qui que ce soit. Pour être honnête, Ro ne lui avait pas fait de mal. Oui, il l'avait kidnappée, mais elle avait été à deux doigts de sauter d'une voiture en mouvement, bon sang. Il lui avait presque rendu service. Elle avait besoin d'aide et il était là, lui répétant qu'il ferait tout ce qu'il pouvait pour la mettre en sécurité.

Elle avait besoin de faire confiance à quelqu'un, sauf qu'après la nuit dernière, elle n'était simplement pas certaine que cette personne soit Ronan Cross.

— Pourquoi s'efforcer de faire de sa sœur une prostituée ? Pourquoi t'obliger à travailler dans ce club quand il y a tant d'autres femmes à employer ? Ça n'a pas de sens. Et les choses qui n'ont pas de sens m'inquiètent.

Ro vint doucement lui poser la main sur la joue, utilisant son pouce pour essuyer ses larmes.

— Tu n'es pas prisonnière ici, Chloé. Mais il n'est pas non plus très sûr pour toi de partir maintenant.

Elle grimaça et détourna la tête, échappant à ses doigts et rompant le contact visuel. Pourtant il ne voulut rien entendre. Il la força à relever les yeux vers lui.

— Tu comptes pour moi, avoua-t-il d'une voix douce. Je ne sais pas pourquoi, mais c'est le cas. S'il te plaît, promets-moi que tu ne vas pas sauter par une de mes fenêtres et t'enfuir en courant sur la route pour essayer de faire du stop. Accorde-nous quelques jours, à mes amis et moi, afin qu'on dégote davantage d'informations. Je partagerai tout ce que j'apprendrai sur ton frère avec toi. Si tu décides que tu ne veux pas rester après avoir tous les éléments en main, je te conduirai, où que tu veuilles aller.

Cela faisait si longtemps qu'on ne l'avait plus regardée avec autre chose que du mépris au fond des yeux qu'elle s'abreuva de la sensation comme une éponge assoiffée.

— D'accord.

Il sourit, mais son sourire n'avait rien de joyeux.

— Tu acceptes simplement pour accepter ?

— Non. Je fais de mon mieux pour te faire confiance, pour te croire. Mais c'est difficile après les années que je viens de traverser.

— Je comprends, lâcha Ro en s'asseyant sur le lit afin de lui donner l'espace dont elle avait cruellement besoin durant ce processus. Prends ces cachets, Chloé. Ils feront passer ton mal de tête. J'appellerai Allye plus tard. C'est la femme d'un de mes amis. Elle t'apportera des habits. Tu te sentiras mieux en ayant une femme à qui parler, je pense.

— Ah bon ?

— Tu n'es pas d'accord ?

Chloé observa Ro pendant un long moment. Elle ne distinguait rien d'inquiétant dans son regard, mais cela ne signifiait pas non plus qu'elle lui faisait confiance à cent pour cent. Ce matin-là, il portait un autre jean et un tee-shirt gris. Il y avait le logo d'une espèce de salle de billard sur le devant. Il n'avait pas enfilé de chaussures et la vue de ses pieds nus avait quelque chose de très intime. Lentement, elle se redressa en appuyant le dos contre la tête de lit et remonta les genoux pour les serrer contre elle en les enveloppant de ses bras.

— J'ai pensé cela d'Abbie, à un moment, expliqua-t-elle voyant que Ro n'ajoutait rien, mais se contentait d'attendre patiemment qu'elle explicite son commentaire. J'avais tort.

Ro soutint son regard.

— Il y a deux mois, Allye Martin a été kidnappée dans les rues de San Francisco. On devait la livrer à un homme qui l'avait achetée parce qu'il avait craqué sur ses cheveux et ses yeux hors du commun. Pour faire court, l'homme a échoué et on a réussi à la sauver de ce triste sort. Elle est la dernière personne dont tu doives avoir peur, Chloé. Son expérience n'a pas été la même que la tienne, mais elle a vécu un enfer, tout comme toi.

— J'ai été toute contente quand Leon m'a annoncé que sa petite amie allait s'installer chez nous, lui confia Chloé. Je me suis dit qu'avoir une autre femme dans les parages allait détendre mon frère et le rendre moins... grognon. Mais Abbie s'est révélée plus méchante que Leon. Bien sûr, je n'ai pas réalisé que je ne pouvais pas lui faire confiance avant de lui avoir avoué que je brûlais de quitter la maison. Elle a filé droit trouver Leon pour tout lui raconter et il a augmenté la surveillance déjà étroite qu'il exerçait sur moi. Je pense aussi que c'était sans doute au départ une idée d'Abbie de me faire travailler au BJ's.

Ro revint vers le lit, mais, en voyant que Chloé tressaillait, il s'immobilisa, reculant même d'un pas pour lui laisser de l'espace.

— Allye n'est pas comme ça, chérie. Je comprends que mes paroles ne suffiront pas à te pousser à me faire confiance, seul le temps y parviendra, mais je vais te le répéter : tu n'es pas prisonnière ici, Allye est digne de confiance, c'est quelqu'un de bien et je ne te ferai jamais, jamais de mal.

Chloé voulait le croire, malheureusement elle n'y arrivait pas. Elle avait été trop souvent blessée au cours des cinq dernières années pour être en mesure de croire qui que ce soit sur parole. Il faudrait du temps pour qu'elle lui fasse confiance.

Ro soupira, puis désigna la tasse de café d'un signe de tête.

— Prends ces cachets, Chloé. La salle de bains est là-bas. (Il utilisa une fois de plus sa tête pour désigner la porte à côté de lui.) Pour ma part, je serai au rez-de-chaussée, à attendre l'arrivée d'Allye et de Gray. Prends ton temps et évite de mouiller ta blessure à la tête.

Sur quoi, il se détourna et partit en refermant doucement la porte derrière lui.

Chloé poussa un soupir de soulagement. Ce n'était pas qu'elle ait cru Ro sur le point de la gifler ou quoi que ce soit, mais il y avait quelque chose chez lui qui l'empêchait de bien respirer.

Elle resta plusieurs minutes assise sur le lit, repassant mentalement tout ce qu'il lui avait dit ce matin. Lentement, elle commença également à se remémorer sans cesse plus de détails de la nuit précédente. La chose qui ressortait surtout, c'était que tout le temps où elle s'était trouvée en cabine avec Ro, à danser presque nue sur ses cuisses, il n'avait pas été excité. Pas une seconde. Même quand elle s'était trouvée à genoux devant lui et qu'elle lui avait effleuré le sexe en déboutonnant son pantalon, il n'avait pas eu d'érection.

Cela pouvait signifier qu'il était gay, mais elle ne le pensait pas. Chloé le croyait quand il lui avait dit qu'il ne pouvait pas bander en la voyant terrifiée comme elle l'était.

Une faible lueur d'espoir s'alluma dans son ventre, qu'elle étouffa pourtant sans pitié. Elle n'en savait pas du tout assez sur Ro ou ses amis pour leur faire aveuglément confiance. Son frère avait tué cette capacité en elle. Elle avait projeté de s'enfuir toute seule et peut-être était-ce toujours sa meilleure option.

Elle lança ses jambes de l'autre côté du lit et se mit précautionneusement debout, vacillant un long moment avant de retrouver son équilibre. Elle avait des élancements dans la tête alors qu'elle contournait le grand lit, une main toujours posée sur le matelas pour s'empêcher de tomber. Elle s'empara de la tasse de café et la renifla précautionneusement. Le breuvage avait une odeur de... café. Même si elle ignorait de toute façon ce qu'était censé sentir ce liquide quand on y ajoutait une drogue.

Ignorant les cachets qu'il avait posés sur sa table de chevet, elle se traîna jusqu'à la salle de bains. Si une inconnue s'attendait à ce que Chloé discute avec elle, Chloé devait commencer par vider sa vessie et vérifier l'état de l'entaille qu'elle avait au front. Elle devait reprendre le cours de sa vie et affronter ce qui l'attendait. Quoi que cela puisse être, ce devait valoir toujours mieux que de se plier contre sa volonté aux caprices des clients du BJ's. Non ?

7

———————

— Merci d'être venus, lança Ro en ouvrant la porte à Gray et Allye.

Contre toute attente, Arrow se tenait aussi sur son seuil.

— De rien, répondit Gray.

— Je n'arrive pas à croire que tu ne m'aies pas appelée hier soir, se plaignit Allye en entrant.

— Comment va-t-elle ? s'enquit Arrow.

Ro referma la porte derrière ses amis et les suivit dans sa grande pièce à vivre. La première fois qu'il était entré dans cette maison, il était tombé amoureux de l'endroit. Il n'était pas immense, mais comportait des fenêtres allant du sol au plafond. On ne voyait rien d'autre que des arbres et c'était la raison pour laquelle il l'aimait. La maison était entourée de pins et il aimait en ouvrir les portes et les fenêtres, en automne comme au printemps, pour laisser l'odeur des pins en emplir l'espace.

Il y avait trois chambres à l'étage, mais c'étaient la vue et l'immense dépendance qu'il pouvait transformer en garage qui avaient achevé de le convaincre. Travailler sur des moteurs l'apaisait, lui faisait oublier les choses qu'il avait faites par le passé, certains des attentats affreux que des humains pouvaient commettre sur d'autres humains. Quand il était plongé jusqu'aux coudes dans un moteur, en essayant de comprendre comment l'assembler, il n'avait pas à penser à quoi que ce soit d'autre.

Gray se rendit dans la cuisine couloir et fila droit sur la cafetière. Arrow s'installa dans le canapé. Allye se planta devant lui, les bras croisés, tapotant impatiemment son petit pied sur le plancher.

— Elle va bien, répondit Ro en réponse à la question d'Arrow. J'ai pris garde à la réveiller à peu près toutes les heures pendant une bonne partie de la nuit. Elle s'est vraiment réveillée il y a environ une demi-heure, on a parlé et là, elle fait sa toilette.

Ce qu'il ne leur disait pas, c'était qu'il s'était tellement inquiété pour elle qu'il avait passé la nuit sur une chaise à côté de son lit, à la regarder dormir. Chaque fois qu'elle avait gémi pendant la nuit, il avait posé une main sur elle et elle s'était calmée sur-le-champ. Il ne leur dit pas non plus que les habits dans lesquels elle était arrivée ici se trouvaient à présent dans la poubelle devant sa maison.

Il ne leur avait pas avoué que la défiance qu'elle avait manifestée à son égard ce matin était un choc dont il n'était pas certain de pouvoir se remettre bientôt, que pendant les dix minutes où il l'avait tenue dans ses bras, il ne s'était jamais senti aussi proche de quiconque au cours de sa vie d'adulte.

— Ça a l'air d'aller, sa tête ? s'enquit Arrow.

— Oui. Elle aura un sacré bleu, mais l'adhésif va tenir le coup... sauf si elle décide d'ignorer mes conseils et le mouille ce matin, répondit Ro à son ami.

— J'y vais, annonça Allye.

Gray lui attrapa le bras, interrompant son mouvement vers l'escalier.

— Attends, bébé. De quoi est-elle au courant ? demanda Gray à Ro.

— Pas grand-chose, admit Ro. Elle était encore un peu flagada, ce matin. Comme elle était malheureuse, je ne lui ai pas parlé de nous pour le moment. Je voulais qu'elle s'apaise un peu, afin qu'elle soit plus susceptible d'écouter, ensuite.

Allye soupira et leva les yeux au ciel.

— Les gars ! Bon sang, elle ne connaît aucun d'entre vous et se réveille dans une maison inconnue sans avoir la moindre idée de ce qui se passe. Elle ne va pas s'apaiser. Si j'étais elle, je tenterais de trouver un moyen de ficher le camp d'ici.

Les yeux de Ro allèrent se poser sur l'escalier et il fit un pas dans cette direction, éprouvant soudain le besoin aigu de vérifier si Chloé était toujours là, quand Arrow lui saisit le bras. Son ami s'était levé du canapé et approché sans que Ro s'en rende compte. Il avait été à ce point focalisé sur l'idée d'atteindre Chloé qu'il n'avait même pas entendu son ami se déplacer jusqu'à lui.

— Allye a vu juste, convint Arrow. Il n'y a aucune raison que Chloé te fasse confiance. Ni à toi ni à nous. Laisse-lui un peu d'espace. Laisse Allye lui parler.

Ro détestait le reconnaître, pourtant il savait que ses amis avaient raison.

— La petite amie de son frère s'est montrée violente, prévint-il Allye. Elle espionnait ses faits et gestes pour le compte de Leon. Elle ne va sans doute pas te faire confiance juste parce que tu es une femme.

Allye pinça les lèvres, mais hocha la tête.

— OK. Merci, lâcha-t-elle avant de se tourner vers Gray.

Ça te dérangerait de me donner deux tasses de café ? Ça se passera peut-être mieux si j'arrive avec de la caféine.

— Je lui en ai déjà apporté une tasse, intervint Ro alors que Gray retournait à la cuisine.

— C'est super, mais elle a peut-être besoin de davantage, répliqua Allye.

— Vas-y mollo avec elle, lui conseilla Ro d'une voix douce. Elle n'a pas eu la vie facile, ces derniers temps.

Allye hocha la tête.

— Ne t'inquiète pas. Elle est au courant pour les Mercenaires Rebelles ? (Ro secoua la tête.) Je peux lui en parler ?

La question d'Allye allait plus loin qu'elle n'en avait sans doute conscience. Quand il les avait embauchés, Rex les avait prévenus qu'ils ne devraient pas raconter à tout bout de champ pour qui ils travaillaient et ce qu'ils faisaient. Naturellement, ils occupaient des emplois « normaux », mais ce n'était pas ce dont Rex parlait. Il leur avait claire-ment expliqué qu'ils ne pouvaient expliquer à une femme qui ils étaient que s'ils se trouvaient dans une relation sérieuse qui les engageait l'un et l'autre.

Ro et les autres avaient suivi ce principe et, pour autant qu'il sache, Allye était la seule femme à connaître tous les détails concernant les Mercenaires Rebelles. Qu'ils étaient plus qu'un groupe d'amis traînant ensemble dans une salle de billard et discutant de choses et d'autres.

Gray s'approcha alors d'Allye avec deux tasses de café fumant dans les mains. Sans perdre une seconde, Ro répondit :

— Oui. C'est peut-être mieux si elle entend parler de l'équipe par ton entremise plutôt que par la mienne, de toute façon.

Sachant qu'il avait avoué à Arrow et Gray nourrir envers Chloé un intérêt plus profond que le simple désir de lui permettre d'échapper à la situation violente dans laquelle elle se trouvait, Ro s'en moquait.

— Merci, lança Allye, s'adressant aussi bien à lui qu'à Gray.

Ce dernier lui tendit les deux tasses et l'embrassa sur le front avant qu'elle se tourne pour gravir l'escalier.

Les trois hommes observèrent la montée d'Allye, prudente, afin de ne pas renverser de café. Quand elle disparut de leur vue, Gray déclara doucement :

— Tu vas avoir une sacrée montagne à ascensionner, mon pote.

— Je sais, répliqua Ro. Mais j'ai la sensation qu'elle en vaudra largement la peine, au bout du compte.

Arrow lui donna une claque dans le dos, en guise de soutien.

— Viens, il faut qu'on parle de ce qui s'est passé la nuit dernière et des prochaines étapes.

— J'ai appelé Meat avant qu'on s'en aille. Il a dit qu'il vérifiait deux-trois trucs et qu'il nous verrait au Pit un peu plus tard, déclara Gray.

— Réunion d'équipe ? s'enquit Arrow.

— Oui.

Sans rien répliquer, Ro se contenta de suivre ses amis dans son salon. Il n'avait pas la tête aux détails de la nuit précédente ou à la conversation de Gray et d'Arrow sur Leon Harris. Il se demandait comment allait Chloé et si elle avait été effrayée par l'apparition d'Allye dans sa chambre.

Chloé n'avait pas fait grand-chose de plus que sa toilette, se brosser les dents et se regarder dans le miroir au-dessus du lavabo. Ses cheveux raides avaient plus de nœuds qu'elle n'en avait jamais vus. Son maquillage s'était étalé sur son visage, à cause des larmes qu'elle avait versées et, bien entendu, elle avait un immense bleu d'un côté du front. Elle avait retiré le bandage blanc et été surprise par la belle allure de sa blessure. Conformément à ses explications, Ro avait utilisé une espèce de colle et avait ensuite posé dessus un petit pansement papillon.

Elle avait du sang séché dans les cheveux, mais pas du tout sur la peau. Ro l'avait-il nettoyée ? En baissant les yeux sur sa tenue, Chloé se demanda également où étaient passés ses habits. Elle était bien plus à l'aise en tee-shirt et pantalon de survêtement que dans les vêtements étriqués qu'Abbie l'obligeait à porter, mais la pensée de la manière dont elle avait passé ces vêtements était un peu préoccupante et quelque chose qu'elle refoulait vers les confins de son cerveau. Elle ne voulait pas y songer pour le moment.

Chloé baissa la tête et se repoussa du rebord. Elle tenait à faire confiance à Ro, mais n'était pas certaine de le pouvoir. Il était plus grand, plus costaud, plus fort et, à l'évidence, disposait de plus de connexions qu'elle. Mais rester avec lui était sans doute préférable à retourner vivre avec Leon et Abbie. Elle avait tout fait pour parvenir à cet instant, à savoir échapper à son frère, pendant ce qui lui avait semblé durer une éternité et, à présent qu'elle avait réussi, elle ignorait quoi faire ensuite. Rien n'avait fonctionné comme prévu. Était-elle juste prisonnière de quelqu'un d'autre ?

Épuisée, Chloé se planta devant le miroir, avec la sensation d'avoir quatre-vingt-dix-huit ans au lieu de trente-quatre.

— Coucou ? lança une voix féminine en même temps qu'on frappait à la porte de la salle de bains.

Chloé sursauta si violemment qu'elle recula et trébucha. Elle poussa un cri en tombant, les bras décrivant des moulinets pour tenter de restaurer son équilibre. Mais sans succès : elle atterrit sur les fesses, incapable de retenir le « Aïe ! » qui s'échappa de sa bouche.

La porte de la salle de bains s'ouvrit et une belle femme aux cheveux bruns jeta un coup d'œil dans le petit espace.

— Oh, bon sang ! Ça va ? Je suis désolée ! Je ne voulais pas vous faire peur.

Chloé resta par terre, à reculer sur son postérieur endolori, jusqu'à ce qu'elle rencontre le flanc de la baignoire. Relevant les genoux, elle se protégea en enroulant les bras autour.

La femme posa sur le rebord du lavabo les tasses qu'elle tenait dans une main et s'agenouilla par terre, devant Chloé. Soit dit à son crédit, elle ne tendit pas la main vers elle ni n'envahit son espace.

— Je suis tellement idiote, marmonna-t-elle. J'aurais pu trouver mieux que de vous effrayer. Vous avez mal ? Vous voulez que j'aille chercher Ro ?

Chloé secoua la tête, résolument, mais lentement. La migraine avec laquelle elle s'était réveillée était encore importante, puisqu'elle avait refusé de prendre les cachets que Ro avait laissés pour elle.

— Je m'appelle Allye. Avec un « y », précisa la femme, d'une manière qui incita Chloé à supposer qu'elle avait souvent dû épeler son prénom.

Allye se déplaça alors de façon à se retrouver elle aussi assise sur ses fesses. Elle s'adossa au placard qui se trouvait sous le lavabo et imita la posture de Chloé, en ramenant ses genoux et en enserrant ses jambes.

Chloé la jaugea d'un œil critique. Son premier regard ne lui avait pas menti : cette femme était jolie. Elle avait des cheveux bruns où se mêlait une mèche blanche saisissante qui lui partait du sommet du crâne pour descendre jusqu'à la pointe des cheveux. Elle avait également des yeux vairons, ce qui la rendait absolument unique. Elle paraissait un petit peu plus petite que Chloé, mais bien plus mince qu'elle ne l'avait jamais été. Souple et gracieuse, la jeune femme lui faisait penser à certaines danseuses du club.

— Je sors avec Gray. Vous vous souvenez peut-être de lui après la nuit dernière. Il m'a dit vous avoir rencontrée au BJ's.

Chloé observa Allye, confuse.

— Vous saviez qu'il allait dans un club de strip-tease, hier soir, et ça ne vous dérangeait pas ?

Allye gloussa. Ce n'était pas un rire méchant comme elle avait eu l'habitude d'en entendre de la part d'Abbie et de Leon, mais un rire ouvert et amical.

— Oh oui. Primo, c'était pour le travail : il est allé là-bas parce que Ro voulait jeter un œil sur vous. Secundo, je lui fais confiance. Il ne me tromperait jamais.

— C'est ce qu'ils disent tous, répliqua amèrement Chloé.

Le visage d'Allye se vida de sa bonne humeur, mais elle ne quitta pas Chloé du regard.

— Je suis sérieuse. Gray est l'homme le plus honnête que j'aie rencontré. Pour une raison que je ne m'explique pas, il m'aime et il ne se passe pas une journée sans qu'il me le rappelle. Je ne suis pas bête, je sais que les hommes sont infidèles. En permanence... mais pas Gray. Il romprait avec moi s'il voulait vraiment être avec une autre femme. Ce n'est pas dans son ADN d'être malhonnête.

— Il a l'air trop beau pour être vrai, répliqua Chloé, soudain jalouse de son interlocutrice.

Allye sourit.

— Oh, il n'est pas parfait, faites-moi confiance. Je peux vous raconter des tas d'histoires de cuisine en bazar, d'actes irréfléchis et autres habitudes agaçantes, mais ce que je veux dire, c'est que je lui fais confiance. Totalement. Et vous le pouvez, vous aussi.

— Je ne le connais même pas, répliqua Chloé, qui se sentait perdue.

Elle n'était pas à l'aise de parler avec Allye. À une époque, elle n'aurait pas hésité à se lier d'amitié avec cette femme aimable et chaleureuse, mais elle avait retenu la leçon à la dure, avec Abbie.

— Vous allez apprendre à le connaître, ajouta Allye, joviale. Je suis super excitée de vous rencontrer, cela dit. J'en étais venue à me dire que Gray allait être pendant très longtemps le seul du groupe à s'être trouvé une femme.

Chloé dévisagea Allye, le regard vide : de quoi parlait-elle ?

Tendant la main vers le rebord du lavabo, Allye attrapa l'une des tasses qu'elle avait apportées dans la salle de bains et la tendit à Chloé.

— Un café ? Comme je ne savais pas de quelle manière tu aimes le boire – je peux te tutoyer, n'est-ce pas ? –, il est noir, mais je peux demander à Gray d'apporter du lait et du sucre, si tu en as besoin.

Chloé, qui avait bu la première tasse que Ro avait laissée pour elle, tendit aussitôt la main vers le mug proposé. Elle adorait le café : elle en prenait au moins trois tasses chaque matin et, vu qu'il était bien plus tard que lors de ses réveils habituels, son corps était en manque de caféine.

— Noir, c'est parfait, dit-elle à Allye, avant de prendre une gorgée hésitante.

Allye tendit de nouveau la main vers le rebord du lavabo, s'empara de l'autre tasse et but elle aussi une gorgée.

— Hmm. Je jure que j'ignore comment Ro s'y prend, mais il se débrouille toujours pour que son café ait meilleur goût que celui que je prépare. Il prétend qu'il ne fait rien de spécial, mais je pense qu'il doit ajouter un ingrédient secret aux grains ou quelque chose du genre.

Chloé en convint. Elle avait été si impatiente de boire la première tasse qu'elle n'avait pas vraiment savouré le breuvage, toutefois à présent qu'elle y réfléchissait, le café avait un goût inhabituel. Meilleur.

Les deux femmes vidèrent leur tasse en silence. Voyant que leur mutisme se prolongeait, Chloé commença à se sentir nerveuse. Elle devrait se lever, dire quelque chose, mais elle était quasi paralysée, à force de se demander quel était le véritable mobile d'Allye pour se comporter ainsi avec elle.

Son interlocutrice ne tarda pas à ouvrir la bouche.

— Je dois te dire quelque chose.

On y était. Chloé se raidit. Elle savait qu'Allye était sans doute de mèche avec ses kidnappeurs. Elle ne devait faire confiance à aucun d'entre eux. Leon leur devait probablement de l'argent et ils la retiendraient en otage jusqu'à ce qu'il paie ou quelque chose du genre. Ou bien ils appartenaient à la mafia et finiraient par la tuer, à un moment ou à un autre. Ou alors...

— Ro et les autres appartiennent à un groupe appelé les Mercenaires Rebelles, reprit Allye.

Chloé cilla. Ses réflexions avaient été interrompues par l'annonce de son interlocutrice, mais ça n'avait pas du tout été ce à quoi elle s'attendait et Chloé n'avait aucune idée de ce dont elle voulait parler.

— Pardon ?

— Mon homme, Gray, Ro et les autres, ils appartiennent tous à un groupe appelé les Mercenaires Rebelles. Le chef, Rex, les appelle et leur dit quand et où les attend une mission, et les voilà partis. Ce sont des gars bien, Chloé. Je peux te le garantir.

— Mais... les mercenaires, ce ne sont pas des gens bien, balbutia Chloé. Ce ne sont pas eux qu'on embauche quand on a besoin de faire exécuter un sale boulot ? Comme tuer des gens ?

À sa grande surprise, elle vit Allye glousser, une main sur la bouche, tant et si bien qu'elle finit par être un peu agacée.

— Je suis désolée, lâcha finalement la jeune femme hilare. Je ne ris pas de toi. J'ai dit exactement la même chose à Gray, quand il m'a expliqué comment on les appelait. C'est un nom de têtes brûlées, je le reconnais, mais il ne leur convient pas vraiment. Ils sont plus des justiciers. Tu sais, quand un père affronte le type qui a violé sa petite fille et le descend ? Ils peuvent faire des trucs pas tout à fait légaux, mais qu'ils font parce que c'est la bonne chose. Ils se battent pour les opprimés, pour les gens qui ne peuvent se battre eux-mêmes. Rex se spécialise dans les violences faites aux femmes et aux enfants. Pour une raison qui lui appartient, il ne les supporte pas. Les gars vont là où l'on a besoin d'eux, que ce soit dans le pays ou en dehors. Peu importe. Ils font tout ce qu'il faut pour aider les femmes kidnappées, violées et persécutées. Telle est leur vocation. (Sans plus songer au café qu'elle tenait, Chloé observait Allye, incrédule, mais celle-ci ne paraissait pas s'en apercevoir.) C'est pour cette raison que Ro a été incapable de t'oublier quand tu as débarqué chez lui, il y a quelques semaines. Il s'est rendu au BJ's pour vérifier deux ou trois choses. D'après Gray, il espérait vraiment tu n'y sois pas. Mais visiblement, tu étais là. Naturellement, il a voulu de permettre d'échapper à cette situation.

— Il m'a kidnappée, déclara Chloé.

Allye la dévisagea.

— Ah bon ?

Chloé hocha la tête.

— Non, tu te trompes, répliqua son interlocutrice en secouant la sienne.

— Un énorme Hummer a embouti la Mercedes de mon frère et, avant que j'aie compris ce qui se passait, un gars immense me jetait sur son épaule, une aiguille était enfoncée dans mon bras, on me couchait dans une voiture et on m'emmenait je ne sais où. À présent, je suis dans une maison, je ne sais même pas où je me trouve, je porte les habits de quelqu'un d'autre et je n'ai même pas idée de ce qui se passe.

Allye tendit le bras vers Chloé, laquelle recula instinctivement. Allye s'immobilisa, retirant lentement la main.

— Je suis désolée de la façon dont tout ça s'est déroulé, murmura-t-elle. Mais c'était probablement la meilleure façon de te mettre en sécurité.

Il y avait beaucoup de vérité dans les paroles de cette femme, pourtant Chloé refusait de l'admettre. Ce kidnapping lui avait en effet épargné d'avoir à se jeter d'une voiture en mouvement, geste qui lui aurait sans doute valu des blessures encore plus graves. Elle secoua la tête.

— Je lui ai dit que je voulais partir, mais il refuse. Je suis retenue contre ma volonté et j'ai peur. Tu vas m'aider ?

Allye l'observa un long moment. Que se passait-il dans sa tête ?

— J'ai rencontré Gray quand il est apparu sur le seuil du navire où j'étais retenue. On m'avait arrachée des rues de San Francisco pour me jeter dans un bateau et m'emmener en plein milieu de l'Océan Pacifique. OK, ce n'était pas le milieu, mais ça y ressemblait. J'avais été achetée par un gars qui voulait me garder pour son divertissement personnel. Ce bateau a coulé sous nos pieds et Gray a dû nager sur des miles avant que Black nous récupère. J'aurais pu mourir à ce moment-là, mais Gray ne m'aurait jamais abandonnée. Il a refusé de me voir capituler. Ensuite, un mois plus tard, j'ai de nouveau été kidnappée. Mais cette fois, j'ai failli ne pas m'en sortir. Si Gray, Black, Ro et les autres n'avaient pas été là, je serais venue grossir les statistiques des personnes disparues. J'aurais été forcée de danser, de coucher et de servir un type psychotique, fou et pervers pendant le restant de mes jours ou jusqu'à ce qu'il se fatigue de moi et qu'il me vende à quelqu'un d'autre qui m'aurait fait subir la même chose. Ro est quelqu'un de bien, Chloé. Il faut juste que tu lui donnes une chance de te le prouver.

Chloé sentit tout espoir l'abandonner. Allye paraissait gentille, mais elle avait subi à l'évidence un lavage de cerveau. Elle ne percevait pas le côté sombre de son petit ami, refusait d'admettre que ses amis et lui n'étaient pas les anges qu'elle voulait voir en eux.

— Tu ne me crois pas, constata Allye avec un soupir. Je suppose que je ne peux pas t'en vouloir.

Alors, au lieu de continuer à tenter de la convaincre, elle se releva lentement.

Chloé la regarda, redoutant ce qui allait suivre. Elle posa sa tasse désormais vide sur le carrelage à côté d'elle et agrippa ses jambes plus fort.

— J'espère qu'on pourra se reparler, Chloé, déclara Allye avant de quitter la salle de bains, en refermant la porte derrière elle dans un petit clic.

Les yeux fixés sur le battant, incrédule, Chloé ne bougea pas. Elle se dit qu'il s'agissait d'une tactique, qu'Allye allait revenir avec du renfort. Mais quand une minute se fut écoulée sans qu'elle entende quelqu'un pénétrer dans la chambre, Chloé se déplaça lentement, en quête du bouton de porte. Elle tourna le verrou et reprit sa position par terre, à côté de la baignoire.

Elle savait que le verrou ne retiendrait pas Ro bien long-temps, vu la façon dont il était bâti, mais cela pouvait lui donner du temps pour se protéger s'il se jouait d'elle.

* * *

Ro se tourna vers l'escalier quand il entendit quelqu'un descendre. Allye apparut et elle avait l'air absolument furieuse.

— Qu'est-ce qui ne va pas ? s'enquit Gray en bondissant sur ses pieds dès qu'il la vit.

Allye repoussa ses mains et fonça droit sur Ro. Lequel s'était levé en même temps que Gray et, même si elle faisait quinze centimètres de moins que lui, Allye n'hésita pas à lui planter son index en plein torse.

— Tu as un problème, Ro.

— Moi ? Lequel ?

— Cette femme est morte de trouille ! Elle pense que tu l'as kidnappée et que tu la retiens ici contre son gré.

Ro soupira.

— Je sais. Je lui ai pourtant dit avoir agi pour son bien.

— En tout cas, elle ne te croit pas.

— Je sais ! répéta Ro. C'est pour ça que je t'ai envoyée, toi. Pour la rassurer. Et la convaincre que je l'ai sauvée des griffes de son frère.

Se tournant vers Gray, Allye lâcha, exaspérée :

— Elle a été choquée que je t'aie fait confiance pour aller dans cette saleté de club de strip-tease et garder ton matos dans ton pantalon.

Gray se contenta de hausser les épaules.

— Je ne peux pas dire que je l'en blâme. Il n'y a pas beaucoup de femmes qui aimeraient savoir leur homme dans un bar à nichons.

Allye souffla. Pendant quelques minutes intenses, le groupe observa sans rien dire le couple affronter cette situation délicate, puis la jeune femme se retourna vers Ro.

— Tu vas devoir lui prouver qu'elle n'est pas retenue contre sa volonté.

— Je le ferais si je savais comment. Elle ne croit pas un mot de ce que je lui dis, se plaignit-il.

— Dans ce cas, tu vas devoir le lui faire comprendre par des actes, intervint Arrow. Les gestes sont plus éloquents que les mots.

Ro fit face à son ami, les poings serrés.

— Elle va s'enfuir.

Arrow haussa les épaules.

— Peut-être. Mais si tu ne lui montres pas qu'elle n'est pas ta prisonnière, elle va saisir la première occasion qui s'offrira à elle pour partir, de toute façon.

Ro se passa une main dans les cheveux et se mit à arpenter son salon.

— Vous ne l'avez pas vue, la nuit dernière, lança-t-il à ses amis, complètement bouleversé. Elle était terrifiée. Elle n'avait aucune envie de s'approcher de cette putain de cabine. Mais elle savait qu'elle n'avait pas le choix. J'ai fait de mon mieux pour garder les yeux sur son visage et pas sur son corps, histoire de lui montrer qu'elle pouvait me faire confiance. Je croyais que c'était le cas, quand ce putain de minuteur s'est mis en route. Black et les autres étaient seulement censés arrêter la voiture et la tirer des pattes de ces connards. Elle ne devait pas être blessée ni droguée.

— Mais on l'a fait et maintenant, tu dois gérer les conséquences. Les choses ne se passent pas toujours comme on le voudrait, tu le sais, Ro. Pourquoi tu piques une crise à ce sujet maintenant ? s'enquit Arrow.

Ro se tourna vers lui et effectua un pas dans sa direction avant de réaliser ce qu'il faisait et de s'immobiliser.

— Ne me donne pas trop envie de te botter les fesses, le prévint-il.

— Tu ne peux pas, rétorqua Arrow. Et comme tu ne veux pas non plus me les embrasser, c'est que tu as envie de botter ton propre postérieur parce que tu ne fais pas ce dont la femme à l'étage a besoin pour t'accorder sa confiance. (Sa voix s'adoucit.) C'est le seul moyen, mec. Tu ne peux pas lui coller au train vingt-quatre heures sur vingt-quatre afin de t'assurer qu'elle ne fiche pas le camp et elle ne pourra pas te faire confiance tant que tu ne lui auras pas montré qu'elle est libre de partir. Qu'elle n'est pas ta prisonnière ! Les paroles valent peu de choses, tu le sais.

Un grondement sourd monta de la gorge de Ro et il eut envie de frapper quelque chose. Mais il se retint in extremis. Regardant Arrow dans les yeux, il admit :

— Je l'aime beaucoup. Il y a quelque chose chez elle qui m'a saisi aux tripes dès la première fois où je l'ai vue et qui ne veut pas me lâcher. Elle était terrifiée, la nuit dernière, il n'y a aucun doute, mais elle était également furieuse. Je devine sa force derrière le peu que j'ai vu d'elle et j'ai seulement voulu la libérer de l'emprise de son frère pour qu'elle puisse être la femme qui brûle de se libérer. À cause de moi, toute cette situation a tourné au désastre, mais j'ai fait en sorte qu'elle soit libre !

— Si tu aimes une personne, tu dois la laisser libre, sans quoi elle ne reviendra pas, lui suggéra Allye d'une voix douce.

Gray gloussa à côté d'elle et lui plaça un bras autour des épaules.

— Ce n'est pas exactement ce que dit le proverbe, glissa-t-il à sa petite amie.

Allye se débarrassa de sa main d'un haussement d'épaules et déclara :

— Je m'en fiche. Ro sait ce que je veux dire. Écoute, elle n'est pas idiote. Si ce que tu as raconté est vrai, que son frère la forçait à faire des choses dans cette affreuse boîte de strip-tease, elle ne va pas foncer chez lui. Mais plus longtemps tu la gardes ici, plus longtemps tu l'amènes à penser qu'elle est retenue captive, et plus difficile ce sera de l'amener à te faire confiance.

Ro savait que ses amis avaient raison, mais la pensée de franchir sa porte et de laisser Chloé sans défense le tuait. Il voulait veiller sur sa sécurité. S'assurer que son frère ne pourrait pas lui remettre la main dessus. Et il ne pouvait y parvenir si elle s'enfuyait en ville.

Baissant la tête pour se frotter la nuque, Ro soupira.

— OK. Les autres vont au Pit, c'est ça ?

— Oui. Il me semble que Meat a dit vouloir nous retrouver là-bas à midi.

Ro jeta un coup d'œil à sa montre. Ils avaient à peu près trente minutes pour aller là-bas, dans ce cas.

— Gray, tu peux m'y emmener ?

— Bien sûr.

— Attends-moi dehors. J'arrive, annonça-t-il à ses amis.

Arrow et Gray hochèrent la tête et Allye le serra dans ses bras. Ils sortirent sans rien ajouter, sachant que ce qu'il s'apprêtait à faire était extrêmement difficile pour lui.

Prenant une profonde inspiration, Ro prit ses dispositions pour montrer à Chloé qu'elle pouvait lui faire confiance, même si cela allait à l'encontre de ce à quoi il consacrait sa vie depuis cinq ans.

8

———

Chloé s'empressa de retourner dans la chambre où elle s'était réveillée et referma la porte. Elle s'assit au bord du lit pour attendre la suite des événements.

Son cœur battait à toute allure. En vivant dans la maison de son frère, elle avait appris que le meilleur moyen d'obtenir une information, c'était d'espionner Leon. Ce n'était pas comme s'il allait lui dire quelque chose et, la plupart du temps, le résultat valait le risque qu'elle courait si elle se faisait prendre. Elle avait appris à avoir l'air effrayée et soumise quand elle s'approchait de lui, parce que c'était ce qu'il désirait. Toutefois, si le stratagème avait assez fonctionné pour abuser Leon, elle n'était pas certaine qu'il fonctionne avec Ronan.

Une fois qu'Allye eut quitté la salle de bains, Chloé n'était restée qu'une minute ou deux dans la pièce fermée à clef avant de se forcer à se lever et à se diriger sur la pointe des pieds jusqu'à la porte de la chambre. Ayant eu la surprise de découvrir qu'elle n'était pas verrouillée, elle avait profité rapidement de leur erreur et s'était rendue silencieusement dans le couloir. Elle avait entendu les autres discuter au rez-de-chaussée, sans les voir, et pu distinguer la fin de leur conversation.

— S'il vous plaît, s'il vous plaît, s'il vous plaît, supplia-t-elle en silence. Laissez-moi seule que je puisse ficher le camp.

Elle ignorait ce qu'elle allait faire sans son passeport ou comment se procurer des habits à sa taille, mais elle trouverait une solution plus tard. Le plus important, c'était de s'enfuir. Son but n'avait pas changé, même si à présent, elle devait s'échapper de la maison de Ronan au lieu d'échapper à l'emprise de Leon.

Au bout de quelques minutes, elle entendit un pas lourd dans l'escalier.

Chloé fit ce qu'elle put pour garder une expression neutre. La dernière chose qu'elle voulait, c'était que Ro devine qu'elle les avait espionnés, ses amis et lui.

On frappa à sa porte et elle fronça les sourcils, se demandant pourquoi il ne s'était pas contenté d'entrer. C'était sa maison, il en avait parfaitement le droit.

Quand il frappa de nouveau, Chloé répondit :

— Entrez.

La poignée pivota. Ro resta sur le seuil, sans s'approcher d'elle. Sans la bousculer.

— Il faut que je sorte pendant un moment, lui annonça-t-il.

Super ! Chloé avait envie de sautiller, mais elle se contenta de hocher la tête.

— Je sais que tu ne me fais pas confiance, mais tu n'es pas prisonnière ici. Tu es chez moi. Dans la maison sur laquelle tu es tombée, l'autre jour. On est assez loin d'autres habitations, mais mes deux plus proches voisins sont gentils. (Chloé fronça les sourcils. Pourquoi lui parlait-il de ses voisins ?) Tu n'avais pas de chaussures quand tu es arrivée, la nuit dernière. Elles sont sans doute tombées quelque part entre la voiture de ton frère et le Hummer. Les miennes ne t'iront pas, mais si tu enfonces des chaussettes au fond de mes bottes, elles feront probablement la blague, du moins jusqu'à ce que tu trouves des chaussures qui conviennent. Je vais retrouver mes coéquipiers au centre-ville. On va parler de ton frère et du micmac en train de se dérouler. Tu es en sécurité ici, Chloé. Il ne sait pas où tu te trouves, c'est du moins ce que nous pensons. Pas encore. Je n'ai pas eu beaucoup de temps pour élaborer des plans, hier soir, et je te présente mes excuses pour la façon dont les choses ont tourné. Je ne voulais pas t'effrayer, mais je savais aussi qu'on devait attendre loin du club et des sbires de Harris avant de te sauver. Si on avait disposé de plus de temps, j'aurais trouvé quelque chose qui ne t'aurait pas fait si peur. J'ai laissé deux ou trois trucs pour toi au rez-de-chaussée. Je... (Il hésita et Chloé se pencha en avant, désireuse en quelque sorte de le rassurer, ce qui était fou, d'une certaine manière.) J'espère que tu décideras de me faire confiance. Je pense ce que je dis. Je ne te ferai jamais de mal et je ferai aussi tout ce qui est en mon pouvoir pour empêcher autrui de t'en faire. Mais comme mes amis me l'ont dit, la confiance n'est pas quelque chose qui peut être imposé, c'est quelque chose qui doit être donné volontairement. J'espère que tu prendras le temps de te relaxer. D'avaler des antalgiques. (Ses yeux allèrent se poser sur les cachets toujours posés sur la table de chevet.) Tu en trouveras de semblables dans mon armoire à pharmacie, dans leur emballage d'origine. Tu peux choisir ce que tu penses le plus efficace pour toi. Trouve-toi quelque chose à manger, regarde la télé, fais ce que tu veux. Je reviens plus tard pour te mettre au courant de ce que Meat aura appris sur ton frère. Puis on pourra discuter des prochaines étapes.

Et, sur un dernier regard qui s'éternisa, un regard qu'elle n'arriva pas à interpréter, Ro referma la porte.

Le cliquetis de la clenche retentit bruyamment dans le silence de la chambre et Chloé retint son souffle, dans l'attente de bruit d'un verrou qu'on tirerait de l'extérieur. Voyant que rien ne se produisait, elle s'approcha précautionneusement et tourna la poignée. Qui ouvrit aussitôt la porte. Perplexe, elle fronça les sourcils.

Montant du rez-de-chaussée, elle entendit Ro déambuler, le claquement d'une autre porte, puis le silence.

Chloé regagna son lit où elle s'assit. Pour attendre. Quoi ? Elle l'ignorait. Mais elle pensait qu'il s'agissait d'un piège. Il était impossible que Ro l'ait laissée seule chez lui, même si ses amis l'avaient prévenue qu'elle ne lui faisait pas confiance.

Le grondement d'un moteur à l'extérieur la précipita à la fenêtre : elle vit une Audi noire s'éloigner dans l'allée, un vieux pick-up cabossé dans son sillage.

Il fallut encore dix minutes de silence supplémentaires pour que Chloé trouve le courage de quitter la chambre. Elle se déplaça aussi silencieusement qu'elle le put jusqu'au sommet de l'escalier, tendant l'oreille au moindre signe de la présence de Ro ou d'un de ses amis dans la maison, désireux de voir si elle allait tenter de s'enfuir. De la prendre sur le fait pour la punir. N'entendant rien ni personne, elle entreprit une descente prudente de l'escalier.

Au rez-de-chaussée, elle regarda autour d'elle. Le salon était désert. De même que la cuisine. Elle allait se diriger vers la porte d'entrée quand quelque chose accrocha son regard. Tournant la tête, Chloé observa la table de la salle à manger. Ou plutôt ce qui se trouvait sur la table.

Après un nouveau balayage des environs et l'assurance

qu'il n'y avait personne, elle s'approcha de la table. Une lettre y avoisinait divers objets. Quand elle s'en fut emparée, elle put lire :

Chloé,

J'espère que mes paroles ont été assez convaincantes pour que tu me fasses confiance, mais comme mon ami Arrow me l'a dit, je dois gagner ta confiance au lieu de l'exiger de toi. Je comprends que tu sois mal à l'aise et je le serais moi aussi si j'étais à ta place. Pour info, sache que je souhaite que tu restes. Tu serais plus en sécurité ici, avec moi, que livrée à toi-même. Je veux t'aider à empêcher ton frère de te remettre la main dessus. Cependant, je comprends que tu ne me croies pas. Que tu aies besoin de déguerpir.

J'ai laissé les clefs de ma McLaren pour toi. Prends-les. Elle vaut pas mal d'argent si tu la vends, ce qui t'aidera à quitter la ville. C'est une 650S. N'en accepte pas moins de 100 000 dollars. Je l'ai achetée pour bien plus que ça, mais c'est au minimum ce que tu devrais en tirer. Je te conseille d'aller chez Bob Auto. Je sais, le nom est ridicule, mais Bob est un ami et cela fait des années qu'il veut mettre la main sur cette McLaren. Il fera au mieux pour toi et te paiera cash.

Je dois admettre cependant que cette voiture n'est pas ce qu'on fait de plus discret. Si tu préfères, il y a deux véhicules en ce moment dans mon garage, sur lesquels je viens de finir de travailler. Une Accord et une Kia. Les clefs sont aux crochets de la porte du garage. Prends l'une ou l'autre. Je gérerais le problème avec le propriétaire en lui racontant que son auto a été volée, mais tu devrais avoir le temps de quitter la ville et de faire changer les plaques d'immatriculation avant que l'alerte ne soit donnée.

Je te laisse également tout le liquide que j'ai sur moi. Je suis désolé que ça ne soit pas davantage.

Je n'ai pas de vêtements à ta taille, mais ne te gêne pas et prends tout ce que tu peux utiliser parmi les miens. Tee-shirts, boxers, peu importe.

J'ai fait une virée au magasin il y a deux jours, donc j'ai beaucoup de nourriture. Tu peux utiliser un sac qui se trouve dans le placard de l'entrée. Tu pourras mettre pas mal de provisions là-dedans pour te dépanner, en attendant de te retrouver en sécurité quelque part.

J'ai également laissé deux téléphones jetables impossibles à tracer. Je me les suis procurés par le boulot. Parfois, les femmes que nous aidons ont besoin de passer sous les radars pendant un moment, afin d'échapper à leurs tortionnaires. Prends-les.

Ce n'est ni une plaisanterie ni une astuce pour te duper. La seule chose que j'aie toujours voulue, c'est que tu sois en sécurité. Si tu n'es pas ici quand je rentrerai, je te souhaite bonne chance. Si tu as besoin de mon aide, cela dit, je suis là. Tu peux m'appeler et je viendrai, où que tu te trouves.

J'espère te revoir bientôt.

Ro

PS : Je sais que tu étais dans l'escalier tout à l'heure et, au cas où tu n'aies pas compris la référence d'Allye, voici le dicton dans son entier :

Si tu aimes quelqu'un, laisse-le partir.

S'il revient, il t'appartient.

S'il ne revient pas, c'est qu'il ne t'était pas destiné.

Chloé garda encore quelques instants les yeux fixés sur le message, puis l'abaissa pour examiner la série d'objets sur la table. Trois téléphones, toujours dans leur emballage, un jeu de clefs de voitures et des liasses de billets.

Sans toucher à rien, elle regarda les alentours et se dirigea vers une porte. Découvrant un garde-manger rempli à ras bord de nourriture, elle le referma et passa à la porte suivante.

Ce fut seulement à la troisième tentative qu'elle trouva enfin celle qu'elle cherchait. Le garage.

Elle ouvrit le battant et examina l'élégante voiture de sport racée qui s'y trouvait. De couleur noire, elle avait vraiment l'air onéreuse. Elle n'avait jamais entendu parler d'une McLaren, mais un simple regard au véhicule suggérait qu'il valait au minimum les cent mille dollars que, selon Ro, Bob était prêt à payer pour l'avoir. Cette somme lui permettrait de tenir vraiment très longtemps. Et elle pourrait l'emmener loin de Colorado Springs et de son frère.

Toutefois, au lieu de se ruer dans la maison pour attraper les clefs et filer, elle appuya sur le bouton qui actionnait la porte automatique et tressaillit en entendant le grondement sonore du mécanisme. Plissant les yeux sous l'éclatant soleil du Colorado, Chloé sortit et regarda sur sa gauche. Elle se rappelait le moment où elle avait découvert cette allée, deux semaines plus tôt, après que Leon l'avait forcée à sortir de sa voiture pour la punir. Elle avait marché au bord d'une route déserte pendant au moins deux kilomètres avant d'arriver au chemin menant chez Ro. Il y avait un autre bâtiment à gauche de la maison. Le garage. Elle se dirigea là-bas et aperçut, exactement comme il l'avait annoncé, une Honda Accord et une Kia. Un panneau de crochets soutenant deux jeux de clefs était également fixé à l'un des murs. Il n'avait pas menti.

La gorge nouée, Chloé regagna la maison en traversant le garage et poussa le bouton pour le refermer. Elle retourna dans la salle à manger où elle observa l'argent, les clefs et les téléphones.

Le message toujours en main, elle se rendit dans le salon, s'assit sur le canapé, replia les jambes sous elle et tenta de réfléchir.

Pour combien de temps Ro était-il parti ? Elle n'en avait

aucune idée. Elle devrait être en train de bourrer l'un des sacs dont il avait parlé et de ficher le camp. Mais...

Ses yeux revinrent sur le message. Et le PS.

« Si tu aimes quelqu'un, laisse-le partir. »

Elle savait que Ro ne voulait pas la laisser seule chez lui.

Elle savait qu'il ne voulait pas qu'elle s'en aille.

Mais lui faire confiance revenait à effectuer un plongeon dans l'inconnu qu'elle n'était pas certaine d'avoir le courage d'entreprendre. Pas depuis que la personne à qui elle aurait dû pouvoir se confier plus qu'à quiconque en ce monde, sa chair et son sang, l'avait vendue. Au sens littéral du terme.

Pourtant, tout ce que Ro avait fait depuis le jour où elle l'avait rencontré n'avait visé que son intérêt à elle.

Il lui avait permis d'emprunter son téléphone. Il s'était inquiété de l'hématome dans son dos. Il était venu la chercher au club, après avoir découvert que son frère en était propriétaire. Il avait donné quatre cents dollars à Dan pour l'emmener dans une cabine afin qu'elle n'ait pas à se vendre à quelqu'un d'autre. Il avait incité ses amis à l'enlever pile sous le nez de son frère. Il avait soigné sa blessure à la tête. Il avait invité d'autres amis pour faire en sorte qu'elle se sente mieux.

Et finalement, il l'avait laissée seule, en lui offrant tout ce dont elle avait besoin pour quitter Colorado Springs et s'éloigner une bonne fois pour toutes de son frère.

Il savait qu'il y avait de fortes chances pour qu'elle soit partie quand il rentrerait, mais il l'avait quand même fait.

Tout cela pour lui prouver qu'elle pouvait lui faire confiance.

Des larmes lui picotèrent les yeux, mais elle s'entêta à les refouler.

Elle ne voulait pas partir. Cela faisait longtemps qu'elle

n'avait pas eu quelqu'un à ses côtés. Or il s'avérait qu'elle aimait ça. Énormément.

La perspective de partir et de se retrouver seule n'avait rien de plaisant. Bien sûr, tel était son plan depuis le début, mais après avoir été l'objet des préoccupations de Ro et de ses amis, elle n'était soudain plus aussi enthousiaste à l'idée de se précipiter toute seule dans le grand vilain monde.

Et la pensée que Leon lui remette la main dessus et la ramène chez lui ou au BJ's la terrifiait. Chloé savait que nombre des filles travaillant au club de strip-tease n'étaient pas là par choix. Elle avait vu la lueur morne et désespérée au fond de leurs yeux. Il était évident que Leon les faisait chanter.

Chloé repensa à la maison close qu'il disait posséder. Pour la première fois, elle se demanda si les femmes, là-bas, s'y trouvaient de leur propre chef. Elle en doutait.

Soudain nauséeuse, elle se pencha en avant et prit de profondes inspirations pour s'empêcher de vomir. Voulait-elle finir comme elles ? Absolument pas.

Se remémorant à quel point Allye s'était montrée ouverte et amicale, Chloé admit à contrecœur qu'elle n'avait rien à voir avec les femmes du club. Allye n'était pas forcée par son petit ami. Ou par Ro. Chloé avait envie de lui faire confiance. Elle désirait aussi croire que les Mercenaires Rebelles existaient bel et bien. Elle se rappelait comment les trois hommes, la nuit précédente, avaient cherché à ne pas lui faire de mal pendant son kidnapping. Même après qu'elle avait mordu son ravisseur, il ne l'avait pas frappée. Il n'avait pas riposté. Chloé savait que si elle avait réagi de cette façon avec Leon ou l'un de ses hommes de main, ils l'auraient rouée de coups.

Ouvrant les yeux et se redressant sur le canapé, Chloé balaya la maison de Ro du regard. Il possédait une télévision onéreuse et le canapé sur lequel elle s'était installée était de bonne qualité, mais sans rien de prétentieux. Ro lui-même s'était montré prudent et doux avec elle. Il ne lui avait pas crié dessus, ne l'avait pas forcée à faire quoi que ce soit, même à prendre les cachets qu'il avait laissés pour elle.

Le souvenir de la douceur avec laquelle il l'avait serrée dans ses bras pendant sa crise de larmes fut le point de basculement. Ro ne s'était pas moqué d'elle, n'avait pas paru impatient devant ses larmes. Leon n'arrêtait pas de ricaner quand elle avait du chagrin. Il lui disait de prendre sur elle et d'arrêter de se comporter comme un bébé.

Peut-être allait-elle regretter sa décision. En repensant à cet instant, peut-être allait-elle avoir envie de se botter les fesses, mais tant pis : elle restait. Et tenterait de faire confiance à Ro et à ses amis. Elle partirait plus tard, si elle avait l'impression que Ro se jouait d'elle.

Sa décision prise, Chloé eut la sensation qu'un poids de dix tonnes lui était ôté des épaules. Tout à coup, elle respirait mieux et la vie lui apparaissait bien moins désespérée que vingt minutes plus tôt.

C'était à Ro qu'elle le devait. En la laissant seule, en lui faisant assez confiance pour la laisser chez lui, avec tous ses biens. En se fiant à elle pour ne pas s'enfuir à la seconde où il aurait tourné le dos.

Une fois qu'elle eut pris la décision de rester, certains des propos d'Allye parvinrent véritablement à son esprit. Les Mercenaires Rebelles. C'était un nom mignon, accrocheur pour un groupe d'hommes qui ne faisaient rien d'un tant soit peu mignon. Si ce qu'avait dit Allye était vrai, ils l'avaient sauvée d'une vie d'esclave sexuelle. Et qui savait combien d'autres femmes ils avaient également secourues ? Elle aurait dû remercier sa bonne étoile d'être entrée dans le garage de Ro. Si tel n'avait pas été le cas...

Non. Elle n'allait pas s'engager sur ce terrain.

Elle était en sécurité, maintenant.

Pour la première fois depuis très longtemps, Chloé se détendit. Totalement. Elle n'avait pas besoin de s'inquiéter d'être espionnée et par qui, de ce qu'on allait rapporter à son frère. Elle n'avait plus à se soucier d'une irruption de Leon dans son bureau, pour exiger de savoir comment elle avait employé chaque minute de la dernière heure... ou la frapper si sa réponse lui avait déplu. Plus besoin non plus de s'angoisser en le voyant ramener des types à la maison et en s'entendant annoncer qu'elle devait les accompagner pour un rendez-vous. Fini de se soucier de comptabilité, d'argent ou de mafia.

Elle pouvait être simplement elle-même.

Se faisant cette réflexion, Chloé attrapa la couverture posée sur le dossier du canapé et se pelotonna sur le flanc, contre des coussins extrêmement confortables. Fixant des yeux les grandes baies vitrées, elle regarda les arbres onduler sous la brise légère et sombra immédiatement dans un sommeil profond et détendu pour la première fois depuis très longtemps.

Deux heures plus tard, Ro se tenait devant sa porte, trop effrayé pour entrer. Or il était un homme qui n'avait peur de rien. Il avait affronté des malfrats munis de couteaux et de flingues, même des terroristes armés de bombes. Mais rester là, à se demander s'il allait découvrir sa maison vide, c'était terrifiant.

Prenant une profonde inspiration, il ouvrit la porte et la referma sans bruit derrière lui.

La première chose qu'il fit, ce fut de jeter un œil à la

table de la salle à manger. L'argent et les autres objets qu'il avait laissés pour elle étaient toujours là.

Soulagé, Ro ferma les yeux et relâcha le souffle qu'il retenait.

— Chloé ? appela-t-il.

Ne recevant aucune réponse, sans tarder il grimpa à l'étage, jusqu'à sa chambre. La porte était entrouverte et il jeta un coup d'œil à l'intérieur. Pas de Chloé. La porte de la salle de bains était également ouverte, les lumières éteintes. Il resta un long moment dans l'encadrement de la porte, perplexe.

Plus aussi certain tout à coup qu'elle eut décidé de rester, Ro fit volte-face et dévala l'escalier pour foncer vers la porte du garage et l'ouvrir. Il avisa sa McLaren bien-aimée, toujours garée à sa place. Ayant pressé sur le bouton d'ouverture de la porte du garage, il attendit impatiemment qu'elle se soulève. Dès qu'elle fut assez haute, il se faufila dessous et parcourut son allée à grandes enjambées. Arrow était déjà parti, mais il ne se souciait pas de ses amis en cet instant.

Un coup d'œil à son atelier de mécanique lui fit froncer les sourcils de perplexité : les deux véhicules sur lesquels il avait travaillé étaient toujours là.

Si Chloé n'avait pris ni son argent ni ses voitures, où était-elle ?

Ro regagna sa maison, tirant déjà son téléphone pour appeler des renforts. Il avait dit qu'il la laisserait partir, mais il ne pouvait supporter l'idée qu'elle erre dans les environs en portant ses habits trop grands, sans argent ni téléphone. Elle serait une proie facile sur laquelle son frère ne tarderait pas à remettre la main.

À l'instant où il allait composer le numéro de Rex, il s'immobilisa et regarda son canapé.

Chloé était là, blottie sous la couverture qu'il jetait en général sur le dossier. Tout ce qu'il voyait, c'était une mèche de cheveux noirs.

Il referma son téléphone qu'il remisa dans sa poche et se laissa tomber sur la chaise qui jouxtait le canapé. Soulagé, Ro se contenta d'observer son invitée.

Elle n'était pas partie.

Et pas seulement ça : elle dormait.

Elle dormait.

Il savait mieux que personne que les femmes en fuite, ou qui avaient été violentées, dormaient rarement à poings fermés. Elles étaient nerveuses et à cran, ce qui leur interdisait de dormir profondément.

Mais le fait que Chloé ait continué à dormir alors qu'il l'appelait, ouvrait et fermait des portes et, plus globalement, ne se soit pas montré tellement silencieux pendant qu'il explorait sa maison en disait long.

Combien de temps resta-t-il là, à la regarder dormir ? Ro n'aurait su le dire. Ce fut son téléphone qui, en sonnant, le contraignit finalement à bouger. Il s'empressa de le récupérer dans sa poche, mais pas assez vite pour l'empêcher de déranger Chloé.

Alors qu'il portait l'appareil à son oreille, elle repoussa la couverture et ouvrit les yeux. Elle ne s'éveilla pas comme la plupart des gens, lentement et avec une certaine confusion. Elle se réveilla tendue et en alerte.

Ce réveil était familier. Trop familier.

— Allô ? lança Ro dans son téléphone, sans quitter Chloé des yeux.

— Leon Harris est fou de rage, commença Rex.

Le programme qu'il utilisait pour masquer sa voix lui donnait des intonations d'ordinateur, mais l'émotion y était toujours aisément perceptible. Et son officier traitant n'était pas content.

Ro grimaça et détourna les yeux de Chloé.

— Rex, fit-il en guise de salutations.

Son officier traitant ne lui laissa pas l'opportunité de dire quoi que ce soit d'autre.

— Je suis content que vous ayez réussi à sortir sa sœur de là, mais vous avez vu les nouvelles ? Il a des tonnes de journaleux à sa porte et il va apparaître en direct aux nouvelles dans dix minutes.

— Il sait où elle se trouve ? demanda Ro, indifférent à tout le reste pour le moment.

Il vit les yeux de Chloé s'écarquiller en entendant sa question et elle s'assit rapidement, serrant la couverture contre son corps, comme si elle pouvait la protéger de son frère. Ce geste mit Ro en rage.

— Je n'en ai aucune idée. Mes contacts me disent qu'il est en train de faire des recherches sur tous ceux qui ont adressé la parole à sa sœur la nuit dernière, pour essayer de comprendre s'il peut établir un lien entre sa disparition et le club. Il est contrarié qu'elle ait été enlevée, mais ses actes paraissent plus dictés par la colère que l'inquiétude.

Ro n'avait pas perçu autant d'agitation dans la voix de Rex depuis longtemps.

— Je ne suis pas étonné. Je n'ai pas parlé avec Chloé de tout ce qu'elle a traversé, mais j'ai la sensation que son frère a fait de sa vie un enfer. Meat s'est assuré qu'il n'y avait pas de caméras de surveillance sur les lieux de l'enlèvement, expliqua-t-il à son officier traitant. Même s'il finit par découvrir qui je suis, il n'aura aucune preuve que les Mercenaires Rebelles sont dans le coup.

— Ça ne suffit pas, répliqua Rex. Et s'il finit par vous

reconnaître à partir de votre séance en cabine avec Chloé, votre maison sera le premier endroit où il viendra jeter un œil. Sa petite amie est même déjà venue chez vous. S'ils établissent le lien, vous ne pouvez pas rester ici. Et si leur attention se porte sur vous, cela signifie qu'elle se portera sur l'équipe, ce qui n'est pas une bonne chose. On n'est capables de faire ce qu'on fait qu'à la condition de garder un profil bas. Si une vidéo de sexe montrant l'un de mes gars est diffusée partout sur Internet et qu'il est soupçonné d'un putain de kidnapping, ça ne sera pas bon pour les Mercenaires Rebelles.

Ro se pencha en avant et attrapa la télécommande pour allumer la télé. Il n'aimait pas voir Rex aussi contrarié, même si, en définitive, c'était Chloé qui était importante dans cette histoire. Toutefois, s'il devait quitter l'équipe afin de préserver son existence, il le ferait.

Dès que la pensée lui traversa l'esprit, Ro s'immobilisa. Allait-il vraiment quitter l'équipe à cause d'une femme ?

Il regarda Chloé. Elle l'observait de ses grands yeux marron. L'hématome sur le coin de sa tête avait un air obscène sur sa peau pâle. Elle avait l'air inquiète, mais il voyait en même temps le feu dans ses yeux. La détermination de ne pas revenir sur ses pas pour être à la merci de son frère.

À cet instant, il réalisa que oui, il le ferait. Il quitterait les Mercenaires Rebelles pour elle. Elle méritait une vie sans avoir à se soucier de rien d'autre que de conducteurs agaçants, d'arriver à l'heure à son travail, de choisir le menu du dîner et de tous les autres tracas quotidiens normaux.

Il n'était pas amoureux d'elle, pas plus qu'elle de lui… mais ce constat ne contredisait pas le fait qu'il y avait chez elle quelque chose qui lui donnait envie de tuer tous les dragons. Ro eut soudain la conviction que s'il devait aimer quelqu'un, le mettre au courant de toutes les merdes qu'il avait faites et vues au cours de sa vie, ce pourrait être elle.

— Le club était sombre et j'ai fait ce que j'ai pu pour garder mon visage dans l'ombre en permanence. Si je suis reconnu, je prendrai mes dispositions pour qu'on séjourne ailleurs. Attends, le journaliste est à l'antenne. Je vous rappelle, lança-t-il à Rex, avant de raccrocher sans rien ajouter.

Ro savait qu'il paierait plus tard pour l'impolitesse de son geste, mais il voulait entendre ce que Harris allait dire. Ce qu'il allait affronter.

S'installant à côté de Chloé sur le canapé, Ro veilla à maintenir quelques centimètres entre eux. Il aurait pu l'attirer contre lui pour bien lui montrer qu'elle était en sécurité, mais il l'avait assez poussée pour aujourd'hui. Ro voulait également la remercier d'être restée. De lui faire confiance. Mais ils avaient d'autres sujets d'inquiétude pour le moment. En plus, il pouvait être préférable de laisser les choses en l'état. Elle avait décidé de rester, il devait supposer que cela signifiait qu'elle lui faisait confiance. Au moins un petit peu. Il pouvait s'en accommoder.

— Qu'est-ce qui se passe ? murmura-t-elle.

Ro trouva la chaîne qui montrait un reporter devant la maison de Leon Harris et cessa de chercher la conférence de presse. Il se tourna vers Chloé.

— On dirait que ton frère n'est pas content de ta disparition. Il se sert des médias pour tenter de mettre la main sur toi.

Voyant Chloé blêmir et serrer les dents, Ro eut envie de se botter les fesses. Il tenta alors sa chance et lui posa une main sur un genou, qui disparaissait sous la couverture.

— Il ne te retrouvera pas.

Elle secoua la tête.

— Il va se montrer sous son meilleur jour, tu ne le connais pas.

— Je connais des tas de connards dans son genre. Et je te le dis, chérie, mes amis et moi, on va être plus malins que lui et veiller à ta sécurité.

— Pour le moment peut-être, concéda-t-elle. Mais dans une semaine ? Un mois ? Un an ? Je ne peux pas rester cachée chez toi éternellement. Il est rancunier. Il n'oubliera jamais. Il faut que je quitte la ville, comme je l'avais prévu. Pour aller au Mexique, voire, mieux encore, à Tombouctou.

Ro fronça les sourcils. Elle avait raison. Sur le court terme, il pouvait la garder cachée, mais Harris vivait à Colorado Springs. Si Chloé voulait rester, elle serait toujours à sa merci. Chaque fois qu'elle irait à l'épicerie, chez un coiffeur ou même travailler pour le cas où elle se trouverait un poste, elle devrait regarder par-dessus son épaule si son frère l'observait, attendant de lui mettre la main dessus. Pour elle, la meilleure option serait de déménager, peut-être d'intégrer un programme de protection des témoins.

La pensée qu'il puisse ne jamais la revoir lui déplaisait au plus haut point.

Sans réagir à son commentaire, parce qu'il n'avait pas de réponse à lui fournir, Ro reporta son attention sur la télévision. Une jolie journaliste blonde sourit à la caméra. Les cheveux soulevés par une brise légère, elle avait plus l'air d'assister à une manifestation caritative que de se trouver devant la maison d'un homme inquiet de la disparition de sa sœur.

— Merci de nous avoir rejoints. Comme vous le savez sans doute, Chloé Harris, la sœur de l'entrepreneur et philanthrope, Leon Harris, a disparu depuis près de douze heures. Le chef de la police nous parlera dans un moment et nous informera de ce qui a été entrepris pour retrouver

Mlle Harris, mais pour commencer, nous allons écouter la déclaration de M. Harris.

Ro observa le frère de Chloé avec la plus grande attention quand il sortit devant son manoir et vint se planter en haut des marches avec sa petite amie, Abbie. Il était impeccablement mis, portant un costume gris avec une chemise blanche et une cravate grise. Ses cheveux étaient repoussés en arrière et il avait l'air aussi débonnaire et charmant que toujours... à la différence d'un frère affligé par une perte. Abbie se tenait à ses côtés, vêtue d'une robe blanche échancrée, les cheveux parfaitement coiffés, le maquillage appliqué sans ménagement. Ils se tenaient par la main quand Leon se mit à parler.

— Ma sœur a disparu. Hier soir, nous rentrions à la maison après avoir passé la soirée dehors et nous avons eu un accident de voiture. Quand nous avons repris connaissance, Chloé n'était plus là. Son sac à main était toujours dans la voiture et il semble qu'il y avait des traces de lutte. Nous avons contacté tous les hôpitaux de la région et même certains établissements de Denver, sans succès. Selon moi, quelqu'un a intentionnellement causé cet accident pour kidnapper ma sœur. Je n'arrive pas à y croire et je suis terrifié pour elle. J'ai personnellement promis une récompense de cinquante mille dollars pour toute information permettant son retour saine et sauve ou sur la personne qui l'a soustraite à sa famille aimante.

Leon regarda alors droit dans la caméra et Ro sentit Chloé frissonner à côté de lui. Sans plus réfléchir, il s'approcha et lui passa un bras autour des épaules. Elle parut se laisser aller sans s'en rendre compte contre son flanc, agrippant la chemise de Ro dans son poing. Son attention était rivée sur l'écran, mais elle se cramponnait à lui comme s'il était le seul rempart entre elle et le monstre qui lui faisait face... ce qui était à peu près le cas.

— Si vous détenez ma sœur, s'il vous plaît, laissez-la renter à la maison. Tout ce que je veux, c'est le retour de Chloé. Elle est un membre important de notre famille et elle nous manque atrocement. Elle est fragile et, ces derniers temps, elle ne se sentait pas bien. Elle a besoin de sa famille et de ses médicaments. Je ferais n'importe quoi pour la ramener chez elle. Merci.

Ro baissa les yeux vers Chloé.

— Tu prends des médicaments ? demanda-t-il.

Il n'avait pas songé qu'elle pourrait avoir une maladie ou un problème médical quelconque.

Elle secoua la tête.

— Non. C'est n'importe quoi. Il ment.

Il la crut sur parole. Elle lui avait répondu de façon automatique. Il éteignit l'émission, sachant que Rex et les autres le tiendraient informé sur les informations dont disposait la police. Il était certain, pour le moment, que ce n'était pas grand-chose. Black, Ball et Meat avaient été prudents sur la scène de l'accident, il n'avait aucun doute là-dessus. Même si Chloé avait résisté, les preuves tangibles seraient négligeables.

— Quelle va être la prochaine étape ? demanda Chloé en levant les yeux vers lui.

— La chasse à l'information, répondit Ro rapidement.

— Pardon ?

— La chasse à l'information. On en a besoin. On ne peut pas affronter Harris sans en disposer. (Ro n'avait pas bougé son bras après l'avoir réconfortée et il se rendit compte qu'il aimait l'avoir aussi près de lui.) La conférence de presse de ton frère va nous obliger à agir rapidement et l'équipe et moi, on aura besoin d'autant d'informations sur ton frère et toi que possible. (Elle ouvrit la bouche pour parler, mais il la devança.) Mais pas aujourd'hui. Pour le reste de la journée, tu ne vas rien faire d'autre que te détendre. Si tu veux dormir un peu, pas de problème. Tu dois être affamée. Je vais nous préparer quelque chose sous peu. Je veux que tu te sentes à l'aise avec moi. Et je n'ai pas eu le temps de te le dire plus tôt... mais merci.

— De quoi ? demanda-t-elle.

— D'être restée. Je sais que ce n'était pas une décision facile et je vais faire tout ce qui est en mon pouvoir pour que tu ne la regrettes pas.

Il vit qu'elle avait la gorge nouée, mais elle ne répondit rien.

— Je pense qu'Allye va revenir un peu plus tard... c'est du moins ce qu'elle m'a dit tout à l'heure. Elle m'a également dit que tu ne pouvais pas porter mes vêtements pour le restant de tes jours et elle a raison. Je lui ai donné un peu d'argent, donc elle va t'apporter des trucs pour te dépanner. Quand tu te sentiras d'attaque, je te passerai mon ordinateur et tu pourras te commander des habits en ligne. On pourrait aller dans un magasin et te trouver l'indispensable, cependant je pense que pour le moment, mieux vaut faire profil bas, surtout maintenant que toute la ville va te guetter. Espérons que tu pourras trouver en ligne le truc au lilas que tu utilises et qu'on le recevra sous vingt-quatre heures. Je vais t'aider à te laver les cheveux si tu veux, mais tu vas devoir te contenter de mon shampooing pour le moment. (Ro s'arrêta quand il se rendit compte qu'il blablatait. Or il ne parlait jamais pour ne rien dire.) Si ça te convient, acheva-t-il maladroitement.

— Le « truc au lilas que j'utilise » ? demanda-t-elle quand il se tut.

Haussant les épaules, un peu gêné, Ro expliqua :

— Oui. C'est l'une des premières choses que j'ai remarquées chez toi. Que tu sentais le lilas.

— Ah oui, c'est vrai, je me rappelle que tu as fait un commentaire sur ma lotion. Ma mère m'en a offert une bouteille quand j'avais seize ans. Je n'ai jamais rien utilisé d'autre depuis.

— J'aime bien, avoua Ro qui regarda, fasciné, une légère rougeur se répandre sur ses joues. Donc on va y aller mollo aujourd'hui, ajouta-t-il, désireux de soulager sa gêne. Je vois que tu as mal à la tête parce que tu plisses les yeux. Je peux mettre mon équipe en congé pendant quelque temps, mais demain, on devra sans doute retrouver les autres gars pour commencer à tirer cette situation au clair.

— Je prends un gros risque avec toi, lâcha-t-elle. J'essaie d'échapper à mon frère depuis des années. J'attendais d'avoir assez d'argent, le bon moment. J'ai réalisé la nuit dernière que mon temps était écoulé et j'avais prévu de faire n'importe quoi pour m'échapper par mes propres moyens. Mais ensuite, tu es apparu et tu as offert de m'aider. Je l'admets, quand tu es parti sans dire un mot, j'ai pensé que tu avais jugé finalement l'affaire impossible. Ensuite, j'ai été contrariée en pensant que j'étais passée d'une prison à une autre, mais... j'essaie de te faire confiance. De croire que tu ne travailles pas pour la mafia et que tu n'essaies pas simplement de m'embrouiller la tête. Sache néanmoins, si tu me doubles, que j'ai de l'argent planqué dont je peux disposer et que je filerai en un claquement de doigts. Tu piges ?

— Je pige, répliqua Ro en refoulant un sourire. Mais je joue franc jeu avec toi. Je suis désolé que tu aies pu penser une seconde que j'ai proposé de t'aider avant de revenir sur ma promesse.

— Très bien. Je ferai ce que je peux pour te fournir des

informations sur mon frère en remerciement de ton aide pour m'extraire de ce bazar.

— Marché conclu. (Ro leva lentement le bras qu'il lui avait enroulé autour de l'épaule et se leva.) Mais pas tout de suite. Je vais d'abord nous préparer quelque chose à manger. Tu as une préférence ?

Chloé se mordilla la lèvre, puis prit une profonde inspiration et suggéra :

— Un hamburger ?

Ro apprécia qu'elle le regarde dans les yeux en formulant sa requête. La plupart des gens n'y auraient pas prêté attention, mais il savait que ce n'était sans doute pas facile pour elle de formuler ce qu'elle voulait. La plupart des femmes qu'il connaissait pour avoir été violées et battues n'avaient pas osé regarder dans les yeux les membres de son équipe pendant leur sauvetage ou leur transport dans un endroit sûr. Elles s'étaient montrées timides et terrifiées. Chloé, elle, avait trouvé la force de plonger son regard dans le sien et apprenait à exprimer honnêtement ses envies. Elle ne cessait de l'intriguer et de l'impressionner.

— C'est comme si c'était fait, chérie. Un hamburger américain, un !

Il eut si fort envie de la toucher que sa main se contracta, mais il la retira. Au lieu de quoi, il hocha la tête à son intention, puis lui tourna le dos et se dirigea vers la cuisine. En route, il récupéra ses clefs de voiture, les téléphones et le liquide qu'il avait laissés à son intention pour les placer dans un bol décoratif, au centre de la table. Il ne voulait pas qu'elle les utilise, mais il ne voulait pas non plus qu'elle se sente piégée.

Il n'avait jamais voulu qu'elle se sente de nouveau piégée.

Il savait qu'il allait devoir tirer les choses au clair avec

Rex. Et voir Meat et les autres afin de fixer une réunion pour le lendemain. Ils avaient discuté dans la journée, mais n'avaient pas beaucoup avancé, parce qu'ils n'avaient que des questions et pas la moindre réponse. Avec un peu de chance, Chloé serait en mesure de combler certains blancs.

9

———

Chloé s'essuya la bouche et s'adossa à sa chaise avec un soupir d'aise. Le burger que Ro avait préparé était absolument délicieux. Elle était rassasiée, mais se força à en avaler chaque bouchée. La dernière lubie d'Abbie avait été de lui interdire les glucides ou les sucres. Tout ce qu'elle avait eu le droit de manger, c'étaient des salades et du poulet grillé.

Abbie prenait régulièrement un malin plaisir à répéter à Chloé qu'elle était une grosse vache ayant besoin de perdre du poids. Elle prétendait l'aider à attirer un homme désireux de l'épouser, mais Chloé savait que son frère et elle étaient gênés par son apparence.

Jusqu'à l'arrivée d'Abbie dans la vie de son frère, Chloé n'avait jamais prêté attention à son poids. Oh, elle savait qu'elle n'était pas d'une minceur extrême, mais elle était à l'aise dans son corps. Sa mère avait la même morphologie qu'elle et Chloé aimait voir les traits et la silhouette en sablier de sa mère chaque fois qu'elle se regardait dans un miroir.

Elle faisait du sport au moins trois fois par semaine et aimait les excursions en montagne avec ses amis. Enfin, avec les amis qu'elle avait avant d'être licenciée. Bref, même si elle n'était pas considérée comme mince selon les standards sociaux, Chloé n'avait aucun problème avec son corps.

Jusqu'à ce qu'elle commence à travailler au BJ's et que son frère cherche en permanence à la caser avec ses amis. Il lui avait annoncé qu'ils seraient plus intéressés si elle perdait du poids. Si elle ressemblait davantage aux danseuses du club. Puis Abbie s'attela à la tâche sur elle. Voyant que les résultats se faisaient attendre, ils s'étaient mis à restreindre son accès à la nourriture. Le cuisinier préparait de délicieux plats de pâtes pour Leon, mais elle restait cantonnée aux éternelles salades.

Si bien que demander un gros hamburger bien copieux lui avait procuré un effet génial. Elle n'avait pas besoin de se faufiler en douce pour manger ce dont elle avait envie. Et la manière dont Ro la regardait, comme si elle était parfaite telle qu'elle était, avait contribué pour beaucoup à ce qu'elle se sente à nouveau dans son ancienne peau.

— C'est bon ? demanda-t-il.

— Exquis, répondit Chloé avant de bâiller.

Avec un petit gloussement, Ro se leva, ramassa leurs assiettes et se rendit dans la cuisine.

— Pourquoi tu n'irais pas te reposer un peu ? suggéra-t-il.

— Je ne sais pas ce qui cloche chez moi. En général, je ne dors que quatre ou cinq heures par nuit. J'en ai eu bien plus que ça, cette nuit. Je devrais être fraîche et dispose.

Regagnant la salle à manger, Ro répliqua :

— C'est le stress. Il laisse vraiment des traces sur le corps. Tu veux faire un somme à l'étage ou ici, sur le canapé ?

— Ce qui te dérangera le moins, répondit-elle.

— Non, répondit Ro. Tu n'as plus à surveiller tes propos,

ce que tu fais ou ce que tu manges, c'est terminé. Dis-moi ce que tu veux et je m'adapterai.

Chloé réfléchit à ses paroles. Il avait raison. Certes, elle lui avait dit ce qu'elle voulait manger pour le déjeuner, mais elle était aussitôt retombée dans ses anciennes habitudes quand il lui avait demandé où elle avait envie de dormir. Elle s'était habituée à céder à Leon et Abbie afin qu'ils se montrent moins suspicieux à son endroit et concernant ce qu'elle pouvait projeter. Elle s'en remettait alors à d'autres quand on l'interrogeait.

— Sur le canapé, alors, répondit-elle d'une voix ferme.

— C'est bien, la félicita Ro.

Son approbation lui procura une joie ridicule.

Pour la première fois depuis qu'elle s'était réveillée, Chloé se rendit compte qu'elle pouvait se retrouver aux prises avec des ennuis d'un tout autre genre. Elle commençait à vraiment apprécier Ronan. Il était l'opposé complet de son frère, Dieu merci. Un peu rude aux entournures, il avait de la graisse sous les ongles, portait des bottes et un jean, n'avait rien à voir avec le gentleman soigné, propre sur lui que son frère prétendait être à l'extérieur. Mais il valait cent fois – non, mille fois – mieux que l'homme qu'était Leon.

En moins de vingt-quatre heures, il avait réussi à restaurer la foi de Chloé en l'humanité, prodige qu'elle n'aurait jamais imaginé possible. Il avait contribué à la sauver d'une vie d'esclave sexuelle, soigné sa blessure, permis qu'elle s'en aille si elle en avait envie, il l'avait nourrie et avait promis de tenter d'assurer sa sécurité. C'était plus qu'elle n'en avait reçu depuis très longtemps.

— Veux-tu que j'aille te chercher une couverture et un oreiller à l'étage ? proposa-t-il.

Chloé secoua la tête.

— Non, merci. La couverture de ton canapé fera l'affaire.

— D'accord, mais si tu as froid, préviens-moi. Allye devrait revenir d'ici quelques heures. Après avoir vu ce qu'elle t'a apporté, si tu as besoin de quoi que ce soit d'autre, tu pourras faire des courses en ligne ou dresser une liste et j'enverrai Arrow ou quelqu'un d'autre se le procurer.

— OK.

Chloé était trop dépassée pour répliquer quoi que ce soit d'autre.

— Mais avant que tu te recouches... note-moi le nom de ta lotion au lilas. Je verrai si Allye peut s'en procurer et en rapporter avec le reste de ses emplettes.

— C'est bon, je peux utiliser autre chose, répliqua-t-elle timidement. Ce n'est pas la peine de te tracasser autant.

Ro s'avança d'un pas et l'expression intense qu'elle lut dans ses yeux la fit presque reculer d'un pas, mais à la dernière seconde, elle resta ferme sur ses appuis.

Il tendit la main, puis repoussa les cheveux tombés sur son visage. Elle frissonna en sentant ses doigts calleux lui effleurer les joues.

— J'aimerais dire que je fais ça pour toi... mais ce serait mentir.

La gorge nouée, Chloé leva longuement les yeux vers Ro. Elle appréciait son contact. Finalement, elle hocha la tête.

— Merci, murmura Ro, avant de se tourner pour attraper un bloc de Post-it et un stylo qu'il lui tendit.

Elle s'empressa de noter le nom de la lotion qu'elle avait utilisée toute sa vie et lui rendit le bloc. En voyant la satisfaction dans ses yeux, elle se sentit emplie d'une douce chaleur. Elle n'avait plus ressenti les papillons qui s'agitaient en cet instant dans son estomac depuis très longtemps.

— Vas-y, chérie. Ferme les yeux pendant un moment, lui suggéra Ro. Je serai dehors, dans le garage, si tu as besoin de moi. J'attends une livraison d'ici une heure environ.

— Une livraison ?

— Quelqu'un doit m'apporter sa voiture pour que je l'examine.

— Oh.

— Merci d'être restée, murmura Ro d'une voix douce, une lueur intense au fond des yeux.

— Merci de m'avoir laissée rester.

Sur quoi, Ro s'éloigna, soutenant son regard jusqu'à ce qu'il disparaisse en tournant dans le couloir.

Elle relâcha un souffle qu'elle ignorait retenir et chuchota :

— Ne tombe pas amoureuse de lui, Chloé. Évite-toi ça.

Puis elle pivota et se dirigea vers le canapé où elle s'était réveillée, il n'y avait pas si longtemps. S'efforçant de repousser la conférence de presse et le numéro d'acteur de son frère loin de son esprit, Chloé s'allongea et ferma les yeux. Quelques minutes plus tard, elle avait sombré dans un sommeil de plomb.

* * *

Chloé fut réveillée un peu plus tard par une main sur son épaule. Sans transition, elle bondit de ce qu'elle pensa être son lit et s'écarta de la personne qui l'avait tirée du sommeil.

— Du calme, chérie, lui souffla une voix apaisante.

Elle cilla et la réalité revint la frapper d'un coup. Prenant une profonde inspiration, elle tenta de faire comme si sa réaction n'avait pas été très disproportionnée.

— Oh, salut, Ro.

— Je ne vais pas te faire de mal, lui glissa-t-il. Tu es en sécurité ici. Je te le répéterai autant de fois que tu auras besoin de l'entendre pour le croire.

Chloé fut surprise de constater qu'elle l'avait blessé.

— Je suis désolée, balbutia-t-elle. Quand Leon ou Abbie venaient me réveiller, ça n'était pas bon signe pour moi.

Avec un soupir, Ro passa une main dans ses cheveux bruns, les décoiffant encore plus qu'ils ne l'étaient déjà.

— Non, c'est moi qui suis désolé. J'aurais dû trouver autre chose que te toucher comme ça pour te réveiller. J'ai fait ça une fois à Arrow et il a failli me tuer.

— Vraiment ?

— Oui. Il a sorti un couteau et n'a manqué ma jugulaire que de quelques centimètres. Heureusement, j'ai de bons réflexes.

— Waouh.

— Peu importe, je suis désolé de t'avoir réveillée, mais ça fait trois heures et Gray et Allye sont en chemin. Je me suis dit que tu voudrais peut-être faire un brin de toilette avant qu'ils arrivent.

— Trois heures ? répéta Chloé, incrédule. Purée !

Ro gloussa et ce son la fit frissonner.

— Comme je te l'ai dit, le stress peut être épuisant.

— J'imagine.

— Je suis venu voir si tu voulais de l'aide pour te laver les cheveux. Il est encore trop tôt pour mouiller ton entaille. Il faudra au moins une autre nuit avant que l'adhésif fasse son effet.

— Oh, euh... j'imagine que oui. Mais je ne sais pas trop comment...

— J'ai une chaise sur la terrasse de derrière qui fera l'affaire, je pense. Il ne fait pas trop frais, donc on pourrait s'installer là-bas. Je ne peux pas te promettre de ne pas en flanquer partout, donc je me suis dit que ce serait plus facile dehors.

— Ça me semble logique, approuva-t-elle en baissant les

yeux vers le tee-shirt trop grand qu'elle portait. Je devrais le garder ?

Elle s'efforça de ne pas rougir quand le regard de Ro passa sur sa poitrine. Elle était dotée d'une poitrine assez généreuse et ne portait pas de corset comme lorsqu'elle était au club, si bien que ses seins n'étaient pas exactement remontés. Pourtant, elle aurait dû savoir que Ro ne ferait rien qui puisse la mettre mal à l'aise.

— Oui, je pense que c'est une bonne idée. Allye aurait dû être là, à l'heure qu'il est, si elle n'avait pas insisté pour faire une halte au centre commercial et t'acheter d'autres trucs. (Ro haussa les épaules.) Au départ, je lui avais juste demandé de t'apporter des habits à elle, mais, pour une raison qui m'échappe, elle a refusé.

Chloé dévisagea Ro, confuse.

— Des habits à elle ?

— Oui. Elle est danseuse et Gray dit qu'elle possède des tiroirs et des tiroirs pleins de leggings, de débardeurs et d'autres trucs. Je ne sais pas pourquoi elle ne s'est pas contentée de t'apporter deux ou trois affaires pour te dépanner, jusqu'à ce que tu choisisses tes propres vêtements. Vous êtes presque de la même corpulence.

Chloé ignorait si Ro feignait de ne rien comprendre ou s'il pensait honnêtement qu'elle puisse enfiler les vêtements de cette femme si mince. Il ne lui laissa pas le temps de commenter sa remarque.

— Enfin bref, elle aura sans doute quelque chose qui sera plus joli que mon tee-shirt, mais tu veux qu'on règle ça, j'imagine. Alors, allons-y.

Chloé suivit Ro, essayant d'ignorer à quel point son fessier paraissait musclé dans son jean étroit, alors qu'il la guidait vers la terrasse derrière sa maison. Elle surplombait une petite clairière, puis des arbres à perte de vue. Elle prit une profonde inspiration, appréciant l'odeur de pin et la pureté de l'air.

Elle s'assit là où il le lui indiqua, puis se pencha en arrière.

— Adosse-toi complètement, lui intima Ro.

Chloé obéit. Rejetant ses cheveux par-dessus le dossier de la chaise, elle appuya la nuque sur le barreau du haut. Ro s'installa sur un tabouret qu'il avait à l'évidence placé un peu plus tôt à la tête de la chaise inclinable.

— Ferme les yeux.

Ainsi fit-elle. Il s'empara d'un seau pour lui verser de l'eau tiède sur les cheveux et la sensation fut divine.

Les dix minutes qui suivirent furent les plus étonnantes et les plus bouleversantes de sa vie. Personne ne lui avait jamais fait ce genre de choses. Avant d'emménager chez Leon, elle avait eu des flirts. Elle avait même pris une douche avec un petit ami par le passé, mais il n'avait pas pris le temps de lui laver les cheveux.

La sensation des mains de Ro lui massant doucement le cuir chevelu et frictionnant le shampooing dans ses cheveux était étrange, mais agréable en même temps. Il prenait son temps, veillant à ne pas verser trop d'eau sur elle, afin qu'aucune goutte ne lui entre dans les yeux : il était particulièrement vigilant chaque fois qu'il parvenait aux abords de sa blessure, sur le côté de sa tête.

— Qu'est-il arrivé aux lentilles violettes que tu avais quand je t'ai rencontrée la première fois ? demanda Ro pendant qu'il lui lavait les cheveux.

— Abbie trouvait qu'elles me donnaient un air exotique, répondit-elle en haussant les épaules. Mais elles me faisaient souffrir le martyre, alors j'ai fait semblant de les avoir perdues. Ne plus avoir à les porter valait bien le désagrément d'être privée de nourriture pendant une journée et demie.

Elle avait prononcé ces dernières paroles sans réfléchir et ce fut seulement en réalisant que les doigts de Ro avaient arrêté de remuer sur sa tête qu'elle ouvrit les yeux et le regarda.

Il lui parut extrêmement contrarié. Comme s'il était sur le point de partir en vrille.

— C'est bon, Ro, murmura-t-elle. Ce n'était pas grand-chose. Je préférais qu'ils me punissent de cette façon plutôt que de me battre. Et puis, ce n'était pas comme si je faisais pitié. J'ai beaucoup de graisse en réserve.

Sur ces mots, elle se palpa la cuisse, désireuse de le faire sourire.

Mais il ne sourit pas.

— C'est grave, répliqua-t-il. Je déteste qu'ils aient levé la main sur toi, bon sang. Et tu es absolument parfaite, telle que tu es. Toute personne prétendant le contraire est un connard.

Chloé ignorait comment réagir. C'était un sacré compliment.

Au bout d'un moment, Ro prit une profonde inspiration et se concentra à nouveau sur le rinçage de ses cheveux. Quelques minutes plus tard, il déclara :

— OK, chérie, je pense que c'est bon.

Chloé ouvrit les yeux et, avant qu'elle ait eu le temps de se rasseoir toute seule, il lui avait posé une main dans le dos pour l'aider. Il lui avait également enveloppé les cheveux dans une serviette, afin qu'ils ne dégoulinent pas dans son dos.

— Merci, murmura Chloé, une fois qu'elle se fut rassise.

— De rien.

Chloé tourna la tête afin de regarder Ro pour la

première fois… et elle poussa un cri devant ce qu'elle découvrit. Il était trempé. Il dégoulinait du torse aux genoux.

— Oh, bon sang, je suis désolée ! s'exclama-t-elle.

— De quoi ? demanda-t-il, les sourcils froncés par la perplexité.

— De t'avoir amené à te tremper à ce point.

Il sourit et le cœur de Chloé faillit faire un saut périlleux dans sa poitrine. Ce sourire métamorphosait son visage. Il avait été jusqu'à présent sérieux et intense, mais ces lèvres légèrement retroussées lui donnaient l'air plus léger, plus abordable.

— Ce n'est pas ta faute, chérie. J'ai surestimé ma capacité à laver tes cheveux tout en restant sec. Mais ça en valait la peine.

La manière dont il prononça les derniers mots fit rougir Chloé sans qu'elle sache trop pourquoi. Une fois de plus, il la regarda droit dans les yeux sans laisser son regard se promener. Cela lui rappela la nuit précédente, quand elle était presque nue sur ses genoux et qu'il l'avait assez respectée pour chercher à ne pas la gêner.

Se passant la langue sur les lèvres sans en avoir conscience, Chloé aperçut la première brèche dans le contrôle de fer qu'il paraissait toujours exercer quand il se trouvait près d'elle. Le regard de Ro tomba sur ses lèvres, ses narines se dilatèrent alors qu'il inhalait. Aussi vite qu'il avait laissé ses yeux vagabonder, il les ramena en place, mais cette fois, ses pupilles étaient plus dilatées que précédemment et elle put voir une espèce d'émotion dans ses yeux.

Le charme entre eux fut rompu quand la montre que Ro avait au poignet vibra. Il baissa les yeux.

— Allye et Gray sont là, annonça-t-il. Va vite à l'étage. Je t'enverrai Allye et vous pourrez passer les vêtements en revue. D'accord ?

Se sentant une nouvelle fois à côté de la plaque, Chloé se contenta de hocher la tête. Elle ne comprenait pas ce qui se passait entre eux. Ils ne se connaissaient que depuis très peu de temps. Elle n'aurait pas dû être aussi attirée par Ro qu'elle l'était. Et ça allait plus loin que son accent sexy, il s'agissait de la façon dont il la traitait. Avec respect. Avec soin. Comme si elle comptait vraiment à ses yeux.

Peut-être était-ce lié au fait qu'elle n'avait pas été considérée comme autre chose qu'une employée, indésirable qui plus était, depuis longtemps. Peut-être était-ce lié à sa situation. Mais quoi qu'il en soit, Chloé savait qu'elle devait avancer précautionneusement. La dernière chose qu'elle voulait, c'était de tomber amoureuse de Ro. Il ne faisait que son travail. Point final. Il était peut-être attiré par elle, mais c'était conjoncturel. Ça n'allait pas plus loin.

Chloé se leva et jura en silence quand elle chancela. Ro lui attrapa le coude pour la rééquilibrer. Elle eut la chair de poule, là où il l'avait agrippée, et elle allait se laisser aller contre lui avant, de se ressaisir.

— Merci, murmura-t-elle sans le regarder, avant de tourner les talons et de rentrer.

* * *

Pendant qu'Allye entrait, chargée de plusieurs sacs, Ro s'efforça de reprendre le contrôle de lui-même.

Il avait commis une erreur en lavant les cheveux de Chloé, mais il avait été incapable de résister. Il voulait lui toucher les cheveux et voir par lui-même s'ils étaient aussi soyeux que dans son souvenir. Eh bien, oui. En vérité, il n'avait même pas remarqué que de l'eau lui dégoulinait dessus pendant qu'il lui rinçait les cheveux, parce qu'il observait son visage.

Chloé avait fermé les yeux et eu un petit sourire aux lèvres. Elle paraissait sereine et détendue, expression qu'il ne lui avait jamais connue depuis qu'il l'avait rencontrée. Puis ses yeux s'étaient baladés. Il s'était empêché autant que possible d'examiner directement son corps depuis qu'ils s'étaient rencontrés. Dans le club de strip-tease, il s'agissait d'une question de respect. Elle était presque nue, mais comme elle se trouvait là contre son gré, en profiter pour lorgner ce qu'elle n'offrait pas librement aurait trop ressemblé à un viol.

La nuit précédente, alors qu'elle était inconsciente, il lui avait ôté ses habits et enfilé les siens, mais, une fois encore, il avait essayé de garder une approche clinique et fait de son mieux pour ménager sa pudeur.

Mais quand Chloé s'était allongée sur le siège inclinable de sa terrasse, la tête rejetée en arrière, détendue et heureuse, il n'avait pu s'empêcher de l'observer. Elle avait exactement le genre de corps qu'il aimait. Sexy et tout en courbes. Les raisons pour lesquelles son frère l'avait poussée à perdre du poids le dépassaient. Ses seins étaient rebondis et, même si elle portait l'un de ses amples tee-shirts, ils poussaient contre le tissu. Comme ses tétons étaient pointés à cause de l'eau qu'il lui versait sur les cheveux, Ro eut aussitôt la vision de ses mains savonneuses et mouillées qui descendaient le long de ses seins et en pinçaient les tétons, afin qu'ils se dressent encore plus.

C'était totalement inapproprié, mais, pour la première fois, son sexe avait durci alors qu'il se trouvait près d'elle. Chloé n'avait d'ailleurs rien fait pour arranger la situation, gémissant alors que ses doigts lui massaient le cuir chevelu pour shampouiner ses cheveux.

Impossible de le nier : il désirait Chloé. Elle était belle, oui, mais il y avait plus que ça. Il y avait sa force, sa détermination, sa confiance. Ces qualités le touchaient chaque fois plus que sa beauté.

— Tu es vraiment mordu, constata Gray, en donnant une claque sur l'épaule de Ro.

Celui-ci sursauta. Il avait oublié que son ami était là, or ça ne lui était jamais arrivé.

— N'importe quoi, grommela-t-il. J'essaie juste de comprendre ce qui se passe, bordel.

Gray refusa de se départir de son petit sourire narquois.

— Mais ouiii. Exactement comme quand je ne faisais qu'offrir à Allye un endroit où séjourner pendant qu'on essayait d'attraper ce connard de Nightingale.

— Sur ces bonnes paroles, je monte, lança Allye, tout sourire. C'est bon ?

— Oui. Elle vient juste d'y aller. Ne lui fais pas peur, la prévint Ro.

Allye leva les yeux au ciel.

— Ne t'inquiète pas. J'ai retenu la leçon de la première fois.

— Tu as besoin d'aide avec ces sacs ? s'enquit Gray.

Allye secoua la tête.

— Non, tout est sous contrôle. Merci.

Elle pivota et s'engagea dans l'escalier, les bras chargés de sacs en provenance de plusieurs magasins. Ro espérait qu'elle avait pu trouver la lotion parfumée au lilas qu'il lui avait demandé d'acheter. Sa fascination pour l'odeur de Chloé était bizarre, mais il ne pouvait se la sortir de l'esprit.

S'obligeant à penser à quelque chose d'autre qu'à Chloé nue, à lui changer de vêtements ou à lui appliquer de la lotion partout sur le corps, Ro se tourna et se dirigea vers le canapé. Il ramassa la couverture que Chloé avait utilisée et la replia. La légère odeur de lilas qui en émanait avivait son impatience de la revoir.

Détestant constater à quel point il devenait obnubilé par elle, il demanda sèchement :

— Quelqu'un a-t-il parlé à Rex dernièrement ?

Il savait que Gray avait encore envie de lui sortir des âneries, mais il laissa tomber le sujet de sa nouvelle invitée et répondit :

— Oui, Meat.

— Il est toujours furax ?

— Oui. Mais Meat l'a assez calmé pour qu'il nous accorde jusqu'à demain pour revenir vers lui avec un plan.

— Un plan, répéta Ro. On en a un ?

Gray grimaça.

— J'espérais que tu avais une idée de la prochaine étape.

— J'ai passé trois heures cet après-midi à réfléchir à toute la situation...

— Dans le garage ? s'enquit Gray.

Ro hocha la tête.

— Tu sais que je réfléchis mieux quand je travaille sur un moteur. Comme je le disais, j'y ai pensé tout l'après-midi et on a loupé quelque chose. Quelque chose de gros. Il doit y avoir une raison pour laquelle Leon déteste à ce point sa sœur. C'est juste anormal. La plupart des hommes font en sorte de protéger leurs sœurs. Bien entendu, tous les frères et sœurs ne s'entendent pas bien, mais pourquoi une haine aussi intense envers Chloé ?

— Hmm, répliqua Gray. Il va falloir comprendre ça demain, quand elle nous dira ce qu'elle pourra.

— Je déteste qu'on soit obligés de lui infliger ça, marmonna Ro. La dernière chose dont elle ait besoin, c'est de revivre le temps qu'elle a passé auprès de ce connard.

— Je sais, mais si on ne comprend pas le fin mot de l'histoire, elle sera toujours vulnérable, répliqua Gray. D'autant qu'à l'instant où elle mettra un pied hors de cette maison, elle sera reconnue et toute personne à ses côtés sera emmenée au centre-ville et devra répondre à des questions. Harris a convaincu le monde entier que sa sœur avait été kidnappée. Il va falloir qu'on gère ça aussi. C'est la principale inquiétude de Rex en ce moment.

Agité, Ro se passa une main dans les cheveux. Son pantalon et sa chemise étaient toujours mouillés, néanmoins il ne voulait pas déranger les femmes dans sa chambre à l'étage en allant se changer.

— Je sais. Elle ne peut pas rentrer chez elle, mais nous devons lui dire clairement qu'elle va bien et qu'elle n'est pas en danger.

— Tu as l'air d'avoir besoin d'un verre, constata Gray.

— Plutôt de toute une bouteille, répliqua Ro.

Gray lui donna une tape dans le dos et ils se dirigèrent vers la cuisine.

Chloé examina tous les vêtements sur le lit. Allye était arrivée avec une dizaine de sacs, en lui déclarant qu'elle avait choisi « deux ou trois trucs » pour la dépanner.

— « Deux ou trois trucs » ? répéta Chloé, incrédule.

Allye s'esclaffa.

— Ro a dit que l'argent n'était pas un problème et qu'il voulait que tu aies assez d'habits pour pouvoir choisir quelle tenue porter et ne pas avoir à faire ta lessive tous les soirs. J'ai dû deviner tes mensurations, mais j'ai pris des vêtements avec des tailles élastiques au cas où je me sois trompée dans mes suppositions.

Sur quoi Allye se mit à vider les sacs et à en tirer ce qu'elle avait acheté.

Un sourire se dessina sur les lèvres de Chloé à mesure

que le sens des mots d'Allye lui parvenait. La pensée que Ro ne s'était pas soucié d'argent, mais seulement de son confort lui procurait une sensation agréable. Très agréable.

Allye lui rendit son sourire.

— Ro n'est pas obligé de te laisser vivre ici, Chloé.

— Qu'est-ce que tu veux dire ?

— Rex a des tas de contacts. Et je veux bien dire : « des tas ». C'est ce que font les Mercenaires Rebelles. Ils aident des femmes à se tirer des mauvais pas où elles se trouvent. Ro aurait pu demander à Rex de t'installer dans l'un des refuges secrets qu'il possède. Tu sais, un endroit sûr ? Tu y serais autant en sécurité qu'ici. Mais pour une raison qui lui est propre, Ro a refusé de même envisager cette éventualité. Je sais que Gray l'a suggéré, mais tu es toujours ici. Il m'a donné son propre argent pour que je t'achète des vêtements. Et il a insisté pour que je déniche ce truc pour toi.

Allye tira une bouteille d'un petit sac qu'elle avait en main.

Chloé reconnut la marque de la lotion qu'elle utilisait.

— Je ne vais te dire ça qu'une fois, puis je n'en reparlerai plus jamais... mais j'ai l'impression de devoir le faire. (Chloé se crispa.) Ne lui fais pas de mal. Ces hommes... ce sont de vrais durs à cuire. Des soldats professionnels. Ils peuvent régler leur compte à des types alors que tu aurais cru ça impossible. Ils n'hésitent pas à affronter des situations qui feraient peur à n'importe qui d'autre. Ils courent des risques et font tout ce qui est nécessaire pour sauver des femmes. Je ne connais pas encore très bien tous les autres, mais je connais Gray et il me semble que tout au fond d'eux, il y a quelque chose qui les terrifie. Ils se sont tous engagés à sauver les femmes et les enfants des griffes des salauds qui peuplent ce monde, mais il doit y avoir une raison plus profonde derrière leur engagement, autre que le simple fait de vouloir bien agir. Et si Ro ressemble un tant soit peu à Gray, une fois qu'il s'est engagé, il s'est engagé. Il déplacera ciel et terre pour s'assurer que tu es heureuse, satisfaite et en sécurité. C'est comme ça que Gray se comporte avec moi. Je sais, sans l'ombre d'un doute, que Gray ne me trompera jamais et il se donne beaucoup de mal pour veiller à ce que je sois satisfaite... de toutes les manières, si tu vois ce que je veux dire. (Chloé observa Allye, les yeux écarquillés.) Ro me semble être le même genre d'homme. Je suis toujours en train de découvrir les gars de l'équipe, mais j'ai la sensation qu'ils ne seraient pas aussi proches les uns des autres s'ils n'avaient pas les mêmes valeurs et convictions. Ro se comporte comme un Britannique distant plus souvent qu'à son tour, mais c'est l'homme le plus sensible que je connaisse. Il t'apprécie, Chloé. J'ai été surprise quand il t'a laissée seule ici. Il pensait que tu allais t'enfuir. Purée, moi aussi, j'ai cru que tu partirais. Mais non, et cela signifie beaucoup pour Ro. Tout ce que je cherche à te faire comprendre, c'est que si tu utilises son aide pour échapper à ton frère, c'est bien, je ne te blâme pas... mais ne le mène pas en bateau. Demande si tu peux bénéficier de la protection des témoins. Ou du programme secret que les Mercenaires Rebelles ont organisé. Ne reste pas ici, à lui faire croire qu'il y a quelque chose entre vous si tu ne ressens rien pour lui.

Le discours d'Allye avait été long et Chloé sentit de nouveau des papillons dans son ventre. Elle n'avait pas beaucoup réfléchi aux sentiments de Ro, parce qu'elle était très peu sûre d'elle-même et se sentait totalement impuissante. Mais l'idée que Ro la garde ici pour des raisons personnelles était séduisante. Plus que séduisante. Elle repensa à la manière dont il lui avait lavé les cheveux, à la sensation de ses mains sur son cuir chevelu. Un homme qui cherchait juste à sauver une femme d'une mauvaise passe ne ferait pas ça, si ?

Allye s'éclaircit la gorge et Chloé se rendit compte qu'elle attendait une réaction de sa part.

— Je ne le mènerai pas en bateau, s'empressa-t-elle de répliquer.

Elle ne s'était pas posé la question de savoir si elle voulait un petit ami depuis très longtemps, c'est-à-dire depuis qu'elle vivait sous le joug de son frère, mais Ro n'avait rien à voir avec Leon. Il était autoritaire et avait tendance à faire les choses sans lui demander son avis. En revanche, Chloé sentait que si elle avait une objection ou protestait, Ro l'écouterait et se montrerait compréhensif.

— Cool, fit Allye avec un soupir de soulagement. Maintenant, on va décider lesquels de ces trucs tu aimes et veux garder.

— D'accord, merci, répliqua Chloé en lui souriant timidement.

— De rien. J'ai l'impression qu'on va bien s'entendre, ajouta Allye en lui tendant le flacon de lotion avant de se retourner vers le lit.

Tout en la regardant fouiller dans les habits et commencer à les disposer dans un certain ordre, Chloé serra fort le flacon de plastique. Allye ne saurait jamais ce que ses paroles signifiaient pour elle. Cela faisait une éternité que Chloé n'avait pas eu d'amie. De véritable amie.

* * *

— Qu'est-ce qui les retient aussi longtemps ? grommela Ro un peu plus tard. (Cela faisait au moins quarante-cinq minutes qu'Allye avait disparu à l'étage.) Combien leur faut-il de temps pour examiner ces fringues ?

Gray gloussa.

— Oh, tu n'en as aucune idée, mon pote. Crois-moi : mieux vaut t'y habituer. Et quand tu dois te rendre quelque part, n'oublie pas d'indiquer à Chloé une heure de rendez-vous trente minutes avant l'heure véritable, afin de ne pas risquer d'arriver en retard.

— Vraiment ? s'étonna Ro.

— Vraiment.

— Mais Allye et toi, vous n'êtes jamais en retard.

— C'est bien ce que je te dis, répliqua Gray avec un petit sourire.

Ro secoua la tête. Puis il réalisa ce que Gray avait insinué. Cela faisait écho aux paroles de Chloé un peu plus tôt.

— Elle ne peut pas rester éternellement ici.

— Pourquoi pas ? rétorqua Gray.

— Eh bien, parce que, répondit Ro.

— Ce n'est pas une réponse. Écoute, j'ai pigé. Tu te sens coincé et tu as du mal à accepter tes sentiments. Je suis passé par là, mec. Sérieusement, j'ai éprouvé la même chose avec Allye. Je l'ai laissée rester avec moi en me persuadant que c'était pour la protéger. Et même si c'était le cas, il y avait bien plus que ça. La pensée qu'elle s'en aille m'était odieuse. Je tenais à être celui qui s'assurerait que ce trouduc ne poserait pas les mains sur elle. Mais tu dois comprendre ce que tu veux avant qu'il ne soit trop tard. En merdant, j'ai failli perdre Allye. Apprends de mes erreurs, Ro.

— Mais... je... ça ne fait qu'un jour. On n'est pas... Merde, jura Ro, frustré de ne pouvoir mettre ses sentiments en mots.

Gray posa une main sur l'épaule de son ami.

— Un jour. Une semaine. Dix putains d'années. Quand tu sais, tu sais. Je ne dis pas que tu dois lui faire ta demande en mariage aujourd'hui même, mais ne rejette pas tes sentiments pour elle. La façon dont nous vivons, les choses qu'on a faites… on mérite d'être récompensés. Et c'est ainsi que j'ai choisi de considérer Allye. Elle est ma récompense. On a flashé l'un sur l'autre dès la première fois où l'on s'est rencontrés. Plus je l'ai connue, plus je l'ai appréciée. J'ai détesté la laisser à San Francisco et, quand j'ai eu ma seconde chance, je l'ai saisie. Rien à foutre de ce que la société pense de la durée normale pour tomber amoureux. Si c'est là, c'est là. Et pour ce que ça vaut… c'est là, mon pote. Je me trompe ?

Ro envisagea quelques secondes les paroles de Gray. Il avait raison. Il n'avait jamais rien ressenti de tel envers aucune autre femme, au fil des années, y compris celles qu'il avait sauvées. Il y avait quelque chose de spécial et il voulait voir où cela pouvait le mener. Peut-être nulle part, mais il serait stupide de ne pas le poursuivre.

— Tu n'as pas tort, confia-t-il à Gray.

— Bien sûr que non, répliqua Gray en hochant la tête.

Ils tournèrent tous les deux la tête en entendant des pas dans l'escalier. Ro regarda, impatient, Allye apparaître, enfin suivie par Chloé.

Il ne pouvait en détacher le regard. C'était fou, l'excitation qui s'empara de lui en la voyant, alors qu'il ne l'avait pas quittée depuis si longtemps. Mais depuis qu'elle avait disparu dans l'escalier, il brûlait d'envie qu'elle revienne.

Ro avait apprécié de la voir dans son pantalon de survêtement et son tee-shirt : il y avait quelque chose d'excitant à la voir porter des tissus qui avaient touché son corps, mais la découvrir dans des vêtements qui lui allaient était encore plus agréable. Elle portait un leggings bleu marine qui moulait chaque courbe de ses jambes. Ses mollets paraissaient incroyablement minces, mais elle avait des cuisses rondes et puissantes. La pensée qu'elle puisse lui enrouler ces jambes autour de la taille pendant qu'il s'insinuait entre elles était presque impossible à supporter.

S'obligeant à regarder le reste de son corps, il prit une rapide inspiration en découvrant son chemisier. Il la couvrait bien plus que le corset du club, mais ça ne faisait que la rendre plus sexy. Le chemisier blanc était uni et elle avait passé une espèce de caraco en dessous. Il en distinguait la dentelle à travers le chemisier. Elle avait une poitrine généreuse et son tee-shirt à lui avait réussi à dissimuler le renflement de ses seins, mais le caraco était moulant et présentait ses attributs d'une manière sexy quoiqu'innocente.

Allye fonça droit sur Gray qui lui passa un bras autour des épaules. Chloé se planta au pied de l'escalier, se tordant nerveusement les mains.

Désireux de la rassurer, Ro se dirigea vers elle.

— Tu es magnifique, lui murmura-t-il.

Chloé baissa les yeux vers le plancher. Puis il la vit prendre une profonde inspiration et relever les yeux vers lui.

— Merci. Allye n'a pas voulu me dire combien tous ces habits ont coûté, afin que je puisse te rembourser.

— Tu ne me dois pas un kopeck, répliqua Ro en secouant la tête.

— Mais...

— Il n'y a pas de « mais », la coupa-t-il.

Puis, incapable de se retenir, il s'empara de l'une de ses mains qu'il approcha de son visage pour en effleurer le revers de ses lèvres. Après quoi, il la retourna et huma l'intérieur de son poignet. Souriant, il replongea ses yeux dans les siens.

— Tu as récupéré ta lotion, à ce que je vois, constata-t-il avec satisfaction.

Chloé hocha la tête.

— Merci.

— De rien.

— Donc... quels sont les plans pour demain ? s'enquit Gray.

Rechignant à la relâcher, Ro se força pourtant à laisser retomber le poignet de Chloé. Il avait envie de l'attirer dans ses bras et d'enfouir le nez dans l'espace entre son épaule et son cou, mais il se retint.

— Tout dépend de Chloé, répondit-il.

— De moi ?

Ro hocha la tête.

— J'ai l'impression que bien trop de gens ont pris des décisions à ta place et que tu n'as pas eu assez l'occasion de décider par toi-même, du moins publiquement. Je t'ai dit qu'on devait parler, qu'on doit tout savoir sur ton frère et ce que tu sais sur ses affaires, notamment quelles peuvent être ses motivations. Mais en retour, tu devrais être informée de tout ce que nous savons. À nous tous, on devait être capables de relier certains points.

— D'accord. Et ? demanda Chloé.

— Je me suis dit qu'il faudrait peut-être te laisser plus de temps.

— De temps pour quoi ?

— Me faire confiance. Te convaincre que je ne cherche pas seulement à te soutirer des infos afin de faire quelque chose qui empirerait la situation pour toi. (Chloé se mordilla la lèvre et Ro eut la sensation qu'elle s'était fait plus ou moins la même réflexion. Il passa outre la déception.) Mais comme Harris est allé trouver les flics et les médias en racontant que tu avais été kidnappée, nos options sont limitées et il va falloir agir au plus vite.

— Je suis d'accord pour rencontrer ton équipe, répliqua

doucement Chloé. Du moment que tu es là, s'empressa-t-elle d'ajouter.

Ro ne put s'empêcher de tendre la main et s'emparer une fois de plus de la sienne.

— Pourquoi ne serais-je pas là ?

Elle haussa les épaules.

— Je ne sais pas. Je veux dire… Je suis juste nerveuse à l'idée de rencontrer les hommes qui m'ont enlevée hier.

— Kidnappée, tu veux dire, intervint Allye avec une pointe d'humour.

— Chut, Allye, la réprimanda Gray.

— Pourquoi ? On peut bien appeler un chat un chat, rétorqua-t-elle.

Les lèvres de Chloé se retroussèrent.

Ro soupira.

— Je n'ai pas fini d'en entendre parler, n'est-ce pas ?

— Que tu aies dû kidnapper Chloé pour l'éloigner de son frère ? Non, en effet, confirma Allye. Je veux dire, vous autres, les gars, vous êtes ceux qui d'ordinaire sauvent les femmes enlevées. Que tu aies eu toi-même recours au kidnapping est vraiment assez hilarant.

Gray tourna un regard sérieux vers Chloé.

— Black, Ball et Meat ne te feraient jamais de mal.

Elle hocha la tête, cependant Ro vit que l'incertitude demeurait dans son expression.

— Ils me font penser à certains gardes du corps de mon frère, admit Chloé. Une fois – avant que je sache que je n'étais pas libre de me déplacer où je voulais, quand je voulais –, je suis allée déjeuner avec des amis. Je n'étais pas au restaurant depuis vingt minutes que deux d'entre eux se sont pointés et m'ont traînée dehors. C'était à la fois embarrassant et humiliant. Ils ne m'ont pas fait de mal tant que nous étions devant les autres, mais dès que je me suis retrouvée dans la voiture, celui qui ne conduisait pas m'a serré le bras si fort que j'ai eu un bleu de la forme de sa main sur mon bras pendant une semaine. Quand je m'en suis plainte à Leon, il m'a passé un savon et rétorqué que le gars n'avait sans doute pas mesuré sa force et que si je n'étais pas une mauviette pareille et que je n'étais pas sortie sans le prévenir, ça ne se serait pas produit.

— Écoute-moi bien, intervint sévèrement Ro. Mes amis et moi, on n'est pas comme eux. On préférerait se botter nos propres culs que te faire du mal. Et le comportement de ton frère, destiné à ce que tu te sentes coupable, c'est nul. Rien de ce qui s'est produit n'a été ta faute. (Sa voix s'adoucit.) Si tu n'es pas à l'aise avec la perspective de rencontrer l'équipe, tu peux rester ici et on trouvera autre chose.

— Peut-être qu'elle pourrait appeler, ou bien utiliser Skype, suggéra Allye. Je pourrais rester avec elle pendant votre réunion, les gars.

— Ou bien on pourrait tous venir ici, proposa Gray. Au lieu de se rencontrer au Pit.

— Je ne veux pas la laisser seule ici, déclara Ro sans quitter Chloé des yeux. Et pas parce que je ne te fais pas confiance, s'empressa-t-il d'ajouter. Mais maintenant que Harris a annoncé publiquement ta disparition, je ne suis pas prêt à parier sur le fait qu'il n'a pas compris qui j'étais ou bien l'endroit où je vis.

— Est-ce que ma présence ici te met en danger ? demanda soudain Chloé.

— Non. Et rien de ce qui se passe à partir de maintenant n'est ta faute non plus, lâcha Ro. Rien. Tu piges ? (Voyant qu'elle n'était pas d'accord, il soupira et se tourna vers Gray.) Je t'appelle plus tard pour te faire savoir ce qu'on a décidé.

Gray hocha la tête.

— Viens, Allye. Allons-y.

Celle-ci hocha la tête à son tour, mais se dirigea vers l'endroit où Ro et Chloé se tenaient. Sans prévenir, elle prit Chloé dans ses bras et la serra fort.

Ro vit Chloé se tendre, puis se relâcher et lui rendre son étreinte. Allye recula et dévisagea Ro.

— Prends soin d'elle, ordonna-t-elle, autoritaire. Et elle a besoin de faire des tas de lessives. Personne ne veut porter des sous-vêtements tout droit sortis d'un magasin.

Ro reposa les yeux sur Chloé. Cela signifiait-il qu'elle ne portait rien sous ses vêtements ? Sans réfléchir, il examina ses seins et eut vraiment l'impression de voir ses tétons pointer sous le chemisier, maintenant qu'il savait qu'elle ne portait pas de soutien-gorge. Tout aussi rapidement, il s'imagina tomber à genoux devant elle, pour lui retirer son leggings et enfouir le visage entre ses cuisses.

La gorge nouée, il se détourna de la tentation que constituait Chloé et hocha la tête à l'intention d'Allye.

— Bien sûr.

— Ro, on se parle plus tard. Et Chloé, tu n'as rien à craindre du reste de notre équipe. On fera tout ce qu'il faut pour te protéger. Sois-en bien persuadée, conclut Gray avant de tourner les talons et de quitter la maison en compagnie d'Allye.

Et le temps d'un battement de cils, Ro se retrouva seul avec Chloé. Il n'arrivait pas à se sortir de la tête la pensée de la jeune femme nue sous ses vêtements. C'était idiot, vraiment. Il lui avait ôté son corset la nuit précédente, donc il savait qu'elle ne portait rien sous son tee-shirt, mais il avait laissé le minuscule string en place, quand il l'avait dévêtue.

Ce n'était pas comme si cette petite pièce de coton la protégeait beaucoup de la vue. Pourtant, savoir qu'elle était nue sous ses nouveaux habits l'obligeait à lutter pour se contrôler.

Ils se tenaient là, gênés, regardant partout sauf eux-mêmes, jusqu'à ce que Ro glousse et rompe le silence.

— Viens, je vais te montrer où se trouvent la machine à laver et le sèche-linge, et je te laisse en paix.

— Merci, murmura-t-elle.

Une demi-heure plus tard, Ro avait réussi à se contraindre à penser à autre chose qu'à des sous-vêtements, caracos et autres seins. Chloé et lui étaient assis dans son salon.

— Veux-tu jouer à un jeu ? demanda-t-il quand elle lui dit qu'elle n'avait pas envie de regarder la télévision.

— Quel genre de jeu ? demanda-t-elle, soupçonneuse.

— Bataille.

— Pardon ?

— La bataille. Tu sais, le jeu de cartes ?

Elle fronça les sourcils, mais finit par consentir.

Ro se leva du canapé et se saisit d'un jeu de cartes. Il revint à l'endroit où elle était assise, écarta la table basse du canapé, puis s'assit par terre en face d'elle, de l'autre côté de la table, et mélangea les cartes.

Souriante, elle se laissa glisser au sol, elle aussi, et s'assit, les jambes croisées, la table entre eux, le dos contre le canapé.

— La règle est la suivante : la plus forte carte gagne. S'il y a égalité, on pose trois cartes face retournée et une face découverte. Encore une fois, la plus forte carte gagne.

— Les as sont forts ou faibles, à ce jeu ? demanda-t-elle.

Ro lui sourit.

— Forts.

Ce n'était pas qu'il tienne à jouer à quoi que ce soit, mais il voulait qu'elle arrête de penser autant à ce qui s'était passé récemment. Une fois qu'elle se serait détendue, il tâterait le terrain et verrait ce qu'elle pensait vraiment de la réunion avec son équipe. Il n'allait pas la laisser seule ici, non qu'il ne lui fasse pas confiance et redoute qu'elle s'enfuie, mais il se méfiait de ce foutu connard de Harris. Ro ne se le pardonnerait jamais si le frère de Chloé découvrait où elle se cachait et la ramenait au BJ's ou, pire, se débarrassait d'elle par la même occasion.

Alors il battit patiemment les cartes et abattit la première pour démarrer le jeu.

Le huit de Chloé battit son deux. Et la partie commença.

10

Chloé n'avait jamais imaginé qu'elle se retrouverait assise par terre à jouer à la bataille avec quelqu'un comme Ro. Il n'était pas le genre d'homme qu'elle aurait pensé avoir la patience de rester assis pendant des heures à jouer à ce jeu monotone et pour le moins ennuyeux. Mais dans un certain sens, il n'était pas ennuyeux d'y jouer avec Ro.

Elle avait ri davantage qu'au cours des trois dernières années. Ro s'avéra mauvais perdant et, quand il ne lui resta plus que sept cartes, il les fusilla du regard, ses pauvres cartes et elle, la mine renfrognée. Mais ils furent ensuite à égalité et il la déposséda d'un as, avant de regagner rapidement la plupart des cartes qu'il venait de perdre.

Par le passé, si quelqu'un lui avait lancé le même regard noir que Ro, elle aurait été plus qu'un peu méfiante, mais là, elle s'était moquée de lui et l'avait taquiné pour ne pas savoir perdre. Et, plus remarquable encore, il avait pris ses taquineries sans se plaindre, avant d'exulter quand il avait une nouvelle fois commencé à gagner.

Chloé savait ce qu'il cherchait et elle s'en fichait. Elle savait qu'il essayait de la détendre, pour qu'elle arrête de penser autant à son frère et à ce qui s'était passé. Elle appréciait vraiment ses efforts. Dieu savait qu'elle avait été sur le point d'atteindre ses limites. Elle était passée de la conviction d'avoir atterri dans un nouvel enfer, ce matin, à un état de détente complet, lorsque le soleil s'était couché.

Certains pourraient penser qu'elle ne se comportait pas de façon intelligente, mais Chloé savait mieux que personne que Ro n'était pas comme son frère ou les amis de son frère. Elle l'avait côtoyé assez longtemps pour être capable de pointer la différence. Elle avait peut-être été paniquée, ce matin, mais elle avait la sensation que ce n'était pas irrationnel. En la laissant seule et en lui fournissant les outils pour s'enfuir si elle en avait eu envie, Ro avait obtenu exactement le résultat escompté : elle en était venue à lui faire confiance.

Chloé s'esclaffa en le voyant perdre une autre bataille et regagna l'un des deux as qu'il avait dans son jeu.

— Bon sang, jura-t-il entre ses dents, alors qu'elle ramassait joyeusement ses cartes.

Elle entendit le sèche-linge bourdonner en arrière-plan et rougit de nouveau. Il fallait vraiment qu'elle arrête d'être gênée par cette histoire de lessive, mais il était évident que Ro n'avait pas pensé au fait qu'elle ne portait rien sous ses nouveaux vêtements jusqu'à ce qu'Allye évoque l'utilisation du lave-linge et du sèche-linge. Elle avait vu les yeux de Ro tomber sur ses seins et ses hanches, avant de se détourner.

Au lieu de se sentir embarrassée ou apeurée par le regard qu'il avait porté sur elle, il l'avait excitée. Ce qui l'avait sidérée. Comment était-elle passée d'un état où elle se sentait totalement dissociée de son corps et ne voulait pas se faire approcher par un homme à cette envie brûlante d'être touchée par Ro ? Partout, partout.

S'étant levée, Chloé déclara, avec un petit geste de la tête en direction de la buanderie :

— Je vais m'en occuper.

— Tu vas vraiment emporter tes cartes avec toi ? demanda Ro.

Elle le regarda avec un sourire moqueur.

— Euh, oui. La dernière fois que je me suis levée, tu as volé un as dans mon jeu, le réprimanda-t-elle.

— Je n'ai rien fait de tel, répliqua Ro avec de grands yeux innocents.

Chloé pinça les lèvres. Il était un menteur lamentable. Du moins faisait-il semblant de l'être.

— N'importe quoi, répliqua-t-elle alors qu'elle se dirigeait vers le sèche-linge.

— Veux-tu quelque chose à manger ? l'interpella Ro dans son dos.

Chloé se retourna. Il était tard. Ils avaient fait une pause et avalé des sandwichs pour le dîner, pourtant elle avait de nouveau faim. La nuit était tombée, mais elle était habituée à rester debout bien après minuit au club de strip-tease. Elle n'était pas prête à aller au lit pour le moment. Par ailleurs, elle était de nouveau en train de gagner.

— Tu n'aurais pas un peu de malbouffe dans tes placards ? demanda-t-elle, vaguement intimidée.

Certes, elle savait qu'elle ne devrait pas avaler ce genre de nourriture, mais cela faisait si longtemps qu'elle ne s'était pas laissée tenter.

— Je pense que je vais préparer quelque chose en vitesse, lâcha Ro. Mais ne lambine pas. Ma veine est en train de revenir. Je le sens.

Chloé ne put s'empêcher de rire : c'était sans doute l'effet recherché.

Alors qu'elle repliait les sous-vêtements et autres articles divers, achetés par Allye, des larmes lui picotèrent soudain les yeux. Debout devant le sèche-linge, une culotte en dentelle noire entre les mains, Chloé tenta de se rappeler la dernière fois où elle avait éprouvé une telle impression de normalité. Et n'y parvint pas.

Elle n'était pas autorisée à faire sa propre lessive dans la maison de Leon. Ils avaient du personnel pour cela. Elle n'était pas autorisée à manger ce qu'elle voulait. Personne ne lui demandait si elle avait faim : les employés cuisinaient ce que Leon ou Abbie exigeaient et tenaient le repas prêt à des horaires fixés au préalable. Les habits qu'elle était censée porter étaient choisis chaque matin par Abbie. Elle avait fait de son mieux pour se rebeller, mais elle devait se montrer discrète. Un geste de trop pouvait signifier un nouveau coup. Même si elle tentait de ne pas se laisser intimider par son frère, elle faisait quand même ce qu'il voulait la plupart du temps pour continuer à lui donner l'impression d'avoir pleinement le contrôle sur elle.

Il était tellement agréable de ne plus avoir à se cacher. De faire ce qu'elle voulait, quand elle voulait. De manger ce qu'elle voulait. De faire sa propre lessive. Elle savait que la plupart des gens ne comprendraient pas la joie que lui inspiraient des plaisirs aussi simples, mais elle jouait un rôle depuis si longtemps que pouvoir baisser sa garde et être seulement elle-même lui procuraient une sensation incroyable.

Un coup d'œil à la montre qu'Allye lui avait donnée permit à Chloé de réaliser que Ro et elle jouaient au même jeu de cartes depuis cinq heures. Cinq heures ! Et elle n'avait jamais été plus heureuse.

— Ça va ?

La voix rauque de Ro la prit au dépourvu. Chloé laissa tomber la culotte qu'elle tenait, avant de s'écarter brusquement, s'adossant au mur pour se préparer à se protéger.

— Bon sang, jura Ro qui s'écarta, les mains levées pour

lui montrer qu'il ne portait pas d'arme. Je suis désolé, chérie. Encore une fois. Je sais que je ne devrais pas te surprendre.

Chloé secoua la tête et se posa une main sur la poitrine, sur son cœur qui s'était mis à battre furieusement.

— Non, je suis désolée. Je ne devrais pas être aussi nerveuse.

— N'importe quoi, rétorqua-t-il. Tu as parfaitement le droit d'être méfiante. J'aurais dû faire plus de bruit en venant jusqu'ici. Je vais y veiller. Tu as besoin d'aide ?

Chloé laissa retomber sa main et secoua la tête.

— J'ai presque terminé.

S'avançant d'un pas, Ro ramassa la culotte qu'elle avait laissée tomber. Il l'examina pendant de longues secondes avant de la soulever et de mieux l'examiner. Elle le vit déglutir avec peine, puis il croisa son regard.

La chaleur qu'elle décela dans ses yeux faillit la brûler. Elle n'aurait pu remuer, même si sa vie en dépendait. Se passant la langue sur les lèvres, elle ne sut comment réagir.

— Entre nous soit dit, cette culotte est bien plus sexy que le string que tu portais la nuit dernière, constata Ro d'une voix calme. (Ses yeux passèrent de son visage à sa poitrine et Chloé vit ses lèvres s'entrouvrir de façon suggestive.) Tout comme ça, ajouta-t-il en indiquant ses seins d'un signe de tête, avant de s'éclaircir la gorge et de replier précautionneusement sa culotte pour la poser sur le sèche-linge. Prends ton temps. Je t'attendrai histoire de te mettre ta raclée à la bataille quand tu auras fini.

Sur quoi, il se tourna et quitta la petite buanderie.

Chloé demeura parfaitement immobile pendant un long moment, puis elle baissa lentement les yeux avant de prendre une profonde inspiration quand elle se vit.

Elle n'était pas certaine de devoir porter le haut blanc

uni avec le caraco de dentelle en dessous, mais Allye l'avait rassurée : elle était parfaitement décente et l'effet était adorable, sur le leggings bleu marine. Toutefois, en se voyant à présent, Chloé se rendit compte que si elle avait été parfaitement décente un peu plus tôt, ses tétons avaient durci depuis qu'elle avait été excitée par la présence de Ro. Et ils faisaient de leur mieux pour pointer à travers le coton du caraco et la soie de son chemisier.

Elle comprenait sans problème le point de vue de Ro et elle était d'accord. Elle avait déjà vu des hommes nus, évidemment, mais d'une certaine manière, le regard passionné qu'elle avait aperçu dans les yeux de Ro était bien plus excitant qu'un homme dénudé. Et juste avant qu'il quitte la buanderie, elle avait distingué l'érection qui gonflait sa braguette.

Il était attiré par elle. La femme qu'elle était vraiment. Et la sensation était incroyable.

L'érection de Ro l'excitait davantage que s'il avait laissé tomber son slip. Ils étaient bel et bien sur la même longueur d'onde en ce qui concernait ce qui était érotique et sexy, c'était une certitude.

La question était : où cela allait-il les mener ?

Il lui avait annoncé que quand elle reviendrait dans le salon, ils reprendraient leur jeu de cartes là où ils l'avaient laissé, mais la situation serait-elle devenue malaisée entre eux ? Attendrait-il d'elle plus que ce qu'elle était prête à lui donner ?

Il n'en fallut pas plus pour que sa nervosité et sa méfiance reviennent en force. Qu'était-elle en train de faire ? Elle était seule dans la maison de Ro et n'avait nulle part où aller. Il pouvait faire d'elle ce qu'il voulait, elle serait incapable de l'en empêcher. Il était plus grand et plus fort.

Il lui fallut les dix minutes supplémentaires nécessaires

au pliage du reste de ses affaires pour s'arrêter de paniquer. Toutefois, en quittant la buanderie avec un panier de vêtements propres et pliés, elle était bien plus circonspecte qu'elle ne l'avait été en entrant.

Plaçant le panier sur le sol, à côté de l'escalier, elle pénétra dans le salon... et resta bouche bée.

Ro était retourné s'asseoir à l'endroit qu'il avait occupé pendant les dernières heures. La table basse croulait sous les bols d'encas : bretzels, chocolats, pop-corn, chips tortillas, fromage fondu, sauce salsa, noix... et il y avait même plusieurs bâtonnets de viande, toujours dans leur emballage.

Chloé s'avança prudemment.

— Qu'est-ce que c'est que ça ? demanda-t-elle en s'approchant encore pour voir toute la nourriture que Ro avait apportée là où ils jouaient aux cartes.

— Tu as dit que tu voulais de la malbouffe, répliqua Ro, en haussant les épaules. Donc je t'ai trouvé des encas.

Chloé reprit sa place, fixant la table du regard.

— Ro, il y a de quoi nourrir une armée, ici, protesta-t-elle.

Mais elle se mit à saliver. Cela faisait si longtemps qu'elle n'avait pas avalé un de ces trucs. Et elle en brûlait d'envie.

— Oui, eh bien, on joue à la bataille, donc on a besoin de carburant, la contra-t-il. Je crois que c'est ton tour, ajouta-t-il en désignant d'un signe de tête les cartes qu'elle avait en main.

Chloé se détendit. Elle tenta de se convaincre qu'elle avait mal interprété la lueur dans les yeux de Ro, mais elle savait qu'elle se mentait à elle-même. Il y avait une sérieuse alchimie entre eux, pourtant il se montrait aussi gentleman que possible avec elle et elle appréciait ses efforts.

Mais elle ne pouvait s'empêcher de se demander comment il réagirait si elle faisait le premier pas. Qu'entreprendrait-il si elle se dirigeait vers lui et s'asseyait sur ses genoux comme elle l'avait fait la nuit dernière ? La repousserait-il, garderait-il les yeux sur son visage comme il l'avait fait auparavant ou agripperait-il ses cuisses pour la frotter contre son entrejambe ?

Au souvenir du renflement au niveau de sa braguette quand il s'était trouvé dans la buanderie, à regarder ses tétons pointés, elle se demanda l'effet que cela ferait de l'avoir entre ses jambes à elle.

— Secoue-toi, Chloé, lui intima Ro. À toi de jouer.

Elle aurait été offensée si, en levant les yeux, elle ne l'avait surpris lorgnant ses seins.

Souriant intérieurement, Chloé décida séance tenante de se laisser juste porter par le courant. Tendant la main pour attraper une poignée de chocolats, elle se servit de l'autre pour retourner une carte. La partie reprenait. Pour le reste arriverait ce qui devrait arriver.

* * *

Ro batailla pour garder l'esprit concentré sur la partie et non sur des pensées coquines. Mais c'était dur. Lui-même était dur. Il en allait ainsi depuis qu'il avait vu la culotte sexy en diable que Chloé avait laissé tomber quand il l'avait surprise à la buanderie.

Puis il avait levé les yeux vers elle et vu ses tétons pointer à travers le tissu de son caraco et de son chemisier. Il avait eu envie de la pousser contre le mur, de la soulever jusqu'à ce que sa tête à lui soit au niveau de ces splendeurs et qu'il puisse les prendre dans sa bouche. Il voulait la sentir se tortiller contre lui pendant qu'il sucerait et mordillerait ses seins.

Le simple spectacle de Chloé avalant avec plaisir les encas qu'il avait préparés suffisait à l'exciter.

Ils jouaient déjà depuis trente minutes supplémentaires quand il mit prudemment le sujet du lendemain sur le tapis. Il avait besoin de comprendre quoi faire et, maintenant qu'elle s'était encore une fois détendue, le moment était venu.

— J'aimerais que tu viennes avec moi, demain, lâcha-t-il en plaçant une carte sur la table. Le Pit est une salle de billard locale que mes amis et moi utilisons comme base, si je puis m'exprimer ainsi. Tu y seras en sécurité.

Chloé abattit ses cartes et sourit en couvrant son dix avec un valet.

— OK, concéda-t-elle en découvrant sa carte suivante, avant d'attraper une chips de maïs qu'elle plongea dans le *queso*.

— OK ? répéta-t-il en abattant une carte à son tour.

Il remporta son deux avec un trois.

— Oui. OK.

— Chloé, répliqua-t-il d'une voix patiente. Tu n'y es pas obligée.

Elle leva les yeux vers lui.

— Si. Tu ne veux pas me laisser seule ici, au cas où Leon débarquerait pour mettre la main sur moi. Je ne veux pas qu'il me retrouve. Donc il faut que je t'accompagne. Et si tu as l'intention de te réunir avec ton équipe, moi aussi. Je dois leur dire ce que je sais sur mon frère.

Ro s'éclaircit la gorge. Il était étonné de ce que représentait pour lui la confiance qu'elle lui accordait.

— Comme l'a dit Allye, on pourrait rester ici tous les

deux et appeler mes coéquipiers. Ou bien on pourrait tous se retrouver ici.

Elle le dévisagea longuement : ses yeux montraient qu'elle comprenait complètement la situation. Elle était intelligente, très intelligente et cette qualité aussi, elle l'excitait.

— Le mieux, ce serait que tes amis et toi continuiez à vous comporter comme d'ordinaire. Et si cela signifie aller au bar ou quel que soit le nom que vous donniez à l'endroit où vous vous réunissez habituellement, eh bien, soit. La dernière chose dont vous ayez besoin, c'est que mon frère ait des soupçons sur vous.

— Tu es incroyable, chuchota Ro.

Elle haussa les épaules.

— Je suis désespérée, répliqua-t-elle d'une voix tout aussi douce. Et je suis à court d'idées, Ro. Je ne sais pas où a disparu le frère que je connaissais. J'y ai réfléchi pendant des jours et des jours, jusqu'à en avoir mal à la tête. Je ne sais pas pourquoi il est devenu la personne affreuse qu'il est aujourd'hui. La raison pour laquelle il me déteste autant. Depuis la mort de mon père, il a empiré. Je veux savoir pourquoi et me libérer de lui une bonne fois pour toutes. Je ferai tout ce qu'il faut pour y parvenir. Je veux rencontrer tes amis et vous dire ce que je sais, parce que, comme tu l'as dit, cela vous aidera peut-être à relier ces infos avec ce que vous savez déjà. Si je n'agis pas en grande fille, ça ne fera qu'empirer les choses sur le long terme.

Sans réfléchir, Ro s'agenouilla et se pencha en travers de la table. Chloé avait une chips dans une main et une carte dans l'autre. Il lui glissa une paume derrière la nuque et l'attira à lui. Elle se leva à son tour sur ses genoux et poussa un petit cri de surprise, mais il ne lut aucune peur dans ses yeux.

— On va tirer tout ça au clair. Ensemble, déclara-t-il d'une voix douce. (Elle hocha la tête.) Donc tu m'accompagnes demain au Pit ? (Nouveau hochement de tête.) Et tu n'auras pas peur de Black, Ball et Meat ?

— Tu seras là ? demanda-t-elle.

— Bien sûr.

— Dans ce cas, je n'aurai pas peur de tes amis, affirma-t-elle sans détour.

— Bon sang, chuchota Ro. Je suis désolé.

— De quoi ?

— De ça.

Puis il l'embrassa. Ce ne fut pas un petit baiser rapide sur les lèvres. Il lui prit la bouche en homme affamé dévorant un festin. Ro passa la langue sur ses lèvres et grogna de satisfaction en la sentant s'ouvrir aussitôt à lui. Quand la langue de Chloé vint timidement à la rencontre de la sienne, il la repoussa dans sa bouche pour prendre le contrôle du baiser. La main dans son cou se resserra et il l'immobilisa afin de savourer ce à quoi il rêvait depuis l'instant où il l'avait vue dans son allée.

Pas une seule fois Chloé ne protesta. Elle n'essaya pas de s'écarter et, en fait, ouvrit plus largement la bouche, inclinant la tête afin de lui faciliter l'accès à ce qu'il désirait.

À contrecœur, Ro finit par reculer, redoutant ce qu'elle pourrait dire ou faire.

En l'observant attentivement, il fut soulagé de la voir se passer sensuellement la langue sur les lèvres, au lieu de le réprimander ou de s'extraire de son étreinte.

Il garda encore un peu sa nuque dans le creux de sa main, puis se força à la relâcher et se rassit. Elle resta une seconde, dressée au-dessus de la table basse, puis elle regagna elle aussi sa place par terre.

— Eh bien, lâcha-t-elle lentement, un petit sourire aux lèvres. À toi de jouer.

Et elle porta à sa bouche la chips qu'elle tenait, avant de poser sa carte, face en l'air, sur la table.

Ro lui rendit son sourire, ajusta son érection dans son pantalon de façon à ce qu'elle cesse d'appuyer contre sa braguette, puis retourna une carte de son jeu. Il ne savait pas trop où cela allait les mener, mais pour l'heure, il était content d'être assis ici avec elle, à jouer aux cartes et à la regarder manger tout ce qui lui faisait envie. C'était un bon début.

11

Chloé était nerveuse, mais elle faisait de son mieux pour le cacher à Ro. Elle ne pensait pas avoir réussi à le tromper, ce matin-là, mais, plein de prévenance, il n'en avait pas fait mention.

Elle était nerveuse, oui, mais pas terrorisée.

Et la différence était de taille. Au cours de ces dernières années, elle avait été furieuse, mais aussi très souvent terrorisée. Terrorisée de se trouver dans les parages de Leon et Abbie. Terrorisée quand il laissait l'un de ses gardes du corps pour la surveiller. Terrorisée à l'idée que son frère découvre qu'elle ponctionnait ses comptes. Terrorisée qu'il devine ses projets de fuite. Terrorisée que la mafia surgisse un jour et l'emmène pour la torturer. Terrorisée quand elle travaillait au club.

Ro ne la terrorisait pas, lui. Il se contentait de la rendre nerveuse. Sans doute parce qu'elle éprouvait quelque chose pour lui... d'une manière qu'elle n'avait pas éprouvée depuis longtemps. La veille au soir avait été révélatrice. Le regard qu'il portait sur elle et le désir qu'elle avait lu dans ses yeux l'avaient amenée à se sentir jolie et féminine. Pas comme un objet à posséder ou à contrôler, ce qui était ce qu'elle éprouvait au contact des hommes que Leon lui avait présentés.

Et puis, il y avait eu ce baiser.

Chloé avait envie de prendre une douche froide, rien qu'en se le remémorant.

La main dans sa nuque lui avait fait l'effet d'un fer rouge, pourtant au lieu de paniquer, elle avait eu envie de se rapprocher encore de lui. Il l'avait embrassée comme elle ne l'avait jamais été auparavant. Il avait le contrôle, ce qui n'était pas surprenant, mais en douceur. L'un des derniers hommes avec qui elle était sortie sur l'insistance de Leon l'avait embrassée en fin de soirée, mais ce baiser avait alors été bien différent. Il s'était agi de contrôle et de force.

Chloé savait que si elle avait protesté, tenté de reculer ou si elle lui avait ne serait-ce que suggéré de ne pas vouloir de ce baiser, Ro l'aurait relâchée.

Mais non, elle ne voulait pas qu'il la relâche. La manière dont il l'avait dominée était sexy. Parce qu'il s'était concentré sur son plaisir à elle et non pas sur le sien. Chloé ignorait comment elle le savait, mais c'était bel et bien le cas. Depuis, tout ce à quoi elle avait été capable de penser, c'était ce qu'elle ressentirait s'il l'embrassait sur tout le corps. S'il la touchait de ses mains comme il lui avait pris la bouche.

Ils avaient joué à ce jeu de cartes idiot jusque tard dans la nuit. Vers minuit et demi, il avait finalement décrété qu'ils allaient en rester là. Elle était en train de gagner et il avait proposé qu'ils mettent leurs cartes de côté afin de pouvoir reprendre la partie à un autre moment.

Il lui avait conseillé d'aller se coucher à l'étage, car ils allaient sans doute démarrer tôt le lendemain matin. Elle n'avait pas songé qu'elle occupait sa chambre avant de se retrouver pelotonnée sous les couvertures, dans le nouveau pyjama qu'Allye lui avait acheté.

Son odeur terreuse, masculine, imprégnait tout. L'oreiller sentait comme lui. Les draps sentaient comme lui. Chloé serra un oreiller contre sa poitrine et se tourna sur le flanc, inspirant ce parfum rassurant.

Puis elle s'assit. Elle ne pouvait pas occuper son lit. Il devait y avoir une chambre destinée aux invités dans cette maison, car elle était vaste. Et dans le cas contraire, elle pourrait dormir sur le canapé du rez-de-chaussée, comme elle l'avait fait pendant sa sieste de l'après-midi.

Elle était descendue pour déclarer à Ro qu'il n'était pas question qu'elle prenne son lit, mais il avait annihilé tous ses arguments d'une phrase : « Comme je ne peux pas coucher à côté de toi, je te protégerai mieux en restant au rez-de-chaussée. »

Il s'était mis à lui parler des alarmes qu'il avait fait installer à ses fenêtres, afin que personne ne puisse de faufiler dans une pièce sans les déclencher, des alarmes qu'il avait fait poser dans son allée, afin que personne ne puisse parvenir en voiture jusque chez lui sans qu'il le sache, et même des alarmes qu'il avait fait disposer autour de sa maison, afin que personne ne puisse se faufiler à pied dans les environs de sa propriété.

Mais toutes ces explications s'étaient dissoutes dans la lumière de ses premiers mots : il la protégerait mieux en restant au rez-de-chaussée pendant qu'elle dormirait dans son lit.

Elle n'avait su quoi répliquer. Comment confier à un homme dont le métier consistait à protéger et sauver des femmes que personne, depuis très, très longtemps ne s'était pas même soucié d'assurer sa sécurité ?

Ce matin, elle s'était réveillée et assise pour découvrir Ro planté sur le seuil de la chambre. Il était appuyé contre le jambage, bras croisés, muscles saillants sous le tee-shirt noir qu'il portait. Son jean soulignait la musculature puissante de ses cuisses ainsi que son impressionnant entrejambe. Il la dévisageait, pieds nus.

— Euh, bonjour, murmura-t-elle. J'ai dormi trop longtemps ?

Il avait secoué la tête.

— Non, chérie. Tu t'es réveillée pile au bon moment.

Ils s'étaient observés pendant une fraction de seconde avant qu'elle ne demande :

— Tout va bien ?

Se repoussant du cadre de la porte, il s'était redressé, avançant lentement jusqu'à se tenir à côté du matelas. Puis il s'était penché et lui avait déposé un baiser sur le sommet du crâne. Il prit une autre fraction de seconde et inspira bruyamment.

— Ro ?

— J'adore le parfum du lilas. En tout cas sur toi, répondit-il avant de se redresser. J'ai préparé le petit déjeuner au rez-de-chaussée, dès que tu es prête. Si tu peux supporter une journée de plus sans mouiller ta blessure, ce serait parfait. Demain, je crois qu'elle sera assez cicatrisée pour que tu te douches normalement. Si tu as besoin de quoi que ce soit, fais-le-moi savoir.

Sur quoi, il lui avait adressé un petit signe de tête avant de quitter sa chambre.

Il avait préparé un énorme petit déjeuner, avec œufs, bacon, gâteaux, fruits frais, dont elle avait mangé une portion de chacun. Il avait appelé Black et ils avaient convenu de se retrouver une heure plus tard au bar. Apparemment, Black s'était porté volontaire pour appeler les autres et les en informer.

Et le moment était venu d'y aller.

Ils étaient dans sa McLaren, devant un bâtiment d'aspect décrépi baptisé « The Pit ».

— Ça va ? demanda Ro.

Chloé hocha la tête. Il posa une main sur son genou.

— Tout va bien se passer, promit-il.

— Tu es sûr ? ne put-elle s'empêcher de demander. Tu ne connais pas Leon. Il ne va pas laisser tomber. C'est pour ça que j'avais prévu de partir le plus loin possible.

— Je n'ai jamais pensé qu'il allait laisser tomber comme ça, répliqua Ro.

— Dans ce cas, qu'est-ce qu'on va faire ? insista-t-elle.

— On va aller à l'intérieur. Je te présenterai à mes amis et on discutera. On va élaborer un plan. S'il ne fonctionne pas, on bâtira un plan B. Si ce plan B ne fonctionne pas non plus, on ira sur un plan C. On fera tout ce qu'on peut afin de s'assurer que tu es en sécurité et que tu n'es plus sous la coupe de ton frère. Mon objectif, c'est de garantir que tu puisses faire ce dont tu as envie et aller où tu veux. Si tu désires partir vivre à Londres pour t'éloigner de tout, je ferai en sorte que ça se réalise, grâce aux contacts que j'ai encore là-bas. Si tu veux déménager à New York ou dans un trou perdu au milieu de nulle part dans l'Idaho, je t'aiderai aussi à faire en sorte que ça se produise. Mais si tu décides que tu aimes vivre ici, à Colorado Springs, et que tu veux rester, crois-moi, je te soutiendrai et je me casserai le cul pour que ça se réalise.

— Ro, s'étrangla Chloé en comprenant ce qu'il venait de lui faire comprendre sans le formuler directement.

Il voulait qu'elle reste ici, avec lui. Mais comme d'habitude, il ne lui mettait pas la pression. Il lui laissait le choix.

— Viens, chérie. Entrons avant que quelqu'un te voie et prévienne les flics.

La remarque produisit son effet. Chloé hocha la tête et,

avant même qu'elle s'en rende compte, ils se dirigeaient d'un pas vif, main dans la main, vers la porte d'entrée.

— Cet endroit est-il seulement ouvert à cette heure ? demanda-t-elle alors qu'ils approchaient.

Ro gloussa.

— Cet endroit est ouvert presque vingt-quatre heures sur vingt-quatre, sept jours sur sept. Les clients réguliers commencent à arriver autour de 10 heures et les jusqu'au-boutistes ne partent pas avant 3 heures du matin.

— Waouh ! Et moi qui croyais que les types du BJ's étaient des forcenés, fit Chloé, pince-sans-rire, à Ro qui lui tenait la lourde porte de bois.

— Les hommes qui viennent ici sont en général des types bien. Ils aiment jouer au billard, boire des bières et écouter du rock ou de la country. Je ne dis pas qu'il n'y a jamais de problèmes, mais la plupart du temps, les gars restent entre eux et ne causent pas de soucis. Il y a beaucoup d'anciens combattants qui ont besoin d'un endroit où ils se sentent chez eux ou d'échapper momentanément à leur vie.

Chloé hocha la tête et regarda les alentours du bar qu'éclairait une lumière tamisée, pendant que Ro refermait la porte derrière eux. L'endroit n'avait pas l'air bien différent de ce qu'elle avait imaginé. Un grand bar se dressait sur sa droite, où deux clients sirotaient une bière. Il y avait un jukebox dans un coin sur sa gauche et des tables disposées tout autour de la salle. Un couloir menait à ce qu'elle supposait être les toilettes. Une porte à l'arrière conduisait à un autre espace, meublé de tables de billard.

Ro ne lui laissa pas le temps d'approfondir son examen : il lui posa une main au creux des reins pour la conduire directement vers le bar. Un homme se tenait derrière, qui essuyait un verre à l'aide d'un torchon. Il était grand – évidemment : tous les amis de Ro paraissaient grands, à l'exception de Black –, mais surtout, il était massif. Ses bras étaient énormes, comme s'il était adepte du bodybuilding ou de quelque chose du genre. Il avait un large torse et même ses mains étaient grandes. Sa barbe brune, broussailleuse, était parsemée de gris et Chloé vit une cicatrice qui lui descendait sur un côté du cou et disparaissait dans le col de sa chemise, parce que les poils de sa barbe ne repoussaient pas à l'endroit de la cicatrice. Il était bronzé et ses deux bras étaient couverts de tatouages noirs.

Chloé aurait tourné les talons et se serait éloignée autant que possible si Ro ne s'était pas tenu à côté d'elle et si sa main ne l'avait pas poussée vers l'avant. Cet homme lui faisait bien trop penser aux gardes du corps que Leon employait. Elle savait que s'il la frappait de ses mains de mammouth, elle perdrait tout de suite connaissance.

— Salut, Dave, lança Ro alors qu'ils se plantaient devant le bois éraflé du bar.

Dave fronça les sourcils, ce qui accrut l'effroi de Chloé.

— C'est elle la raison pour laquelle les gars et toi, vous êtes ici ?

Il avait un accent du Sud prononcé et une voix grave.

— Malheureusement oui, répondit Ro.

Dave tourna vers elle ses yeux d'un marron perçant et Chloé eut envie de se recroqueviller, mais elle se força à croiser son regard. Elle se tint plus droite et se répéta qu'avec Ro à ses côtés, elle était en sécurité.

L'homme la dévisagea pendant un long moment, puis sourit et se retourna vers Ro.

— Elle ne m'a pas l'air d'avoir été kidnappée.

Sans attendre la réaction de Ro, elle répliqua :

— Je n'ai pas été kidnappée. Mon frère est un connard qui a tendance à bouder quand il n'obtient pas ce qu'il veut.

Le sourire de Dave s'élargit et Chloé fut sidérée de

constater à quel point ce sourire adoucissait toute son apparence.

— Je crois qu'elle vient de me remettre à ma place, constata le barman avec un petit hochement de tête à l'intention de Ro. Je suis bien content de te l'entendre dire, ma belle, ajouta-t-il à l'adresse de Chloé. Maintenant, avant que vous alliez vous mettre à causer business... qu'est-ce que je peux vous servir ? De l'eau ? Du jus ? Un cocktail ? Un verre de Jack Daniel's ? Une de ces bières anglaises chic que Ro affectionne tant ? Dites-moi ce que vous voulez et c'est comme si c'était fait.

Chloé cilla, puis leva les yeux vers Ro.

— Il est sérieux ?

— Euh... oui, pourquoi ? répondit Ro, à l'évidence perdu.

— Il a visiblement vu ma photo dans les médias et pense que j'ai été kidnappée. Il sait que mon frère me recherche, et il va juste ignorer tout ça pour me demander ce que je veux boire ?

Ce ne fut pas Ro qui répondit, mais Dave. Il se pencha par-dessus le bar, afin de s'approcher d'elle et lâcher, sur un ton grave et sérieux :

— Les hommes de l'arrière-salle sont des types bien. Ils considèrent la protection des femmes avec le plus grand sérieux. Si tu affirmes que tu n'as pas été kidnappée, je te crois. Je ne vais pas appeler ces foutus flics et te dénoncer juste parce que j'ai vu ton visage à la télé. Je fais confiance à Ro et aux autres pour démêler ta situation et faire ce qui est juste. Bon, alors, que veux-tu boire ?

— De l'eau, ça m'ira très bien, répondit Chloé, incapable de trancher si elle avait toujours peur du robuste barman.

Dave se redressa et hocha la tête. Attrapant une bouteille d'eau dans le frigo derrière lui, il demanda :

— Je te dévisse le bouchon ?

Chloé hocha la tête.

Sur un mouvement sec du poignet de Dave, elle entendit le bouchon craquer et il lui tendit la bouteille sans l'avoir complètement ouverte. Aussitôt, Chloé en serra le goulot pendant que Ro lui agrippait doucement le bras et l'éloignait du bar.

— Merci, Dave, lança-t-il avant qu'ils se soient éloignés. Je te préviendrai, si on a besoin de quelque chose.

— Naturellement, répondit l'interpellé qui se détourna pour aller s'affairer derrière son comptoir.

Ro entraîna Chloé vers une porte percée au centre du mur du fond. Elle aperçut au-delà des tables de billard.

— Il est intense, murmura-t-elle à Ro.

Il sourit.

— En tout cas, il est inoffensif.

— Tu parles ! répliqua Chloé en imitant l'accent britannique de Ro alors qu'ils franchissaient la porte.

Ro rejeta la tête en arrière et s'esclaffa en entendant sa réponse. Il la fit tourner à droite et Chloé déglutit avec peine.

Le rire de Ro avait attiré l'attention des cinq hommes assis à une table. Ils les observèrent tous alors qu'ils approchaient, comme s'ils n'avaient encore jamais vu un homme rire.

— Salut, les mecs, lança Ro en invitant Chloé à s'asseoir, le dos tourné à la salle.

— Qu'est-ce qu'il y a de drôle ? s'enquit Arrow.

— Oui, qu'est-ce que tu as à rire comme ça, bordel ? demanda l'homme que Chloé identifia comme Black.

— Je ne pense pas t'avoir jamais vu rire, constata Meat.

Chloé savait qu'elle avait rougi, mais elle feignit de

l'ignorer et prit une gorgée à la bouteille qu'elle tenait toujours d'une poigne de fer.

Ro s'assit et déplaça sa chaise vers elle, jusqu'à ce que leurs cuisses se touchent presque. La situation paraissait bizarre, étant donné l'espace séparant les autres hommes autour de la table, mais elle n'allait rien dire vu que, grâce à la proximité de Ro, elle se sentait mieux.

— L'accent britannique de Chloé était en plein dans le mille, expliqua-t-il à ses amis. Elle m'imitait et c'était génial, si je puis me permettre.

Le grand homme blond à la table ignora l'échange et se pencha en avant, la main tendue.

— Je suis Ball, déclara-t-il avec le plus grand sérieux. Désolé pour ce qui s'est passé l'autre soir.

— Comment va votre main ? demanda-t-elle.

Maintenant qu'elle était attablée avec ces hommes, elle voyait qu'ils se souciaient sincèrement de son cas. Il ne faisait aucun doute que c'était des hommes forts et dominants, mais la compassion et l'inquiétude qui brillaient dans leurs yeux étaient faciles à percevoir.

— On peut se tutoyer, tu sais, répliqua Ball. Mais je vais bien. Et même si je ne suis pas particulièrement heureux que tes dents soient entrées dans mon bras, je suis fier que tu te sois défendue. Il n'y a pas beaucoup de femmes dans ta situation qui trouvent la force d'en faire autant.

— J'étais terrifiée, précisa Chloé. Et désespérée.

— Je sais. Pourtant tu as fait tout ce que tu pouvais pour nous échapper. Des tas de femmes auraient tout simplement baissé les bras. Cédé face à ce qui pouvait bien leur arriver. Tu nous as combattus et suppliés jusqu'à la toute fin.

Chloé baissa les yeux vers la bouteille posée sur la table devant elle.

— Je ne me rappelle pas grand-chose de ce qui s'est passé à la fin.

— C'est à cause de la drogue, expliqua Black sur un ton neutre. On t'a transportée jusque chez Ro, il a soigné l'entaille à ta tête et t'a mise au lit. C'est tout.

Chloé aimait bien les informations brèves et succinctes, même si elle avait l'impression que ce n'était pas exactement ce qui s'était passé. Mais elle choisit de ne pas insister. Ils avaient des motifs d'inquiétude plus conséquents.

— Donc… qu'est-ce qu'on fait ? demanda-t-elle.

— Ton frère a monté cette histoire de kidnapping pour les organes de presse nationaux, les informa Meat. *CNN*, l'émission *TODAY* et même *Fox News* s'y est mise. Il raconte que tu es malade sur le plan mental et que ta situation est urgente parce que tu n'as pas tes médicaments.

Chloé blêmit.

— Par le passé, il a menacé de me faire interner si je ne faisais pas ce qu'il voulait, admit-elle. Encore une de ces menaces parmi les plus affreuses. Je sais que s'il parvient à ses fins, il me dopera à mort et me laissera moisir quelque part, dans un établissement psychiatrique, confirma-t-elle à ses interlocuteurs. Il est sans doute en train de semer les graines pour pouvoir procéder ainsi quand il me récupérera, sans que personne pose de question.

— S'il te récupère un jour, nuança Gray à mi-voix.

Il ouvrait la bouche pour la première fois.

— Pardon ? fit Chloé.

— Tu as dit « quand ». Tu voulais dire : « s'il te récupère ».

— Ah. Oui, c'est ce que je voulais dire, convint-elle sans conviction, sachant que sa langue n'avait pas fourché.

— Et si tu commençais par le commencement ? suggéra Ro. Tu as dit que tu n'avais pas toujours vécu avec ton frère, c'est bien ça ? Raconte-nous tout ce que tu peux à propos de ta famille.

Chloé prit une nouvelle gorgée d'eau et balaya la tablée du regard. Les hommes affichaient un air solennel et sérieux. Meat avait son ordinateur portable et elle ne voyait que la broussaille brune de ses cheveux par-dessus l'écran. Arrow avait des cheveux foncés, mais elle n'en distinguait pas exactement la couleur, parce qu'il les avait tondus à ras. Les autres la dévisageaient tous avec un mélange de curiosité et de patience. Aucun d'eux ne paraissait agacé. Chloé ignorait si c'était dû à leur formation militaire ou s'il s'agissait seulement de leur manière d'être.

Elle sentit une main sur sa cuisse et leva les yeux vers Ro.

— Commence par ce qui te gêne le moins, déclara-t-il. Ne réfléchis pas à tes formulations. Contente-toi de parler. Laisse-nous décider ce qui peut être pertinent ou pas.

— C'est difficile, répliqua-t-elle, tentant d'ignorer les autres.

— Je sais. Mais tu t'en sors étonnamment bien. J'aimerais que tu comprennes à quel point tu es forte et combien c'est incroyable. Si tu avais pu voir certaines des femmes que nous avons tirées de situations comme la tienne, tu comprendrais : elles redoutaient de parler à qui que ce soit. Si ça t'aide à te sentir mieux, adresse-toi à moi. Ignore les autres et parle à moi seul.

— Peut-être que ce serait plus facile si on avait un jeu de cartes pour jouer à la bataille, plaisanta Chloé.

Ro ne sourit même pas.

— Je peux te trouver ça, la rassura-t-il.

Chloé secoua la tête en soupirant.

— Je plaisantais.

— Pas moi, répliqua-t-il.

Chloé prit une profonde inspiration. Ro avait dit qu'elle était forte, pourtant elle n'en avait nullement l'impression. Toutefois, comme il lui avait conseillé d'entamer son récit où elle le voulait, elle se dit qu'elle commencerait en effet par le commencement.

<h1 style="text-align:center">12</h1>

Ro avait envie de prendre Chloé et de l'emmener loin, mais il savait qu'il ne le pouvait pas. Ils avaient besoin de plus amples informations et elle était la seule à pouvoir les leur donner. Elle s'accrochait à sa bouteille d'eau comme si c'était ce qui lui permettait de conserver sa santé mentale et il voyait son pouls battre à un rythme sauvage dans sa gorge. Lui posant la main sur un genou, il le serra doucement, pour lui faire savoir qu'elle était en sécurité. Que tout allait bien.

Il n'était pas certain de ce qu'il attendait d'elle, mais quand elle déplaça une main de la bouteille pour se cramponner à la sienne, il fondit. La paume de Chloé était froide et moite de la condensation sur le verre. Elle avait cherché son contact en tendant la main vers lui. C'était un pas immense, qu'il ne tiendrait pourtant pas pour acquis.

Retournant sa main, il pressa leurs paumes l'une contre l'autre et entremêla leurs doigts, tenant bon, histoire de la calmer et de lui apporter un peu de soutien alors qu'elle commençait à parler.

Elle avait la voix qui tremblait, mais plus elle parla, plus ses inflexions s'affermirent.

— J'ai toujours pensé que nous formions une famille typique. J'ai cinq ans de plus que Leon et j'aimais avoir un petit frère. Je jouais avec lui après l'école, nous courions comme des fous dans le jardin sous l'œil attentif de notre nourrice. Mon père travaillait beaucoup, toutefois il s'efforçait toujours de rentrer à la maison pour le dîner. Ma mère était géniale. Elle ne travaillait qu'à temps partiel, mais effectuait beaucoup de bénévolat, d'où la nourrice. Quand je suis entrée au lycée, j'ai cessé de passer autant de temps avec Leon, parce que... eh bien... parce que j'étais adolescente. Mes amis étaient plus importants à mes yeux qu'un petit frère ennuyeux qui fouinait dans mes affaires et m'embêtait. J'imagine que c'est à ce moment-là que nous avons vraiment commencé à grandir chacun de notre côté. Je suis partie à l'université, où j'ai décroché une licence de comptabilité. Pendant un an ou deux, j'ai travaillé pour une entreprise qui s'occupait d'impôts, mais je n'ai pas vraiment aimé. C'était ennuyeux et la seule chose qui préoccupait nos clients, c'était de payer le moins de taxes possible. Une année, j'ai rencontré un type qui travaillait pour Springs Financial Group et j'imagine qu'il a vu quelque chose en moi qui l'a impressionné. Il m'a proposé un entretien dans son entreprise. J'ai décroché le poste, effectué une série de formations, suivi quelques cours avant de finir par devenir conseillère financière. Ma mère est morte à peu près au moment où j'ai été embauchée, ajouta-t-elle. On lui a tiré dessus un matin, alors qu'elle se rendait à l'une de ses activités de bénévolat.

Ro sursauta en apprenant l'information. Il savait que les parents de Chloé étaient morts tous les deux, mais pas que sa mère avait été assassinée.

— Comment s'appelait-elle ? demanda Meat.

— Louise.

— A-t-on découvert l'identité de son meurtrier ?

La question émanait cette fois de Ball.

Chloé haussa les épaules.

— Malheureusement non. C'était il y a dix ans et il me semble que les gangs étaient un gros problème, à cette époque. Elle se rendait dans un quartier à problèmes de la ville pour le compte de l'association Habitat for Humanity. Elle se trouvait à un feu rouge. Quelqu'un s'est approché de sa voiture, a tiré par sa vitre et lui a volé son sac.

— Pas sa voiture ? s'enquit Arrow.

— Non. Les policiers en ont conclu que le type voulait seulement se faire de l'argent rapidement, pour de la drogue ou quelque chose du genre. Ils ont interrogé des tas de gens et il n'y avait pas beaucoup de caméras de surveillance, à l'époque, donc ils n'ont pas eu de véritable preuve à part la douille qui les a menés à un pistolet volé, qu'ils n'ont jamais retrouvé.

— C'est terrible, marmonna Ro en serrant sa main.

— Oui, convint Chloé. En effet. (Elle prit une profonde inspiration, puis continua.) Bref, j'ai pris mon nouveau poste et je n'ai plus beaucoup vu mon père ou mon frère. J'étais occupée. J'ai essayé de faire en sorte de voir mon père au moins une fois par semaine, mais il paraissait vouloir prendre ses distances avec moi. Je me suis demandé si mes visites lui rappelaient ma mère ou quelque chose du genre.

— C'est dur, constata Ro.

Ses problèmes familiaux étaient un peu différents des siens, mais il comprenait parfaitement les dynamiques familiales compliquées. Il ne lui avait pas parlé de sa parentèle, mais il le ferait. Il avait le sentiment qu'elle comprendrait mieux que quiconque.

— Ils faisaient quoi, ton frère et ton père, pendant ce temps ? intervint Gray.

— La même chose que pendant que j'étais à l'université, j'imagine, répondit-elle en haussant les épaules. Mon père a continué à travailler comme un forçat et Leon a commencé l'université à son tour.

— Où est-il allé ? demanda Meat en s'arrêtant de taper sur son ordinateur pour poser sa question.

— Il a débuté à l'université de Californie du Sud, mais après sa première année, il est rentré pour aller à l'université de Denver.

— Pourquoi ? demanda Black.

— Pourquoi quoi ?

— Pourquoi a-t-il changé d'université ?

Chloé haussa de nouveau les épaules.

— Je ne sais pas trop. Je n'ai jamais posé la question. J'ai juste supposé qu'il voulait se rapprocher de la maison.

— Humm, murmura Black. OK. Désolé pour cette interruption. Vas-y.

— Bien, donc je travaillais pour Springs Financial Group et tout se passait bien. J'avais quelques gros clients que j'aidais à bâtir leur portefeuille. Je réfléchissais aux investissements qu'ils pourraient faire et je leur donnais mon avis sur des investissements à long terme, des assurances vie et choses du même genre. J'y suis restée environ cinq ans. J'avais mon propre appartement au centre-ville et un tas d'amis.

Elle fit une pause pour prendre une gorgée d'eau.

— Et que s'est-il passé ensuite ? demanda Ro.

— Tout est parti à vau-l'eau, répondit Chloé avec tristesse. Leon m'a appelée un jour pour me dire que papa avait été tué pendant un cambriolage. Mon frère était sorti avec des amis, quand quelqu'un a pénétré par effraction et surpris papa qui travaillait dans son bureau. L'individu est entré et lui a tiré dessus. Il n'a rien pris non plus. Il s'est contenté de lui tirer dessus avant de s'enfuir. J'ai été boule-versée. Leon venait juste de décrocher son master, quelques mois plus tôt, et il paraissait complètement inconsolable. Il a juré qu'il retrouverait le coupable et le ferait payer, mais pour autant que je sache, le meurtre de mon père est toujours non résolu à l'heure qu'il est.

— Hmm. Je savais que Ray Harris avait été tué, mais il va falloir que je mette la main sur le rapport de police, grom-mela Meat dans sa barbe.

Voyant Chloé dévisager Meat, Ro tendit doucement un doigt pour qu'elle ramène les yeux sur lui.

— Continue, chérie. Que s'est-il passé après la mort de ton père ?

— Tout est parti en sucette, répondit-elle en soupirant.

— Raconte-moi, insista Ro.

— Les choses ont commencé à se dégrader au travail. Les clients avec lesquels je travaillais depuis des années ont soudain commencé à demander un nouveau conseiller. J'ai manqué le travail en raison des trucs légaux que Leon et moi avons eu à gérer. J'avais l'impression que quand il n'y en avait plus, il y en avait encore et, assez vite, j'ai été convoquée dans le bureau de mon chef qui m'a dit que ça n'allait pas. J'ai été virée. J'étais effondrée et je ne savais pas quoi faire. J'ai essayé de trouver un autre emploi, mais le milieu financier de Colorado Springs n'est pas bien grand. J'ai eu quelques entretiens, dont certains ont paru prometteurs, mais sans rien donner finalement. J'en suis arrivée au point où j'ai compris que j'allais avoir besoin de puiser dans mes économies, ce que je ne voulais absolu-ment pas faire. Alors Leon m'a proposé de revenir habiter à la maison. Il en avait hérité à la mort de notre père. J'ai sauté sur l'occasion, pas seulement pour loger gratuite-ment, mais aussi pour renouer avec mon frère. Je regrettais que nos chemins se soient éloignés. (Elle eut un petit rire amer.) Mais j'aurais dû réfléchir un peu plus. Leon ne faisait pas preuve de générosité : il attendait quelque chose de moi.

— Qu'est-ce qu'il voulait ? s'enquit Arrow.

— Il voulait que je prenne en charge les aspects financiers de la gestion de la maison. Pour commencer, j'étais contente de le faire. Ça m'occupait et ça m'évitait de penser que je n'étais pas arrivée à trouver un autre travail. J'ai commencé par payer les factures du ménage et du personnel, mais bientôt, j'ai également conseillé Leon sur ses investissements, ses impôts et les déductions possibles. Je me rappelle le jour où il est venu me trouver pour m'annoncer qu'il voulait acheter le bâtiment qui est devenu le BJ's actuellement. Il était tout excité et m'a raconté qu'il voulait en faire un club censé devenir le premier endroit pour les hommes de Colorado Springs désireux de s'amuser un peu. Je lui ai dit que c'était une mauvaise idée, mais bien entendu, il m'a ignorée. Je l'ai aidé à monter l'entreprise parce que je pensais encore que, comme il était mon frère, je devais le soutenir. Il m'a confié toute la comptabilité et la paperasse du club. Ce n'était pas ce que je m'étais imaginé faire, mais je l'ai fait quand même. Pour mon frère. À peu près à cette époque, il m'a également demandé de jeter un coup d'œil sur les investissements de deux amis. J'ai accepté, heureuse de lui être utile. Je n'avais pas compris qui étaient ces amis, parce qu'ils utilisaient des pseudonymes... sinon, j'aurais refusé. Bref, au bout de quelques mois, j'ai voulu me reprendre en main. Trouver un endroit à moi, un nouveau travail. Mais chaque fois que j'en parlais à Leon, il avait une bonne excuse pour me faire attendre. Il se montrait très persuasif et, honnêtement, je croyais qu'il avait besoin de moi. Mais quand il a découvert que j'avais pris quelques rendez-vous pour visiter des appartements, il a perdu la tête.

Chloé fit une pause dans son récit et se cramponna si fort à la main de Ro qu'il aurait les marques de ses ongles sur son revers, il le savait. Il ne dit rien, la laissa faire, pour qu'elle sache qu'il était ici. Et qu'il ne la jugeait pas.

— Il m'a interdit de déménager et, le jour où je suis quand même partie, il m'a ramenée à la maison… et m'a frappée pour la première fois. Et il m'a parlé de ses connexions criminelles, prévenue que si je partais, la mafia ne manquerait pas de me tuer. La deuxième fois où j'ai cherché à m'enfuir, en décidant que je courrai le risque avec la mafia, il m'a ramenée dans ma chambre et a regardé ses hommes de main me rouer de coups. Je ne lui pardonnerai jamais d'être resté là… à sourire pendant ce temps. Ils m'ont cassé deux côtes et endommagé aussi un genou. Comme je n'ai pas pu quitter mon lit pendant un moment, Leon m'a rendu visite dans ma chambre. Il m'a appris que les « amis » dont j'avais géré les investissements étaient en réalité Joseph Carlino et Peter Smaldone, les chefs de la mafia de Denver. Leon m'a dit qu'ils me tueraient à petit feu, si je tentais de me retirer de leurs dossiers. Il a déclaré qu'il essayait de me protéger. Je savais qu'il mentait sur son désir de me protéger, mais je n'ai absolument pas mis sa parole en doute concernant la mafia. Car si Leon me faisait peur, la mafia me terrifiait.

— Je ne peux pas dire que je t'en blâme, murmura Arrow.

— Même si je le voulais, j'étais coincée, reprit Chloé, abattue. Leon m'a introduite dans ce monde de corruption et de tromperie, et n'en a eu rien à faire quand je l'ai interpellé à ce propos. Il m'a rabaissée, m'a dit que j'étais une Harris et qu'il était temps d'agir en conséquence. Il a affirmé que notre père travaillait pour les familles Carlino et Smaldone depuis des années. Que c'étaient eux qui lui avaient appris à extorquer des fonds et à faire chanter des gens et des entreprises. Leon a déclaré que papa lui avait transmis ce secret et qu'il était temps que je m'implique dans l'entreprise autrement que par mon nom. Il avait soi-disant fait ce qu'il avait à faire pour que j'en fasse partie. Et désormais, je devais rester à ses côtés pour ma propre sécurité. Je n'avais jamais vu Leon perdre autant ses moyens. Il était furieux que j'aie cherché à partir, sous prétexte que si je m'en allais, il ne pourrait me protéger de la mafia. Je l'ai cru... jusqu'à un certain point. Donc j'ai accepté de travailler avec lui, mais j'ai commencé à planifier secrètement ce que je pourrais faire pour m'enfuir. (Chloé laissa échapper un rire amer.) Je projetais d'utiliser mes économies, mais Abbie et lui les avaient siphonnées sans m'en informer. J'étais sans un sou et, comme il m'avait tenue occupée et enfermée à la maison, j'avais perdu tout contact avec les amis que j'avais avant d'emménager avec lui. Je n'avais pas de voiture, Leon avait confisqué mon permis de conduire et j'étais complètement dépendante de lui pour tout. J'ai donc compris qu'il serait plus sûr pour moi de jouer le jeu. La dernière chose dont j'avais envie, c'était d'un autre passage à tabac dans le genre de celui dont ses hommes de main et lui m'avaient gratifiée. J'ai fait semblant de me plier à tout ce qu'il voulait. J'avais besoin de temps pour élaborer un plan d'évasion, comprendre ce que je devrais faire afin d'échapper au radar de la mafia, économiser assez d'argent pour m'enfuir.

— Comment ? s'enquit Gray.

— Très lentement. Trop lentement. J'étais responsable de l'argent de Leon ainsi que de celui de Carlino et Smaldone. J'ai ouvert un nouveau compte et commencé à y transférer des fonds. De petites sommes à la fois, afin de ne pas éveiller de soupçons. Et seulement depuis les comptes de Leon. Un dollar par-ci, cinq dollars par-là. J'étais extrêmement prudente, en m'efforçant de ne rien transférer qui pourrait être remarqué, en siphonnant principalement l'argent des intérêts produits par les comptes. C'est pour cela que je suis restée aussi longtemps avec lui : parce que cela m'a pris des lustres pour alimenter ce compte. Je n'ai toujours pas réussi à réunir assez d'argent pour me sentir à l'aise en disparaissant, mais les choses sont devenues vraiment trop intenses.

— Que s'était-il passé, le jour où je t'ai rencontrée pour la première fois ? demanda Ro.

Il s'était posé la question depuis qu'il avait vu disparaître les feux arrière de la Mercedes d'Abbie.

Chloé soupira.

— Leon m'avait arrangé un rendez-vous avec l'un de ses amis : un homme qui, selon ses dires, serait parfait pour moi. Il faisait ça depuis deux ans. En fait, il paraissait impatient de me voir mariée, pour une raison qui m'échappe. Je ne voulais pas aller à ce rendez-vous, mais il refusait de tenir compte de mes refus et je savais que si je m'obstinais, il risquait d'avoir des soupçons sur la personne docile que je faisais semblant d'être depuis aussi longtemps. Et que je risquais toujours de me prendre une nouvelle raclée. Donc j'y suis allée. Disons simplement que ça ne s'est pas très bien passé.

— Tu pourrais être plus précise ? demanda Ball.

— L'homme avait cinquante-huit ans, était déjà deux fois divorcé. Il n'a pas détaché les yeux de mes seins pendant tout le déjeuner. On était installés dans un box, au fond d'un restaurant, et il a cherché à me tripoter. Comme je me suis offusquée et que je l'ai envoyé promener, il a appelé Leon. Pour lui demander de venir me récupérer, en lui sortant qu'il n'épouserait jamais une garce frigide dans mon genre, quelle que soit la somme d'argent en jeu.

— Qu'est-ce que cela signifie ? s'étonna Black. Ton frère avait l'intention de le payer pour qu'il t'épouse ?

— Je n'en ai aucune idée, admit Chloé. Leon était furieux, en tout cas. Mais moi aussi. Au lieu de lui obéir, comme je le faisais depuis des années, j'ai commis l'erreur de lui lancer que ce type était un connard et que je ne voulais plus de rencard avec le moindre de ses amis. Il est devenu tellement dingue qu'il m'a littéralement éjectée de sa voiture à coup de pied. Il m'avait flanqué un coup de poing, quelques jours plus tôt, et il m'a atteint exactement au même endroit quand il m'a virée par la portière. J'ai commencé à marcher... et tu connais le reste, conclut-elle en regardant Ro.

— Pourquoi as-tu appelé Abbie pour qu'elle vienne te chercher ? demanda-t-il en secouant la tête. Tu aurais pu m'expliquer ce qui se passait à ce moment-là et je t'aurais aidée.

Chloé sourit tristement.

— Je ne savais pas quoi faire d'autre, répondit-elle. J'aurais dû, mais je n'avais pas mon passeport, sans lequel je ne pouvais accéder à l'argent que j'avais économisé. Je me suis dit que si je pouvais juste récupérer mon passeport et deux ou trois choses que je cachais dans mon placard, je ficherais le camp. Ça a été une décision terrible de ma part, acheva-t-elle, d'un air sombre. Le soir même, il a commencé à me former pour travailler dans les cabines privées du BJ's.

Un long silence se fit autour de la table. Ro, qui tenait toujours la main de Chloé, faisait de son mieux pour garder son calme. Il avait envie de foncer sur-le-champ donner une bonne leçon à Leon, mais il ne devait pas perdre les pédales. Pour elle.

— Il y a quelque chose qui cloche, déclara Meat au bout d'un moment.

— Quoi ? s'enquit Arrow.

— Si Leon a hérité de la maison et sans doute aussi de l'argent de son père, pourquoi faire appel à Chloé ? S'il la déteste autant qu'il en a l'air, pourquoi pas simplement tout prendre et en finir avec elle ?

— Que disait le testament ? demanda Ball à Chloé.

Elle haussa les épaules.

— Que tout allait au premier fils de papa.

— Tu l'affirmes ou tu le supposes ? insista Black.

— Je n'ai jamais vu le testament, admit Chloé. Un notaire est venu à la maison et nous l'a expliqué. Il a déclaré que Leon héritait de la maison et de tout le reste. Selon lui, notre père espérait que Leon prendrait soin de moi en cas de nécessité. À ce moment-là, je n'en avais pas besoin. J'avais un travail, un toit... j'étais à l'aise. Quand Leon m'a invitée à emménager chez lui, il a affirmé que c'était ce que papa aurait voulu. Je n'ai pas approfondi la question.

— Tu n'as pas contesté le testament ? s'enquit Arrow.

— Non, répondit Chloé en secouant la tête. Je n'avais pas besoin de l'argent de mon père. Je sais qu'il était riche. Je veux dire, ce n'était pas bien difficile de s'en rendre compte, vu notre maison et tout le reste, mais il ne m'est jamais venu à l'esprit de traîner mon propre frère en justice. J'avais mes économies, un travail, des amis... je n'en avais pas besoin.

— Meat, tu pourrais...

— Je m'en occupe, répondit l'interpellé avant que Gray achève sa pensée.

— Quoi ? demanda Chloé.

— Et si Harris *n'avait pas hérité de tout* ? explicita Ro à voix basse. Si l'argent devait être divisé en deux parts égales ?

— Mais le notaire a dit...

— Tu le connaissais, ce notaire ? la coupa Ro.

Chloé secoua lentement la tête.

— Je ne l'avais jamais vu avant. Le type qui s'était occupé depuis toujours des affaires de mon père était mort peu de temps après papa : crise cardiaque.

— Putain, grommela Meat dont les doigts volaient sur son clavier.

Le regard de Chloé passa de Meat à Ro, puis aux autres hommes assis autour de la table, avant de revenir sur Ro.

— Tu penses vraiment que tout ça est une histoire d'argent ?

— Chérie, il y a des gens qui en tuent d'autres pour cinq mille petits dollars. Ton père était riche. Vraiment blindé. L'argent produit des effets dingues sur les gens. Si ton frère voulait conserver toute la fortune de tes parents, qui sait ce qu'il a pu faire dans ce but.

— Mince alors, murmura Chloé. Leon déjeunait réguliè-rement avec un groupe de flics, ajouta-t-elle.

Les doigts de Meat s'immobilisèrent et il leva les yeux vers elle.

— Purée...

— Qui d'autre ? demanda Ro.

— Des politiciens, des chefs d'entreprise, des directeurs d'université... des tas de gens, répondit Chloé.

— Merde, merde, merde, maugréa Meat en revenant à son clavier. OK, on va peut-être avoir à solliciter des renforts cette fois. Je m'en occupe... même si ça risque de me prendre plus longtemps que prévu. Il va falloir que je fasse un tour sur le *dark web* et que je travaille dans l'ombre pour dégoter des infos.

Meat continua à marmonner dans sa barbe tandis qu'Arrow demandait :

— Qu'est-ce qu'on va faire avec cette histoire de kidnapping ? Si Harris a des amis en haut lieu, c'est juste une question de temps avant qu'il comprenne qui on est et qu'il envoie des flics nous chercher des poux dans la tête... et sans doute dans celle de Rex aussi.

— On pourrait utiliser nos contacts et faire quitter la ville à Chloé de façon clandestine, suggéra Ball.

— On pourrait raconter qu'elle est une épouse violentée ayant besoin de se faire oublier pendant un moment et que Ro est son garde du corps, ajouta Black.

— Ça ne fonctionnerait pas, parce qu'elle est passée dans tous les journaux télévisés. Par ailleurs... elle n'est pas mariée et tout le monde le sait aussi, objecta Gray.

— On pourrait juste rester chez moi jusqu'à ce que ça se tasse, suggéra Ro.

— Une conférence de presse, intervint Chloé.

Tout le monde la dévisagea, incrédule. Même Meat s'arrêta de taper sur son clavier pour la regarder, bouche bée.

— Leon ne va pas renoncer. Il va continuer à se montrer dans tous les programmes d'actualités possible. Il va bousculer tout le monde, faire croire que je suis mentalement fragile et, quand il me remettra la main dessus, il me fera enfermer pour toujours, en prétendant que j'ai un syndrome de stress post-traumatique ou quelque chose du genre et qu'il faut m'interner pour mon bien.

Ro déglutit péniblement. Elle avait raison. Absolument raison et ça craignait. Mais il ne voyait pas très bien où elle voulait en venir.

— Donc tu veux que quelqu'un fasse une déclaration publique comme quoi tu vas très bien et que tu n'as pas été kidnappée ?

— Non, répondit-elle.

Ro se détendit. La dernière chose qu'il voulait, c'était de la publicité. Et Rex était également de son avis.

— Non, pas quelqu'un, mais moi : je veux donner une conférence de presse et affirmer au monde entier que je n'ai pas été kidnappée et que je me porte comme un charme.

— Non, protesta aussitôt Ro. Pas question.

— C'est la seule solution, répliqua calmement Chloé. Et tu le sais.

— Non, répéta-t-il.

Mais cette fois, ce fut Arrow qui s'en mêla.

— Elle a raison. C'est une idée brillante.

— N'importe quoi ! s'exclama Ro en relâchant sa main pour la première fois et repoussant sa chaise avant de commencer à arpenter les abords de la table. La presse va la dévorer toute crue ! Ils voudront savoir où elle était, pourquoi elle n'a pas contacté son frère, ce qui s'est passé pendant l'accident de voiture... et ça n'en finira jamais. Ils ne la lâcheront pas.

— D'où la nécessité de déterminer ce qu'elle devra dire avant qu'elle parle à la presse, argua Arrow.

— Hors de question, déclara Ro. Et inutile de revenir là-dessus.

Trois heures plus tard, Ro regardait Chloé debout sur l'escalier du tribunal du comté dans le centre-ville de Colorado Springs, qui s'adressait à la presse. Même si elle était belle et calme, lui savait qu'elle était morte de peur.

Allye se tenait à côté d'elle, une main dans la sienne pour lui offrir son soutien. Ils avaient décidé que ce serait mieux si Chloé se trouvait à côté d'une femme afin de ne pas donner à la presse matière à ragots supplémentaire. S'il s'était montré là avec elle, Ro aurait été lui aussi sous les projecteurs et c'était la dernière chose dont les Mercenaires Rebelles avaient besoin.

Le chef de la police s'était adressé à la petite foule composée principalement de journalistes de télévision, avant de déclarer :

— Je sais que nous sommes tous heureux de voir que Mlle Harris est saine et sauve. Elle a quelques mots à vous dire avant que nous lui posions nos questions.

Ro suait à grosses gouttes. Ils avaient préparé une déclaration concise que Chloé allait lire, en restant vague sur les détails, mais ils savaient tous qu'il y avait des questions qui pourraient valider ou invalider leur histoire. Elle avait déjà parlé avec un inspecteur de police. Impossible de savoir si c'était ou non l'un des hommes que Leon avait dans sa poche, mais après avoir passé une heure tendue derrière les portes fermées, elle était sortie de la pièce et avait adressé un hochement de tête furtif à Ro pour lui faire savoir que, pour autant qu'elle puisse en juger, leur histoire avait tenu bon face à l'examen initial de la police.

Elle était allée directement du poste au tribunal et, à présent, Ro et les autres mercenaires encerclaient la foule. Bien qu'extrêmement attentifs à toute présence suspecte, ils n'avaient vu, pour le moment et Dieu merci, que des journalistes.

— Merci à tous d'être venus aujourd'hui et de vous être inquiétés pour moi, commença Chloé d'une voix ferme et forte. Il est réconfortant de savoir que, quand quelqu'un disparaît, il y a des gens pleins d'empathie, comme vous tous, qui s'en inquiètent et veulent les ramener chez eux. Comme vous pouvez le voir, je vais bien. Je n'ai jamais été kidnappée et je suis désolée que mon frère l'ait cru, ne serait-ce qu'une seconde. Je me suis cogné la tête dans l'accident et, apparemment, je me suis éloignée, hagarde, en quête de secours. Je me suis effondrée et j'ai été découverte par mon amie, Allye Martin. Quand je me suis réveillée et que j'ai compris ce qui se passait, il était trop tard et mon frère, déjà paniqué, avait informé tout le monde de mon kidnapping. Mais je vais bien. Je suis saine et sauve.

À l'instant où elle se tut, les journalistes devinrent comme fous et ce fut une avalanche de questions.

— Pourquoi votre frère a-t-il pensé que vous aviez été kidnappée ?

— Où étiez-vous pendant tout ce temps ?

— Pourquoi ne l'avez-vous pas appelé ?

— Quelqu'un vous a-t-il forcée à parler aujourd'hui ?

— Reprenez-vous vos médicaments ?

Toutes les questions qu'ils avaient prévues lui furent posées. Et Chloé y répondit comme une pro. Elle n'hésita pas dans ses réponses et répéta sans relâche qu'elle était heureuse et en bonne santé et que toute la situation n'avait été qu'un gros malentendu.

Elle s'esclaffa quand on l'interrogea sur sa santé mentale, en affirmant que les seuls médicaments qu'elle avalait étaient ses vitamines et sa pilule et que son frère avait à l'évidence pris ses sautes d'humeur mensuelles pour quelque chose de plus grave. Elle avait même rougi en prononçant ces mots, ce qui donnait plus de crédit à sa performance.

Alors même que Ro commençait à se détendre, se disant qu'ils avaient réussi et qu'elle pourrait montrer son visage en ville sans redouter que quiconque pense qu'elle avait été kidnappée, une limousine déboula à vive allure et fit crisser ses freins aux abords de la foule de journalistes.

Aussitôt en alerte, Ro entreprit de s'en approcher.

Il avait les tripes nouées, car il savait exactement qui

allait en surgir. Et il avait raison. Ils avaient discuté de la possibilité que le frère de Chloé se pointe. Ils avaient juste espéré que ce serait après la conférence de presse et qu'ils puissent évacuer Chloé avant son apparition.

Leon Harris descendit en trombe de son véhicule et les journalistes s'écartèrent comme la mer Rouge pour lui permettre de gravir l'escalier jusqu'à sa sœur.

Ro serra les poings, chaque muscle de son corps en alerte. Si Leon faisait le moindre mal à Chloé, il le paierait. Même si cela devait nuire à la réputation des Mercenaires Rebelles. La seule chose qui retint Ro d'aller se placer à côté de Chloé, ce fut la présence d'Allye avec elle. Et aussi le fait que, pour une raison qui lui échappait, Leon voulait que sa sœur reste en vie.

Ils n'avaient pas encore compris pourquoi, mais il avait eu des tas d'occasions de la tuer au fil des années, qu'il n'avait pas saisies. De plus, Ro ne pensait pas que Leon allait abandonner son personnage de « gentil » devant toutes les caméras de télévision.

Dès que Harris parvint à côté de Chloé, il la prit dans ses bras et la serra fort. Il recula du micro, l'obligeant à reculer elle aussi de deux pas. Ro scruta la scène et vit Chloé lever un bras et le poser derrière le dos de son frère. Pour toutes les caméras, cela ressemblait à une scène de retrouvailles pleine d'affection, mais Ro connaissait Chloé, même après les deux petits jours qu'ils avaient passés ensemble. Il voyait bien qu'elle était paniquée.

Elle n'avait pas relâché la main d'Allye et celle-ci, Dieu merci, ne s'était pas écartée du frère et de la sœur pendant qu'ils s'embrassaient. Leon étreignit Chloé pendant un peu plus longtemps qu'il n'était de mise en ces circonstances et, quand il recula, Ro entrevit brièvement un rictus narquois sur son visage, avant qu'il se tourne vers l'assistance.

— Merci à tous de vous être souciés du sort de Chloé et d'avoir aidé à la localiser. Je suis enchanté qu'elle aille bien et soit de retour chez les siens. Je n'aurais rien pu faire sans vous. Merci.

Sur quoi, il voulut redescendre les escaliers, en tenant toujours la main de sa sœur.

Mais Chloé ne remua pas.

Leon se tint là, le bras tendu de façon malcommode pendant quelques secondes, puis il laissa retomber sa main. Ils eurent une brève conversation là, sur les marches, et Ro vit Chloé secouer plusieurs fois la tête. Elle se cramponna plus fort à la main d'Allye, avant de plaquer un sourire faux sur son visage.

Désireux à l'évidence de ne rien faire devant les caméras qui pourrait lui causer du tort, Leon tourna lentement le dos à sa sœur et se fraya un chemin à travers la foule de journalistes, répondant à leurs questions à mesure qu'il avançait.

À la dernière seconde, avant que Leon rentre dans la voiture à bord de laquelle il était arrivé, Ro fit un pas pour s'écarter de l'arbre derrière lequel il s'était dissimulé, sur la pelouse du tribunal, afin de s'assurer que Leon le voie bien.

Les deux hommes se dévisagèrent. Ro plissa les yeux, en guise d'avertissement, mais Leon ignora la menace ou ne la saisit pas, parce qu'il se contenta de pivoter sur ses talons et de grimper sur la banquette arrière.

La limousine repartit bien plus lentement qu'elle était arrivée et les journalistes commencèrent à se disperser, impatients de rapporter leurs rushs à leur chaîne, afin qu'ils soient montés aussi vite que possible pour pouvoir être diffusés au journal du soir.

Comme ils l'avaient planifié, après que Chloé eut serré la main du chef de la police et de tous ceux qui traînaient encore dans les parages, Allye et elle se dirigèrent vers l'Audi de Gray. Ro ne bougea pas, jusqu'à ce que les deux femmes soient en sécurité dans le véhicule puis, il courut vers le Hummer de Meat. C'était Ball qui conduisait, car Meat était retourné s'installer dans la cave de sa maison, pour travailler sur ses ordinateurs.

Arrow et Black se garèrent devant l'Audi de Gray, dans le pick-up d'Arrow, et ils se rendirent chez Ro par un chemin détourné, pour s'assurer de n'être pas suivis par l'un des sbires de Leon ou des reporters trop curieux.

À l'instant où Ball arrêta le Hummer, Ro était dehors, fonçant à grands pas vers la voiture de Gray. Il avait ouvert la portière et attiré Chloé dans ses bras avant même d'en avoir eu l'idée. Il n'avait pas pris la peine de regarder autour de lui pour s'assurer qu'il n'y avait pas de danger ou vérifier sa propriété. Sa seule préoccupation, c'était de s'approcher de Chloé et de s'assurer qu'elle allait bien.

À l'instant où son bras se referma autour d'elle et qu'il sentit son parfum de lilas, il se détendit. Avant de tenir Chloé contre lui, Ro ne s'était pas rendu compte à quel point il avait été stressé pendant ces deux dernières heures.

— Ça va ? demanda-t-il.

Elle opina sans lever pour autant la tête.

C'était suffisant. Pour le moment.

13

Deux jours plus tard, Ro n'en pouvait plus. Après la conférence de presse, Chloé s'était éteinte. Elle était polie et aimable, mais chaque fois qu'il parlait de son frère et de ce qu'il lui avait dit sur les marches du tribunal, elle changeait de sujet et trouvait une excuse pour quitter la pièce.

Ro en avait assez de danser autour du sujet.

Il n'aimait pas que Chloé soit sur les nerfs et il n'aimait absolument pas qu'elle soit effrayée au point de se cacher de lui. Elle sursautait au moindre bruit et, quand son téléphone à lui sonnait, elle le regardait avec une telle inquiétude pendant qu'il parlait à l'un ou l'autre de ses amis à l'autre bout du fil qu'il en avait le cœur serré.

Elle allait se coucher bien trop tôt, surtout pour quelqu'un qui avait eu l'habitude de rester debout jusqu'aux petites heures du jour. La seule fois où il avait essayé de jeter un œil sur elle, il avait trouvé la porte de sa chambre close.

Elle s'éloignait de lui, physiquement comme mentalement, et Ro en avait assez.

Après le dîner, ce soir-là, Chloé l'avait aidé comme d'habitude à débarrasser la table, puis lui avait souhaité bonne nuit à voix basse avant d'annoncer qu'elle allait se coucher. Elle s'était même mise en pyjama – short de nuit et chemise assortie à manches courtes – avant le dîner.

L'arrêtant d'une main sur le bras, Ro secoua la tête.

— Cette fois, on termine notre partie de bataille, déclara-t-il.

— Oh, je suis trop fatiguée pour ça ce soir, répliqua Chloé en essayant de s'écarter.

— Tu m'en diras tant, fit Ro sans la moindre émotion. (Ignorant ses protestations, il l'entraîna dans le salon et l'obligea à poser ses fesses sur le canapé.) Assieds-toi, je vais chercher les cartes.

— Mais...

— Non, chérie.

Ro savait qu'elle le fusillait du regard pendant qu'il s'approchait de l'étagère et des deux paquets de cartes qu'ils avaient posés là, après avoir enfin arrêté leur partie, l'autre soir. Il savait aussi qu'il jouait avec le diable, mais voyant qu'elle ne se relevait pas, il décida de considérer ça comme une victoire.

Au lieu de s'asseoir en face d'elle, à la table basse, il prit place cette fois à côté de Chloé, laissant une trentaine de centimètres entre eux deux. Il lui tendit la pile de cartes, puis en retourna une de son tas sur le coussin qui les séparait.

Pendant quelques secondes, il se dit qu'elle n'allait pas céder. Mais après avoir laissé échapper un soupir résigné, elle retourna à son tour une carte sans un mot.

Ils jouèrent en silence pendant un moment. Elle gagna quelques tours, de même que lui. Au bout d'un moment, Ro se mit à parler de tout et de rien.

Il évoqua le temps qu'il faisait, les deux voitures sur lesquelles il travaillait dans son garage et même le chat de gouttière qu'elle l'avait vu nourrir. Il n'aborda pas la question de son frère ou de sa situation, veillant à s'en tenir à une conversation légère.

Finalement, il fut récompensé de ses efforts quand Chloé commença à répondre à ses manœuvres conversationnelles. Elle leva les yeux au ciel quand il l'interrogea sur les vêtements qui lui avaient été livrés la veille.

— Allye est dingue, marmonna-t-elle. Elle va beaucoup trop loin en commandant des vêtements en ligne. Je ne peux pas la rembourser tant que je n'ai pas accès au compte que j'ai ouvert, mais je suis quasi certaine que faire ça maintenant n'est pas ce qu'il y a de mieux.

Ro gloussa.

— Quoi ? s'insurgea Chloé en le fusillant du regard.

— Rien.

Elle marqua une pause, refusant d'abattre une nouvelle carte.

— Sérieusement, qu'est-ce qu'il y a ?

Ro plongea son regard dans le sien et soupira intérieurement de soulagement en décelant son irritation. Elle avait gommé toute émotion à part la peur, depuis qu'ils étaient revenus à la maison, après la conférence de presse, si bien que voir à présent n'importe quel autre genre de réaction s'avérait un progrès.

— Primo, quand le moment sera propice, Meat se débrouillera pour récupérer cet argent pour toi. C'est le cadet de tes soucis.

— Mais je n'ai ni mon passeport ni aucune autre pièce d'identité.

— Il s'en occupera aussi.

Chloé poussa un soupir évasif.

— Quel est le second point ?

— Quel second point ?

— Tu as dit : « primo », ce qui signifie qu'il est censé y avoir un « secundo », répondit Chloé.

— Oh, oui. Secundo, Allye n'a pas payé les choses qu'elle a commandées en ligne pour toi.

— Quoi ? Elle n'a pas payé ?

Ro la regarda, le visage dénué d'expression.

— Oh, bon sang. C'est toi ? Tu ne peux pas m'acheter des habits pour le restant de mes jours, Ro.

— Pourquoi pas ?

— Parce que !

— Ce n'est pas une raison, répliqua-t-il en gloussant de nouveau.

— Parce que, recommença-t-elle, tu en as déjà fait beaucoup. Je n'aime pas devoir quoi que ce soit aux gens. C'étaient des vêtements coûteux et il y en avait beaucoup trop. Je vais rendre la plupart d'entre eux, c'est...

— J'ai l'impression de ne pas en avoir fait assez, la coupa Ro. Comme tu me l'as dit à plusieurs reprises, je t'ai kidnappée. Tu as été blessée, puis droguée. Maintenant, tu te sens piégée dans cette maison parce que Harris est toujours en liberté. Tu ne veux pas me répéter ce qu'il t'a dit et ça me tue, parce que je tiens à arranger les choses pour toi. De mon point de vue, je n'en ai vraiment pas fait assez.

— Ro, tu as fait...

— Et tu ne me dois rien du tout. Ce n'est pas du donnant-donnant. En ce qui concerne l'argent, tu as vu la McLaren, n'est-ce pas ? J'ai de l'argent, chérie. Bien trop. Je n'en fais pas étalage et personne ne sait exactement combien je possède, parce que je ne tiens pas à faire étalage de ma richesse. Je me bornerai à dire que t'acheter des vêtements n'a pas beaucoup écorné ma fortune. Tu ne vas rien renvoyer parce que sinon, j'irai t'acheter deux fois plus d'habits et ils seront probablement de la mauvaise taille et affreusement démodés vu que je n'aurai pas Allye pour m'aider, cette fois.

Ils se dévisagèrent pendant une seconde. Ro était mécontent qu'elle ait seulement songé à renvoyer les choses qu'il lui avait achetées et il voyait bien qu'elle lui en voulait de son côté.

Entre deux battements de cils, quelque chose se modifia tout de même dans son regard. De contrariée, elle se fit résignée.

— Tu as de l'argent ? demanda-t-elle.

Serrant les dents, Ro hocha la tête.

— Je ne pensais pas que Rex vous payait autant que ça, les gars.

Ro voulait regretter d'avoir mis le sujet sur le tapis – parce que parler de ses finances signifiait aborder la question de son passé et de la manière dont il avait amassé son argent –, mais il n'y arrivait pas. Il avait envie de partager avec Chloé davantage d'informations sur sa vie. Le problème, c'était qu'il y avait tellement longtemps qu'il n'avait pas parlé de ce qui lui était arrivé qu'il n'était pas certain de la manière dont il pourrait commencer ni s'il devait le faire.

Baissant les yeux sur les cartes qu'il avait en main, il en plaça une, face tournée vers le haut, sur le coussin entre eux. Il voyait bien qu'elle l'observait, mais finalement, elle reprit la partie.

— J'étais membre des SAS, les forces spéciales britanniques, commença Ro en ramassant le huit qu'elle venait de perdre face à sa dame. Tout ce que j'ai jamais voulu faire depuis que je suis tout petit, c'était devenir un soldat. Mon père était sceptique, parce qu'il avait toujours été un homme d'affaires. Il n'avait pas la moindre once d'agressivité en lui. Mais il m'a soutenu. Quand je rentrais à la maison en permission, on parlait pendant des heures de mon travail, des missions sur lesquelles j'avais été envoyé et des technologies dernier cri qu'on utilisait.

— Et ta mère ? demanda Chloé, d'une petite voix.

Ro n'aimait pas penser à sa mère, mais il fallait bien en passer par là.

— Ma mère n'avait épousé mon père que pour son argent. Je pense qu'il s'était imaginé pouvoir l'amener à l'aimer autant qu'il l'aimait. Mais après plusieurs années de mariage, il a dû se résoudre à l'évidence.

— Ils ont divorcé ?

Ro gloussa, mais sans joie.

— Non. Pop n'était pas du genre à revenir sur ses serments. Il les prenait au sérieux. Elle lui avait donné un fils et il s'était engagé à prendre soin d'elle aussi longtemps qu'ils seraient en vie.

— Je suis désolé.

Ro haussa les épaules.

— Comme je te l'ai dit, mon père manquait de confiance en lui. Ma mère lui marchait sur les pieds et il se pliait à ses caprices. Il passait outre les aventures qu'elle avait et tentait de faire comme si tout allait bien.

Ils posèrent dix cartes et il étala trois cartes machinalement, puis il retourna la carte décisive. Chloé opposa un roi à son cinq. Avec un soupir, il la regarda ramasser les cartes, notamment son dernier as. Elle n'allait pas tarder à remporter la partie. Il aurait dû éprouver quelque chose à ce sujet, mais pour l'heure, il en était incapable.

— J'étais sur une mission conjointe avec un groupe de marines. On utilisait une arme toute nouvelle, censée avoir été testée à fond et jugée sûre. Mon unité a été choisie pour s'installer dans un tank et déclencher l'arme. C'était un honneur pour nous.

Ro frissonna et il lui fallut quelques secondes pour se rendre compte que Chloé avait posé la main sur son avant-bras.

— Tu n'as pas besoin de me le préciser, le rassura-t-elle à voix basse.

— Pour faire court, quelque chose a cloché et l'explosif a mal fonctionné dans le canon. Il a explosé, des flammes sont sorties du mauvais côté, si bien que des gaz mortels ont envahi l'intérieur du tank. J'ai plaqué l'un de mes coéquipiers au sol et je me suis retrouvé le dos brûlé par les flammes. Les marines ont réalisé sur-le-champ ce qui s'était passé et ils ont aussitôt fait de leur mieux pour ouvrir l'écoutille et nous faire sortir. Mais ça a pris trop long-temps. (Ro leva les yeux vers Chloé.) Deux de mes coéqui-piers sont morts. Leurs poumons avaient été grillés par les gaz libérés dans l'explosion initiale. Il a fallu trois mois pour que mon dos cicatrise assez et que je puisse quitter l'hôpital.

— Et le coéquipier que tu as protégé de ton corps ? demanda Chloé.

— Il s'en est tiré sain et sauf.

— Dieu merci. Je suis heureuse que tu ailles bien.

— Pop m'a rendu visite aussi souvent qu'il pouvait. Dès que je suis sorti de l'hôpital, il m'a ramené chez lui pour que j'y achève ma convalescence. Il a été génial.

— Et ta mère ? demanda Chloé qui voyait à l'évidence où il voulait en venir.

— Elle n'était pas heureuse que je me retrouve chez eux, jusqu'à ce qu'elle découvre que le gouvernement allait verser une somme rondelette pour la douleur et la souf-france auxquelles mes amis et moi avions été confrontés. Mais ce n'était pas assez à ses yeux. Elle a embauché un avocat hors de prix, aux frais de papa, bien entendu, et, derrière mon dos, ils ont attenté, en mon nom, un procès contre le gouvernement pour obtenir une somme indécente.

— C'est possible ? demanda Chloé. Je veux dire, tu n'étais pas mineur, donc ce n'est pas toi qui aurais dû intenter les poursuites ?

Ro haussa les épaules.

— C'est ce que je croyais. Finalement, comme le gouvernement était impatient que l'incident qui faisait plutôt tache sur leur réputation soit clos, ils ont payé. Vingt millions de livres ont été virés sur mon compte. Une espèce de bakchich, contaminé dès le départ, si bien que je ne voulais pas y toucher.

— Mais ta mère, si.

Ro hocha la tête.

— C'était l'enfer de vivre avec eux et j'ai déménagé à l'instant où j'ai pu. Mais ma mère a incité mon père à me harceler à propos de cet argent. Elle jugeait qu'elle en méritait au moins la moitié, vu toute la peine qu'elle s'était donnée pour mener les poursuites à bien. Je savais que papa ne parlait pas en son nom, il ne faisait qu'obéir à sa femme, mais il n'avait pas le courage de lui dire de dégager. La dernière fois qu'il est venu dans mon appartement, j'ai été affreux avec lui. Je lui ai dit des choses que je regrette encore aujourd'hui. Je lui ai sorti que maman était une garce sournoise et qu'il devait se dépêcher de divorcer. Je lui ai dit que je ne voulais plus le revoir, tant qu'il ne se serait pas débarrassé d'elle. Il n'a ni élevé la voix ni protesté. Il m'a simplement déclaré qu'il était bien aise de m'avoir pour fils et il est parti.

— « Bien aise » ? répéta Chloé.

— Content. Il a ajouté qu'il était fier de moi. C'est la dernière fois que je l'ai vu. Il est rentré à la maison et s'est pendu.

— Ronan ! s'exclama Chloé. Je suis tellement désolée.

Elle se pencha en avant et reposa ses cartes sur la table basse, puis elle s'empara de celles que tenait Ro pour se déplacer jusqu'à être presque assise sur ses genoux.

— Moi aussi, marmonna-t-il. Ma mère n'en avait rien à faire. Elle m'a dit que c'était ma faute et que si je leur avais ne serait-ce que donné un peu de l'argent de leur arrangement, papa n'aurait pas commis ce geste.

— Tu sais que c'est des conneries, n'est-ce pas ? demanda Chloé en lui posant les mains sur les joues pour le forcer à la regarder.

Ro plongea le regard dans ses yeux marron et énonça une vérité qu'il n'avait jamais admise à haute voix.

— Ce ne sont pas des conneries. Je ne voulais pas de cet argent. Si je le leur avais donné, mon père serait toujours en vie, aujourd'hui.

— N'importe quoi ! s'écria farouchement Chloé avant de se déplacer afin de le chevaucher.

Les mains de Ro se déplacèrent automatiquement, pour la stabiliser et s'assurer qu'elle n'allait pas tomber de ses genoux. Elle se pencha vers lui, son nez touchant le sien, et elle lâcha d'une voix grave, pressante :

— Je suis désolée, malheureusement ta mère est une garce cupide. Ton père était fier de tout ce que tu avais accompli sur le plan militaire, mais également de l'homme que tu es devenu. Tu n'as pas cédé à la pression qu'elle a exercée sur toi et je sais que, s'il était vivant, il t'aurait dit la même chose.

— Il s'est tué à cause de moi. La dernière chose que je lui ai dite, c'est que je ne voulais plus jamais le revoir.

— À mon avis, ton père avait bien plus de problèmes que tu ne le savais. Tu l'as dit toi-même, il manquait de confiance en lui. Il a sans doute gardé bien des affronts au fond de lui… à l'anglaise et tout le tralala, si tu vois ce que je veux dire. (Elle lui adressa un petit sourire triste.) Il t'aimait, Ro. Tu ne peux prendre son suicide sur tes épaules. Malheureusement, des gens se tuent tous les jours et, la plupart du temps, ils ne pensent à rien d'autre qu'à la douleur dans laquelle ils évoluent. Ils ne pensent pas aux gens qui les aiment. Ils ne pensent pas non plus à ce que leur acte va provoquer chez autrui. Tout ce sur quoi ils peuvent se concentrer, ce sont leurs propres sentiments et leur désir de voir leur souffrance cesser. À mon avis, ça n'a pas été pour lui le fruit d'une impulsion du moment.

Ro se racla la gorge.

— Ses relevés de carte de crédit ont montré qu'il avait acheté la corde trois semaines avant son geste.

— Tu vois…

Chloé déplaça ses mains jusqu'à ce qu'elles se retrouvent entre le canapé et le dos de Ro. Elle se tortilla légèrement afin qu'ils se retrouvent poitrine contre poitrine : elle avait les jambes écartées, son sexe pressé contre l'entrejambe de Ro. Enfouissant le visage dans son cou, elle murmura :

— Ton père t'aimait, Ro. Je suis désolée de ce qui t'est arrivé, que ton argent te paraisse contaminé. Ça craint.

En effet. En revanche, tenir une Chloé douce et conciliante entre ses bras ne craignait pas.

— Donc tu vas garder ces vêtements ? demanda-t-il.

Il sentit plus qu'il n'entendit le gloussement qui monta de sa poitrine.

— Oui, Ro, je vais les garder. Merci.

— Arrow était l'un des marines qui m'ont aidé à sortir de ce tank, ajouta-t-il.

Elle releva la tête pour le dévisager, surprise.

— Ah bon ?

— Oui. On est restés en contact pendant ma convalescence et ma rééducation. Quand j'ai été officiellement renvoyé à la vie civile, il m'a appelé en disant qu'il avait un travail à me proposer.

— Rex, conjectura Chloé.

— Rex, confirma Ro. Je suis venu aux États-Unis, dans sa vieille salle de billard délabrée. Mais Rex ne s'est pas présenté et je me suis dit que tout ça n'avait été qu'une méchante plaisanterie. Les gars et moi, on a pesté contre ce faux boulot pendant un moment, puis on s'est dit qu'on pourrait bien en profiter pour se faire une petite partie de billard. On était furax... euh... et saouls. Quelques heures plus tard, Rex nous a tous appelés, un par un, pour nous proposer un travail chez les Mercenaires Rebelles.

— J'en suis bien contente, lâcha Chloé, la tête posée sur son épaule.

Ro sentait son souffle tiède dans son cou. Il n'était pas excité : il était apaisé et détendu avec cette femme dans ses bras. Il se sentait aussi un peu plus léger de lui avoir raconté son histoire. Il n'en avait pas parlé à grand monde. Rex savait, et Arrow aussi, bien sûr, mais il ne pensait pas que qui que soit d'autre soit au courant de la somme qu'il avait en banque. Il ne faisait pas étalage de son argent, sauf avec sa McLaren. Il travaillait comme mécanicien. Sa maison était belle, mais elle n'avait rien à voir avec un manoir. Il menait une vie discrète.

— Tu l'as revue depuis ? demanda Chloé.

Sachant qu'elle voulait parler de sa mère, Ro hocha la tête.

— Une fois. Je suis retourné en Angleterre pour la confronter. Obtenir des informations. Découvrir si elle savait que mon père était malheureux. Elle a ouvert la porte de son appartement vêtue d'une robe Louis Vuitton, de chaussures Manolo Blahnik et elle était manifestement passée sous le bistouri d'un chirurgien esthétique. Un homme de vingt ans plus jeune qu'elle a surgi derrière et demandé qui j'étais. J'ai tourné les talons sans dire un mot. Je me considère désormais comme un orphelin.

— Je vais t'adopter, le taquina Chloé.

— Ça marche, approuva Ro.

— Je plaisantais, répliqua-t-elle.

— Pas moi.

Ils restèrent ainsi pendant un long moment. Ro se dit que Chloé s'était endormie. Leurs poitrines se soulevaient et s'abaissaient au même rythme, respirant à l'unisson. Son souffle tiède lui caressait le cou et il jouait dans son dos, avec les pointes de ses longs cheveux noirs. Il ne s'était jamais senti aussi serein de toute sa vie.

— Il m'a dit que j'allais revenir, chuchota Chloé, tellement bas que Ro ne l'aurait pas entendue si elle n'avait eu la bouche contre son oreille. Quand il m'a serrée dans ses bras, il m'a dit que j'avais été méchante et qu'il allait tuer tous ceux qui m'avaient aidée si je ne revenais pas chez lui ce week-end. À mon avis, vu la façon dont je me comportais chez lui, il pense sincèrement que je vais m'y précipiter, rien que pour éviter de le mettre en colère.

Les muscles de Ro se crispèrent sur-le-champ et la sensation de détente fut remplacée par une rage pure. Il réussit néanmoins à garder légères et détendues les mains qu'il avait posées dans le dos et sur la taille de Chloé.

— Quoi d'autre ? demanda-t-il. Dis-moi tout.

— Il a dit qu'il prévoyait d'organiser une soirée spéciale pour fêter mon retour au BJ's et qu'ensuite il m'enverrait dans sa maison close où il ferait défiler assez d'hommes en un mois pour que je retienne la leçon. Après quoi, il allait me passer à Smaldone et Carlino, afin qu'ils me fassent ce que bon leur semblerait.

— Qu'est-ce qu'il a dit au moment où il partait ? Quand il a essayé de t'emmener avec lui ? insista Ro.

— « À bientôt », chuchota Chloé.

Ro glissa les mains des deux côtés de son cou et lui caressa la mâchoire du bout des pouces, tout en soulevant la tête qu'elle avait enfouie dans son épaule. Il sentit ses ongles se planter dans son dos, tant elle était agitée. Alors il croisa ses yeux inquiets en gardant, lui, un regard impassible.

— Je ne supporterai pas qu'il t'arrive quoi que ce soit, ou à Allye, ou à n'importe lequel d'entre vous, avoua Chloé. Quand je projetais de m'enfuir toute seule, ce n'était pas aussi effrayant. Il ne s'agissait que de moi. Mais maintenant... s'il découvre que tu m'as aidée, il n'aura de cesse de vous le faire payer à tous. Il ne s'agit plus juste de moi.

Ro sourit. Il savait que ça n'était pas un sourire insouciant, mais déterminé et diabolique.

— Ce salopard ne va pas gagner, chérie. Je ne le permettrai pas.

Pour la première fois – pour ce qu'il en savait – depuis la conférence de presse, les yeux de Chloé se remplirent de larmes.

— Tu ne peux pas me le promettre.

— Si, et je ne vais pas m'en priver, s'obstina Ro. On y est allés sur la pointe des pieds, avec ton frère, mais il est temps d'arrêter de merder.

— Qu' allez-vous faire ?

— Honnêtement ? Je ne sais pas. Des tas de trucs dépendent de ce que Meat va déterrer au cours de ses recherches. Il est doué, mais il rencontre quelques difficultés. Il a demandé à un pote de l'aider.

— Un pote ?

— Oui, un type qui semble connaître tout le monde et pouvoir dénicher l'impossible.

— Quelqu'un de bien commode à avoir dans son entourage, plaisanta Chloé, à l'évidence désireuse de refouler ses larmes.

Ro leva lentement les mains vers son visage et essuya les larmes égarées sur ses joues. Puis il se pencha et l'embrassa sur chaque joue : un léger goût de sel explosa sur sa langue. Il l'embrassa doucement sur la bouche, s'attardant quand elle soupira et entrouvrit ses lèvres pour lui. Ro passa la pointe de la langue sur sa lèvre inférieure, avant de la prendre entre ses dents. Il la mordilla puis, quand elle gémit et se déplaça sur ses cuisses, il la relâcha.

— Ne pars pas, la supplia-t-il. Je sais que les choses paraissent impossibles et effrayantes pour le moment, mais ne pars pas. (Elle ne réagit pas, se contenta de le regarder.) Si tu t'en vas, je déplacerai le ciel et la terre pour te retrouver. Il n'y a aucun endroit où Harris puisse te cacher et où je ne te retrouverai pas. Je ne laisserai pas tomber. Je dépenserai tout mon argent jusqu'au dernier sou pour te retrouver, chérie. Tu le sais.

— Je n'en vaux pas la peine.

— N'importe quoi, répliqua Ro du tac au tac. Tu vaux mille fois plus que tu ne le sauras jamais. Il y a quelque chose entre nous, Chloé. Dis-moi que tu le ressens aussi. Dis-moi que je ne suis pas le seul, lui intima-t-il.

Il ne pensait pas qu'elle l'admette. Assise sur ses genoux, elle le dévisagea pendant plusieurs minutes. Ro se refusa à rompre le silence. Elle était entêtée, mais il l'était encore plus.

— Tu n'es pas le seul, finit-elle par murmurer, intimidée.

— Je veux, mon n'veu. (Elle gloussa.) Qu'est-ce qu'il y a ?

— Quelle drôle d'expression !

Il ricana.

— Je te le concède.

Elle éclata de nouveau de rire et le grelot de ce rire alla directement se répercuter dans son sexe. Il l'attira encore dans ses bras, pour qu'elle sente combien elle lui faisait de l'effet.

À l'instant où elle réalisa ce qu'elle avait entre les jambes, elle s'immobilisa.

— Tu es dur, haleta-t-elle.

— Oui, admit-il en l'attirant encore alors qu'elle se tortillait dans l'espoir de reculer.

— Mais... quand on était au BJ's, dans cette même position, tu n'as pas...

— Tu n'étais pas là de ton plein gré, la coupa Ro, avant de la libérer et de poser les bras sur le dossier de canapé. Mais ici, tu es libre de faire ce que tu veux. Et t'entendre rire, savoir que c'est moi qui ai déclenché ce rire, qui t'ai fait oublier tes soucis pendant une seconde au point que tu as ri sans aucune arrière-pensée... oui, c'est excitant.

Il crut qu'elle allait reculer, qu'elle allait se sentir gênée devant son excitation manifeste, mais elle le surprit en rapprochant ses hanches et même en se penchant un peu pour que son sexe à elle se colle au sien.

— J'aime ça.

— Ça ? demanda-t-il effrontément.

Rougissant, elle répondit :

— Oui. Ça. Te faire bander. Te sentir sous moi. Savoir que je peux t'exciter. Bref, ça.

— Moi aussi, répliqua Ro qui lui glissa une main sous les fesses et se leva d'un mouvement fluide.

Chloé couina, mais enroula les bras autour de son cou alors qu'il se dirigeait vers l'escalier. Elle ne demanda pas où ils se rendaient, se contenta de tenir bon. Ce qui fit encore grimper l'excitation de Ro.

À l'étage, il marcha droit vers la chambre. Dès qu'il ouvrit la porte, il gémit.

— Quoi ? demanda-t-elle en relevant la tête.

— Ça sent ton odeur, ici, répondit-il. Le lilas. Merde, je ne vais plus être capable de la sentir sans avoir la trique.

Elle gloussa et, une nouvelle fois, Ro sentit son sexe tressauter dans son slip. Qu'y avait-il dans le rire de Chloé qui le faisait durcir ? Il l'ignorait. Non, en fait, c'était faux. Il le savait. Il aimait parvenir à ce qu'elle se sente heureuse. Il était bien trop évident qu'il n'y avait pas eu beaucoup de bonheur dans sa vie ces dernières années.

Il se dirigea à grandes enjambées vers son lit et l'y laissa tomber sans cérémonie. Chloé poussa un cri en rebondissant sur le matelas. Puis elle rit encore et recula. Elle n'avait pas l'air le moins du monde effrayée par lui, Dieu merci.

Ro l'y suivit et la fit pivoter sur le flanc pour se blottir dans son dos. Il n'ouvrit pas la bouche, se contenta d'enfouir le nez dans ses cheveux et de la tenir.

— Euh... ça va ? demanda Chloé timidement.

— Ces deux dernières nuits, je n'ai pas arrêté de penser que tu dormais là, toute seule, dans mon lit, et ça me tuait. Je savais que tu étais contrariée et que tu n'allais pas me parler de Harris. Je voulais franchir cette porte verrouillée et te prendre dans mes bras, juste comme ça. Peux-tu te prêter au jeu pour cette nuit ? Je sais qu'il est encore tôt, mais peut-être pendant un moment ? Ensuite, je redescendrai au rez-de-chaussée et tu pourras dormir.

— Il n'est pas trop tôt, répliqua Chloé. Et, tu n'as pas idée comme j'avais envie de descendre te retrouver pour me glisser entre tes bras, sur le canapé, histoire que tu me tiennes et me dises que tout irait bien.

— Tout ira bien, lui confirma Ro.

Il sentit Chloé soupirer et, si c'était possible, fondre encore contre lui.

— Je l'espère.

— Sois-en convaincue, intima Ro.

Au bout d'une minute et quelques, Chloé reprit :

— Je pense que la meilleure chose qui me soit jamais arrivée, ça a été d'être kidnappée.

Ro gloussa.

— Eh bien, essayons de ne pas en faire une habitude, tu ne penses pas ?

— D'accord, si tu n'en fais pas une habitude de ton côté, répliqua-t-elle avec insolence.

— Marché conclu.

Il ferma les yeux et attira encore Chloé contre lui. Il n'avait jamais amené de femme dans son lit. Et maintenant, les draps avaient son odeur, l'oreiller aussi et même la couette diffusaient de légers effluves de lilas. Il voulait qu'ils pénètrent aussi sa peau, pour qu'il puisse les transporter avec lui partout où il irait. Ro n'avait jamais rien éprouvé de tel. Jamais.

Jamais avec quiconque auparavant il n'avait été plus heureux qu'en tenant Chloé dans ses bras sans rien faire d'autre que dormir.

14

———

Chloé se réveilla lentement après la meilleure nuit de sa vie. Elle portait encore son pyjama et, visiblement, ni Ro ni elle n'avaient remué d'un pouce pendant leur sommeil, après qu'il s'était brièvement relevé pour enfiler un survêtement. Elle était de son côté du lit, dans la position où elle s'était endormie et il avait toujours un bras autour d'elle.

Dès l'instant où elle remua, il bougea lui aussi. Elle s'allongea sur le dos et il vint se placer au-dessus d'elle, un petit sourire aux lèvres.

— Qu'est-ce qu'il y a ?

— Tu es belle.

Elle leva les yeux au ciel.

— Je dois avoir les cheveux en pétard, cela fait des jours que je ne me suis pas maquillée, mes vêtements sont froissés et j'ai des kilos en trop.

— Tes cheveux sont ébouriffés, rétorqua aussitôt Ro, et j'aime les voir ainsi, quand tu as passé la nuit dans mon lit. Tu n'as pas besoin de maquillage : tu es belle au naturel. Je me fiche de tes vêtements et tu as un corps parfait.

Il lui caressa le bras, glissant ensuite la main sur son

225

ventre, sa taille, avant de descendre vers sa cuisse. S'allongeant à son tour sur le dos, il attira Chloé sur lui, pour qu'elle le chevauche, et rectifia sa position, afin qu'elle ait l'entrejambe pressé contre son sexe. Une érection très dure, impressionnante.

— J'adore tes formes, reprit-il, parcourant son corps d'un regard libre et avide.

Le désir qu'elle lut dans son regard lui humidifia l'entrejambe. Les clients du BJ's reluquaient son corps, eux aussi, mais avec Ro, curieusement, c'était différent. Il y avait quelque chose de respectueux dans ses yeux.

Une main sur sa taille pour la serrer contre lui, il utilisa les doigts de son autre main pour la rendre folle. Tandis qu'il parlait, ils voletaient de haut en bas sur son corps, avec la légèreté d'une plume.

— Tes seins sont magnifiques. Pleins et lourds. Tes tétons supplient que je les touche. Tes bras sont toniques et forts, comme ça ils pourront te soutenir quand je te prendrai par-derrière. Ton ventre est aussi doux qu'il devrait l'être. Je pourrai te prendre sans ménagement, mais sans te faire mal non plus. Tes cuisses seront douces et chaudes autour de moi quand je te ferai l'amour.

Chloé savait qu'elle piquait un sacré fard, mais elle n'interrompit pas pour autant ni le flot de ses paroles ni ses caresses. Il écarta lentement les cuisses sous elle, la forçant à l'imiter. Elle était largement ouverte sur lui, faisant peser l'essentiel de son poids sur son entrejambe.

Elle se cramponna à son torse, le souffle court, baissant les yeux sur Ro. Elle le désirait. Elle ne le connaissait que depuis quelques jours, mais elle se sentait plus proche de lui que d'aucun homme qu'elle avait rencontré. Et pas seulement à cause de ses problèmes actuels avec son frère. S'ils s'étaient rencontrés cinq ans plus tôt, avant que toute cette histoire commence, elle avait l'impression qu'elle aurait ressenti exactement la même chose que maintenant. Qu'il était d'une certaine manière destiné à être à elle et vice versa.

— Tu es mouillée, chérie ?

Chloé se passa la langue sur les lèvres et hocha la tête, s'efforçant de ne pas paraître embarrassée. C'était Ro. Elle ne devait pas être gênée par quoi que ce soit avec lui.

— Je peux toucher ?

Hésitante, se demandant s'ils allaient trop vite malgré les sentiments qu'elle éprouvait pour lui, Chloé ne répondit pas sur-le-champ.

Les doigts de Ro lui effleuraient les bras, faisant naître de la chair de poule sur leur passage.

— Ça m'obsède, en ce moment. Je sais que les choses vont vite entre nous, mais je n'arrive pas à m'en empêcher.

Elle vit de l'incertitude dans ses yeux et voulut le rassurer, lui montrer qu'elle éprouvait la même chose.

— Je t'en prie, lâcha-t-elle.

Une légère lueur d'arrogance se ralluma sur-le-champ dans ses yeux. De passion aussi. Une main de Ro descendit vers ses fesses et lui empauma un lobe, tandis que l'autre se plaquait contre son entrejambe.

Elle sursauta de surprise. Pour une raison qui lui échappait, elle avait cru qu'il irait lentement. Qu'il la titillerait, mais il ne la taquina pas. La main de Ro descendit et vint se placer sur son sexe. Un grognement possessif remonta de sa gorge. La veille au soir, Chloé trouvait son pyjama tout à fait respectable. Elle n'avait pas hésité à l'enfiler devant Ro parce qu'elle était à l'aise avec lui. À présent, en revanche, elle se sentait presque nue, ainsi écartelée sur lui.

Chloé tenta de se déplacer dans son étreinte, mais les mains de Ro l'immobilisèrent et ses doigts descendirent lentement le long de sa cuisse pour plonger sous son short de coton et entreprendre leur remontée.

— Ro, protesta-t-elle.

— S'il te plaît, chérie, supplia-t-il en s'interrompant. Laisse-moi te donner ça. Laisse-moi te donner du plaisir.

Comment pourrait-elle refuser ? Impossible. De toute façon, elle n'en avait pas envie.

Hochant la tête, Chloé ne quitta pas son visage des yeux, pas encore prête à regarder plus bas, là où se trouvait la main de Ro.

Lequel n'était pas aussi mal à l'aise : il avait les yeux rivés à son entrejambe.

Il ne fallut qu'un effleurement des doigts de Ro sur sa culotte humide pour que Chloé sursaute. Il sourit et elle le vit se lécher les lèvres.

— Trempée, constata-t-il.

Alors, sans hésiter, il écarta l'entrejambe de sa culotte et posa les doigts sur elle.

— Oh, bon sang, haleta Chloé quand le pouce de Ro vint se poser sur son clitoris et le frotta, alors que deux autres de ses doigts plongeaient en elle.

Il ne dit rien, concentré pour découvrir ce qu'elle aimait. Quand il appuya fort sur son clitoris, elle recula, mais quand il effleura d'un mouvement régulier le faisceau de nerfs sensibles, elle se cabra vers lui.

— Mmmm, murmura-t-il.

— Ro, fit-elle sans trop savoir ce qu'elle demandait.

— Oui ?

— Plus, supplia-t-elle.

Le pouce de Ro accéléra immédiatement ses mouvements, titillant son clitoris sans relâche, en augmentant la pression. Avant même de se rendre contre de ce qu'elle faisait, Chloé commença à se frotter sur la main de Ro. La sensation de ses grands doigts calleux en elle était meilleure que toutes les caresses qu'elle avait pu se procurer par le passé.

Il arrêta soudain de bouger ses doigts, lui tirant un gémissement de protestation.

— Prends ce dont tu as besoin, chérie, lui susurra Ro. Baise ma main.

Si elle avait eu les idées plus claires, Chloé aurait peut-être été embarrassée, mais il l'avait entraînée si près du précipice qu'elle n'hésita pas. Ses hanches ondulèrent sur lui, de haut en bas, d'avant en arrière, quêtant désespérément l'orgasme qui semblait se dérober.

Gémissant, elle se cramponna à ses biceps et le supplia :

— S'il te plaît, aide-moi.

Sans se le faire répéter, Ro utilisa la main qu'il avait posée sur sa hanche pour l'immobiliser tandis que l'autre, celle qui était en elle, se mit à remuer. Ses doigts entraient et sortaient de son intimité détrempée et, chaque fois qu'il plongeait en elle, son pouce lui frottait le clitoris.

— C'est ça, chérie. Putain, tu es magnifique. Détends-toi. Laisse-toi aller et fais-moi confiance pour t'emmener tout là-haut.

Chloé entendit à peine ces paroles tant elle était submergée par les sensations.

Après quoi, il tourna légèrement la main, afin que ses doigts se retrouvent vers l'avant et il les replia lors de la plongée suivante.

— Ro ! s'exclama-t-elle avant de se raidir autour de lui.

— Il est là, le fameux point, ronronna-t-il, plus pour lui-même que pour elle. Tiens bon, chérie, on y est.

Elle n'eut pas le temps de l'interroger qu'il se mit à faire aller et venir ses doigts de plus en plus vite, heurtant chaque fois un point qui la poussait à se précipiter avec plus de force vers lui et à en s'écarter en même temps. Puis, après une ultime poussée, il laissa ses doigts en place et effleura d'avant en arrière le point hautement sensible en elle pendant que, du pouce il lui frottait sans ménagement le clitoris.

Il n'en fallut pas davantage. Elle bascula par-dessus bord avec un cri sans se soucier de l'endroit où elle se trouvait ni ce qui se passait autour d'elle. Ro laissa les doigts en elle, prolongeant son orgasme de plusieurs secondes avant de les retirer doucement. Il lui remit sa culotte en place, mais laissa la main sur elle.

Complètement ramollie, Chloé se laissa tomber sur le torse de Ro aussi hors d'haleine que si elle avait couru un marathon. Elle ne remua pas jusqu'à ce qu'elle le sente déplacer la main qu'il avait insinuée entre ses jambes. Du coin de l'œil, elle le vit qui la portait à sa bouche et y glissait deux doigts.

— Oh, purée, marmonna-t-elle en plissant les paupières.

— Délicieux, commenta-t-il avec respect.

Chloé se tortilla, en proie à une nouvelle bouffée de désir. Elle était toujours à cheval sur lui et il était plus dur que jamais.

— Tu veux que je...

— Oui, l'interrompit Ro. Tout à fait, mais pas maintenant. Contente-toi de te reposer.

— Mais ce n'est pas juste.

— Je t'ai dans mes bras, repue et détendue, Chloé. J'ai ton odeur et ton goût sur mes doigts, je suis enveloppé de son parfum de lilas, mes draps aussi. Je suis plus dur que je ne l'ai jamais été de ma vie, mais je n'ai ni l'envie ni l'énergie nécessaire pour remuer. Plus tard, chérie. Nous avons tout le temps du monde.

— D'accord, marmonna-t-elle.

Ils restèrent ainsi une trentaine de minutes, à se détendre et à somnoler. L'érection de Ro finit tant bien que mal par diminuer, même si son sexe ne ramollit jamais complètement. Finalement, il soupira et déclara :

— On devrait sans doute se lever. J'ai entendu mon téléphone vibrer deux fois et je sais que tu as sans doute envie de te laver.

Maintenant qu'il en parlait, elle se sentait poisseuse et gênée à l'entrejambe. Se redressant, Chloé s'obligea à croiser son regard.

— Merci.

— De rien, répondit aussitôt Ro. Je ne veux plus t'entendre te dénigrer, d'accord ?

— Si cela me vaut encore ce genre de traitement, répliqua-t-elle en lui souriant, le jeu peut en valoir la chandelle.

— Sale gamine, plaisanta Ro qui se redressa sans effort, alors qu'elle était toujours assise sur ses genoux. Viens. Tu peux aller la première aux toilettes, pendant que je vérifie mon téléphone.

* * *

— Tu savais que ta mère était multimillionnaire ?

La question était si ridicule que Chloé faillit éclater de rire. Mais quand elle vit que Meat ne plaisantait pas, elle demanda :

— Qu'est-ce qu'il y a ?

En vérifiant son téléphone, ce matin-là, Ro s'était rendu compte qu'il avait reçu plusieurs appels de Meat. Son ami voulait venir « discuter ».

Il était arrivé avec Arrow, après qu'elle eut pris son petit-déjeuner avec Ro, et ils étaient à présent installés à la table de la salle à manger pour avoir cette conversation.

— Elle avait quatre cent soixante-sept millions de dollars sur ses comptes quand elle est morte, les informa Meat.

Chloé secoua la tête.

— Non. C'est inexact. C'était papa qui avait l'argent, pas maman.

— Faux, rétorqua Meat en pressant quelques touches de son ordinateur. Oh, ne te méprends pas, ton père avait de l'argent, mais il possédait dix millions de dollars en investissements quand il est mort, contre presque un demi-milliard de dollars au nom de ta mère.

Chloé dévisagea Meat, incrédule.

— Tu n'étais pas au courant, commenta Arrow sans nécessité aucune.

Chloé secoua tout de même la tête.

— Non, en effet, je n'en avais aucune idée. Mais mon père en a pris possession quand elle est morte, non ?

— Pas exactement, répondit Meat.

— Je ne comprends pas, balbutia-t-elle.

Meat leva les yeux de son ordinateur. Ses yeux gris foncé rencontrèrent les siens.

— Pour autant que je sache, quand ta mère est morte, l'argent n'a pas été transféré sur le compte de ton père. Je ne sais pas trop pourquoi. Il est juste resté sur les mêmes comptes d'investissements, à générer des intérêts. Il y a un compte auquel je n'ai pas réussi à accéder, mais mon ami est sur l'affaire, pour voir s'il y a quelque chose d'intéressant à savoir à son sujet. En revanche, quand ton père est mort, ce qui est sûr, c'est que son argent a bel et bien été confisqué par ton frère. Au cours des cinq dernières années, l'argent a été ponctionné de ses comptes petit à petit – ou pas si petit à petit que ça – et désormais, il ne reste plus qu'un million et demi environ.

Chloé secoua la tête avec regret. La manière dont Meat avait lâché « plus qu'un million et demi » était presque cocasse. Elle avait bien gagné sa vie en tant que conseillère financière, mais rien qui approche de telles sommes. Il lui aurait fallu au moins quinze ans pour économiser un montant pareil avec son ancien salaire et cela, si elle n'avait rien dépensé.

— Je n'arrêtais pas de répéter à Leon qu'il dépensait plus d'argent qu'il n'en gagnait en intérêts, mais il refusait de m'écouter. Il n'arrêtait pas de répéter qu'il attendait une grosse rentrée d'argent.

— Et il y en a eu une ? s'enquit Arrow.

Chloé haussa les épaules.

— Je n'en ai aucune idée. Je veux dire, de grosses sommes d'argent atterrissaient sur ses comptes au moins une fois par mois, parfois deux, en provenance d'autres endroits que de ses entreprises. Une fois que j'ai été mise au courant à propos de la mafia, je me suis dit qu'il s'agissait du fruit de leurs extorsions. (Elle fit la moue.) Je me sens tellement mal pour tous ceux qu'il a fait chanter. Parce que, bon sang, je ne peux tout simplement pas m'imaginer en train de faire une chose pareille.

— On ne peut pas espérer mettre la main sur une copie du testament de son père ? demanda Ro à Meat.

Chloé sentit les doigts de Ro lui effleurer la nuque. Il avait posé un bras sur le dossier de sa chaise quand ils s'étaient assis et il avait joué avec ses cheveux pendant un moment, mais c'était la première fois qu'il touchait sa peau. Frissonnant sous cet effleurement, elle s'obligea à se concentrer.

— C'est ce qu'il y a de louche. J'ai bien eu un exemplaire du testament, mais il a l'air bizarre.

— « Bizarre » en quel sens ? voulut savoir Chloé.

— Je ne sais pas. Juste bizarre.

— Je peux le voir ?

Chloé s'en voulut dès l'instant où la question franchit ses lèvres. Elle s'était montrée timide depuis si longtemps qu'elle était retombée dans ce comportement bien trop facilement pour sa tranquillité d'esprit.

— Je veux le voir, déclara-t-elle d'une voix ferme, plus comme une affirmation que comme une question, cette fois.

— Bien sûr, répondit Meat. Je t'ouvre le document.

Il cliqua deux ou trois fois et fit pivoter son écran vers elle. Chloé le rapprocha et se pencha en avant, sentant les mains de Ro qui se déplaçaient dans son dos. Les petits cercles qu'il traçait lui rappelèrent la sensation de sa main entre ses jambes ce matin-là et elle lui décocha un rapide sourire avant de se retourner vers le document devant elle.

Les hommes ne dirent pas un mot pendant sa lecture. Le testament était bien plus court qu'elle ne s'y était attendue, surtout venant de quelqu'un comme son père qui avait toujours travaillé et semblait tremper dans des tas d'affaires, pour ainsi dire.

Relevant la tête, elle demanda :

— C'est tout ?

— Tu vois, ce que je veux dire ? répliqua Meat en hochant la tête. C'est bizarre, non ?

— Je peux ? intervint Ro.

Le ventre de Chloé se noua. Elle avait cru qu'il lisait par-dessus son épaule pendant tout ce temps. Mais il la respectait assez pour attendre. Et solliciter son autorisation. Elle hocha la tête et poussa l'ordinateur vers lui.

Alors elle relut le document, par-dessus son épaule à lui.

Quand il eut achevé sa lecture, Ro grommela :

— En apparence, tout est légal. Ray a légué ses investissements et ses actifs commerciaux à son premier fils. Il n'est fait nulle mention de Chloé ou de sa femme.

— Il l'a à l'évidence mis à jour après la mort de sa femme, constata Arrow.

— J'imagine…, lâcha Ro dont la voix s'éteignit alors qu'il réfléchissait.

— Est-ce que l'un d'entre vous a entendu parler des types qui ont fait office de témoins pour ce testament ? demanda Meat.

Chloé se pencha afin d'examiner les signatures et les noms imprimés.

Jackson Smythe et Theodore Clarke.

Elle secoua la tête.

— S'agit-il de personnes ayant travaillé avec ton père ? insista Meat.

Chloé secoua une nouvelle fois la tête.

— Honnêtement, je n'en ai aucune idée. Parce que mon père a commencé à travailler avec Joseph Carlino et Peter Smaldone – qui lui ont appris à extorquer de l'argent aux gens – et il a à son tour enseigné la méthode à Leon. Il y a manifestement des tas de choses que j'ignore sur mon père.

— Était-il le genre d'homme à te laisser en dehors de son testament sous prétexte que tu es une femme ? s'enquit Arrow.

— Si tu m'avais posé la question il y a cinq ans, je t'aurais répondu : « Certainement pas. » Mon père m'aimait. Il a été fier quand j'ai décroché mon diplôme et quand j'ai été embauchée par Springs Finsancial Group. Ça ne signifie pas qu'il n'était pas un homme d'affaires coriace ou qu'il me tenait au courant de tout ce qu'il faisait, mais l'homme que je connaissais ne m'aurait pas complètement abandonnée. Toutefois, après que Leon m'a appris ensuite ce qu'il trafiquait avec la mafia et comment il gagnait son argent, je ne suis plus certaine de l'avoir si bien connu.

— Réfléchis, Chloé, insista Arrow. Y a-t-il quelque chose que tu pourrais te rappeler en sachant ce que tu sais maintenant, et qui clochait ? Quelque chose qu'il t'a dit et que tu as trouvé étrange à l'époque ? Ou quelque chose qu'il a fait ? Était-il plus soucieux de sécurité avant de mourir ? Parlait-il d'embaucher des gardes du corps ou quelque chose du genre ?

Chloé plissa les paupières en écoutant ces questions qui semblaient surgir de nulle part. Pinçant les lèvres, elle réfléchit. Bien sûr, maintenant qu'elle tentait de se souvenir, cela se compliquait.

— Je ne vivais pas à la maison, je menais ma vie à moi. Je vous ai dit, les gars, que je n'avais pas passé beaucoup de temps avec mon père et mon frère.

— On est au courant, la rassura Ro, en lui frottant le dos une fois de plus. Ferme les yeux et réfléchis. Même s'il s'agit de quelque chose d'infime, cela peut signifier beaucoup.

Chloé suivit son conseil et ferma les yeux. Elle sentait son odeur. Il pouvait aimer son parfum à elle, mais elle ne demeurait pas en reste : elle adorait le savon viril qu'il utilisait.

Elle repensa à l'époque où elle s'était trouvée avec son père. Elle se rappela le dîner au cours duquel ils avaient célébré son embauche à Springs Financial. Elle l'avait appelé et lui avait parlé du premier gros compte dont elle avait eu la charge. Elle se rappela le jour où elle était venue à la maison pour célébrer le vingt-cinquième anniversaire de Leon.

Elle ouvrit soudain les yeux en revoyant en pensée ce dîner gênant.

— Qu'est-ce qu'il y a, chérie ? De quoi t'es-tu souvenue ?

demanda Ro qui l'avait manifestement regardée avec attention.

— Je suis venue à la maison pour les vingt-cinq ans de Leon. Deux mois plus tôt, il avait décroché son diplôme en comptabilité. Il travaillait pour papa, mais j'ai eu l'impression d'une tension entre eux deux.

— C'était longtemps avant la mort de ton père ?

Chloé secoua la tête.

— Je n'en suis pas tout à fait sûre. Plusieurs mois. On dînait et papa m'a demandé comment ça se passait au travail. Je lui ai répondu que tout se passait bien et que j'avais été augmentée. Il m'a félicitée, puis il s'est tourné vers Leon et lui a dit : « On dirait que l'un de mes enfants sait faire fructifier ses acquis. » Je n'ai pas compris ce qu'il voulait dire, mais Leon lui a jeté un regard noir et a pris congé peu de temps après.

— C'est tout ? s'enquit Arrow avec une intuition troublante.

— Non. Après que mon frère a quitté la table, mon père s'est tourné vers moi et m'a dit qu'il était fier de moi, que tout ce que j'avais appris à l'université et tout ce que je faisais pour Springs Financial me seraient bien utiles quand j'aurais trente-cinq ans.

— Trente-cinq ? répéta Meat. Quel âge as-tu, là ?

— Trente-quatre. Mon anniversaire tombe dans deux mois, lui répondit Chloé. Je lui ai demandé ce qu'il voulait dire et il a éludé en déclarant qu'il était sûr que j'aurais déjà gagné mon premier million à ce moment-là.

— Et ç'aurait été le cas ? s'enquit Arrow.

— Peut-être. Disons que j'essayais de mettre autant d'argent de côté que possible. Tout ce dont je n'avais pas besoin pour vivre, je le mettais de côté.

— Humm, murmura Arrow sans pour autant commenter davantage.

Le regard confus de Chloé passait d'un homme à l'autre. Arrow avait l'air songeur. Meat paraissait drogué au sucre et à la caféine, mais c'était le cas en permanence.

Quand elle leva les yeux vers Ro, elle dut les détourner bien vite pour ne pas rougir, parce qu'il la dévisageait avec un mélange d'admiration et de désir. Depuis le début de la journée, il n'avait pas réussi à s'empêcher de la toucher. Elle se rendit compte qu'il l'avait subtilement effleurée toute la journée. Il lui avait caressé le dos pendant qu'ils préparaient le petit-déjeuner dans la cuisine. Son pied s'était enroulé autour du sien pendant qu'ils mangeaient.

Elle ne prenait pas beaucoup de risque en affirmant que Ronan Cross paraissait l'aimer. Et ce sentiment était bel et bien réciproque.

Tout à coup, elle se sentit fatiguée de penser et de parler de sa famille. Elle voulait tout gommer de son esprit, sauf l'homme assis à ses côtés dont elle n'avait pas oublié l'abnégation qu'il avait montrée quand il avait placé son propre plaisir à l'arrière-plan.

Elle se dit qu'ils devaient être sur la même longueur d'onde jusqu'à ce qu'il annonce :

— À la conférence de presse, Harris a dit à Chloé qu'elle serait de retour chez lui, avant ce week-end et qu'il tuerait tous ceux qui l'avaient aidée à lui échapper.

Jetés ainsi, les mots lui firent un effet brutal et Chloé prit une brusque inspiration. Elle s'écarta de Ro, mais ne put aller bien loin. Il faufila la main jusqu'à son autre hanche, pour l'empêcher de se lever ou de déplacer sa chaise loin de la sienne.

— Je n'ai aucune idée de ce qu'il a planifié, sauf que c'est seulement dans trois jours. D'ici là, il faut qu'on tire cette situation merdique au clair pour l'abattre avant qu'il mette son plan à exécution.

— Tu veux entrer dans la clandestinité ? s'enquit Arrow.

Chloé sentit les yeux de Ro sur elle, mais elle était incapable de lui rendre son regard. Sans doute voulait-il lui demander ce qu'elle désirait, sauf qu'elle l'ignorait justement. Une partie d'elle souhaitait se cacher aussi loin que possible de son frère, mais une autre partie avait envie de se dresser face à lui. De lui cracher au visage et de lui dire qu'il n'arriverait pas à ses fins, quelles qu'elles soient.

Au lieu de répondre à la question d'Arrow, Ro demanda à voix basse :

— Tu crois que Carlino et Smaldone connaissent tous les détails des affaires de Harris ?

Il y eut un moment de silence pendant que Meat et Arrow digéraient la question.

— Putain, c'est brillant, lâcha Meat. Je vais appeler Rex et le mettre sur l'affaire.

— Qu'est-ce qu'il y a ? demanda Chloé totalement perplexe.

— Tu m'appelles plus tard pour me tenir au courant ? demanda Ro qui se leva en même temps que Meat et Arrow.

— Te tenir au courant de quoi ? insista Chloé qui se leva elle aussi pour observer les trois hommes.

— Je suis sûr que Rex va vouloir parler à Chloé en personne, intervint Arrow. Vous voyez, histoire d'avoir tous les éléments.

— Tous les éléments sur quoi ? demanda Chloé, à deux doigts de taper du pied tant elle était frustrée.

— Merci, les gars. On va se terrer ici jusqu'à ce qu'on reçoive de vos nouvelles, de Rex ou de quelqu'un d'autre de l'équipe.

— Ça me semble bien.

— Eh ! se plaignit Chloé alors que les hommes se dirigeaient vers la porte. Qu'est-ce qui se passe ?

— Salut, Chloé, lança Arrow. Tiens bon ! Ce sera bientôt fini.

Comme d'habitude, Meat se contenta de sortir sans ouvrir la bouche et se dirigea vers le pick-up d'Arrow.

Les mains sur les hanches, Chloé regarda Ro refermer et verrouiller la porte. Il s'approcha du système d'alarme et l'enclencha. Quand il se retourna vers elle, elle tapotait impatiemment du pied.

— Ronan, bon sang, c'était quoi, ça ?

Sans un mot, il s'approcha, se pencha et la jeta sur son épaule. La tête dans son dos, les mains cramponnées à son fessier musclé, Chloé poussa un cri de surprise.

— Ro !

— Ce sera pour plus tard, répliqua-t-il en gravissant l'escalier quatre à quatre, comme si elle ne pesait rien.

Ces quelques mots suffirent à chasser de son esprit toute pensée à propos de son frère, de la situation et des Mercenaires Rebelles : tout ce qu'elle était en mesure de se dire, c'était que cet homme était viril et impatient et elle ne pouvait plus penser qu'à ce qui allait bientôt survenir.

15

———

Ro savait que Chloé brûlait de lui poser des questions, mais il n'avait aucune réponse, que des soupçons. Meat et Arrow échangeraient avec Rex et leur officier traitant appréhenderait les choses à partir de là. Pour le moment, en revanche, il ne pouvait plus résister à Chloé. Être assis à côté d'elle pendant les deux heures qui venaient de s'écouler avait été une torture. Sa fraîche odeur de lilas lui rappelait le goût qu'elle avait sur ses doigts, après qu'il l'avait fait jouir.

Pour quelqu'un qui abordait les relations avec lenteur, il agissait à l'opposé de son caractère, mais Ro savait sans l'ombre d'un doute que Chloé Harris était destinée à lui appartenir. Sa force. Son corps. Le fait que, même si elle était terrifiée et incertaine sur le cours des événements, elle n'hésitait pas à partager autant d'informations que possible.

Son frère aurait dû la briser. Elle aurait dû être effarée par son ombre. Méfiante devant tout un chacun et tout ce qui l'entourait. Se recroqueviller en présence d'hommes qu'elle ne connaissait pas. Mais ce n'était pas le cas et cela tenait du miracle. Son miracle.

Il appréciait tout particulièrement la lueur au fond de

ses yeux quand elle croisait son regard. Comme si elle ressentait la même chose que lui. Comme s'ils étaient connectés. À un certain niveau, il n'avait jamais été connecté avec personne et il n'allait pas la laisser lui filer entre les doigts.

Il savait que l'heure tournait au bénéfice de Harris, sauf qu'il avait également la sensation que le temps dont ils disposaient ensemble était compté. Il ferait tout ce qu'il faudrait pour assurer sa sécurité, mais il savait mieux que quiconque que parfois, les plans les mieux conçus ne valaient rien face au destin.

Des problèmes survenaient.

Toutefois ça n'allait pas arriver à sa Chloé avant qu'elle comprenne vraiment l'importance qu'elle avait pour lui. Il ne partageait pas son lit avec des femmes. En temps normal, il sortait avec elles pendant plusieurs semaines avant de seulement songer à leur faire l'amour. Avec Chloé, il éprouvait certes un désir physique, cependant il brûlait aussi de tout savoir sur elle. De la laisser entrer dans sa vie.

Ro n'avait raconté à personne l'histoire sur son père et sa mère. Il était de notoriété publique que son père s'était suicidé, mais les événements y ayant conduit et ce qui s'était produit après sa mort ? Peu de monde était au courant. Chloé savait qu'il était très riche, pourtant elle ne lui avait posé aucune question sur sa fortune. La dernière femme à qui il avait révélé l'existence de sa fortune avait tout de suite voulu savoir à combien elle se montait, pourquoi il ne vivait pas dans une maison plus chic et pourquoi il travaillait toujours comme mécanicien.

Pas sa Chloé. Elle ne paraissait pas s'en soucier le moins du monde.

Il la désirait. De toutes les manières dont il pourrait l'avoir. Il voulait qu'elle s'ouvre à lui et soit vulnérable, de même qu'il voulait lui donner tout ce qu'il avait et être vulnérable face à elle. Il ignorait d'où lui venait ce sentiment, mais il ne se dérobait pas.

L'odeur, le goût et la vue de Chloé, qu'il conservait depuis ce matin, l'avaient laissé à moitié dur depuis. La rencontre avec Meat et Arrow était importante, littéralement une question de vie ou de mort pour elle, mais il n'arrivait pas à forcer son sexe à bien se conduire. Chaque fois qu'il effleurait ses cheveux ou son épaule, une nouvelle vague de lilas lui arrivait aux narines. Elle avait appliqué sa lotion après être descendue de ses genoux et s'être préparée pour la journée. Il avait été à deux doigts de se masturber dans la salle de bains, après son départ, à cause de ce parfum de lilas, toujours puissant au terme de ses ablutions matinales.

Il n'en aurait jamais assez.

Il n'aurait jamais assez d'elle.

Il était temps qu'elle réalise qu'il était là sur le long terme. Cela étant, il n'insisterait pas pour qu'elle emménage avec lui après qu'ils auraient résolu cette histoire avec son frère. Cela faisait trop longtemps qu'elle avait été bridée pour qu'il lui inflige ça, mais elle saurait qu'il avait envie de l'avoir dans sa vie. Il l'aiderait à trouver un travail, un appartement, une voiture, mais, au bout du compte, il désirait jouir de chaque seconde de son temps libre. Que cela soit beaucoup ou pas.

C'était dingue. Ce besoin insatiable de l'avoir avec lui était né trop vite, toutefois il ne pouvait nier qu'il était obsédé par elle depuis l'instant où il l'avait aperçue dans son allée. Donc, au sens strict, cela ne faisait pas des jours, mais bien des semaines. Ce qui semblait plus acceptable.

Ro savait qu'il coupait les cheveux en quatre, pourtant il s'en moquait.

Parvenu à grandes enjambées dans sa chambre, il se

pencha une fois de plus au-dessus de son lit, pour y allonger Chloé sur le dos, comme il l'avait fait la nuit précédente. Il y avait quelque chose de l'homme des cavernes dans ses gestes. Il aimait ça, mais, surtout, il avait l'impression qu'elle aussi. Elle le dévisageait, les yeux écarquillés, les pupilles dilatées par le désir.

Il se contenta de lui rendre son regard pendant de longues secondes.

— Ro ? demanda-t-elle, hésitante.

Il se pencha sur elle, l'emprisonnant entre ses mains plaquées sur le matelas, de part et d'autre de ses épaules.

— Je te veux, lâcha-t-il, d'une voix rauque. Je te veux sous moi, sur moi, agenouillée devant moi et de toutes les autres façons possibles. Je veux avoir ton odeur partout sur moi et je veux te marquer de la mienne. Ça va très vite entre nous, c'est dingue, mais rien à foutre. J'ai besoin de toi, Chloé. Plus que j'ai jamais eu besoin de qui que ce soit pendant toute ma vie. Mais c'est à toi de voir : si tu dis « oui », on passe le reste de l'après-midi au lit. En revanche, si tu n'es pas prête, il suffit de me le faire savoir et je trouverai un moyen de me distraire. Je ne te forcerai jamais à rien, chérie. Jamais. Je m'en fiche que tu dises « oui » maintenant ou dans un an : ça ne changera rien à ce que j'éprouve pour toi.

Elle le dévisagea de ses yeux écarquillés, la bouche grande ouverte. Le souffle court, elle enfonçait les ongles dans ses biceps. Le coton de son tee-shirt en atténuait la piqûre.

Ro ne bougea pas, attendant sa décision. Il gardait les yeux rivés aux siens, désireux qu'elle voie au fond de lui, qu'elle comprenne qu'il ne lui ferait jamais de mal, qu'il la traiterait bien, dans et hors de la chambre à coucher.

Elle se passa la langue sur les lèvres et prit une profonde inspiration.

Les muscles de Ro se tendirent alors qu'il s'apprêtait à reculer et à s'obliger tant bien que mal à quitter la chambre. Il revit les aspects techniques de la voiture étrangère qu'il avait en ce moment dans son garage. Si Chloé n'était pas prête, il pourrait passer le reste de la journée là-bas, à se contrôler en trouvant matière à s'occuper. Il pourrait même...

— Oui.

Son attention revint sur Chloé. Elle avait l'air de manquer d'assurance, mais elle n'en était pas moins calme.

— « Oui » ? répéta Ro, désireux d'obtenir une confirmation avant de la toucher.

Elle hocha la tête.

— Oui, je te veux, moi aussi. Je n'ai pensé à rien d'autre depuis ce matin. Je te veux en moi, pour ne plus savoir où tu t'arrêtes et où je commence. Fais-moi l'amour, Ro.

L'espace d'une seconde, il fut paralysé par le désir. Mais quand les mains de Chloé se déplacèrent de ses bras à ses hanches pour dégager sa chemise de son jean, il remua.

Bondissant du lit, il attrapa le col de sa chemise derrière sa tête et s'en débarrassa.

— Tes vêtements. Enlève-les, ordonna-t-il d'une voix gutturale alors qu'il ôtait ses chaussures et que ses mains se déplaçaient vers les boutons de son jean.

Chloé s'assit aussitôt et entreprit de se dévêtir avec la même urgence. Quand il fut nu et de nouveau sur le lit, elle avait tout enlevé, à l'exception de ses sous-vêtements.

La vision qu'elle offrait, allongée sur son lit dans sa minuscule culotte de coton blanc, était plus sexy que tout ce qu'il avait vu au cours de sa vie. Sa peau pâle offrait un contraste saisissant avec ses longs cheveux noirs. Ces mèches sur ses draps blancs offraient un spectacle époustouflant et il se fit le vœu de ne plus avoir qu'une literie blanche.

Comme elle avait une poitrine généreuse, il n'eut plus qu'une envie, alors qu'elle s'agitait sur le lit : se pencher pour prendre un téton dans sa bouche et le sucer. Mais il attendit. C'était la première fois qu'il voyait Chloé nue de son plein gré et il tenait à profiter de chaque seconde.

Elle fit glisser les doigts dans l'élastique de sa culotte, mais il interrompit son geste.

— Attends. Laisse-moi te regarder.

Elle plongea son regard dans le sien et hocha la tête. Puis, telle une sirène du temps jadis, elle leva les bras au-dessus de sa tête et s'étira.

— Merde, grommela Ro qui dégustait chaque nuance du festin délectable s'offrant à lui. Tu es tellement belle, ajouta-t-il, admiratif.

— Tu n'es pas mal, toi non plus, chuchota Chloé.

Elle avait les yeux rivés sur sa vigoureuse érection. Quelques gouttes de liquide pré-séminal pointaient déjà et elle sentit son ventre se nouer quand une perle s'échappa de la tête en forme de champignon de son sexe et lui atterrit dessus.

S'étant placé à quatre pattes, Ro se blottit entre les seins de Chloé, pour prendre une profonde inspiration. Elle inspira elle-même et il effleura la peau douce de son ventre alors qu'il en approchait encore son sexe, tant il était avide de respirer son odeur.

— Pour l'amour du ciel, ne change jamais de lotion, murmura-t-il, enivré par ce parfum.

— D'accord, consentit-elle à mi-voix.

Il sentit qu'elle lui posait une main derrière la tête pour s'accrocher à lui et il ferma les yeux, fou de joie et pourtant paralysé par l'indécision. Il avait envie de lui faire tellement de choses. L'embrasser sur la bouche, lui sucer les tétons, lui arracher sa culotte et enfouir la tête entre ses cuisses pour lui donner des tas d'orgasmes avec la langue. Mais la seule chose à laquelle il aspirait vraiment, c'était plonger en elle.

Il sentait le liquide pré-séminal suinter en continu de son sexe, à présent. Il était si proche de l'orgasme que c'en était embarrassant. Il aurait dû se contrôler mieux, malheureusement il n'y arrivait pas. Il n'avait plus aucune maîtrise. La vue de Chloé nue dans ses draps était bien plus qu'il ne pouvait le supporter.

— Enlève tes sous-vêtements, lâcha-t-il entre ses dents serrées.

Sans protester, elle se mit immédiatement à gigoter sous lui. Ses hanches, qui se soulevèrent du lit, vinrent se presser contre son sexe et Ro gémit, en proie à un désir devenu douloureux.

Même s'il l'entendit glousser, il ne put sourire. La seule action à sa portée, ce fut de prier pour ne pas déverser sa semence sur le ventre de Chloé, comme un gamin inexpérimenté de treize ans.

Quand il sentit qu'elle avait reposé les mains sur ses flancs, il frissonna, les bras hérissés de chair de poule sous son toucher.

— Ro ? demanda-t-elle d'une voix mal assurée.

Il n'allait pas y arriver.

— J'ai besoin de toi, lâcha-t-il au bout d'un moment. Si fort que je ne tiens plus qu'à un fil. Je pensais que je pourrais y aller lentement, goûter chaque centimètre carré de ta peau, te faire jouir plusieurs fois avant de te prendre, mais ça ne va pas être possible. J'ai besoin d'être au fond de toi. Tellement fort que j'en tremble.

Et c'était bel et bien le cas. Les bras sur lesquels il prenait appui pour se tenir au-dessus d'elle tremblaient.

Ro sentit les jambes de Chloé remonter et la chaleur tiède de l'intérieur de ses cuisses lui serrer les hanches.

— Prends ce dont tu as besoin, Ro, murmura-t-elle. Prends-moi.

Ro serra les dents.

— Je dois m'assurer que tu es prête pour moi, répliqua-t-il.

— Je le suis, le rassura-t-elle.

— Il faut que je mette un préservatif, objecta-t-il, tentant désespérément de garder la tête froide.

— Tu n'as rien à craindre, dit-elle. Abbie m'a fait poser un stérilet de force. Elle ne voulait pas avoir à gérer une grossesse accidentelle après que Leon et elle m'auraient forcée à coucher avec les clients du bar.

Cet aveu rendit Ro furieux. Il eut envie de tuer le frère et la belle-sœur de Chloé plus qu'il n'avait jamais eu envie de tuer qui que ce soit. La rage diminua un peu son désir, mais les paroles qu'elle prononça ensuite le ravivèrent au point qu'il revint à son point de départ, voire plus haut.

Chloé se hissa afin que ses lèvres lui frôlent l'oreille et chuchota :

— Je veux te sentir sans barrière entre nous. Je n'ai encore jamais eu un homme en moi sans préservatif. Je n'ai jamais senti personne m'emplir de sa semence. Je veux que ce soit le cas avec toi, Ro. Baise-moi. S'il te plaît.

Ce fut la goutte d'eau qui fit déborder le vase. Ro se rapprocha sur ses genoux et la força à écarter davantage les jambes sous lui. D'une main, il attrapa son sexe suintant et, de l'autre, il se saisit d'un de ses tétons. Passant la tête violacée de son membre sur ses replis humides, il se servit de ses propres sécrétions pour la lubrifier encore.

— Je ne pourrai pas y aller doucement, la prévint-il. J'ai trop envie de toi.

— Je ne veux pas de douceur, rétorqua-t-elle. Je te veux toi, un point c'est tout.

Sur quoi, Ro en eut assez de s'essayer aux préliminaires. Il plaça la tête de son sexe devant cette fente mouillée et poussa, jusqu'à ce que ses bourses lui touchent les fesses. Il ne pouvait pas aller plus loin.

Les muscles internes de Chloé se contractèrent si fort qu'il faillit décharger sur-le-champ, mais il réussit à éviter l'orgasme. Plongeant son regard dans le sien, il la vit pourtant pincer les lèvres.

— Merde, marmonna-t-il. Je suis désolé. Merde, merde, merde.

Il voulut se retirer, mais les mains de Chloé se refermèrent sur ses fesses pour le maintenir en place.

— Cela faisait une éternité, expliqua-t-elle d'une voix calme. Et tu n'es pas ce qu'on pourrait appeler un petit gabarit. Laisse-moi juste une seconde.

Ro se pencha et ce simple mouvement fit jaillir plusieurs gouttes de liquide pré-séminal à la pointe de son sexe enfoui profondément en elle. Afin d'ignorer la sensation du fourreau de Chloé autour de son érection, Ro lui déposa un baiser léger sur les lèvres. Mais de léger et facile, le baiser se mua en plus. Chloé s'abreuvait à sa bouche, cherchait à l'aspirer. Comme il employait toute sa concentration à ne pas jouir, il lui permit de prendre le contrôle du baiser.

Il la sentit se détendre peu à peu et, au bout d'un moment, elle écarta plus largement les jambes. Ro se rendit compte qu'il se pressait davantage contre elle et s'enfonçait encore plus profondément. Il recula, haletant.

— Putain ! murmura-t-il. Tu me tues, chérie.

— Mais que fais-tu ? s'insurgea-t-elle. (Son souffle tiède lui effleura les lèvres.) Baise-moi, Ro, ordonna-t-elle.

— Je ne veux pas te faire mal.

— Tu n'y arriveras pas.

— Ça ne va pas durer longtemps, la prévint-il.

— OK.

— C'est important pour moi, ajouta Ro en soutenant son regard.

Les larmes qui jaillirent aux coins de ses yeux auraient pu l'inquiéter, mais elle referma les doigts sur ses fesses et chercha à l'attirer plus près.

— Pour moi aussi, renchérit-elle.

Il était perdu.

En dépit des mains que Chloé cramponnait sur ses fesses, Ro se retira presque entièrement de son corps chaud et humide, jusqu'à ce qu'il ne reste plus en elle que la pointe de son sexe. Puis il se précipita en avant, faisant claquer ses bourses contre ses fesses à elle. Et il recommença. Et encore.

À la quatrième poussée, il explosa. Impossible de retenir davantage l'orgasme monstrueux qui avait plané toute la journée au-dessus du précipice. Il se rua au fond d'elle et sentit sa semence qui enduisait de chaleur le fourreau enfoui dans le corps de Chloé. Son sexe pulsa au rythme des jets de sa libération.

Ro perçut vaguement que les doigts de Chloé passaient de ses fesses à son torse. Elle lui pinça les tétons quand il jouit, ce qui rendit son orgasme encore plus intense.

Quand il lui eut donné tout ce qu'il avait, il baissa les yeux vers elle, ne sachant trop quoi dire. Il n'avait pas souvent joui aussi vite... jamais en fait.

— Tu te sens mieux ? demanda-t-elle avec un petit sourire narquois.

— Putain, jura Ro qui apprécia l'air satisfait qu'affichait Chloé.

Il se remit sur ses talons sans relâcher son étreinte sur ses hanches, pour la tenir contre lui. Son sexe ramollissait, mais il était toujours à moitié dur en elle. Veillant à ne pas perdre leur connexion, il la souleva encore, jusqu'à ce qu'elle ne repose plus que sur ses omoplates.

— Ro ? demanda-t-elle, hésitante.

— Tu n'as pas joui, constata-t-il, énonçant l'évidence. Pas question qu'on s'en tienne là. Lève les bras au-dessus de ta tête.

Elle obéit, un petit sourire aux lèvres.

Ro prit son temps pour observer la belle femme, sexy, qu'il avait sous lui. Ses seins tombaient légèrement sur les côtés de sa poitrine et ses tétons formaient deux petits boutons durcis sur leur sommet. Elle avait les cheveux ébouriffés, la peau marbrée sous l'effet du désir.

Il baissa pour la première fois les yeux vers son sexe à elle et sentit son sexe frémir alors qu'il se délectait de la vue. Elle avait ses replis écartelés autour de son membre et leurs sucs en enduisaient la base. Elle ne s'épilait ni ne se rasait, mais sa pilosité, taillée, lui offrait une vue parfaite sur ses lèvres et son clitoris. Elle était absolument magnifique et elle serait encore plus incroyable en jouissant sur sa queue.

D'un doigt, il repoussa le capuchon qui protégeait son clitoris jusqu'à ce qu'il puisse voir le petit morceau de chair sensible. Il se mit alors à l'effleurer, ce qui amena Chloé à se tortiller et à gémir contre lui.

— Tu aimes ça ? demanda-t-il.

— Comme si tu avais besoin de demander, haleta-t-elle.

Avec un petit sourire narquois, Ro poursuivit son assaut sensuel, appréciant la façon dont les muscles internes de Chloé se refermaient autour de son sexe chaque fois qu'il frottait son clitoris. Ses hanches se mirent à onduler et il repensa à la manière dont elle s'était empalée sur ses doigts, ce matin, quand il l'avait fait jouir. La sensation était bien meilleure autour de sa queue.

— C'est ça, murmura-t-il.

À chacune de ses contractions, il sentait le sperme qu'il avait éjaculé couler le long de son sexe et sous elle, sur ses cuisses. Elle n'avait peut-être jamais eu d'homme sans préservatif, l'expérience était tout aussi inédite pour lui. Le sexe sans préservatif était salissant... et il adorait ça. Il aimait avoir leur odeur partout sur lui.

La poitrine de Chloé étincelait de transpiration, rendant plus puissante la fragrance de lotion dont elle s'était enduite un peu plus tôt. Ro avait l'impression d'être ivre sous l'effet combiné des odeurs de sexe et de lilas.

Chloé était belle, en proie à la passion. Loin d'être intimidée par ce qu'il lui faisait, elle paraissait en fait s'en délecter.

— Je suis tout près, lui dit-elle, hors d'haleine.

Attrapant l'une de ses mains, il la fit descendre pour qu'elle se touche elle-même.

— Montre-moi ce que tu aimes, ordonna-t-il. Fais-toi jouir.

Sans hésiter une seconde, elle plaça deux doigts sur son clitoris et se frotta vite et fort, bien plus fort que Ro l'aurait osé. Comme il avait les mains libres, il s'en servit pour lui attraper les hanches et la tenir plus fermement contre lui. Elle se secouait et se frottait contre lui, au point que c'était un défi de la garder empalée sur son sexe.

Ses tétons étaient aussi durs que des cailloux sur sa poitrine et elle abaissa la main encore derrière sa tête pour attraper un téton et le pincer.

— Ro. Oh mon Dieu... Ro ! s'exclama-t-elle.

Puis il la regarda passer par-dessus bord. Elle projeta les hanches en avant, ses fesses se serrèrent, ses muscles internes se crispèrent autour de son membre, elle rejeta la tête en arrière et jouit dans un long frisson.

Ro se déplaça alors qu'elle était toujours dans les affres de l'orgasme. Il retira les genoux de sous elle, afin de pouvoir reposer le dos de Chloé sur le lit et se remettre à aller et venir. En s'enfonçant entre ses muscles internes palpitants, il serra les dents, car le corps de Chloé semblait vouloir l'aspirer et le garder alors qu'il se retirait.

Elle n'arrêtait plus de gémir désormais, agrippée à ses bras alors qu'il la baisait vite et fort. Les bruits de succion qui montaient de leurs entrejambes auraient dû être embarrassants, mais ils ne faisaient que rendre ces instants plus excitants. Entre la première éjaculation de Ro et l'orgasme qu'elle venait d'avoir, Chloé était trempée. Ro sentait leurs sucs combinés dégouliner sur ses bourses et ses cuisses. L'effet était incroyable, donnant au sexe une dimension entièrement nouvelle dont il n'avait encore jamais fait l'expérience.

Il tint plus longtemps, cette fois, mais il sentit l'imminence de son orgasme bien plus tôt qu'il ne l'aurait voulu. Il adorait se retrouver en Chloé, la sensation de son corps sur son sexe. Avant d'y être prêt, Ro jouit de nouveau. Il éjacula en elle, puis se força à se retirer et à projeter le reste de sa semence sur le ventre et les seins de Chloé. Jet après jet, son sperme giclait et lui atterrissait sur le corps, pour la marquer.

Quand il osa rouvrir les yeux pour regarder Chloé, il eut le soulagement de découvrir un sourire satisfait sur ses lèvres. En baissant de nouveau le regard, il fut soudain embarrassé par ce qu'il avait fait. Il n'avait pas prévu ça, mais à la dernière seconde, il avait eu envie de la voir couverte de son sperme.

— Je vais juste aller...

Elle ne le laissa pas finir sa phrase et tira sur ses bras. Opinant du chef, Ro descendit vers elle en prenant appui sur ses coudes pour ne pas l'écraser de son poids. Son sexe ramolli était à présent niché contre son ventre. Une puissante odeur de sexe, de transpiration et de lilas s'élevait entre eux.

— Ça a été stupéfiant, lui chuchota Chloé.

Ses yeux étaient réduits à deux fentes et Ro laissa échapper le souffle qu'il ne s'était pas rendu compte d'avoir gardé. Tout en sachant qu'il devait se lever afin de les nettoyer tous les deux, il aurait littéralement été incapable de bouger, même si Leon Harris en personne était entré à grandes enjambées dans la pièce, un flingue pointé sur eux.

— Merci, lui dit Ro.

— Non, merci à toi, objecta-t-elle.

— J'ai joui trop vite, bredouilla-t-il.

— Non, c'est faux. Tu n'as pas idée du bien que ça me fait de savoir que tu avais envie de moi au point d'être incapable de te retenir.

Ro grimaça.

— J'ai l'impression que je vais toujours avoir envie de toi aussi fort. Il va falloir que je travaille sur mon self-control si je veux que ce soit bon pour toi.

Les yeux de Chloé s'ouvrirent d'un coup et elle le scruta, incrédule.

— Que ce soit bon pour moi ? Ro, si ça avait été un tant soit meilleur, je serais une flaque visqueuse à tes pieds à l'heure qu'il est.

Il ne put réprimer la fierté qui l'envahit à ces mots.

— On s'est un peu salis...

Elle gloussa.

— En effet.

— On devrait prendre une douche.

— Oui.

Mais ni l'un ni l'autre ne bougea.

Décidant finalement de faire un petit somme avant de se lever, il se tourna sur le flanc, tenant Chloé, serrée contre lui. Puis ils se déplacèrent de façon à ce qu'il se retrouve sur le dos, Chloé allongée sur lui. Poitrine contre poitrine, ils restèrent étendus là, à respirer au même rythme jusqu'à ce qu'ils sombrent tous les deux dans un sommeil agréable et repu.

16

Chloé se sentit délicieusement détendue, le lendemain matin. Ro l'avait réveillée d'un baiser et lui avait dit de prendre son temps pour se préparer. Il s'était déjà douché et habillé, donnant l'impression d'être debout depuis des heures. Elle se contenta de gémir quand il gloussa et l'embrassa une fois de plus sur le front avant de la laisser au lit.

Elle se leva trente minutes plus tard, endolorie aux endroits les plus délicieux. Ro avait peut-être joui rapidement la première fois, il s'en était plus que bien tiré pendant le reste de la journée de la veille et la nuit dernière. Elle s'était réveillée, à un moment, avec sa tête entre les jambes, à mi-chemin d'un orgasme, avant même de réaliser ce qui se passait. Ro lui avait fait l'amour dans plusieurs positions différentes, veillant à s'assurer qu'elle était bien installée et consentante.

Et bon sang oui, elle était consentante.

Elle avait perdu le compte des orgasmes qu'il lui avait donnés. Elle était moite et endolorie, pourtant elle brûlait de recommencer. La chambre entière sentait le sexe, ce qui ne fit qu'accroître son sourire. Il y avait des oreillers éparpillés sur le sol et la couette pendouillait au bout du lit comme un marin ivre.

L'expérience avait été aussi épuisante qu'incroyable.

Chloé se sentit mieux après une longue douche chaude. Elle se savonna de lotion, souriant au souvenir de l'ordre de Ro qui lui avait intimé d'utiliser le parfum de lilas pour le restant de ses jours.

Elle s'observa dans le miroir pendant un long moment. Elle n'était pas certaine de ce que Ro voyait chez elle qui lui faisait désirer de rester à ses côtés sur le long terme. Il lui avait clairement signifié la nuit dernière que c'était ce qu'il voulait. Alors qu'ils se câlinaient entre deux épisodes de sommeil et de sexe, il lui avait parlé de son travail avec les Mercenaires Rebelles. C'était parfois dangereux, mais ses amis et lui se montraient très prudents. Il lui avait dit espérer qu'Allye et elle passeraient du temps ensemble quand ils seraient en mission, pour se tenir mutuellement compagnie. Il avait même admis qu'il avait acheté cette maison parce qu'il pouvait l'agrandir s'il rencontrait quelqu'un et désirait des enfants.

Oui, il avait été plus que clair : il la voulait auprès de lui sur le long terme.

Si Chloé était honnête avec elle-même, c'était aussi ce qu'elle voulait. Après avoir perdu ses parents, elle s'était dit qu'emménager avec Leon remédierait à la solitude qu'elle éprouvait à la disparition d'une si grande partie de sa famille. Mais les choses ne s'étaient pas déroulées comme elle l'avait prévu, c'était une évidence.

Fixant ses yeux sombres dans le miroir, Chloé se fit une promesse. Peu importe ce qui se passe avec Leon, je me battrai pour garder Ro. Je mérite d'être heureuse et il me rend heureuse.

— Chloé !

Elle redressa subitement la tête vers la porte de la salle

de bains, en entendant Ro l'appeler depuis le rez-de-chaussée. Elle se précipita en haut de l'escalier.

— Ro ?

— Tu es prête ? Tu peux descendre ?

— J'arrive ! répondit-elle, en se demandant ce qui clochait.

Elle voyait bien qu'il se passait quelque chose. Elle ne pensait pas que Ro soit le genre d'homme à s'époumoner pour un oui ou un non. Il était plus du genre taciturne.

Se ruant au pied de l'escalier, elle vit qu'elle avait raison, que quelque chose se tramait. Au lieu de lui sourire et de lui donner un autre baiser pour entamer la journée, il arpentait les abords du comptoir de sa cuisine, fourrageant de temps en temps dans ses boucles foncées.

Il tendit la main, ce qui rassura un peu Chloé. Elle se précipita auprès de lui, soupirant de soulagement quand il referma son bras autour d'elle.

— Qu'est-ce qui ne va pas ?

— Je ne sais pas trop. Rex est au téléphone.

Chloé cilla.

— Rex ?

— Oui, chérie. Mon officier traitant.

Elle savait qui était Rex. Elle avait entendu les gars en parler avec respect, remettant leurs décisions à l'approbation de cet homme mystérieux.

— Qu'est-ce qu'il veut ?

— Je veux vous parler, répondit une voix profonde, manifestement déformée, qui monta du téléphone posé sur le comptoir.

— Oh... Euh... d'accord, bégaya Chloé.

Elle n'avait pas réalisé qu'il était sur haut-parleur depuis le début.

— Parlez-moi de Smaldone et Carlino, ordonna Rex d'une voix bourrue.

Au moment de commencer, Chloé fut heureuse que le bras de Ro soit passé autour de sa taille.

— Je ne sais rien à leur sujet, répondit-elle.

— Si, rétorqua Rex. Et je dois savoir tout ce que vous savez avant de les appeler pour avoir une petite conversation avec eux, ce matin.

— Vous pouvez faire ça ? Je veux dire, les appeler comme ça ?

Rex s'esclaffa et Chloé se rendit soudain compte qu'elle souriait de son côté. Le rire de Rex était grave et profond, à l'instar de sa voix, si bien qu'elle se détendit un peu. Il avait l'air rude et hargneux, pourtant ce petit rire l'avait rassérénée. Leon riait rarement. Et quand cela lui arrivait, elle en avait la nuque qui se hérissait.

— Pas exactement. Ils ne prennent pas vraiment les appels des premiers Tom, Dick et Harry venus. Mais ils me connaissent. Ils se montreront conciliants.

— Oh. D'accord, lâcha Chloé.

— J'ai prévenu mon équipe que vous les aviez conseillés. Que vous vous êtes chargée de leurs déclarations de revenus. J'ai besoin de tout savoir là-dessus, Chloé, répéta Rex, d'un ton moins effrayant que quelques secondes plus tôt.

Ro la conduisit vers une chaise près du plan de travail et l'aida à s'y asseoir. Après quoi, il attrapa une tasse de café posée à proximité et la fit glisser vers elle. Chloé en but une gorgée, pleine de reconnaissance : elle avait du mal à penser clairement avant d'avoir ingéré sa dose quotidienne de caféine.

— Chloé ? insista Rex avec une pointe d'impatience.

— Désolée. Je suis toujours là. C'est juste... j'essaie de

mettre mes idées en ordre et de déterminer ce qui est important et ce qui ne l'est pas.

— Dites-moi tout, répliqua aussitôt Rex.

— Mais... c'est juste que... eh bien, en tant que comptable et conseillère, je ne suis pas légalement autorisée à vous parler de leur situation financière.

Ses mots restèrent suspendus en l'air et il y eut un moment de silence à l'autre bout du fil.

Puis Rex lâcha :

— Vous vous foutez de ma gueule ?

La gorge nouée, Chloé s'efforça de ne pas se recroqueviller.

— Non, je veux dire, ces choses-là sont régulées et je pourrais perdre ma licence. C'est déjà bien assez dur pour moi d'avoir perdu mon emploi, il me reste au moins mes qualifications. Je ne veux pas y renoncer.

— Chloé..., intervint Ro, mais Rex le devança, sans lui laisser le temps de finir.

— Vous êtes dans la merde jusqu'au cou, rétorqua sans ménagement l'officier traitant des Mercenaires Rebelles. Comme vous l'avez dit à mon équipe, à ce stade, si votre connard de frère se fait arrêter, vous serez considérée comme tout aussi responsable que lui en ce qui concerne ses opérations commerciales. Vous saviez ce qui se passait et, en fait, vous avez activement supervisé leurs investissements. Si quelqu'un tombe avec Leon, ou avec Carlino ou Smaldone, ce sera vous, pour la simple raison que votre nom figure sur tous leurs comptes. Perdre votre licence sera le cadet de vos soucis. Vous voulez que quelqu'un vous sorte clandestinement du pays et vous oblige à travailler dans un bordel de Mexico ou au Guatemala ? Parce que si votre frère met la main sur vous, c'est là que vous finirez. Il ne veut pas vous tuer, pour des raisons que nous essayons toujours de comprendre, donc il vous déplacera quelque part, dans un endroit où nous ne pourrons pas vous atteindre. Cosa Nostra n'est pas un groupe avec lequel on plaisante. J'ai besoin de savoir tout ce que vous savez, afin de déterminer si je peux marchander avec eux. Point. Vous avez pigé ?

Chloé déglutit tant bien que mal, faisant de son mieux pour empêcher le café qu'elle venait tout juste d'avaler de se répandre sur le beau plan de travail en granite de Ro. Elle avait pigé. Elle s'était montrée naïve. Et Rex tentait de l'aider.

— Oui, monsieur, répondit-elle docilement.

— Bien. Alors maintenant, parlez-moi, ordonna Rex.

Ce qu'elle fit. Pendant la demi-heure qui suivit, elle détailla à Rex et Ro tout ce qu'elle put se rappeler sur les impôts et les investissements de ces familles mafieuses. Où ils faisaient passer leur argent, combien ils omettaient de déclarer, leurs pseudonymes, jusqu'aux pertes sèches qu'ils déclaraient. Elle leur répéta même tout ce que, selon Leon, ils lui feraient si elle dévoilait quoi que ce soit de leur situation financière et si elle quittait la ville. Elle ne pensait pas en savoir autant, mais après avoir parlé pendant trente minutes sans interruption, ce qui lui donna une sensation de sécheresse et de démangeaison dans la gorge, elle se rendit compte du résultat des agissements de son frère : il l'avait enterrée jusqu'au cou.

Rex n'avait pas prononcé un mot à l'autre bout de la ligne et ce fut seulement quand elle leva les yeux vers Ro et lui demanda : « Ils vont me descendre, n'est-ce pas ? » que Rex reprit la parole.

— Personne ne va vous toucher, Chloé, répliqua-t-il. C'est Leon Harris qui est dans l'erreur, ici, pas vous.

— Mais c'est moi qui ai rempli ces déclarations. J'ai

complété les documents et signé les formulaires portant sur leurs investissements à l'étranger.

— En effet, convint Rex. Mais Peter et Joseph ne sont pas idiots. Ils ne sont pas non plus le genre d'hommes à kidnapper et à torturer des femmes sans raison.

— Mais ils appartiennent à la mafia, chuchota Chloé.

— En effet. Pourtant même s'ils sont à n'en pas douter des hommes dangereux qui n'ont aucun scrupule à utiliser toutes les méthodes nécessaires pour obtenir des informations, je n'ai jamais entendu dire qu'ils torturaient des femmes.

Perplexe, Chloé fronça les sourcils.

Examinant son expression, Ro l'interrogea :

— Qu'est-ce qu'il y a ?

— Peter Smaldone est venu chez nous et m'a mis une raclée.

Le silence s'abattit sur la pièce pendant quelques secondes pleines de tension, avant que Rex ne lâche :

— C'est impossible.

— C'est pourtant bel et bien le cas. Il s'est présenté et, après m'avoir dérouillée, il a déclaré qu'il y avait été mollo pour cette fois, mais que si je m'enfuyais et cessais de tenir leurs livres de comptes, ce serait pire la prochaine fois. Il m'a vraiment fait mal.

— À quoi ressemblait-il ? aboya Rex.

Chloé grimaça. Elle n'appréciait pas le ton employé par son interlocuteur. Même déformée, sa voix trahissait nettement son incrédulité. Et la pensée qu'il ne la croyait pas l'offensait.

— Il faisait à peu près ma taille. Des cheveux brun foncé. Une cicatrice en travers d'un de ses sourcils.

— Ce n'était pas Smaldone, se contenta de commenter Rex.

— Mais...

— Chloé, la coupa Rex d'une voix adoucie. J'ignore de qui il s'agissait, mais ce n'était pas Peter Smaldone. Lequel est blond et mesure environ un mètre quatre-vingt. Et il n'a aucune cicatrice sur le visage.

Chloé ferma les yeux, submergée par la gêne et les remords. Malgré tout ce dont Leon s'était déjà montré capable, elle avait encore du mal à y croire. Mais bien sûr... il lui avait menti.

Elle sentit la main de Ro s'enrouler encore plus fort autour de sa taille et la chaleur de son grand corps quand il se rapprocha d'elle.

— Encore une question avant que je vous laisse partir, ajouta Rex.

Chloé hocha la tête, puis réalisa qu'il ne pouvait pas la voir. Même si elle avait parlé au téléphone, elle avait curieusement l'impression que l'homme se trouvait devant elle.

— D'accord, murmura-t-elle, tout en rouvrant les yeux pour fixer le téléphone.

— Ça va ?

Chloé cilla. Elle s'était attendue à entendre quelque chose à propos de son frère. Ou de la mafia. Ou des investissements et des impôts. Mais pas ça.

Ro se blottit contre elle et désigna le téléphone de la tête. Elle ouvrit la bouche pour répondre, mais Rex reprit la parole :

— Est-ce que Ronan vous traite bien ? Parce que sinon, je peux vous faire transférer dans une maison sûre.

— Non ! s'exclama immédiatement Chloé. Je ne veux pas partir d'ici. Je veux rester avec Ro.

— Elle ne va nulle part, Rex, intervint l'intéressé, qui parla directement, pour la première fois depuis un moment.

Rex gloussa de nouveau.

— Je tenais juste à m'en assurer. Bienvenue dans la famille, Chloé.

Ro grommela dans sa barbe et s'empara du téléphone.

— Il a raccroché, constata-t-il avant de rempocher le portable.

Elle fronça les sourcils et leva les yeux vers lui, perplexe.

— Qu'est-ce qu'il voulait dire ?

— Tu es l'une de nous maintenant, répondit Ro calmement. Tu n'as aucun souci à te faire concernant Carlino et Smaldone. Une fois que Rex leur aura parlé, ils sauront que tu n'as rien à voir avec la merde que Leon a foutue. Rex leur fera bien comprendre que tu es interdite d'accès et qu'il ne tolérera aucunes représailles contre toi, quoi que tu saches concernant leurs finances. Il veillera aussi à ce qu'ils soient assurés de ton silence et comprennent que tu n'as aucune intention de les moucharder aux autorités sur quoi que ce soit.

— Je ne comprends pas. Parce que oui, tu as raison, je n'ai pas l'intention de dire quoi que ce soit à qui que ce soit. Je veux juste que tout ça cesse, mais dans quelle famille Rex m'accueillait-il ?

— Sa famille, chérie. La mienne, répondit Ro en l'obligeant à se lever pour se tenir à ses côtés. Avec sa suggestion débile de te placer sous protection, Rex s'assurait que tu voulais être ici et que je te revendiquais comme mienne.

— Oh, fit Chloé qui commençait à comprendre. Mais il ne m'a jamais rencontrée.

— Chérie, il ne m'a jamais rencontré non plus, répliqua Ro.

— Vraiment ?

— Oui. Rex ne plaisante pas avec son anonymat. Tu as remarqué qu'il modifiait sa voix au téléphone, n'est-ce pas ?

Il est extrêmement paranoïaque. Ni mes amis ni moi ne l'avons jamais rencontré en face à face. Jamais.

— C'est bizarre, constata Chloé.

Ro haussa les épaules.

— Peut-être. Mais nous comprenons qu'il a ses raisons. Mais dis-moi plutôt : tu es vraiment d'accord avec le fait d'être ici ? Je ne suis pas certain que tu sois en sécurité si tu sors. Pas avec Leon qui projette quelque chose et ces histoires de mafia.

Chloé posa la tête sur le torse de Ro et enroula les bras autour de lui.

— Pour le moment, oui. Je ne dis pas que je veux passer le reste de ma vie enfermée dans ta maison, mais si je dois être enfermée quelque part, je veux que ce soit à un endroit où tu te trouves.

Elle sentit les bras de Ro se resserrer autour d'elle.

— Ce ne sera pas pour le restant de tes jours, fais-moi confiance. Et fais confiance à Rex. Leon ne sera plus une menace pendant très longtemps.

— Ro ?

— Oui, chérie ?

— Que va-t-il arriver aux femmes du club ? Ou du bordel qu'il m'a dit diriger ? Je sais que nombre d'entre elles ne sont pas là-bas de leur plein gré.

Ro se raidit l'espace d'une infime seconde.

— On les aidera. Si elles ont des familles auprès desquelles elles veulent retourner, on les y emmènera. Sinon, Rex les aidera à se mettre en sécurité quelque part où elles pourront repartir de zéro. Et vivre la vie dont elles ont envie.

— Merci.

— Non, merci à toi, répliqua Ro. Merci de t'être accrochée aussi longtemps. Merci de me faire confiance.

— De rien, murmura Chloé.

Ro s'écarta et plaça un doigt sous son menton :

— Tu as faim ?

Chloé hocha la tête, puis sourit.

— Je me suis pas mal dépensée, la nuit dernière.

Et en un éclair, l'ambiance changea. Elle sentit le sexe de Ro durcir contre son ventre, à l'instant où il inhalait son odeur. Puis il sourit et secoua la tête.

— Purée, tu me tiens, ma belle. Je ne crois pas que je pourrai un jour me rassasier de toi. Viens. Laisse-moi te nourrir, et puis je te ferai l'amour encore une fois.

Chloé poussa ses hanches contre lui, savourant la sensation de son excitation.

— Eh, c'est toi qui as dit que je devais rester ici pendant un moment. Je ne veux pas qu'on s'ennuie. Même si on pourrait aussi regarder la télévision ou un truc du genre, j'imagine.

— Pas question qu'on regarde la télé, grogna Ro en la relâchant pour se diriger vers le frigo. On va prendre notre petit-déjeuner et je te remmènerai à l'étage pour te montrer exactement à quel point on peut échapper à l'ennui, par ici.

Chloé hocha la tête et remonta sur sa chaise. Sa culotte était toute mouillée, ses tétons pointaient sous son soutien-gorge, qui lui parut soudain trop petit, trop serré. Mais elle savait qu'elle n'aurait pas à le garder bien longtemps.

— Ça me paraît bien, comme programme. Tu me laisseras préparer le déjeuner ?

Il inclina la tête.

— Le déjeuner ?

— Oui. C'est toi qui prépares tous les repas. Il est temps que je gagne le droit de résider ici.

Il se pencha par-dessus le plan de travail, sans la lâcher du regard.

— Tu n'as pas à remuer le petit doigt, chérie. Tout ce que tu as à faire, c'est de rester forte pour moi et en vie. C'est tout.

Ces paroles n'auraient pas dû lui faire serrer les cuisses, pourtant ce fut bel et bien le cas. Elle avait passé les cinq dernières années à se faire dénigrer et traiter de fainéante. Elle n'avait pas été autorisée à cuisiner ou à faire quoi que ce soit par elle-même. Elle savait que Ro ne cuisinait pas pour la contrôler. Il le faisait parce qu'il désirait prendre soin d'elle. Mais elle avait envie de lui rendre la pareille.

— Cela fait près de trois ans et demi que je n'ai pas été autorisée à faire la cuisine, lui confia-t-elle. Je suis peut-être un peu rouillée, mais j'aimerais voir si je parviens à me rappeler comment concocter mon plat de pâtes préféré, celui que je n'ai pas pu déguster depuis des années.

— D'accord, consentit tout de suite Ro. Tout ce que tu veux, tu l'as, chérie.

Chloé se pencha en avant, jusqu'à se retrouver nez à nez avec Ro.

— Ce que je veux, c'est toi.

— Tant pis pour le petit-déjeuner, marmonna Ro qui contourna le comptoir pour parvenir jusqu'à elle.

Avant que Chloé puisse prononcer un mot, elle était jetée une fois de plus sur son épaule et Ro grimpait quatre à quatre l'escalier menant à sa chambre.

Secouée de rire, Chloé se cramponna.

17

Les trois jours qui suivirent furent idylliques pour Chloé. Elle passait ses nuits dans le lit de Ro, à faire l'amour de manières si différentes qu'elle avait délicieusement mal, et ses journées à rire avec lui pendant qu'ils continuaient leur partie de bataille, regardaient la télévision et, plus généralement, se côtoyaient.

Leurs étreintes étaient incroyables, mais ce qu'elle aimait par-dessus tout, c'était apprendre à connaître Ro. Cela faisait si longtemps qu'elle n'avait pas eu la plus petite connexion avec quelqu'un qu'elle se découvrait apprécier de plus en plus ce contact. Elle appréciait vraiment Ro. Il était drôle, intéressant, prévenant, gentil... elle aurait pu continuer indéfiniment. Et dormir avec lui, sentir son corps chaud contre le sien, qui lui montrait qu'elle n'était plus seule, c'était un cadeau. Un cadeau qu'elle ne tiendrait jamais pour acquis. Elle n'avait aucune idée de ce qui allait se passer entre eux après que la menace de son frère serait éliminée – si elle était éliminée –, mais pour l'instant, elle allait croquer la vie à pleines dents et profiter de chaque seconde passée avec Ro.

Un jour, elle était même allée dans son garage pour lui tenir compagnie pendant qu'il travaillait sur le moteur d'une Porsche que quelqu'un avait amenée pour réparation. Elle avait été si excitée à le voir penché près de la voiture qu'elle s'était approchée dans son dos et l'avait peloté.

En quelques secondes, il l'avait déplacée vers l'arrière de la carrosserie, hissée dessus et prise sauvagement, là, contre le véhicule de luxe. Les doigts de Ro avaient laissé des traces de cambouis à l'intérieur de ses cuisses et ses fesses la faisaient souffrir, là où il l'avait plaquée contre l'impitoyable métal, mais elle n'aurait su être plus heureuse.

Ils n'avaient pas eu beaucoup de nouvelles de Rex, mais tous les autres membres de l'équipe étaient venus discuter à un moment ou à un autre. Ro s'était plaint qu'en fait ils venaient vérifier si elle allait bien et le charrier sur le fait qu'il n'était désormais plus sur le marché, mais il avait formulé ses plaintes avec le sourire, si bien que Chloé avait compris qu'elles n'étaient pas véritables.

Ball était toujours aussi intimidant que quand il l'avait tenue serrée, la nuit où ils l'avaient kidnappée, ce dont elle lui voulait toujours, mais à force de le côtoyer, elle avait fini par comprendre qu'il n'était pas aussi effrayant que dans son souvenir.

Black faisait sa taille, pourtant il exsudait des ondes dangereuses qui la mettaient légèrement mal à l'aise. Ro lui avait dit que son ami avait été membre des SEAL des Marines : elle aurait pu le deviner elle-même. Il n'ouvrait pas beaucoup la bouche et ses cheveux noirs collaient à son surnom. Elle pouvait sans mal l'imaginer se fondre dans la nuit sans être vu par ses ennemis.

Gray et Allye vinrent passer un après-midi chez eux. Chloé fut ravie de revoir la jeune femme. Les deux visiteurs passèrent l'essentiel de leur visite à parler du programme de danse qu'Allye avait ouvert pour des enfants aux besoins particuliers et Chloé lui fit promettre de lui envoyer par mail des vidéos de ses spectacles. Gray paraissait l'homme le plus décontracté de la bande, mais après avoir entendu l'histoire d'Allye sur les heures qu'elle avait passées dans l'océan Pacifique avec lui et la manière dont il s'était débarrassé de l'homme horrible qui avait tenté de la réduire en esclavage, Chloé s'était rendu compte que les hommes sympathiques étaient parfois les plus dangereux.

Et puis, il y avait Arrow. C'était lui qui l'intriguait le plus. Après avoir appris qu'il était présent quand Ro avait été blessé, Chloé désirait vraiment lui parler. Elle avait touché les cicatrices dans le dos de Ro, vu leur étendue de ses propres yeux. Elle n'arrivait pas à imaginer comment on pouvait avoir été, comme Ro, brûlé autant, avoir subi tant de rééducation et de greffes de peau.

Par chance, comme Ro devrait rapporter la Porsche à son propriétaire, il les avait laissés seuls, Arrow et elle. Il n'avait pas envie de s'absenter, mais Chloé avait insisté, déclarant qu'elle pourrait fort bien passer une heure ou plus en compagnie d'Arrow et que c'était elle qui était recluse dans cette maison, pas lui. Il lui avait lancé un regard noir, mais il avait fini par partir.

Dès que Ro eut disparu dans son allée, elle se tourna vers Arrow :

— Raconte-moi tout sur le jour où il a été blessé.

Arrow fronça les sourcils et demanda :

— Il t'en a parlé ?

— Oui.

— Franchement, je suis sidéré. Il n'en parle pas à grand monde, surtout ce qui concerne ce qu'il a traversé pendant sa convalescence. (Il hésita.) Ro est mon ami, Chloé. On a vécu des tas de saloperies ensemble... J'ai l'impression de devoir te le dire, même si ça me met mal à l'aise... (Il fit une pause et Chloé devina ce qu'il allait suivre.) En définitive, tu as été emprisonnée un long moment et tu n'as pas eu la possibilité d'être dans une relation d'aucune sorte. Ro t'apprécie vraiment beaucoup et on dirait bien que c'est réciproque. Mais si ce n'est pas le cas... je te demande de t'en aller dès que la menace représentée par ton frère aura été éliminée. S'il te plaît, ne lui donne pas de faux espoirs.

Chloé aurait bien aimé en vouloir à Arrow, mais elle en était incapable. Elle appréciait que Ro ait des personnes qui veillent sur lui.

— Je ne lui donne pas de faux espoirs, déclara-t-elle à son ami. Je l'aime bien. Beaucoup même. Et pas seulement parce qu'il m'aide.

Arrow assimila ses paroles et finit par hocher la tête.

— Que t'a-t-il dit, exactement ? s'enquit Arrow en revenant à leur conversation. Parce que je ne peux rien te révéler de top secret et que je ne te révélerai rien de personnel dont il ne t'ait déjà parlé.

Chloé appréciait qu'Arrow veille aux intérêts de Ro, mais elle voulait également en savoir le plus possible. Aussi répéta-t-elle ce qu'il lui avait raconté de l'accident et de la mort de son ami et écouta-t-elle Arrow combler les blancs autant qu'il puisse le faire sans avoir l'impression de trahir son ami.

Quand il eut achevé, les yeux de Chloé étaient pleins de larmes et elle avait d'autant plus mal pour Ro. C'était l'homme le plus fort qu'elle ait jamais rencontré. Arrow lui expliqua qu'il était allé le voir à l'hôpital et lui avait tenu la main pendant que les infirmières raclaient la peau morte de son dos. La douleur avait été insoutenable, mais pendant tout le processus, Ro était demeuré stoïque. Arrow avait fait de son mieux pour détourner l'attention de son ami en lui racontant des histoires de sa famille et de son unité dans les Marines. Quand il avait été réaffecté aux États-Unis, les deux hommes avaient été déçus.

Chloé serra Arrow dans ses bras et le remercia d'avoir été là pour Ro.

— Tu n'as pas à me remercier, Chloé, protesta-t-il. C'était moi qui étais censé me trouver dans ce tank. En fait, on aurait dû être deux hommes de son unité de SAS et deux Marines. Ro savait que j'étais légèrement claustrophobe, mais que je ne dirais rien. Il a tiré des ficelles pour faire en sorte que les Marines se retrouvent à l'extérieur du tank et que ses amis et lui soient à l'intérieur. Si j'avais été dedans, c'est moi qui serais mort. Je lui dois tout.

Pour la première fois, Chloé comprit vraiment le lien existant entre Ro et ses amis. Ce n'était pas juste qu'ils aimaient botter des fesses et prendre le contrôle d'une situation. Non, ce lien était plus profond. Ils se protégeaient mutuellement, quoi qu'il arrive. Sans poser aucune question. Elle n'avait aucun doute que, si elle interrogeait Gray, Ball, Black ou Meat, ils auraient des histoires dans le genre de celle d'Arrow à raconter. Ils étaient là les uns pour les autres. Pour se sauver mutuellement la vie.

Elle n'avait jamais connu une amitié de cet ordre, mais elle appréciait que ce soit le cas pour Ro. Elle se fit le vœu silencieux de ne jamais se dresser entre Ro et ses amis mercenaires. Elle ne lui demanderait jamais de quitter le groupe. Ni de s'arrêter de faire ce qu'il faisait.

Il en avait besoin. Exactement comme les gens dans son genre à elle avaient besoin de gars comme lui.

Quand Ro revint, déposé par le propriétaire extatique de la Porsche qui l'avait bien volontiers ramené chez lui, Chloé et Arrow étaient devenus des amis proches.

La date butoir fixée par Leon était dépassée de deux

jours. Chloé se sentait plus en sécurité qu'elle ne l'avait été depuis très longtemps. Ro avait parlé de temps à autre avec Rex, Meat et le reste de l'équipe au cours de ces trois derniers jours, mais elle ignorait ce qui se passait avec son frère.

Et c'était très bien comme ça.

C'était agréable de se décharger de ce tourment sur Ro.

De le laisser s'en occuper.

Sans doute cela faisait-il d'elle quelqu'un de faible, mais elle s'en fichait.

Ils étaient en train de déjeuner après avoir fait l'amour avec vigueur – Ro lui avait demandé de se pencher sur le bras du canapé et l'avait prise sans ménagement par-derrière –, quand son téléphone portable avait sonné.

Chloé n'arrivait pas à entendre qui se trouvait à l'autre bout du fil, mais Ro fronça les sourcils, se leva de table et se dirigea dans une autre pièce pour prendre l'appel.

Cela lui arrivait de temps à autre et Chloé ne se sentait pas le moins du monde froissée. Elle lui avait accordé sa confiance et cela signifiait qu'elle le laissait s'occuper de ses affaires comme bon lui semblait. Il lui dirait ce qui se passait quand le moment serait venu.

Lorsqu'il regagna la pièce, il avait toujours les sourcils froncés.

— Tout va bien ? demanda Chloé.

Ro secoua la tête.

— Je n'en suis pas certain. C'était Black. Pour me dire que Meat et son ami, le génie de l'informatique, avaient trouvé quelque chose, mais qu'il ne voulait pas en parler par téléphone. Il a précisé que c'était énorme et sans doute la clef de tout.

— C'est une bonne chose, non ? demanda Chloé.

— Je crois... mais Black a dit également que Leon

demeure introuvable. On a disposé des gens pour les surveiller, Abbie et lui, malheureusement, comme l'équipe de surveillance restait muette, Ball et Arrow sont allés voir et nos deux lascars avaient disparu.

Chloé prit une profonde inspiration.

— Disparu ?

Ro hocha la tête.

— Il m'a appelé pour me prévenir de faire profil bas et de rester sur nos gardes.

— Qu'est-ce qu'on doit faire ? demanda Chloé, le souffle court. On devrait aller quelque part ? Entreprendre quelque chose ?

— Du calme, chérie, lui intima Ro qui vint tout de suite se placer à ses côtés. On est en sécurité ici. Il n'y a aucune raison de penser que Leon a compris qui j'étais. Si tel était le cas, il aurait déjà dû se montrer, à l'heure qu'il est. Et s'il se pointe, je suis préparé.

Chloé se détendit. C'était Ro. Il était toujours préparé. Elle lui faisait confiance.

— OK.

— OK.

Ils s'installèrent sur le canapé pour regarder un film et Chloé commençait juste à s'assoupir quand une alarme sonore se mit tout à coup à retentir, quelques secondes avant que les immenses baies vitrées n'explosent.

Chloé hurla et se retrouva au sol, devant le canapé, avec Ro allongé sur elle pour la projeter des éclats de verre.

— Reste couchée, siffla-t-il à son oreille.

Elle hocha la tête et demeura à plat ventre.

Ro jeta un coup d'œil à la montre à son poignet.

— Merde ! Ils se sont débrouillés pour pénétrer dans le périmètre de ma propriété sans déclencher mes alarmes.

Il paraissait extrêmement en colère et Chloé se dit qu'elle ne pouvait l'en blâmer.

Le bruit produit par l'alarme, strident, lui donna immédiatement des maux de tête. Elle était effrayée et perplexe : que devait-elle faire ? Demeurer immobile ou s'enfuir à toutes jambes ?

Ro prit la décision à sa place quand, sur un nouveau juron, il la redressa sans prévenir pour la pousser vers l'escalier. Elle tituba et serait tombée s'il n'avait été là pour la retenir et la faire avancer.

— Arrête ça tout de suite si tu ne veux pas qu'elle meure, lança une voix par-dessus les stridulations de l'alarme.

Ro s'immobilisa et la fit passer derrière lui à l'aide d'un bras, tandis qu'il se tournait pour affronter celui qui venait de parler.

Trois hommes se tenaient devant eux. Vêtus de noir, deux d'entre eux braquaient un pistolet sur leur tête, tandis que le troisième tenait une espèce de matraque métallique.

— Comment avez-vous franchi mes alarmes ? demanda Ro, presque sur le ton de la conversation, comme s'il ne s'agissait de rien de plus que de la réunion d'un commando de gros durs, de militaires endurcis, alors qu'il était dans sa propre maison, en train de la protéger d'étrangers menaçants.

— On a nos méthodes, répondit l'un des hommes pardessus l'alarme. On n'a rien contre toi. On veut juste la femme.

— Il faudra me passer sur le corps, répliqua Ro.

Chloé sentit les muscles de Ro se tendre, comme s'il se préparait déjà au combat.

L'un des hommes tira sur le mur à côté d'eux, ce qui les obligea, Ro et elle, à s'écarter d'un bond pour éviter la balle et à se rapprocher de l'homme planté de l'autre côté.

Ensuite, tout se passa extrêmement vite. L'homme armé de la matraque la projeta et heurta l'un des mollets de Ro avant qu'il puisse esquiver le coup. Il grogna et s'agenouilla, mais se redressa aussitôt, comme si le coup ne l'avait pas fait souffrir le moins du monde.

L'alarme retentissait toujours, si bien que leur combat paraissait encore plus irréel. Personne ne parlait : ils se jaugèrent simplement pendant une seconde, comme s'ils tentaient de comprendre qui allait porter la prochaine attaque.

Puis l'un des intrus plongea rapidement la main dans sa poche et jeta quelque chose dans leur direction, à Ro et à elle.

Chloé ferma les yeux, baissant la tête en même temps que Ro se portait en avant afin de la protéger entièrement de ce que l'homme avait lancé.

Quand elle se releva de sa position accroupie et ouvrit les yeux, Ro toussait violemment et chancelait devant elle. Quel genre de poudre l'homme leur avait-il lancé dessus ? Elle l'ignorait, mais quoi qu'il en soit, Ro, qui se l'était prise en plein visage, bataillait pour reprendre son souffle.

Les hommes cessèrent de tergiverser, maintenant que Ro était momentanément sous le choc.

L'homme à la matraque s'en servit une fois de plus sur Ro, l'atteignant aux genoux alors qu'il toussait violemment, la respiration sifflante, et tentait de reprendre son souffle. Pourtant, même s'il était manifestement en difficulté, il ne l'oubliait pas. Il faisait de son mieux pour la protéger, malheureusement le produit, qui faisait son effet, le réduisit rapidement à l'impuissance.

Un autre homme saisit Chloé par le bras et s'esquiva d'un bond avec elle quand Ro voulut se jeter sur lui.

Elle résista à l'homme aussi énergiquement qu'elle put, horrifiée par ce qui arrivait à Ro, juste sous ses yeux, et par ce que ces hommes allaient lui faire s'ils réussissaient à l'emmener hors de la maison. Elle toussa, empoisonnée par la poudre qui flottait toujours dans l'air. Une main vint se plaquer sur sa bouche au moment où elle allait se mettre à crier.

— All... vfou... hurla Chloé, mais la main étouffait ses paroles.

— Viens, Frank. Presse-toi. C'est un chat sauvage, cette femme, cria l'homme, pressé de mettre un terme à sa bataille pour immobiliser Chloé.

Les yeux de Chloé s'écarquillèrent quand l'interpellé s'approcha d'elle en brandissant sa matraque. Il avait des cheveux noirs et des yeux encore plus noirs. Elle s'efforça frénétiquement de soulever le bras de celui qui la tenait, mais sans résultat. Des larmes lui montèrent aux yeux quand elle comprit ce qui était en train de se passer.

On la kidnappait. Une fois de plus.

Mais cette fois, il ne s'agissait pas des amis de Ro.

Ces hommes-ci étaient brutaux et dangereux. Elle le voyait à leurs yeux : c'était évident dans la manière dont ils les avaient braqués avec leurs armes, Ro et elle.

L'homme appelé Frank s'approcha d'elle, une seringue à la main, ravivant une sensation morbide de déjà-vu.

— Tiens-toi tranquille, lâcha-t-il, un sourire mielleux aux lèvres. Tu ne voudrais pas que je te fasse mal avec ça, non ?

Chloé projeta son pied vers lui et fut tout heureuse de constater qu'elle avait réussi à atteindre la rotule de Frank.

— Putain, Jed, tiens-la tranquille.

— C'est ce que je fais, répliqua le fameux Jed en resserrant son emprise autour de la poitrine de Chloé.

Il en profita pour déplacer la main plaquée sur sa bouche et lui couvrir cette fois la bouche et le nez.

Chloé n'arrivait plus à respirer. Presque aussitôt, des points noirs se mirent à ramper vers les bords de sa vision.

Non. Elle ne pouvait pas mourir. Pas de cette façon. Pas ici, dans la maison de Ro. Pas quand elle venait de trouver en homme en qui elle pouvait avoir confiance et avec qui elle voulait passer sa vie.

— Ro ! essaya-t-elle de crier, mais tout ce qui sortit, ce fut un coassement étouffé.

Frank s'approcha d'elle encore une fois, sauf qu'elle n'avait plus d'énergie. La seule chose sur laquelle elle se concentrait, c'était comment faire entrer de l'air dans ses poumons. L'aiguille pénétra dans sa cuisse sans qu'elle s'en rende compte, parce que Jed souleva sa main quelques secondes. Elle aspira avidement de l'air, s'efforçant d'en faire des réserves avant d'en être de nouveau privée.

La pièce tourbillonna et Chloé ferma les yeux, en proie à une nausée puissante. Elle ne résista pas quand Jed s'empara d'elle pour la transporter hors du salon anéanti. Elle entendit les éclats de verre crisser sous ses pieds alors qu'il quittait la chambre, mais elle n'ouvrit pas les yeux. L'alarme continuait à hurler et elle eut l'espoir éphémère que l'un des voisins de Ro l'entendrait et viendrait se renseigner.

Chloé se força enfin à rouvrir les yeux et la dernière chose qu'elle vit, ce fut le troisième homme qui cognait la tête de Ro contre le sol, pour l'empêcher de s'élancer à leur poursuite.

18

───────

Chloé fronça les sourcils. Sa tête la lançait et, une fois encore, elle avait la bouche si sèche qu'on aurait dit qu'elle avait sucé des morceaux de coton. Non qu'elle ne sache pas l'effet que cela faisait, mais elle supposait que ce qu'elle ressentait en cet instant devait en être très proche.

Précautionneusement, elle ouvrit les yeux et balaya les alentours du regard. Elle était étendue sur un canapé dans une pièce élégante. Les lourds rideaux rouges étaient écartés, laissant entrer le soleil de l'après-midi. Une commode était appuyée contre le mur en face d'elle. Tournant la tête, elle avisa plusieurs coussins à proximité et la couette magnifique sous elle paraissait faite main.

Le problème, c'était qu'elle ne reconnaissait rien. Elle ne paraissait pas se trouver à l'arrière de la maison de Leon, mais elle ne se trouvait pas non plus chez Ro.

Penser à lui l'incita à s'asseoir subitement et la tête lui tourna. Refusant de céder au vertige qui menaçait, elle s'assit au bord du lit et chercha à se rappeler ce qui s'était passé. La dernière chose dont elle se souvenait, c'était la vision de la tête de Ro cognée contre le sol.

Un gémissement s'échappa de sa bouche avant qu'elle puisse le retenir. Portant une main à ses lèvres afin d'empêcher qu'on remarque son réveil, Chloé s'obligea à se lever. Elle s'avança d'un pas chancelant vers la fenêtre et regarda dehors. Elle se trouvait visiblement à l'étage d'une maison. Baissant les yeux, elle découvrit une sorte de jardin impeccablement entretenu. La pelouse en dessous était immense. Au loin, elle entrevit plusieurs immeubles. Plissant les yeux et inclinant la tête, Chloé se rendit compte qu'il s'agissait des tours de Denver. Ce qui n'était pas logique.

Avait-elle perdu connaissance aussi longtemps ?

Bien sûr. Elle était ici, n'est pas ? Quel que soit l'endroit désigné par « ici ».

Bon sang ! Elle n'arrivait pas à croire qu'elle ait été kidnappée, putain ! Encore une fois ! Elle en avait ras le bol que des gens la forcent à aller dans des endroits où elle ne voulait pas aller et à faire des choses qu'elle ne voulait pas. Et elle avait promis à Ro qu'elle ne serait plus kidnappée. Elle détestait ne pas avoir tenu sa promesse, même si ce n'était pas sa faute.

Elle repensa à Ro, qui avait cherché à la protéger, alors même qu'il était indéniablement blessé. Qui s'était jeté sur l'homme qui l'avait attrapée, avec, sur le visage, une expression des plus éloquentes. Il était furieux que quelqu'un ait fait irruption chez lui et encore plus qu'on ait osé poser les mains sur elle. Mais plus que tout, il paraissait... accablé de chagrin. Et elle détestait ça. Elle voulait lui dire qu'il avait fait tout ce qui était possible pour la protéger. Qu'il n'était pas responsable de son nouveau kidnapping ! Que c'était la faute des connards qui avaient fait irruption chez lui !

Puis elle se rappela la manière dont l'homme avait frappé la tête de Ro sur le carrelage. Il devait être sérieusement blessé. Sans doute était-il resté inconscient. Il était impossible qu'il se soit remis assez vite pour s'enfuir. Ou bien se trompait-elle ? Ce souvenir cruel – ainsi que l'autre issue possible d'un tel tabassage – menaçait de faire céder ses genoux, mais elle s'obligea à rester debout.

Ro n'était pas mort, c'était impossible. Pas question. Pas après tout ce qu'il avait déjà traversé.

Non, Arrow, Meat ou quelqu'un d'autre viendraient chez lui pour savoir pourquoi Ro ne répondait pas au téléphone, ils le découvriraient et lui porteraient secours.

Elle ne pensait même pas à sa propre situation en cet instant ni à ce que l'avenir lui réservait. Si Ro avait été tué à cause d'elle, Chloé ne se le pardonnerait jamais.

Elle pivota au bruit de la porte qui s'ouvrait.

Un homme qu'elle n'avait encore jamais vu entra dans la pièce et croisa son regard. Il portait un pantalon gris et une chemise blanche à col boutonné. Une veste sport grise complétait l'ensemble. Il avait l'air élégant et raffiné, et il lui flanquait une frousse bleue.

Se trouvait-elle dans une maison close de standing ? S'agissait-il du bordel de son frère ? Si elle se rappelait bien, Leon avait dit que le sien se trouvait à Colorado Springs et ils n'étaient plus là, c'était une certitude, mais peut-être avait-il développé ses activités ? Ou l'avait-il vendue à quelqu'un d'autre ?

Elle n'en était pas certaine, mais il y avait une chose dont elle était certaine : elle n'allait pas laisser cet homme la prendre contre sa volonté. Pas question. Elle combattrait avec tout ce qu'elle avait. Maintenant qu'elle s'était donnée à Ro, elle ferait tout ce qu'il fallait pour s'assurer que personne d'autre ne souille ce qui était à lui.

Forte de cette résolution, Chloé serra les poings et se prépara au combat.

— Bonsoir, mademoiselle Harris. Si vous voulez bien me suivre…

Chloé tiqua. Elle s'était attendue à ce qu'il lui dise : « Monte dans le lit et écarte les jambes » ou quelque chose du même acabit. Au lieu de quoi, il se montrait poli, amical et l'attendait patiemment. Il tendait la main comme pour lui indiquer le chemin.

Elle ne voulait l'accompagner nulle part, mais elle désirait aussi sortir d'ici. Passer par la fenêtre ne marcherait pas vu la hauteur à laquelle elle se trouvait. Elle tomberait et se casserait une jambe ou autre et elle ne s'en irait jamais. Elle pourrait toujours s'enfuir une fois qu'elle aurait quitté cette pièce.

Aussi prudemment que possible, elle se dirigea à pas lents vers l'homme en gris. Toujours légèrement nauséeuse, elle savait qu'elle n'avançait pas en ligne droite, mais ce n'était pas sa priorité pour le moment. Elle traversa la pièce pour atteindre l'endroit où il se tenait. Le mystérieux homme la prit par le coude, mais sans le serrer cruellement, comme les gardes du corps de Leon aimaient le faire. Il se contentait de la tenir, pour s'assurer qu'elle ne s'effondrait pas. Il referma la porte derrière lui et la conduisit dans un couloir moquetté, en direction d'un escalier.

Chloé examina tout ce qui l'entourait. Plus tard, elle aurait besoin de décrire aux autorités l'endroit où elle avait été retenue prisonnière. Peintures d'apparence luxueuse sur les murs, aquarelles de paysages. Tapis brun roux. Beaucoup de lumière naturelle. C'était un endroit qu'elle aurait aimé avoir la possibilité d'explorer… autrement dit, si elle n'y avait pas été retenue en otage.

L'homme en gris l'aida à descendre l'escalier. Au moment où Chloé s'apprêtait à lui arracher son bras et à se précipiter vers ce qu'elle pensait être la porte d'entrée, elle remarqua de la lumière émanant d'une porte ouverte dans ce qui était par ailleurs un long couloir obscur.

— Par ici, mademoiselle Harris, lui intima l'homme en lui enroulant un bras autour de la taille pour la conduire à travers le couloir.

Elle résista quelques secondes, mais elle était encore trop faible à cause du produit avec lequel on l'avait droguée.

— Détendez-vous, ordonna l'homme. Vous ne feriez pas cinq pas avant que je vous rattrape, constata-t-il sur un ton parfaitement normal et détendu.

Ce qui ne fit que renforcer la crainte de Chloé. S'il l'avait menacée d'une manière ou d'une autre, ou lui avait fait un bleu sur le bras pendant qu'il la tenait, elle aurait mieux compris, or il se comportait comme si elle était une invitée bienvenue, sauf quand il lui avait dit qu'elle ne pourrait lui échapper, bien entendu.

Ils dépassèrent deux portes closes avant d'arriver à celle qui était ouverte. Sans s'arrêter, l'homme à ses côtés lui en fit franchir le seuil pour pénétrer dans ce qui ressemblait à une immense bibliothèque ou à un bureau gigantesque. Il y avait, le long d'un mur, des étagères allant du sol au plafond qui étaient truffées de livres.

Une grande fenêtre s'ouvrait au fond de la pièce, dont la vue, donnant sur de vastes terres, reproduisait celle de la chambre où elle s'était réveillée.

Mais c'était l'homme assis derrière un bureau massif à sa droite qui retint son attention.

Elle ne pouvait en détourner le regard alors que l'homme en gris la conduisait vers un fauteuil de cuir et l'aidait à s'y installer. Elle nota à peine qu'il reculait et se tenait au garde-à-vous à côté de la porte désormais fermée.

L'homme derrière le bureau ne leva pas les yeux. Ne la salua ni de près ni de loin. Il étudiait un dossier, suivant du doigt des colonnes et des colonnes de chiffres. Il avait des cheveux noirs saupoudrés ici et là de mèches blanches. Elle distinguait des taches de vieillesse sur le dos de ses mains. Il portait un pull noir sur une chemise à col blanc. Un ordinateur de bureau trônait à sa gauche et un téléphone à l'ancienne à sa droite.

Il exsudait le pouvoir si bien que, en dépit de l'envie qui démangeait Chloé de lui demander ce qu'elle faisait ici, elle ne dit rien, se contentant de patienter jusqu'à ce qu'il veuille bien faire état de son existence et lui apprendre le sort qui l'attendait.

Au bout de cinq longues minutes de silence, Chloé remua sur le cuir confortable. Quoique terrifiée, elle perdait patience. La dernière chose qu'elle ait envie d'entendre, c'était qu'on allait l'envoyer dans un pays étranger pour devenir l'esclave sexuelle d'un cheikh quelconque, mais à ce stade, elle n'arrivait pas à envisager une autre issue.

Après ce qui lui parut durer une éternité, l'homme leva les yeux. Ses prunelles marron rencontrèrent les siennes... et elle se figea. Elle ne s'était pas trompée en concluant qu'il s'agissait d'un homme de pouvoir. Elle voyait qu'avec ce simple regard, il obtenait en général tout ce qu'il voulait. Que ceux qui travaillaient pour lui se pliaient probablement en quatre pour faire ce qu'il ordonnait.

Chloé faillit lui implorer miséricorde et le supplier de ne pas lui faire de mal, cependant elle se cramponna à sa dignité à coups d'ongles. Elle ne pensait pas qu'il travaillait pour Leon. Impossible. Cet homme ne travaillait pour personne : c'étaient les autres qui travaillaient pour lui.

Les doigts joints sous son menton, il la contempla pendant la plus longue minute de sa vie.

— Je suppose que vous vous demandez ce que vous fabriquez ici, lâcha-t-il enfin. (Chloé se contenta de hocher la tête.) Savez-vous qui je suis ?

L'homme esquissa un petit sourire indiquant qu'il savait quelque chose qu'elle ignorait. Il avait les cartes en main. Toutes les cartes.

Chloé secoua la tête.

— Veuillez me pardonner de ne pas m'être présenté plus tôt. Je suis Joseph Carlino. Vous pouvez ne pas me connaître de vue, mais je parie que vous reconnaîtriez mes comptes d'investissements si vous les voyiez, n'est-ce pas ?

Pour la seconde fois ce jour-là, la vision de Chloé s'emplit de points noirs.

C'était mauvais. Très mauvais. Leon était plutôt effrayant, mais se retrouver en présence de l'homme qu'elle avait cherché à tout prix à éviter était assez terrifiant pour qu'elle s'effondre sous le coup d'une épouvante absolue.

* * *

Ro repoussa la main que Black avait posée sur sa tête et le fusilla du regard.

— Ça va.

— Je déteste devoir te le dire, mais non, ça ne va pas, répliqua Black d'un ton calme. Tu as une entaille au front qui ressemble à celle de ta petite copine, il y a une semaine. Tu as besoin de points de suture ou, au moins, de cette colle que tu aimes tant utiliser.

Ro grogna. Oui, il retroussa les babines et poussa un grognement à l'intention de son ami et coéquipier.

— Rien à foutre de ma tête. Ce qui compte, c'est Chloé et ce qu'on va faire pour la retrouver et la tirer des pattes de son connard de frère !

Il savait qu'il se comportait comme un imbécile, mais il ne pouvait s'en empêcher. Black l'avait rappelé pour le mettre au courant de leurs recherches concernant Leon et, voyant qu'il ne recevait aucune réponse de Ro, il avait appelé le reste de l'équipe, qui avait déboulé en masse.

Ro avait ouvert les yeux face à quatre de ses coéquipiers plantés devant lui, l'air en même temps furieux et inquiets. Meat était installé dans la salle à manger, tapant frénétiquement sur le clavier de son ordinateur et parlant au téléphone.

À l'instant où il avisa ses coéquipiers, Ro se rappela ce qui s'était produit. Qui qu'aient été les hommes venus chercher Chloé, ils étaient doués. Très doués. Ils avaient été capables de contourner les alarmes disposées autour de sa propriété, afin qu'il ne soit pas prévenu de leur intrusion, du moins pas avant qu'il soit trop tard.

Se bottant les fesses mentalement, Ro n'arrivait pas à sortir de son esprit la terreur qui s'était peinte sur le visage de Chloé. La composition de la poudre que ces hommes avaient utilisée pour le mettre hors d'état de répliquer s'était avérée efficace. Dès l'instant où il l'avait inhalée, Ro avait compris qu'il était foutu. Maintenant qu'il pouvait penser clairement et que sa putain d'alarme ne lui hurlait plus dans les oreilles, il comprit qu'il s'agissait d'un dérivé de spray anti-agression. En tout cas, son ingrédient principal était la capsaïcine. Il s'était pris le plus gros de la poudre en plein visage et s'était aussitôt retrouvé dans l'incapacité de voir comme de respirer.

Il se rappelait Chloé qui hurlait quelque chose à son intention, se rappelait avoir essayé de parvenir jusqu'à elle, mais tout se fondait ensuite dans un brouillard.

Il n'avait cessé de lui répéter qu'elle était en sécurité. Ces gens l'avaient empêché de tenir parole.

— Où Harris a-t-il bien pu l'emmener, putain ? s'emporta-t-il.

Il avait des élancements dans la tête, mais il s'en fichait. S'il avait perdu Chloé ou si son frère la forçait à la moindre humiliation sexuelle, il ne se le pardonnerait jamais. Jamais.

— Tu es partant pour un petit cambriolage ? demanda Ball avec un sourire mauvais, au lieu de répondre à sa question.

— Oh que oui, répondit Ro en se levant.

— Tu vas devoir stopper cette hémorragie d'abord, répliqua sèchement Black. Pas question que tu laisses ton ADN partout dans la baraque de Leon.

Sans rien ajouter, Ro se dirigea dans la salle de bains pour aller chercher sa colle adhésive. Difficile de croire qu'il avait utilisé exactement le même produit sur Chloé, seulement une semaine plus tôt.

Cinq minutes après, il revenait dans son salon, attendant que ses amis l'informent de leur plan.

— Meat a tiré quelques ficelles pour faire barricader tes fenêtres, lança Gray.

Ro balaya l'information d'un geste de la main. Il s'en fichait de ses fenêtres. Il avait besoin de faire quelque chose. De dénicher Chloé.

— Il va se rendre au Pit pour continuer à faire ce qu'il peut avec son ordinateur afin de localiser Chloé. Son ami utilise les caméras de surveillance de la circulation pour voir s'il peut la suivre d'ici à l'endroit où elle a été emmenée. Il n'y a pas beaucoup de caméras, ici, à Black Forest, mais peu importe par où ils sont allés, ces bâtards ne peuvent pas les avoir toutes évitées. Il va aussi là-bas pour nous fournir un alibi, au cas où. Dave va certifier qu'on était tous présents en train de participer à une réunion. Il a même dit que, si nécessaire, il manipulerait les enregistrements de vidéosurveillance en utilisant une vieille bande qui nous montre en train d'arriver là-bas tous ensemble. Donnez-moi vos téléphones.

Gray était désormais tout à leur mission et chacun lui tendit son téléphone personnel.

Ro hésita. Ils avaient passé une semaine entière ensemble, avec Chloé. Comme ils ne s'étaient pas quittés, ils n'avaient pas eu besoin de s'appeler. Mais il lui avait demandé d'enregistrer son numéro, à tout hasard. S'il donnait son numéro à Gray, il ne pourrait répondre en cas d'appel de Chloé.

— Meat les aura avec lui, précisa Gray en constatant la détresse de Ro. Si elle téléphone, il sera en mesure de remonter jusqu'à elle et de la rassurer en même temps. Tu sais que nous avons besoin que les antennes relais repèrent les signaux de tous nos téléphones au Pit, histoire de couvrir nos arrières pendant qu'on est chez Harris.

Sachant que son ami avait raison, même si cela ne l'enchantait guère, Ro lui tendit son téléphone sans protester.

— On va la retrouver, déclara Gray en posant une main sur l'épaule de Ro.

Ro hocha la tête.

— Quel est le plan ?

— Harris n'a pas été vu chez lui de toute la journée, mais on ne peut pas dire non plus qu'il n'y a pas été, répondit Black. On va donc juste aller vérifier ça. On a une heure devant nous.

Ro hocha la tête et fit craquer ses jointures tellement il était impatient.

— Les deux hommes qui étaient censés surveiller Harris ont été retrouvés abandonnés à environ un kilomètre et demi du BJ's, ajouta Meat depuis la table, même s'il faisait toujours courir ses doigts sur les touches du clavier. Ils ont tous les deux de graves blessures à la tête, mais ils sont vivants. Ils ne sont pas conscients, pour le moment, donc ils ne peuvent rien nous dire, toutefois dès qu'ils en seront capables, Rex sera sur l'affaire.

Brûlant d'impatience, Ro se balançait d'un pied sur l'autre. Chaque seconde qui s'écoulait, c'était une seconde supplémentaire pendant laquelle Chloé était en danger. Il le sentait tout au fond de ses os. Ils devaient la retrouver. Tout de suite.

— Allons-y, déclara Arrow. On pourra en parler en chemin.

Ro fut soulagé que son ami ait formulé exactement le contenu de sa pensée.

— Encore une chose, intervint Gray.

Tous les regards se tournèrent vers lui.

— Rex m'a fait promettre de ne pas tuer Harris. Il veut avoir une petite conversation avec lui.

Ro fronça les sourcils. Il ne pouvait faire une telle promesse. Pas question. Pas si Chloé était blessée. Pas si Harris l'avait vendue... ou pire.

— Pas de promesse, grommela Ball. On sait tous ce dont ce genre de gars est capable.

— Et on sait tous que Rex sera le premier à lui couper les couilles s'il a fait souffrir Chloé, rétorqua Gray. Tout ce qu'il demande, c'est un peu de temps pour parler d'abord à cet homme. Pigé ?

Chacun hocha la tête. Oui, ils pigeaient. Rex ne soustrairait pas Harris à son châtiment s'il avait tué Chloé ou l'avait fait disparaître dans le monde souterrain du trafic sexuel. N'empêche, il voulait d'abord récolter des informations. Des informations qui pourraient la sauver, elle ou quelqu'un comme elle, d'un sort pire que la mort.

— Allons-y, annonça Black qui ouvrit le chemin vers la porte.

Ro suivit ses amis, les dents serrées, ignorant la douleur qui tambourinait sous son crâne. Il la refoula. Une seule chose comptait : dénicher Harris et, avec un peu de chance, Chloé par la même occasion.

* * *

Chloé serra les mains sur ses genoux. Il n'avait pas esquissé le plus petit geste dans sa direction, mais elle savait qu'il était l'homme le plus puissant de la mafia de Denver. Leon lui avait parlé de cet homme et de ce dont il était capable. Les récits exagérément descriptifs de son frère sur la manière dont Carlino aimait torturer ses ennemis étaient l'une des principales raisons pour lesquelles elle n'avait pas cherché à s'enfuir. Elle ne voulait certainement pas que cet homme mette la main sur elle... et c'était arrivé.

— Il faut qu'on parle, déclara Joseph. (Chloé ne baissa pas les yeux, trop effrayée pour remuer la tête.) Parlez-moi de votre frère.

Elle cilla. Ce n'était pas ce qu'elle s'était attendue à entendre. Elle pensait qu'il allait lui reprocher une erreur qu'elle aurait commise dans ses impôts. Ou déclarer qu'elle avait fait n'importe quoi avec ses investissements. Peut-être l'informer qu'elle allait vivre dans un cachot dans sa cave parce qu'elle en savait trop.

Ou pire qu'il allait la tuer à petit feu, à cause de ce qu'elle savait concernant l'endroit où il planquait ses millions de dollars.

Mais lui parler de Leon ? C'était la dernière chose qu'elle aurait imaginée.

— Que voulez-vous savoir ? demanda-t-elle finalement, la voix tremblante.

— J'ai reçu un appel intéressant, l'autre jour, répondit Joseph en s'adossant à sa chaise, comme s'il n'avait aucun souci. D'une personne de ma connaissance. Après notre conversation, j'ai effectué moi-même quelques recherches, mais il semble que votre frère ne soit pas aussi bête qu'il en a l'air... ou plutôt, que son comptable ne le soit pas. Mes hommes n'arrivaient pas vraiment à comprendre ce que nous cherchions. Alors je suis allé droit à la source. Plus précisément, j'ai fait venir la source à moi.

Chloé tenta de ne pas hyperventiler. Elle avait été créative avec l'argent de Leon. Elle n'avait pas eu le choix. Il dépensait bien plus vite qu'il ne gagnait. Sans même parler des trucs louches qu'il faisait. Il percevait de gros revenus mensuels provenant d'une source qu'il refusait d'évoquer avec elle et qu'elle n'avait pas été capable d'identifier, ainsi que plusieurs versements mensuels plus modestes. Elle s'était dit que les plus gros montants venaient de gens qu'ils faisaient chanter. Elle n'avait pas été au courant de sa maison close en revanche, jusqu'à ce qu'il se vante à ce sujet, au cours de cette fameuse nuit, dans sa voiture. Elle s'était toujours imaginé qu'il s'agissait d'un autre club de strip-tease.

Quoi qu'il en soit, elle avait fait de son mieux pour s'assurer de ce qu'en apparence, rien ne paraisse sortir de l'ordinaire si quelqu'un vérifiait ses comptes ou en cas d'audit.

— Chloé ? s'impatienta Joseph.

Ravalant sa salive, Chloé fit la seule chose à sa portée. Elle ouvrit la bouche et raconta tout à cet homme incroyablement terrifiant.

* * *

La maison de Leon Harris était silencieuse. Ro utilisa méthodiquement ses jumelles pour scruter les fenêtres du vaste manoir. Il ne vit personne dans les pièces aux rideaux ouverts et aucune ombre se déplaçant derrière les rideaux tirés.

Il porta une main à sa gorge et appuya sur le micro installé là, afin d'établir la connexion.

— La voie est libre, chuchota-t-il d'une voix neutre.

Il entendit les autres faire état de la même information.

— On s'en tient au plan, déclara Black. On bouge à « trois ».

Ro rangea ses jumelles et se prépara à pénétrer dans le manoir. Il était plus que prêt. Plus que prêt pour se confronter à Leon Harris et s'assurer que l'homme sache qu'il ne faisait pas le poids et que s'il posait seulement les yeux sur sa sœur encore une fois, il allait le regretter.

Comme un seul homme, l'équipe lança des grenades assourdissantes pour entrer dans le manoir en cinq endroits différents.

Ils ne rencontrèrent pas la moindre résistance. En fait, ils ne rencontrèrent personne.

Les engins explosifs ne firent pas surgir qui que ce soit, qui se serait précipité pour voir ce qui se passait, et ils ne prirent personne au dépourvu.

Quand les cinq hommes se retrouvèrent au milieu du hall, sur le devant de la maison, Arrow énonça ce qu'ils se disaient tous :

— Mais bordel, où sont-ils passés ?

Le malaise qui nouait le ventre de Ro s'intensifia. Ce n'était pas comme s'il s'était vraiment attendu à ce que Harris ou Chloé soient là, mais il l'avait espéré avec force. Parce que s'ils n'étaient pas là, ils n'avaient aucune idée de l'endroit où ils pouvaient se trouver et c'était inquiétant. Très inquiétant. Il savait qu'ils finiraient par le localiser – c'était ce que faisaient les Mercenaires Rebelles –, mais il ne supportait pas d'imaginer ce que Harris pourrait infliger à Chloé dans le même temps.

— On se déploie. On fouille tous les coins et recoins. Sous les lits, dans les placards, même dans ces saletés de lave-linge et sèche-linge. Vérifiez tous les endroits où quelqu'un pourrait se planquer. Rien ne doit être négligé. Si quelqu'un se trouve ici, dénichez-le, ordonna Gray.

Une seconde plus tard, Ro grimpait l'escalier. Arrow et lui parcoururent toutes les pièces une à une, les fouillant à tour de rôle. Tout leur parut normal jusqu'à ce qu'ils atteignent une pièce au bout d'un couloir, dont la porte était fermée d'un cadenas.

Ro poussa un grondement sourd, devinant d'instinct que c'était là que Chloé avait passé l'essentiel de son temps quand elle vivait ici, au moins pendant les deux dernières années. Son bâtard de frère l'avait littéralement enfermée dans cette pièce, comme un animal.

— Je m'en occupe, déclara Arrow. Recule.

Ro resserra sa prise sur le fusil qu'il tenait et obéit. Il effectua un pas en arrière pour qu'Arrow puisse se charger du cadenas. En quelques secondes, il le força et le métal fracturé s'écrasa au sol avec fracas.

Arrow se posta d'un côté de la porte et Ro hocha la tête à son intention. Il leva le pied afin de donner un coup dans la porte. Celle-ci sortit de ses gonds et céda sur-le-champ. Les deux hommes firent irruption dans la pièce, armes au poing.

Et ils se figèrent à la vue de ce qui les attendait.

Deux jambes pointaient de la salle de bains attenante à la pièce. Des jambes de femme, c'était certain. Et inertes.

Ro fit un pas vers elle, mais Arrow l'arrêta en lui posant une main sur le bras.

— Non. J'ai dit que je m'en occupais.

Ro voulut protester. Il tenait à être là pour Chloé...

Mais il était lâche. Si elle était morte, il ne voulait pas se la rappeler de cette façon. Il souhaitait se souvenir de ses yeux pétillants d'humour et de vie. Il souhaitait se souvenir de la manière dont elle rejetait la tête en arrière et frissonnait en jouissant autour de son sexe.

La gorge nouée, il hocha la tête à l'intention de son ami et se détourna pour aller fouiller le placard.

Il examina les tenues décolletées qui ne collaient pas du tout à la personnalité de Chloé. Elles étaient suspendues en rangées bien nettes. Il y avait plusieurs paires de talons hauts parfaitement alignés sur le sol. Voir de ses propres yeux comment elle avait été forcée de vivre faisait enrager Ro. Il était censé la protéger de tout ça. La tenir à l'écart de son frère. Au lieu de quoi, elle était...

Ro interrompit le cours de ses réflexions pour se retourner vers la salle de bains. Après avoir vu le placard, quelque chose le tracassait. Il se dirigea à grands pas vers la petite pièce et y parvint juste au moment où Arrow en ressortait après avoir examiné la femme sur le sol.

— Ce n'est pas Chloé, annonça-t-il.

Ro hocha la tête. Il l'avait compris par lui-même. Les chaussures que la femme portait étaient trop petites. Après avoir vu les escarpins aux talons hauts dans le placard, lesquels avaient appartenu à Chloé, le déclic s'était produit.

— Elle est morte ? demanda Ro, que la situation contrariait fortement.

Arrow hocha la tête.

— On ne peut plus morte.

Il désigna les flacons sur la tablette. Aspirine, Tylenol,

médicaments contre le rhume, antihistaminiques. Rien de mortel, mais pris ensemble et en grandes quantités, ils pourraient produire le résultat escompté par cette femme.

Ro baissa les yeux vers la femme morte et vit l'écume qui avait séché autour de sa bouche ainsi que la bile répandue au sol autour d'elle. Ça n'avait pas été une morte paisible, cependant, pour l'instant, Ro s'en fichait.

— Tu as une idée de qui il peut s'agir ? s'enquit Arrow.

Ro hocha la tête.

— D'Abbie, la petite amie de Harris. Mais la grande question, c'est : pourquoi est-elle enfermée, morte, dans cette pièce ? Si on se fie à ce que nous a dit Chloé, c'était une garce méchante et sans cœur. Pourquoi se serait-elle suicidée ? Et pas seulement ça, mais aussi : pourquoi Leon aurait-il enfermé sa petite amie dans la chambre de sa sœur ?

— Peut-être que faute d'avoir Chloé à malmener, Leon s'est retourné contre Abbie ? suggéra Arrow.

Ro haussa les épaules.

— Je ne sais pas. Cela dit, pour l'instant, je suis surtout désireux de mettre la main sur Chloé.

Les deux hommes laissèrent la femme gisant sur le sol et achevèrent leur inspection de la pièce. D'autres tenues décolletées garnissaient les tiroirs. Il n'y avait ni photos, ni livres, ni rien d'autre qui prouve qu'une femme aussi attentionnée, enthousiaste et intéressante que Chloé ait vécu ici.

— Salopard de mes deux, grogna Ro dans sa barbe.

Et il se remémora alors quelque chose que Chloé lui avait dit un soir.

Il retourna au placard et s'agenouilla pour examiner le sol. Ayant découvert ce qu'il cherchait, il força sur l'une des lattes et prit une profonde inspiration. Il y avait, sous le plancher, le passeport de Chloé, deux changes de vêtements et quelques babioles revêtant visiblement une valeur sentimentale. Des objets qu'elle avait stockés là en prévision du moment où elle pourrait s'enfuir.

Il attrapa le passeport et le fourra dans une poche, cherchant à se concentrer sur la mission à accomplir et non sur la terreur dans laquelle Chloé avait dû vivre pendant qu'elle habitait ici, à redouter que sa planque soit découverte.

— Viens, on doit continuer à chercher.

Ro hocha la tête et prit une profonde inspiration. Chloé ne reviendrait jamais ici. Jamais. Pas s'il avait son mot à dire sur la question.

Au bout de vingt autres minutes, les cinq hommes se retrouvèrent au rez-de-chaussée pour se faire part de ce qu'ils avaient découvert.

— On dirait que des gens ont séjourné ici peu de temps avant notre arrivée, déclara Black. Des domestiques, pour ce que je devine. Il y a de la nourriture sur la cuisinière et la porte de la cuisine était entrebâillée. Ils ont sans doute entendu les grenades assourdissantes et se sont enfuis. Comme on n'a vu s'éloigner aucun véhicule, il est probable qu'ils soient partis à pied.

Arrow regarda Ro, puis annonça :

— On a trouvé la petite amie. Morte d'une overdose dans une chambre cadenassée à l'étage. On a dû briser le cadenas pour entrer.

— Hmm, fit Ball. Une possibilité qu'elle se soit enfermée là-dedans elle-même ?

— Aucune, répondit Ro.

— Donc quelqu'un l'a enfermée là et elle s'est suicidée. Intéressant, raisonna Ball.

Ro serra les dents de frustration. Rien. Ils n'avaient rien de plus que quand ils étaient arrivés. Abbie était morte... C'était la seule personne dont Chloé n'ait plus à se soucier, mais ils ne disposaient pas d'indices supplémentaires sur l'endroit où son frère s'était enfui.

Il suivit ses amis dehors et remonta en voiture. Dès qu'ils furent en route pour le Pit, Gray appela Rex afin de lui faire son rapport.

Ro n'écoutait qu'à moitié ce que son ami disait jusqu'à ce que les mots « feu » et « incendie criminel » retiennent son attention. Il attendit impatiemment que Gray raccroche pour l'interroger.

Dès qu'il coupa la communication, celui-ci annonça :

— Le BJ's a été détruit par un incendie, en fin de matinée. Les fonctionnaires sont toujours en train d'enquêter, mais les premières conclusions donnent à penser qu'il s'agit d'un incendie criminel. On n'a pour le moment aucune information sur d'éventuels morts ou blessés.

Ro avait été sur le point de suggérer qu'ils prennent d'assaut le club de strip-tease pour voir si Harris y retenait sa sœur, mais avec la nouvelle de l'incendie du club, il était complètement perdu.

— Qu'est-ce qu'on fait, maintenant ? demanda-t-il, frustré et en colère.

— On va au Pit et on prie très fort pour que Meat nous ait dégoté quelque chose, répondit Gray d'un air sombre.

Ro avait envie de frapper sur le premier objet venu. Ou la première personne. Il aurait souhaité être en train d'agir et pas rester assis à attendre des informations. Plus ils perdaient du temps, plus la distance risquait de croître entre Chloé et lui. Chacun des sauvetages qu'ils avaient effectués pour sauver des femmes d'un kidnapping lui revenait à l'esprit. Chaque bordel où ils avaient fait une descente dans des villes étrangères. Chaque femme brisée et humiliée qu'ils avaient ramenée à sa famille au désespoir.

Impossible que Chloé s'inscrive dans ce tableau-là. Hors

de question. La pensée que son beau sourire et son esprit vigoureux puissent être étouffés était presque douloureuse.

Ils effectuèrent le reste du trajet jusqu'au Pit en silence. Aucun d'eux ne voulait évoquer l'affreuse possibilité que Harris ait pu prendre sa sœur et disparaître.

19

———

Joseph Carlino n'avait pas ouvert la bouche pendant la tirade nerveuse de Chloé.

Elle lui avait *tout* raconté. Comme elle avait aimé son poste au sein de Springs Financial Group. La mort de son père. L'invitation de son frère à emménager chez lui, le temps qu'elle reprenne pied. Son incapacité à retrouver un emploi et l'obligation dans laquelle elle s'était retrouvée d'aider Leon. Sa gestion des impôts de Carlino pendant deux années avant de savoir qui il était. Comment elle avait aidé Leon à acheter le club. La façon dont Abbie et lui s'y étaient pris pour la retenir prisonnière dans sa propre maison, en l'enfermant chaque nuit dans sa chambre et en la faisant travailler au BJ's. Elle décrivit en détail son plan pour s'échapper de chez son frère, comment elle avait caché son passeport sous les lattes de son placard et ses manœuvres pour subtiliser de l'argent pendant des années à Leon, afin de pouvoir s'en aller. Elle parla même des menaces que Leon avait proférées envers elle, à savoir l'envoyer travailler dans sa maison de passe.

Puis, quand Joseph s'était contenté de la dévisager pour

lui demander calmement si c'était tout, elle avait lâché aussi ce qui s'était passé la semaine précédente. Comment Ro l'avait sauvée des autres clients, ce soir-là au club – sans omettre de préciser, même si c'était embarrassant, qu'elle avait fait semblant de lui tailler une pipe, alors que lui n'avait pas seulement une érection. Elle raconta à cet homme taciturne qu'elle avait été « kidnappée » par Ro et ses amis, mais bien qu'elle soit terrifiée d'avoir été découverte, elle veilla à ne mentionner ni les Mercenaires Rebelles ni Rex. Elle parla à Carlino de la semaine qu'elle venait de passer avec Ro. Lui apprit que Meat avait découvert l'ampleur de la fortune de sa mère même si, elle devait bien l'admettre, elle n'y avait pas tout à fait cru. Elle lui expliqua en quoi le testament de son père lui semblait bizarre.

Et à la toute fin de son explosion nerveuse, Chloé avoua au chef de la mafia de Denver qu'elle était amoureuse de Ronan Cross après n'avoir passé qu'une semaine avec lui et que, même si elle savait que c'était très prématuré, elle ne pouvait rien y faire.

Quand elle eut fini de parler, Chloé était épuisée. Elle transpirait, avec l'impression de terminer un marathon. Un coup d'œil à sa montre pour voir combien de temps s'était écoulé – elle avait l'impression qu'il s'agissait de plusieurs heures – lui indiqua, à son immense surprise, qu'elle n'avait parlé que vingt minutes.

Elle avait exposé sa vie entière en vingt putains de minutes.

Chloé leva les yeux vers Joseph et attendit qu'il dise quelque chose. N'importe quoi. Il continuait à la dévisager de son regard intense, les doigts toujours réunis sous son menton.

Finalement, il laissa retomber ses mains et déclara :

— Merci pour votre honnêteté, Chloé. J'apprécie. Vous m'avez l'air fatiguée. Je vais vous faire monter un plateau et vous pourrez prendre un peu de repos. Nous nous reverrons après le dîner.

Sur quoi, il adressa un petit signe de tête à l'homme en gris, toujours planté devant la porte. Avant qu'elle puisse comprendre ce qui se passait, l'homme était à côté d'elle et l'aidait à se relever en la saisissant une nouvelle fois par le coude.

— Oh, mais...

— Au dîner, Chloé, répéta Joseph d'une voix ferme. J'ai du travail qui m'attend.

Il reporta les yeux sur le dossier ouvert devant lui. Il la congédiait de façon évidente et elle n'avait d'autre choix que d'accompagner cet homme.

Perdue, inquiète et nauséeuse, elle ne résista pas et se laissa reconduire à l'étage, dans la chambre où elle s'était réveillée. L'homme inclina la tête avant de l'abandonner, plantée à côté de son lit.

— Y a-t-il un plat que vous aimeriez manger et dont vous souhaiteriez que je réclame la préparation en cuisine ?

Chloé secoua la tête en guise de réponse. Elle avait la sensation de se trouver dans une zone d'ombre. Elle avait été kidnappée de la maison de Ro et n'avait toujours pas la moindre idée de son état : allait-il bien ou mal ? Par ailleurs, le fait qu'elle soit traitée comme une invitée d'honneur était à la fois déroutant et effrayant.

Elle attendit que l'homme soit parti depuis plusieurs minutes avant de retourner sur la pointe des pieds vers la porte de la chambre et d'en tourner précautionneusement la poignée. À sa grande surprise, elle y parvint sans mal : ils ne l'avaient pas enfermée.

Elle cilla en découvrant un autre homme dans le couloir.

Il était vêtu avec autant de soin que l'homme en gris, mais il lui parut à la fois plus grand et plus fort.

— Je peux vous aider, mademoiselle ? demanda-t-il.

Chloé s'empressa de secouer la tête et referma la porte en frissonnant. Elle n'était donc pas une invitée, au bout du compte. Il était évident que l'homme du couloir l'empêcherait de partir. Elle n'était pas physiquement enfermée dans la chambre, mais elle aurait tout aussi bien pu l'être. Elle n'arrivait pas à croire qu'on l'ait encore une fois kidnappée.

Au lieu de pleurer, Chloé s'emporta. Ras le bol de paniquer. Elle allait sortir d'ici et retourner auprès de Ro, même si c'était la dernière chose qu'elle faisait de son vivant.

* * *

— J'ai parlé à Joseph Carlino il y a trois jours, annonça Rex.

Les Mercenaires Rebelles, qui se trouvaient au Pit, étaient agglutinés autour de leur table habituelle, dans l'arrière-salle, pour parler au téléphone avec Rex.

— Et ? demanda Ro, impatient.

— Et il ne se doutait absolument pas que Harris avait acheté un club de strip-tease, *ou qu'il avait démarré son propre réseau de* prostitution. Inutile de le préciser : il n'était pas content.

Rex leur répéta sa conversation, mais la nouvelle n'était pas exactement une surprise. Les Carlino et les Smaldone dépendaient d'autres canaux, en particulier grâce à Rex. Les chefs de la Cosa Nostra savaient que s'ils voulaient voir cet homme rester en dehors de leurs affaires, ils devaient renoncer à exploiter des femmes. Et c'était ce qu'ils faisaient. Jusqu'à ce que Leon Harris étende ses activités. Depuis qu'ils avaient invité Ray Harris à rejoindre leur groupe, ils s'attendaient à ce qu'après sa mort, son fils s'en tienne à l'extorsion, au chantage et aux autres délits qui ne leur vaudraient pas les foudres des Mercenaires Rebelles. Apprendre que le jeune Harris les avait délibérément induits en erreur et avait utilisé ses connexions avec la Cosa Nostra pour créer son club de strip-tease et sa maison de passe les avait rendus furieux.

— Quel rapport avec Chloé ? grommela Ro, qui se moquait bien des stripteaseuses et des prostituées pour le moment.

— Patience, Ro, le réprimanda Rex.

— Allez-vous faire voir, Rex ! aboya Ro, en repoussant sa chaise et faisant jouer ses poings. Ce n'est pas votre femme qui a disparu. C'est la mienne. Elle est morte de trouille à cause de son frère et nous, on reste assis là, à se tourner les pouces. Il faut qu'on la trouve avant qu'elle se brise.

— Asseyez-vous, ordonna Rex.

Et Ro obéit. Comment leur chef avait-il deviné qu'il s'était levé ? Ro l'ignorait, mais il n'aurait pas été surpris d'apprendre qu'il y avait des caméras de surveillance dans le Pit dont ni eux, ni même Dave ne connaissaient l'existence.

— J'ai une théorie. Meat, voulez-vous bien partager avec nous ce que votre ami et vous avez découvert ?

— Bien volontiers, répondit Meat. Tout d'abord, Louise Harris a bel et bien été tuée au cours d'un acte de piraterie routière aléatoire. Elle se rendait sur un chantier pour aider à la construction d'une maison destinée à des sans-abris quand un camé lui a tiré en pleine tête et lui a volé son sac. On avait déjà découvert qu'elle était riche. Super riche, même. On vous l'a dit, n'est-ce pas ? Mais ce qu'on ignorait, c'est qu'il y a des clauses rattachées à son argent. Il ne pouvait aller qu'à ses filles. Pas à son mari. Ni à ses fils ou à des parents éloignés. L'argent devait spécifiquement être réparti entre ses descendantes féminines, quand elles atteindraient l'âge de trente-cinq ans.

Ro prit une inspiration, mais il ne put commenter l'information que Meat avait déjà reprise :

— Jusqu'à son trente-cinquième anniversaire, un salaire a été versé tous les mois sur le compte de Chloé. On dirait bien que son père a détourné cet argent vers son propre compte.

— Combien ? s'enquit Gray.

— Cinquante mille dollars.

Gray poussa un petit sifflement.

— En effet. Donc, cinquante mille dollars par mois sont allés à son père, mais quand il est mort, c'est Leon qui a hérité de cette somme, précisa Meat.

Ro remua sur son siège alors que tout commençait à devenir clair.

— Le connard était au courant pour le reste de l'héritage, n'est-ce pas ?

Meat hocha la tête.

— Absolument. Et l'avocat qui a lu le testament du père n'était pas plus avocat que moi. Leon l'a embauché pour falsifier les documents et faire bonne figure quand Chloé a assisté à la lecture du testament. Il a revendiqué la totalité des investissements paternels et mis aussi la main sur les affaires de la famille.

— Pourquoi tenait-il à garder Chloé en vie, dans ce cas ? s'enquit Gray. Si elle était morte, sa fortune serait sans doute allée à son plus proche parent, non ?

Meat secoua la tête.

— Non. C'est ça, le plus dingue. Tout l'argent, y compris les versements mensuels, irait à une organisation caritative du choix de Chloé. Et si elle mourait avant d'avoir revendiqué son héritage et sans avoir nommé d'organisation, l'argent serait réparti entre celles que sa mère avait choisies avant elle.

— *Tout l'argent ?* voulut s'assurer Arrow.

— Jusqu'au dernier cent, confirma Meat.

— Donc son connard de frère était dans l'impossibilité totale de la tuer. Il s'est contenté de lui voler son argent pendant toutes ces années, sans qu'elle ait le moindre soupçon, résuma Ball. Mais où se trouve-t-elle, à présent ?

Ro réalisa qu'à force de serrer les dents, la veine de son front palpitait. Ce qui, en retour, faisait empirer son mal de tête. Il avait envie de connaître la réponse à la question de Ball plus qu'il ne tenait à respirer.

— Et pourquoi la petite amie de Harris est-elle morte chez lui ? insista Black.

— Et qui a incendié le BJ's ? intervint Arrow.

— Et où se trouve le véritable testament de Ray Harris ? s'enquit Gray.

— Comme je l'ai dit, j'ai appelé Joseph Carlino, répéta Rex, reprenant son histoire. Il n'était pas ravi d'entendre parler des entreprises secondaires de Harris. Et encore moins que ce soit moi qui l'appelle pour le lui apprendre, surtout après que ses associés et lui avaient tout fait pour que je ne mette pas le nez dans leurs affaires.

— Putain, grommela Ro en repoussant sa chaise une fois de plus.

Il n'avait pas besoin que Rex lui fasse un putain de dessin.

Aussi n'hésita-t-il pas : il s'écarta de la table et se dirigea vers la porte.

Gray le rattrapa par le bras.

— Ro, attends. Où vas-tu ?

— Récupérer ma femme, déclara-t-il avec conviction.

— C'est moi qui conduis, déclara Ball. Meat, donne-moi tes clefs.

Sans hésiter, Meat jeta les clefs de son Hummer en travers de la table. Chacun savait que Ball était le meilleur conducteur d'eux tous. Si quelqu'un pouvait les amener rapidement à Chloé, c'était bien lui.

— Ne vous inquiétez pas pour moi. Je vais rester ici, lança Meat au moment où Gray, Arrow, Ro, Ball et Black quittaient la salle.

* * *

Chloé n'avait pas dormi. L'homme en gris lui avait apporté un plateau comme promis. Il contenait du fromage, de la charcuterie et des pâtisseries d'apparence délicieuse, mais Chloé avait l'estomac noué et elle savait que si elle essayait d'avaler quoi que ce soit, elle ne pourrait que le régurgiter.

Alors elle arpenta sa chambre, se rongeant les ongles et tentant d'élaborer un plan. Elle n'avait aucune idée de la raison pour laquelle elle était ici et ce que Joseph Carlino comptait faire d'elle. En dépit des affirmations de Rex, elle continuait à redouter qu'il la pense en train de lui cacher quelque chose et qu'il entreprenne de la torturer pour lui faire avouer ce qu'il voulait savoir. Car elle lui avait tout dit, sauf ce qui concernait les Mercenaires Rebelles. Elle se moquait bien de ce qu'il faisait de son argent. Tout ce qu'elle voulait, c'était rentrer retrouver Ro et faire comme si elle n'avait jamais entendu parler des familles Carlino ou Smaldone.

Refusant de se laisser aller au désespoir, elle examina la chambre, en quête de ce qu'elle pourrait utiliser comme arme. Ce qu'elle trouva de plus approchant, ce fut une brosse à cheveux. Autrement dit, rien. Il n'y avait ni téléphone, ni couteaux ou fourchettes, notamment sur le plateau de nourriture, pas même un ressort cassé ou quoi que ce soit qu'elle puisse transformer en couteau d'aucune sorte.

Elle allait devoir se servir de sa tête. Elle ne pouvait vaincre aucun des hommes et ils la drogueraient en un clin d'œil s'ils la pensaient prête à s'évader.

Deux abominables heures plus tard, elle entendit tapoter à sa porte. S'attendant à voir entrer quelqu'un, elle ne réagit pas.

Quand le tapotement reprit, Chloé fronça les sourcils et répondit :

— Entrez.

C'était le même homme en gris que précédemment.

— Mademoiselle Harris, auriez-vous l'amabilité de me laisser vous escorter jusqu'au dîner ?

Il lui tendit son bras comme s'ils se trouvaient dans une soirée élégante ou quelque chose du genre.

— Et si je n'ai pas faim ?

— Vous n'êtes pas obligée de manger, même si je sais de source sûre que la cuisinière s'est surpassée ce soir. Votre présence est requise, en revanche.

— C'était ce que j'avais compris, marmonna-t-elle.

Puis, se redressant et cherchant à ne pas se laisser intimider, elle se dirigea vers la porte au-devant de l'homme, sans prendre le bras qu'il lui avait présenté. Il ne parut pas s'en formaliser le moins du monde. Il se contenta de refermer la porte derrière lui et de la suivre, légèrement en retrait dans le couloir et l'escalier, avant de lui indiquer de tourner à droite dans une vaste salle à manger.

Elle s'arrêta net en voyant le groupe de gens rassemblés dans la pièce.

Joseph Carlino était là, naturellement, mais s'y trouvaient également trois autres hommes. Elle n'avait pas vu la moindre femme depuis son réveil et ce constat l'inquiétait, néanmoins elle s'efforça de ne rien laisser paraître.

L'homme en gris la conduisit jusqu'au siège à côté de Joseph, où Chloé s'assit à contrecœur. Elle balaya la table du regard, mémorisant le visage des convives. Elle ne se rappelait pas avoir déjà vu l'un d'entre eux.

L'homme en face était plus jeune que Joseph, mais il avait le même regard dur au fond des yeux que le chef de la famille Carlino. Il portait un pantalon de treillis et une chemise à manches longues avec une cravate noire. Plutôt mince, il avait des cheveux blonds.

L'un et l'autre d'une solide carrure, les deux hommes de l'autre côté de la table avaient tous les deux les cheveux clairs, eux aussi. Ils étaient à l'évidence plus jeunes que les hommes à sa droite et sa gauche. Ils portaient un polo et l'observaient attentivement. Même si, au premier regard, ils paraissaient plus effrayants que Joseph et celui qui la flanquait de l'autre côté – tout au moins plus costauds et plus musclés –, elle avait la sensation que ce n'était pas d'eux dont elle devait se méfier.

La gorge nouée, redoutant de vomir, elle prit place et attendit que la scène, quelle qu'elle soit, se déroule.

Joseph leva une main et fit un signe à quelqu'un qui se tenait sur le côté. Aussitôt, une porte s'ouvrit et des domestiques entrèrent, portant des assiettes. Ils déposèrent les entrées devant chaque convive et Chloé découvrit un pâté de crabe à l'air savoureux et deux crevettes frites.

Joseph s'empara d'une fourchette et commença à manger, imité par tous les autres.

Chloé était si stressée qu'elle pensait ne rien pouvoir avaler, mais elle fit de son mieux afin de ne pas rester sans rien faire.

— C'est bien, l'encouragea discrètement Joseph tout en continuant à manger.

Soulagée de constater qu'il n'avait pas l'air énervé pour le moment, Chloé décida qu'elle devait au moins garder des forces. Et s'il s'agissait de son dernier repas, son esprit stressé conclut qu'elle devait au moins essayer d'en profiter.

Et la soirée se déroula ainsi. Ils achevèrent l'entrée. Les domestiques vinrent débarrasser leurs assiettes, puis déposer quelque chose d'autre devant eux. De la salade. Un trou normand. De la soupe. Le plat principal était un filet mignon – dont la cuisson s'avéra pile celle qu'elle aimait –, un écrasé de pommes de terre, des haricots verts et des coquilles Saint-Jacques. Elle n'était pas une grande amatrice de fruits de mer, sauf en ce qui concernait les crevettes, aussi ne toucha-t-elle pas aux pétoncles dans son assiette.

En dessert, on leur servit une part d'un incroyable gâteau au citron vert, dont le glaçage citronné était coiffé d'une énorme meringue.

Chloé s'était crue incapable d'avaler quoi que ce soit, pourtant une fois qu'elle eut commencé, elle réalisa qu'elle était affamée et acheva chacune de ses assiettes, à l'exception des coquilles Saint-Jacques, naturellement.

La conversation entre les hommes était fluide et constante. Ils parlèrent surtout de sports et des dernières nouvelles locales et politiques. On ne lui demanda pas son avis sur quoi que ce soit et elle s'abstint de le donner spontanément.

Une fois que les assiettes à dessert furent débarrassées et qu'on eut apporté le café, Joseph se tourna vers elle. Chloé comprit que son répit touchait à sa fin. Tendue, elle attendit de voir quel allait être son sort.

— Mademoiselle Harris, comme je l'ai mentionné plus tôt, j'ai reçu il y a quelques jours une nouvelle perturbante.

Je n'ai pas voulu y croire, mais quand mes associés ici présents... (Il hocha la tête à l'adresse des hommes de l'autre côté de la table.)... ont fait des recherches, ils ont découvert que ces accusations étaient fondées.

Chloé ne répondit rien. Il ne lui avait posé aucune question, en fait, et elle n'avait aucune idée de ce dont il parlait.

De toute façon, il n'avait manifestement pas besoin d'entendre son opinion, car il poursuivit :

— J'avais cette petite question à régler, mais depuis, j'ai appris de plus en plus de nouvelles fâcheuses dont vous avez confirmé la plupart aujourd'hui.

Chloé frissonna, sans pour autant parvenir à détacher le regard de Joseph.

— Vous avez un choix à faire, mon petit.

Elle fronça les sourcils en entendant cette apostrophe affectueuse. Du moins ressemblait-elle à une apostrophe affectueuse.

— Moi ? murmura-t-elle.

— Dans mon univers, les femmes doivent être respectées. Toujours. Et pas seulement parce que je ne veux pas que les Mercenaires Rebelles viennent mettre le nez dans mes affaires.

Elle poussa un petit cri en entendant le nom de l'équipe de Ro. Elle réalisait soudain que, si le chef de la mafia de Denver connaissait l'existence des Mercenaires Rebelles, ceux-ci étaient peut-être bien plus importants qu'elle ne l'avait envisagé. Sans même parler du fait que si cet homme ne voulait pas figurer sur leur radar, cela signifiait que Ro et son équipe étaient bel et bien un groupe puissant.

Bizarrement, cette pensée la réconforta, lui donna l'impression qu'elle avait une chance de s'en tirer puisqu'elle était avec l'un des Mercenaires Rebelles.

— Votre frère a pris sur lui de nuire à la réputation de la

Cosa Nostra. Il a souillé ce que nous faisons et ce que nous entendons défendre. Quelle que soit la décision que vous prendrez ce soir, il sera puni.

— Vraiment ?

L'homme qui était assis sur son autre flanc ouvrit la bouche pour la première fois.

— Oui. C'est votre frère et je comprends que les liens du sang sont forts. Mais il n'est pas notre frère à nous... et il faut procéder à des restitutions.

La gorge nouée, Chloé tourna la tête pour le dévisager. Il lui sourit et opina du chef.

— Je m'appelle Peter Smaldone. Les hommes assis en face de vous sont mes fils.

Elle l'observa. Rex lui avait dit récemment que Smaldone n'était pas le type qui l'avait rouée de coups, mais elle se rendit compte alors que l'idée n'avait pas réellement fait son chemin avant cet instant. Elle se trouvait face à la vérité.

Depuis des années, elle avait obéi aux ordres de Leon parce qu'elle avait peur que la mafia vienne la torturer. Mais ça n'avait été qu'une ruse. Un mensonge pour la contrôler. Et elle était tombée dans le panneau. Elle détestait son frère depuis un moment, cependant chaque nouvelle traîtrise était une énième potion amère à ingurgiter.

Elle prit une profonde inspiration afin de reprendre le contrôle de ses émotions, puis hocha la tête à l'intention de Peter et des deux hommes de l'autre côté de la table. Après quoi, elle se retourna vers Joseph.

— Je ne comprends pas. Des « restitutions » ?

— On vous a conduite à penser que votre père avait été tué au cours d'une intrusion dans sa maison, n'est-ce pas ?

Chloé hocha la tête.

— Oui, quelqu'un est entré et lui a tiré dessus alors qu'il travaillait dans son bureau.

— C'est un mensonge.

Elle prit une brusque inspiration et dévisagea Joseph, désemparée, alors que le vieil homme reprenait.

— C'est votre frère qui l'a tué. Il a payé un drogué pour le faire, l'a laissé entrer dans la maison et conduit jusqu'au bureau de votre père, qui a reçu une balle dans la tête. Leon a donné deux mille dollars au drogué. Dès que l'homme a regagné la rue, Leon s'est arrangé pour qu'il se fasse tuer à son tour. Pas de témoin, vous comprenez.

Sous le choc, Chloé fut prise de vertige. *Leon* avait fait assassiner leur père ?

— Pourquoi ? croassa-t-elle.

— Pourquoi ? Pour votre argent, bien entendu.

— Mon argent ? répéta Chloé.

— Ah oui… vous n'êtes pas au courant de ça non plus. Vous pesez un demi-milliard de dollars, mon petit.

Chloé cilla, puis observa Joseph en secouant la tête.

— Votre mère était une femme riche, intervint Peter. Mais son argent ne pouvait être transmis qu'à sa fille. Votre père recevait une pension mensuelle de cinquante mille dollars pour gérer ce fonds. Quand Leon a décroché son diplôme universitaire, votre père lui a donné un an pour tripler cette somme, sans quoi il serait exclu de l'entreprise familiale. À la place, Leon a décidé de tuer votre père et de prendre tout l'argent.

Joseph reprit l'histoire.

— Mais malheureusement, votre frère a été informé, par l'avocat de votre père, que sa pension mensuelle serait aussitôt transférée sur vous et qu'il n'aurait rien. Il a égale-ment appris que si vous étiez tuée, tout votre argent irait à une organisation caritative et non à votre plus proche parent – à savoir lui –, comme il le supposait. Étant donné l'immense avidité de votre frère, j'imagine que ce n'était pas ce qu'il voulait entendre et la nouvelle a dû le mettre en rage.

Le regard de Chloé passait de Peter à Joseph, incrédule. Elle avait le plus grand mal à croire ce qu'on lui racontait.

Peter reprit.

— Alors, au lieu de vous tuer et de perdre cet argent pour toujours, il a décidé de vous faire épouser l'un de ses amis, afin qu'ils puissent œuvrer ensemble au moyen de se répartir votre argent. Si ça ne fonctionnait pas, il s'est dit qu'il pourrait toujours vous terroriser assez pour vous forcer à faire ce qu'il voulait. Il projetait de finir par vous faire chanter et par contrefaire des documents qu'il vous aurait obligée à signer, afin d'avoir accès à votre argent.

— Mais il devait d'abord se débarrasser du notaire familial, continua Joseph. Il l'a fait descendre, lui aussi – en donnant à cette mort des apparences de crise cardiaque. Et le testament de votre père a été falsifié de façon à ce que Leon paraisse hériter de tout. Il a réussi à ce que vous soyez renvoyée de votre travail, ensuite il a fait courir le bruit que vous étiez malhonnête et incompétente afin que personne d'autre ne veuille vous embaucher.

— Comment savez-vous tout ça ? demanda Chloé dont la tête tournait.

Joseph désigna alors de la tête un homme qui se trouvait à côté d'une porte, avant de ramener le regard vers elle.

— Donc vous avez une décision à prendre, déclara-t-il, répétant ce qu'il avait dit avant que son ami Peter ne chamboule son monde. Leon Harris a attiré bien trop d'attention sur nous. Il a depuis compris son erreur et nous a gentiment révélé tout ce que nous voulions savoir. Plus précisément, ce à quoi il s'est occupé au cours des cinq dernières années.

Un vacarme à la porte amena Chloé à tourner le regard. Elle poussa un cri d'horreur.

Deux des hommes qui l'avaient kidnappée chez Ro se trouvaient là, tenant Leon entre leurs mains.

La tête ballante, son frère avait à peine l'air conscient. Du sang maculait ses vêtements et, si elle ne se trompait pas, il lui manquait quelques doigts aux deux mains. Leon avait eu raison depuis le début. Joseph Carlino était bel et bien célèbre pour les tortures qu'il infligeait aux gens. Mais elle savait que son frère ne pensait pas se retrouver un jour à la merci du vieil homme.

Pendant des années, Leon l'avait terrorisée en lui racontant ce qui lui arriverait si elle partait, si elle s'arrêtait de s'occuper des comptes de la mafia. Et à présent, elle avait la preuve tangible que ses menaces n'étaient pas vaines.

Chloé déglutit avec peine et fit de son mieux pour s'empêcher de rendre le délicieux dîner qu'elle venait de déguster. Elle se détourna du spectacle de son frère et reporta le regard sur Joseph qui recommença à parler.

— Il s'est entêté, mais à la fin, il nous a tout dit. Il va mourir ce soir, mon petit, ajouta doucement Joseph dont le regard était néanmoins d'acier. Ce que vous devez décider, c'est la clémence dont nous ferons preuve.

Chloé examina l'homme, sous le choc. L'espace d'un bref instant, avant l'arrivée de Leon, elle en était presque venue à penser que la mauvaise réputation de Peter et lui était injustifiée. Ce dîner élégant, ces bonnes manières, cette conversation aimable...

Mais elle comprenait désormais que tout ce qu'il lui avait raconté, il l'avait appris en torturant Leon.

— C'est votre frère et vous avez le droit de lui épargner une douleur supplémentaire, mais n'oubliez pas ce qu'il avait projeté pour vous. Vous ne seriez devenue au fond qu'une autre de ses multiples travailleuses du sexe. Vous n'auriez pas eu le choix. Il allait filmer vos... liaisons... et les vendre sur Internet. Le porno en ligne est une affaire juteuse et il se faisait beaucoup d'argent grâce aux petites vidéos qu'il tournait dans son club de strip-tease et sa maison close. Il se faisait des bénéfices en les téléchargeant, mais également en faisant payer ceux qui ne voulaient pas avoir leur visage partout sur la toile, afin de rester anonymes. Son nom de domaine sur Internet a été fermé et toutes ses vidéos détruites. Le club de strip-tease qu'il a construit n'existe plus. Nous l'avons incendié ce matin. Et sa maison close n'existe plus non plus.

— Et les femmes ? demanda Chloé, pleine d'appré-hension.

— Quel cœur généreux ! lâcha Peter dans son dos.

Mais Chloé ne se retourna pas. Elle n'avait d'yeux que pour Joseph. Elle savait que c'était lui qui décidait, ici.

— En sécurité. Celles qui souhaitaient rentrer dans leur famille ont reçu une coquette somme et seront escortées jusqu'à l'aéroport ou leur station de bus. Celles qui préfèrent ce mode de vie recevront de l'argent ainsi qu'une proposition d'embauche dans des établissements respec-tables où elles pourront continuer d'exercer la profession qu'elles ont choisie de façon légale et sûre.

Chloé soupira de soulagement.

— Je suis certain que vous comprenez toutefois qu'on ne peut laisser d'autres membres de la Cosa Nostra penser qu'ils peuvent faire ce que bon leur chante. Nous avons des règles et Leon s'est imaginé qu'elles ne le concernaient pas. Ce qui n'est pas le cas. Je suis désolé, mais ce sera votre dernière entrevue avec votre frère. La police annoncera qu'elle a trouvé ses restes dans le club de strip-tease qu'il aimait si passionnément.

Chloé savait qu'elle avait pâli, mais elle ne parvenait pas

à détourner les yeux de l'homme à ses côtés quand elle demanda :

— Et moi ?

— Et vous, quoi, mon petit ?

— Je suis au courant de vos affaires. Je sais d'où vous vient votre argent, où il est investi et dissimulé, ce que vous comptez faire à mon frère.

Il la fixa un long moment avant de répondre. On n'entendait plus un bruit dans la vaste salle à manger, si l'on exceptait les gémissements occasionnels de son frère.

La mâchoire de Joseph se crispa plusieurs fois, mais il ouvrit finalement la bouche :

— Je vous fais confiance pour qu'après ce soir, nos chemins ne se croisent plus jamais. Vous nierez avoir eu la moindre connaissance de ce qui est arrivé à votre frère et vous allez oublier tout ce qui nous concerne, mon partenaire en affaires et moi.

La main de Peter s'abattit sur son épaule et Chloé ravala la bile qui lui était remontée dans la gorge.

— En fait, je suggère que vous trouviez une autre profession. Le conseil financier n'est pas un domaine où vous avez envie d'exercer pour le restant de vos jours. Il peut faire naître trop de questions chez les autorités, vous ne pensez pas ? demanda Peter.

— Si, monsieur, répondit-elle aussitôt.

La main se souleva de son épaule et Joseph lui plaça un doigt sous le menton pour s'y planter de telle sorte qu'elle fut obligée de lever les yeux vers lui.

— Je suis désolé de ce qu'ont fait Frank et Jed. Ils ont tendance à être un peu... trop zélés. J'espère que vous n'avez pas été blessée quand ils vous ont récupérée ?

Elle faillit ricaner en l'entendant utiliser ce mot, mais

elle se retint. « Récupérée » ? N'importe quoi. Ils l'avaient kidnappée, un point c'était tout.

— Non, mais je m'inquiète pour Ro.

— Il va bien, la rassura Joseph. Il a sans doute mal à la tête, mais il va bien.

Elle lâcha un nouveau soupir de soulagement.

— Vous en êtes sûr ?

— Tout à fait. Donc... votre frère ?

Chloé se retourna pour regarder une fois de plus les hommes devant la porte. Elle ne vit pas le petit garçon avec lequel elle avait coutume de jouer. Elle vit l'homme sur le point de la faire coucher avec des inconnus et de filmer leurs ébats pour les vendre sur Internet. Qui lui avait volé de l'argent. L'avait menacée, retenue captive...

Qui avait fait assassiner leur père et Dieu seul savait combien d'autres personnes.

Au bord de la nausée, elle ferma les yeux, les rouvrit sur ses mains et déclara :

— Je n'ai pas de frère.

Elle entendit un mouvement près de la porte, mais ne releva pas les yeux tant que la pièce ne fut pas retombée dans le silence. Elle ignorait ce que Carlino avait en réserve pour Leon, mais elle avait l'impression que sa mort ne serait pas rapide. Chloé ouvrit les yeux et se tourna vers l'homme qui, elle le savait, aurait pu la tuer. Elle n'éprouvait aucun remords.

— Je veux rentrer à la maison, murmura-t-elle.

— Et qu'allez-vous dire aux autorités ? demanda-t-il.

— Rien.

— Et sur nos investissements ? insista-t-il.

— Quels investissements ? répliqua-t-elle. Tout ce que je veux, c'est rentrer chez moi. Vivre ma vie en paix. Ne le prenez pas mal, mais je ne veux plus rien avoir à faire avec vous ou avec vos affaires. Je me fiche de ce que vous faites, du moment que je n'y suis pas mêlée. Je suis heureuse que vous n'exploitiez pas de femmes, parce que c'est ignoble quand des hommes pensent qu'ils peuvent faire tout ce qu'ils veulent sous prétexte qu'ils sont plus grands et plus forts. S'il vous plaît, je sais que Ro doit être dans tous ses états et qu'il est inquiet. Je veux juste retourner chez lui et faire comme si rien de tout ceci n'était arrivé.

Joseph ne répondit rien, il se contenta de claquer dans ses doigts et lui ficha la trouille ce faisant. Il reporta son regard vers les hommes de l'autre côté de la table.

— Mlle Harris aimerait partir à présent. Veuillez, s'il vous plaît, l'escorter jusqu'à la sortie de la propriété. Dites aux messieurs qui se préparent en ce moment même à entrer par l'ouest qu'ils sont libres de la prendre et de s'en aller. Qu'on ne veut pas le moindre problème.

Chloé releva la tête vers lui. Comment savait-il que quelqu'un se trouvait sur sa propriété ? Elle n'avait pas vu qui que ce soit lui transmettre un message ou lui chuchoter à l'oreille pendant le dîner.

Puis elle baissa les yeux vers le bras du mafieux. Il avait l'une de ces élégantes montres connectées qui pouvaient recevoir des textos et naviguer sur Internet. Elle l'avait vu y jeter plusieurs coups d'œil pendant le dîner, mais elle n'y avait pas prêté attention.

Pour la première fois depuis qu'elle s'était réveillée dans la chambre à l'étage, elle sentit son courage lui revenir.

Joseph ramena les yeux sur elle et lui posa une main sur la joue.

— Je suis désolé pour votre père, mon petit. C'était quelqu'un de bien et nous avons beaucoup apprécié travailler avec lui. Si je peux vous donner un avis... (Sa voix s'éteignit et Chloé ne put que hocher la tête.) La quantité d'argent dont vous allez hériter lors de votre trente-cinquième anniversaire, ce n'est pas quelque chose avec lequel il faut plaisanter. Faites en sorte de bien vous protéger, vous et ceux que vous aimez, afin que cette malheureuse histoire ne se reproduise jamais. Avec vos compétences, je suis certaine que vous trouverez comment faire.

Elle hocha la tête. Elle comprenait ce qu'il disait. Au bout du compte, l'argent avait tué toute sa famille. Ro en avait beaucoup également, mais elle ne l'aurait jamais deviné. Elle n'avait pas besoin d'une maison gigantesque, de domestiques et de choses de ce genre. Elle avait juste besoin de Ro. Elle trouverait quoi faire de son héritage, de façon à ce qu'il n'attire pas le mal, d'une manière ou d'une autre.

— Merci, dit-elle à Joseph.

— De rien. Maintenant, levez-vous. Votre homme et ses amis commencent à s'impatienter. Dépêchez-vous.

Chloé se leva et les fils Smaldone se présentèrent pour l'escorter. Sans un regard en arrière aux deux hommes les plus puissants de Denver ou à la porte derrière laquelle son frère avait disparu, elle s'empressa de franchir le seuil pour tomber sur... Ro.

20

Ro replia les doigts alors qu'il s'apprêtait à escalader la grande clôture entourant la propriété de Carlino. Quand Rex lui avait dit que l'homme n'avait pas été heureux d'apprendre ce que Leon avait fait, il avait eu comme un déclic.

Ils n'étaient pas parvenus à dénicher Leon Harris parce que Joseph Carlino lui avait mis la main dessus le premier. Il eut le sentiment que Chloé n'aurait plus jamais à se soucier de son frère. Ce qui craignait en un certain sens, parce que Ro aurait voulu faire payer ce salopard lui-même.

Il comprit que les hommes qui étaient venus chez lui devaient très probablement travailler pour Carlino eux aussi. C'étaient des professionnels et ils ne l'auraient certainement pas laissé en vie s'ils voulaient qu'il en aille autrement.

Le chef de la mafia de Denver s'était emparé de Chloé juste sous son nez, mais Ro ignorait pourquoi et c'était ce qui le poussait à agir pour l'heure. Il avait besoin de s'assurer qu'elle était en sécurité. Peu importait si mettre en rogne la mafia de Denver n'était pas exactement ce qu'il y avait de plus malin. Chloé n'était pas un pion qu'on utilisait.

Si Carlino tentait de se servir d'elle pour obliger son frère à faire quelque chose, son réveil serait brutal quand il découvrirait qu'il n'y avait pas la moindre affection entre le frère et la sœur.

À l'instant où il s'apprêtait à agir, pour prendre d'assaut la maison Carlino et retrouver Chloé, Gray lâcha :

— Attends. Mouvement à 1 heure.

Chacun se recroquevilla contre la clôture métallique qui entourait la propriété et s'immobilisa, pour voir qui approchait.

Ro cilla, incrédule, en voyant deux hommes se diriger calmement vers eux. En polos et pantalons de treillis, ils arboraient l'air de qui s'adonne à une petite promenade nocturne.

Sauf qu'ils avaient chacun une main sur le coude d'une femme. Elle marchait entre eux, luttant pour ne pas se laisser distancer par leurs longues enjambées.

Chloé.

Ro, qui sentit un grondement sourd lui monter dans la gorge, ne se rendit pas compte qu'il s'était déplacé. L'instant d'avant, il était accroupi au sol et, dans la seconde qui suivit, il avait franchi la clôture aussi facilement que si elle n'existait pas. Il entendit vaguement les jurons poussés par ses coéquipiers, qui se mirent à ramper pour le suivre, mais il n'avait d'yeux que pour Chloé.

Les deux hommes s'arrêtèrent quand ils le virent et se tinrent immobiles. Ils ne portèrent pas la main vers une arme ni n'esquissèrent le moindre mouvement menaçant à l'encontre de Chloé ou de lui-même, mais Ro n'entendait pas courir le moindre risque.

— Lâchez-la, lança-t-il d'une voix grave, hostile, quand il ne fut plus qu'à trois mètres des deux hommes.

Il braquait son pistolet au milieu du front de l'un d'eux.

À cette distance, il ne manquerait certainement pas sa cible. Pourtant aucun des deux hommes ne paraissait troublé de se faire viser non seulement par son arme, mais par celles de ses quatre coéquipiers.

— Bien sûr, répondit l'homme qui se tenait à gauche. Mais pour commencer, il faut qu'on discute.

— Ça va ? demanda Ro à Chloé, sans détacher les yeux de celui qui venait de parler.

— Oui, répondit-elle.

Elle avait la voix un peu tremblante, sinon elle tenait le coup. Ro n'avait jamais été plus fier.

— Si vous pensez que nous ignorions votre présence ici, vous êtes idiots, intervint l'homme de droite. Nous l'avons su à la seconde où vous avez posé le pied sur la propriété. Mais M. Carlino n'a aucun grief à l'encontre des Mercenaires Rebelles. Notre père, Peter Smaldone, et lui ont pris sur eux le problème enquiquinant qui semblait être le vôtre la semaine dernière.

Ro entendit quelqu'un lâcher un soupir irrité dans son dos.

— C'est contre nous que vous êtes sur le point d'avoir des griefs si vous ne la laissez pas venir à moi d'ici trois secondes, répliqua-t-il.

L'homme hocha la tête, puis laissa tomber sa main du coude de Chloé. Son frère l'imita.

— Allez-y, Chloé, lui intima l'un des frères Smaldone. Vous êtes libre. N'oubliez pas ce qui a été dit ce soir, c'est tout.

Chloé hocha la tête et effectua un pas hésitant vers l'avant, comme si elle redoutait un piège et qu'ils la rattrapent par-derrière en riant. Elle effectua un autre pas puis, semblant réaliser qu'ils la laissaient vraiment s'en aller, elle courut vers lui.

Ro ne voulait rien tant qu'enrouler les bras autour d'elle et l'emporter loin d'ici, pourtant il la saisit de son bras libre pour la pousser derrière lui, vers ses coéquipiers. Il soupira de soulagement en voyant qu'elle ne protestait pas.

Maintenant son arme et les yeux braqués sur les deux hommes, il demanda :

— On va avoir un problème ?

Les deux hommes secouèrent la tête.

— Non. La famille Harris ne fait plus partie de la Cosa Nostra.

— C'est aussi simple que ça ? demanda Ro, dont le ton trahissait le scepticisme.

— Rien n'est jamais simple, répondit l'un des deux hommes. Mais nous ne traitons pas d'affaires avec les femmes.

Ces mots n'avaient pas été prononcés avec colère ou dédain. Ils énonçaient un fait.

— Et Leon ? demanda Ro, qui avait besoin de s'assurer que ce type n'allait pas poser problème à l'avenir.

— Le commerce du sexe est un domaine dangereux, répondit l'un des frères Smaldone. Il peut s'avérer mortel. Ce qui explique pourquoi la Cosa Nostra ne s'y essaie pas.

Sentant quelque chose se détendre en lui, Ro abaissa légèrement son arme.

— Rex voulait lui parler, intervint Gray dans son dos.

L'un des frères haussa les épaules.

— Notre père sera ravi de discuter du problème avec lui.

Sachant qu'ils n'allaient rien obtenir de plus des deux hommes, Ro entreprit de reculer lentement. Ils étaient venus chercher Chloé et, maintenant qu'ils l'avaient, il était temps de s'en aller. Ils pourraient rester ici toute la nuit, à échanger des allusions voilées à propos de faits qu'aucune des parties n'était prête à admettre ou bien dire à Rex d'appeler Carlino pour obtenir les bonnes réponses. Ro savait vers quoi allait sa préférence.

— Il y a une porte à environ cent cinquante mètres sur votre droite, leur lança l'un des hommes. Ce sera plus pratique pour Mlle Harris que d'avoir à escalader la clôture comme vous l'avez fait.

Personne n'ouvrit la bouche et, après avoir pivoté sur leurs talons, les deux hommes se dirigèrent vers la maison. Il était extrêmement courageux de tourner ainsi le dos à cinq hommes armés et en colère, mais aucun des deux frères n'hésita.

Sachant que son équipe le protégeait, Ro remisa son arme dans son holster, se tourna et fila droit vers Chloé. À l'instant où elle l'enveloppa de ses bras, il poussa un soupir de soulagement. Une bouffée de cette odeur de lilas qui lui était devenue familière lui monta aux narines et il enfouit le visage dans ses cheveux.

— Je t'aime, lui dit-elle sans la moindre hésitation.

Ro s'immobilisa, puis recula pour la dévisager.

— Pardon ?

— Je t'aime, répéta-t-elle. Je me suis promis de te le dire si je te revoyais un jour. (Ro ne put que la fixer du regard, incrédule.) J'ai été retenue prisonnière par mon propre frère, rudoyée par sa petite amie, forcée à faire des choses auxquelles aucune femme ne devrait être contrainte et puis j'ai été kidnappée, deux fois, et je viens d'assister au dîner le plus bizarre dans l'histoire des dîners. Je suis terrifiée et inquiète à l'idée que Joseph Carlino et Peter Smaldone décident finalement qu'ils ne veulent plus me laisser partir, au bout du compte. Mais tu veux savoir ce qui m'a permis de ne pas perdre la tête ?

— Quoi, chérie ? murmura Ro.

— Toi. Je savais que tu viendrais me chercher.

Cette réplique remit les idées de Ro en place.

— Bien sûr que j'allais venir te chercher. Je t'aime, Chloé. Tellement fort que ça me flanque la trouille. Je l'ignorais encore, mais ma vie a changé à la seconde où je t'ai vue dans mon allée.

Elle lui sourit et passa la pointe d'un doigt sur la coupure qu'il avait à la tête.

— Ça va ?

— Au poil, répondit Ro.

Et c'était vrai. À l'instant où il avait refermé les bras sur elle, sa migraine avait disparu et la douleur dans son ventre s'était évaporée. Tout ce dont il avait besoin, c'était elle. Pour toujours. Ro baissa la tête vers la sienne.

Avant qu'il puisse s'emparer de ses lèvres, Arrow s'enquit, irrité :

— On rentre à la maison ou on reste plantés sur la pelouse d'un des chefs de la mafia de Denver, à regarder Ro tripoter sa petite amie ?

Les autres gloussèrent et Ro sourit.

— Prête à rentrer à la maison ? demanda-t-il à Chloé.

— Et comment !

Malheureusement, ils ne rentrèrent pas tout droit à la maison. Rex appela alors qu'ils étaient à mi-chemin sur la route qui les ramenait à Colorado Springs et leur ordonna de se rendre directement au Pit. Meat les y attendait toujours et Chloé raconta à l'équipe tout ce qui lui était arrivé à partir du moment où elle avait été capturée dans la maison de Ro.

Celui-ci ne fut pas heureux d'apprendre qu'elle avait été droguée encore une fois, mais il fit de son mieux pour ne pas s'énerver, afin de ne pas en rajouter au stress de Chloé. Elle était pour l'heure assise sur ses genoux au fond de la salle de billard et il ne pensait pas pouvoir la laisser quitter son champ de vision dans un futur proche.

— Il a dit que j'étais libre de poursuivre mon chemin, du moment que je ne parlais à personne de leurs finances, déclara-t-elle à propos de Carlino.

— Et tu le crois ? demanda Ball.

Chloé hocha la tête.

— Aussi surprenant que cela soit, oui. Ils m'ont demandé de chercher une autre profession, mais ça ne me dérange pas. Je ne pense pas vouloir m'occuper à nouveau d'investissements et d'impôts.

Comme elle frissonnait, Ro resserra ses bras sur elle.

— Leon a commandité le meurtre de notre père, de l'avocat de notre père. Et d'un nombre incalculable d'autres personnes. C'est mon frère et je devrais me sentir affreusement mal de n'avoir pas supplié qu'on le laisse en vie, constata Chloé d'une voix triste. Mais ce n'est pas le cas. C'était un être abominable qui m'a traitée comme de la merde pendant des années. N'empêche, ça me donne l'impression d'être aussi mauvaise que ces types de la mafia.

Ro la serra encore plus fort dans ses bras et il ouvrait déjà la bouche pour objecter quand Arrow le devança.

— Tu te trompes, dit-il d'une voix dure. Tu n'as rien à voir avec eux ou avec ton frère. Tu as fait de ton mieux pour être gentille avec tous les gens autour de toi. Sans même essayer, tu n'as aucune difficulté à te faire des amis. Je ne t'ai pas beaucoup fréquentée, pourtant, même moi, je sais que tu n'as pas une once de méchanceté en toi. Rex a été jusqu'à parler à ton ancien chef, chez Springs Financial, et celui-ci a déclaré qu'il n'avait jamais cru aux rumeurs te concernant. Il n'avait pas eu d'autre choix que de te licencier, parce que ses collègues lui mettaient une pression trop forte… à cause de Leon, naturellement. La morale de cette histoire, c'est que ce qui est arrivé à ton frère n'est que le résultat de ses propres actes. Pas des tiens. Étant donné ce qu'il faisait, la vie dangereuse qu'il menait, ce n'était qu'une question de temps avant qu'il se prenne un retour de bâton.

Ro entendit Chloé renifler, puis il la sentit se laisser aller de tout son poids contre lui. Il resserra les bras autour d'elle et posa le menton sur son épaule.

— Il n'est plus là, dit-il d'une voix douce. Tu n'auras plus jamais à t'en inquiéter.

— Et Abbie ? Elle me détestait elle aussi.

— Elle a fait une overdose, répondit Black sans perdre une seconde. On l'a découverte dans ton ancienne chambre. On présume que les sbires de Carlino l'y ont enfermée. On ignore ce qu'ils lui ont sorti, mais ça a dû la terrifier assez pour qu'elle préfère se suicider plutôt que d'affronter ce qu'ils avaient prévu pour elle.

— Après avoir découvert son cadavre, on aurait dû comprendre tout de suite que la mafia était derrière ton kidnapping, se lamenta Ro. Il était peu probable que Leon l'ait enfermée dans cette chambre.

— Donc je suis vraiment libre ? demanda Chloé, incrédule.

— Tu l'es vraiment, confirma Ro.

— Merci d'être venu me chercher, ajouta-t-elle.

— Merci d'avoir été assez forte pour tenir jusqu'à ce que je te trouve, répliqua-t-il.

— Je t'aime.

— Je t'aime, moi aussi, répondit Ro.

— Rentrez chez vous, ordonna Meat. Tes baies vitrées ont été barricadées avec des planches et j'ai aussi pris la liberté de faire nettoyer les lieux. Il fera sombre jusqu'à ce que ces vitres soient remplacées, mais vous serez en sécurité.

Ro hocha la tête.

— Tu es d'accord pour revenir chez moi ? demanda-t-il d'une voix douce à Chloé.

— J'irai partout, du moment que tu es avec moi.

— Sois bien sûre que je ne te lâcherai pas d'une semelle, répliqua-t-il avant de se lever en la soulevant dans ses bras.

Sans adresser un mot de plus au reste de l'équipe, il traversa l'arrière-salle du Pit à grandes enjambées pour pénétrer dans le bar principal. Au passage, il hocha la tête à l'intention de Dave, lequel, pourtant réservé, lui renvoya un grand sourire.

Il installa Chloé sur le siège avant du Hummer de Meat, qu'il contourna au pas de course pour venir occuper le siège conducteur. Il voulait la ramener chez lui et dans son lit. Il avait besoin de l'étreindre. La journée avait été trop chargée. Il avait failli la perdre et ils le savaient tous les deux. Ils avaient juste besoin de temps pour eux.

Alors qu'il conduisait en direction du nord, vers sa maison de la lointaine banlieue de Colorado Springs, Ro se sentit plus heureux qu'il ne l'avait été depuis longtemps. Cette semaine avait été un véritable tourbillon, mais qui avait changé sa vie.

ÉPILOGUE

Chloé sourit à Allye, de l'autre côté de la table. C'était le matin de son trente-cinquième anniversaire et elle aurait dû être sur le toit du monde… or ce n'était pas le cas.

— Comment s'est passée ta réunion avec ton avocat ? lui demanda Allye.

Elle était au courant de tout concernant l'héritage dont Chloé venait d'entrer en possession, ce matin-là, mais avec la pureté qui la caractérisait, Allye n'avait pas insisté pour savoir combien d'argent était en jeu ou ce que son amie allait faire avec.

— Bien, répondit Chloé. On a placé l'essentiel de l'argent sur un compte qui distribuera cinq millions de dollars par an à différents organismes caritatifs.

— Purée ! s'exclama Allye. Ça fait beaucoup d'argent. Tu es certaine que c'est ce que tu veux ?

— Tout à fait, déclara Chloé sans la moindre hésitation. Cet argent n'a fait que causer des malheurs. Je n'ai pas besoin d'autant et je préfère qu'il aille à des femmes qui essaient de se remettre sur pieds après avoir été violées ou sauvées de situations de traite. J'ai effectué des milliers de recherches pour tenter de trouver les organisations capables d'utiliser cet argent de la façon la plus responsable possible.

Chloé tendit le bras vers son sac et en tira quelque chose, puis le fit glisser de l'autre côté de la table, vers Allye.

— Qu'est-ce que c'est ?

— Regarde, répliqua Chloé avec un petit sourire.

Allye ramassa le morceau de papier et ses yeux s'écarquillèrent quand elle comprit ce qu'elle voyait.

— Bon sang, Chloé, non !

— Si. Je ne peux rien imaginer de mieux que de donner cet argent à ton école de danse. La moitié de cette somme est réservée à ton programme à destination des enfants aux besoins particuliers.

Les yeux d'Allye s'emplirent de larmes.

— Je ne sais pas quoi dire. C'est trop.

— Non, pas du tout. J'ai de l'argent à ne plus savoir qu'en faire. Je veux que tu aies cette somme. J'ai regardé au moins vingt fois les vidéos que tu m'as envoyées du dernier gala de tes élèves. La joie qui brille dans leurs yeux parce qu'ils sont capables de participer à ce spectacle n'a pas de prix. Le monde a davantage besoin de bonheurs de ce type. Cet argent, qui a causé tant de morts et tant de douleur, doit être utilisé pour apporter ce bonheur.

Allye recula sa chaise et tendit les bras vers Chloé pour la serrer si fort qu'elle en eut du mal à respirer. Elles laissèrent échapper quelques larmes avant de se calmer et de se rasseoir devant leur repas.

— Parle-moi de Ro, lui intima Allye.

Chloé soupira.

— Que veux-tu savoir ?

— Qu'est-ce qui se passe entre vous deux ? Je veux dire, Gray m'a raconté que tu avais emménagé dans un appartement. C'est quoi, cette histoire ?

De nouveau, les yeux de Chloé s'embuèrent, mais elle refoula ses larmes.

— Ro m'a dit que, selon lui, ce serait une bonne chose.

Allye écarquilla les yeux et scruta Chloé, incrédule.

— Sérieusement ?

Chloé hocha la tête.

— Je suis restée chez lui pendant deux semaines, après toute cette histoire, mais je voyais bien qu'il y avait un problème. Il s'est mis à travailler de plus en plus dans son garage et, quand je lui demandais ce qui n'allait pas, il ne répondait pas. On dormait ensemble toutes les nuits et notre vie sexuelle était plus épanouie que jamais, mais un jour... il a décrété qu'à son avis, je devrais avoir un endroit à moi. Son argument, c'était que je n'avais jamais été libre de vivre où je voulais et de faire ce que je voulais pendant si longtemps qu'il fallait « me trouver » avant qu'on passe à quelque chose de plus sérieux.

— À « quelque chose de plus sérieux » ? Qu'est-ce que ça signifie ? demanda Allye.

Chloé haussa les épaules.

— Aucune idée. Parce que je l'aime, tu vois. Et il dit m'aimer lui aussi. Mais ensuite, il m'a presque forcée à déménager. Je suis absolument perdue. Je ne le vois que deux fois par semaine, maintenant. (Elle leva les yeux vers sa nouvelle amie.) Il me manque. Et je suis très seule.

Allye fronça les sourcils.

— Il faut que tu lui parles. Demande-lui s'il veut être avec toi. Tu ne peux pas vivre de cette façon.

— Je sais.

— Qu'est-ce qui te retient, dans ce cas ? Ça ne te ressemble pas.

— Et s'il me dit qu'il ne m'aime plus ? murmura Chloé. Je ne peux pas le perdre. Pas après tout ce qu'on a traversé.

— Tout est allé très vite entre vous, réfléchit Allye. Plus vite même qu'entre Gray et moi... et ça n'est pas peu dire.

— Ça a peut-être été rapide, mais c'est plus réel que tout ce que j'ai jamais éprouvé de ma vie, protesta Chloé. Je l'aime tellement. Et ça me fait mal d'être repoussée.

— Dans ce cas, va lui poser la question, conclut Allye en se penchant en avant. Exige qu'il te parle. Demande-lui carrément s'il t'aime toujours.

— Et s'il répond « non » ? insista Chloé.

— Au moins, tu sauras à quoi t'en tenir. Ça sera hyper craignos, mais tu ne perdras plus ton temps avec lui.

La pensée que Ro puisse lui dire qu'il s'était trompé et qu'il ne l'aimait plus contraignit Chloé à se plier en deux tant c'était douloureux, mais elle se redressa par la seule force de sa volonté. Plus elle réfléchissait aux paroles d'Allye, plus elle admettait leur justesse. Il était temps de confronter Ro et de lui demander où ils en étaient.

* * *

Agité, Ro se passa une main dans les cheveux. Il n'avait pas été capable de se concentrer sur quoi que ce soit, ces derniers temps, et il savait que c'était lié à Chloé. Mais ce qui était fait était fait. Après avoir beaucoup réfléchi à sa situation, il en était venu à la conclusion qu'il devait lui accorder de l'espace.

Il détestait ça. Cependant, au cours de ces dernières années, elle avait été sous la coupe de son frère. Elle avait dû mentir à tout le monde et faire semblant d'avoir le cœur brisé quand le corps calciné de son frère avait été découvert dans les décombres de son club de strip-tease.

Elle avait trente-cinq ans aujourd'hui et elle était devenue une femme riche. Elle pouvait faire ce qu'elle voulait. Être qui elle voulait. Il devait lui laisser du temps et de l'espace pour qu'elle devienne la femme incroyable qu'il avait déjà devinée en elle.

Un peu plus tôt, elle l'avait appelé pour lui demander une entrevue. Incapable de lui refuser quoi que ce soit, il avait accepté de la retrouver dans son nouvel appartement, mais elle avait insisté pour venir chez lui.

Sa présence ici le ferait souffrir, mais Ro endurerait en silence et cacherait combien elle lui manquait. Où qu'il pose les yeux dans sa maison, il la voyait. Ce qui craignait plus que tout, c'était que l'odeur de sa lotion au lilas avait fini par s'évaporer. Il ne la sentait plus quand il allait se coucher et sa salle de bains avait elle aussi évacué le parfum de Chloé.

Arpentant son entrée, il attendait qu'elle arrive.

Sa montre vibra enfin, lui indiquant que quelqu'un s'était garé dans son allée. Après l'irruption nocturne de la mafia chez lui, il avait renforcé son système de sécurité, si bien qu'un écureuil ne pouvait pas péter dans sa propriété sans qu'il en soit averti. Il avait ouvert la porte et l'attendait quand elle se gara devant sa maison.

Il l'avait accompagnée chez un concessionnaire automobile et elle avait fini par acheter une Honda Pilot facile d'usage. Il aurait voulu qu'elle opte pour un Hummer comme celui de Meat, parce qu'il était presque inviolable et serait plus sûr sur les routes, mais elle avait refusé, sous prétexte qu'elle voulait quelque chose de moins voyant, de plus normal.

Ro retint son souffle au moment où Chloé posa un pied hors du véhicule. Elle portait un jean moulant et un chemisier fluide à grosses fleurs. Ses lunettes de soleil l'empêchaient de voir ses yeux, ce qui lui fit froncer les sourcils. Il aimait plonger le regard dans ses prunelles marron. Elle ne pouvait lui cacher ce qu'elle éprouvait et c'était quelque chose sur quoi il avait toujours compté.

Elle se dirigea vers lui, même si l'on n'aurait guère pu décrire son mode de déplacement comme de la marche. Elle martelait plutôt le sol, avant de venir se planter devant lui, les mains sur les hanches.

— Il faut qu'on parle.

Ro ravala la bile qui lui était montée dans la gorge en entendant ces mots. Ce n'était jamais bon quand quelqu'un disait vouloir vous « parler » de la façon dont elle venait de l'énoncer. Faute de faire confiance à sa voix, il hocha la tête et lui désigna sa porte ouverte.

Il ne quitta pas ses fesses des yeux quand elle pénétra devant lui dans sa maison. Prenant une profonde inspiration, il sentit son cœur manquer un battement lorsqu'il perçut l'odeur familière qu'elle laissait dans son sillage. Il avait envie de lui demander d'aller se rouler dans son lit avant de repartir, histoire qu'il puisse conserver quelque chose d'elle, pourtant il ne dit rien et se contenta de la suivre docilement. Elle se dirigea droit vers son salon et ôta ses lunettes noires.

La douleur qu'il lut dans ses yeux faillit le mettre à genoux.

— Qu'est-ce qui ne va pas ? demanda-t-il.

— Qu'est-ce qui ne va pas ? répéta-t-elle, sidérée. Mais tout va de travers !

— Dis-moi ce que je peux faire pour t'aider, insista-t-il.

— Tu m'aimes ? répliqua-t-elle, agressive.

Ro cilla. Ce n'était pas ce qu'il s'attendait à entendre.

— Oui, évidemment.

— Eh bien, on ne dirait pas, grommela-t-elle. Après l'enterrement de Leon, tu as tout fait pour me mettre à la porte. Je ne voulais pas prendre un appartement, mais tu m'as littéralement dit que tu voulais me voir quitter ta maison. Je te retrouve deux fois par semaine et, même dans ce cas, tu me touches à peine. Si tu veux rompre avec moi, il suffit de me le dire. Arrête de tergiverser et va droit au but.

— Je n'ai aucune envie de rompre avec toi, balbutia Ro.

— Dans ce cas, pourquoi me repousses-tu ? chuchota Chloé, comme si tout son courage l'avait abandonnée après sa tirade.

Ro eut la gorge nouée. Il devait y aller doucement.

— Tu as été sous la coupe de ton frère pendant des années. Tu n'étais pas libre d'aller où tu voulais, de manger ce que tu voulais ou de faire quoi que ce soit sans que Leon ou sa petite amie te surveillent. Tu es riche maintenant. Tu es libre. Tu peux faire ce que tu veux. Va en vacances à Hawaii, achète-toi un appartement à Paris, pars faire une croisière autour du monde. Tu devrais entreprendre ce genre de choses. Partir. Vivre.

Perplexe, elle fronça les sourcils.

— Mais ces choses-là ne me font pas envie.

— Comment le saurais-tu si tu ne les as pas essayées ? objecta Ro.

— Parce que. Ce n'est pas moi. Les grandes villes me font peur. J'ai déjà du mal à supporter Denver. Je ne bronze pas, je brûle, donc pourquoi irais-je à Hawaii ? Et comme j'ai le mal de mer, une croisière est absolument exclue. (Ro la dévisagea, à court de mots.) Tu as raison. J'ai été à la merci de mon frère pendant des années. Mais je n'ai pas dix-huit ans, j'en ai trente-cinq. Je vivais seule avant et j'avais choisi de rester à Colorado Springs. J'aime vivre ici. Ces quatre dernières années ont été affreuses, mais ne me traite pas comme si j'étais une gamine, Ronan. Comme si je ne savais pas ce que je voulais et qui je voulais. Depuis le jour où tu es venu me chercher dans la maison de Joseph Carlino, je ne me suis jamais sentie plus libre de toute ma vie. Je n'ai pas besoin d'argent. Je n'ai pas besoin de vêtements chics et de voyages onéreux. Tout ce dont j'ai besoin, c'est de toi. À tes côtés, je me sens assez forte pour accomplir n'importe quoi. Mais voilà que tu m'as repoussée. Tu m'as donné l'impression de ne plus me vouloir auprès de toi. Ça me fait plus souffrir que tout ce que mon frère m'a jamais infligé.

Ro recula d'un pas, avec la sensation qu'elle l'avait frappé. Les paroles de Chloé faisaient mal.

— Je ne voulais pas que tu te sentes étouffée, par moi, par notre relation.

Chloé leva les yeux au ciel.

— Tu es un sacré couillon.

Ro la contempla une seconde, puis ses lèvres se retroussèrent. Cependant, elle ne lui laissa pas la possibilité de répliquer.

— Je t'aime, Ronan Cross. Être à tes côtés m'a donné la sensation d'être libre. Forte. Jusqu'à ce que tu commences à te comporter bizarrement. Le soir, je me disais que tout allait bien. Tu me prenais dans tes bras pour me faire l'amour avec une douceur qui paraissait être ce que tu voulais. Mais le matin, tu redevenais froid et tu me laissais seule pendant toute la journée. Puis tu m'as obligée à prendre mon propre appartement alors que je n'avais pas envie de m'éloigner de toi. Je déteste vivre là-bas. Mes voisins sont bruyants et le type qui habite sur le même palier que moi n'arrête pas de m'inviter aux soirées qu'il organise tous les week-ends.

— Il fait quoi ? gronda Ro. Bon sang, le connard.

— Il faut que je sache, reprit Chloé, les yeux baignés de larmes. Est-ce que tu me repousses parce que tu essaies de mettre un terme à notre histoire ?

Ro en avait assez de parler. Il effectua les trois pas qui le séparaient d'elle et l'attira sans ménagement contre son corps. Plaçant les mains sur son visage, il soutint son regard.

— Je t'aime, Chloé Harris. Je veux t'épouser. Sentir grandir mes bébés dans ton ventre et te lier si étroitement à moi que tu ne seras jamais capable de partir. J'avais peur qu'une fois devenue riche, tu ne veuilles plus de moi désormais. Que tu te lasses de vivre ici dans ma maison isolée. Que tu regrettes d'être sortie aussi vite avec moi.

— Jamais, murmura-t-elle.

— Emménage avec moi, répliqua-t-il en lui posant une main au creux des reins et l'autre dans la nuque. Je te jure que c'est fini, je ne me comporterai plus comme un couillon. Je ne te repousserai plus jamais. Si tu as l'impression d'être étouffée, dis-le-moi et on entreprendra quelque chose. On ira à Paris et je te tiendrai la main pendant nos excursions. On ira Hawaii et on passera notre temps à visiter des aquariums, à manger en plein air et à faire d'autres trucs qui ne t'exposent pas trop au soleil. Dis-moi ce que tu veux et je te le donnerai.

— Toi, Ro. Je ne veux que toi.

— Tu m'as, répondit-il, avant de poser ses lèvres sur les siennes.

Il l'embrassa comme s'il craignait de n'en avoir plus jamais l'occasion. Et elle lui rendit son baiser avec la même intensité. Avant qu'il comprenne comment, elle le chevauchait, dès qu'il fut retombé sur le canapé. Sans relever la tête, elle lui déboutonna son jean.

L'avidité de Chloé était contagieuse. Repoussant ses mains, il prit le contrôle. Elle rompit leur baiser, le temps de soulever une jambe et de retirer jean et culotte. Elle ne se soucia pas du reste, laissant pendre son pantalon.

— J'ai envie de toi, souffla-t-elle.

— Chuuut.

Ro tenta de la calmer, même si son sexe était dur comme la pierre et qu'il brûlait de la pénétrer tout autant qu'elle aspirait à l'avoir en elle.

— Je veux m'assurer que tu es prête pour moi.

— Je suis prête, répliqua-t-elle en baissant assez le jean de Ro pour libérer son sexe et en frotter la tête le long de sa fente détrempée.

Ces paroles suffirent à annihiler ses derniers freins. Plaçant une main sur ses fesses et l'autre sur ses seins, il la maintint aisément au-dessus de lui.

— S'il te plaît, Ro, gémit-elle.

— Je t'aime, dit-il en la regardant au fond des yeux.

— Je t'aime, répliqua-t-elle en écho.

— Tu vas réaménager ici. J'ai besoin de ton odeur de lilas dans mes draps et sur mon corps chaque matin. J'ai besoin de toi à mes côtés afin de veiller sur moi. Je veux que tu ailles chez le docteur pour te faire enlever cette satanée contraception, que je puisse te mettre enceinte.

— Ro, gémit-elle en cherchant à s'empaler sur son sexe.

Pourtant il refusait toujours. Elle n'aurait pas droit à son érection tant qu'elle n'aurait pas donné son accord.

— Et on va se marier. Bientôt. Si tu as envie d'un grand mariage, on organisera ça. Mais il va falloir que tu sois en mesure de le planifier en un mois. Pas question que j'attende plus longtemps. Je t'ai laissé la possibilité de te libérer de moi, tu ne l'as pas saisie. Tu es à moi, Chloé. Que tu choisisses de prendre mon nom ou pas, tu es à moi. Corps et âme.

— Ouiiii. S'il te plaît, Ro. Baise-moi.

— Non, Chloé. C'est toi qui vas me baiser.

Sur quoi, il la libéra, la laissant descendre sur son sexe.

Ils poussèrent un gémissement alors qu'il l'emplissait. Elle était mouillée, répandant ses sucs sur toute la longueur de son sexe dès l'instant où elle se mit à aller et venir dessus. Ils étaient presque entièrement habillés, n'ayant dénudé que les parties nécessaires.

— Bon sang, je t'aime, répéta Ro en la regardant rebondir sur son sexe.

Elle ne répondit rien, se borna à gémir en se cramponnant à ses épaules. Il sentit ses ongles s'enfoncer dans sa chair, même à travers son tee-shirt. Un léger voile de transpiration lui couvrait le front et il sut qu'il ne serait jamais rassasié.

Sans cesser de la tenir en équilibre pendant leur étreinte, il la laissa prendre ce dont elle avait besoin quand elle frotta son clitoris contre son ventre tout en se déplaçant sur lui. Au moment où elle se raidit entre ses bras, secouée par le déferlement de son orgasme, Ro prit le contrôle. Il la plaqua sur lui tout en se projetant contre elle et la prit sans ménagement, pour lui montrer sans paroles à quel point il était désolé et combien il l'aimait.

Il ne lui fallut pas beaucoup de temps. Alors que les muscles internes de Chloé se contractaient toujours sous l'effet de l'orgasme, il explosa, gémissant à chaque nouveau jet de sperme qu'il envoyait tout au fond d'elle.

Elle se laissa aller contre son torse et passa les bras autour de ses épaules, s'y accrochant comme si sa vie en dépendait. Ro sentit des halètements dans son cou, alors qu'elle cherchait à revenir à elle. Il était tout aussi essoufflé. Chaque fois qu'ils étaient ensemble, c'était encore meilleur. Il lui passa une main dans les cheveux, la caressant et mêlant ses doigts aux longues mèches noires.

Elle finit par s'asseoir. La douleur était toujours présente, il le voyait bien.

— Ne me repousse plus jamais, Ro. Je ne le supporterais pas. Si tu ne veux plus être avec moi, il suffit de le dire.

— J'aurai toujours envie de toi, répliqua-t-il. Je te voulais tant que ça m'a fait peur. Je voulais t'enfermer chez moi pour ne plus jamais te laisser repartir. C'est à ce moment-là que j'ai su que je devais au contraire te libérer. Tu te rappelles le proverbe ?

Elle sourit enfin. Le soulagement était si saisissant au fond de ses yeux que Ro se fit alors le serment de ne plus jamais faire quoi que ce soit qui risque de la blesser.

— Si tu aimes quelqu'un, laisse-le partir. S'il t'est destiné, il reviendra.

— Tu es revenue, constata-t-il sans que cela soit nécessaire.

— En effet, convint Chloé. Merci de m'avoir donné des ailes.

— Je t'en prie.

— Emporte-moi à l'étage, ordonna-t-elle. Ton lit m'a manqué.

— Avec plaisir.

Le lendemain matin, Chloé se réveilla avec les bras de Ro autour d'elle et son visage enfoui dans son cou. Il avait admis avoir commandé un flacon de sa lotion en ligne et s'en être servi pour se masturber pendant la nuit. Il ne pouvait plus jouir sans cette odeur, désormais.

C'était à la fois un peu effrayant et attendrissant.

Elle repensa à ses paroles de la veille. Il voulait l'épouser, fonder une famille avec elle. Chloé n'avait guère pensé aux enfants, mais soudain, elle sut avec certitude qu'elle en voulait avec Ro. Ni lui ni elle n'avaient plus de famille, personne qui compte. Ils pourraient avoir leur propre famille et veiller à ce que leurs enfants sachent combien ils étaient aimés et chéris chaque jour de leur vie.

Un peu auparavant, elle se demandait si elle allait devoir vivre éternellement sous le joug de son frère. Si elle allait être forcée à faire des choses contre son gré. Puis Ro était apparu, tel un miracle. Elle pensa aux autres femmes et aux enfants sauvés par les Mercenaires Rebelles. Elle ne pouvait se mentir : le job de Ro la terrifiait, mais elle ne lui demanderait jamais d'abandonner. Personne ne méritait d'être voué à une vie d'esclave. Sexuel ou autre.

Peut-être ferait-elle une donation anonyme à Rex et à ses Mercenaires Rebelles. Elle n'imaginait pas meilleur emploi de son argent.

Ro remua enfin et elle lui souriait quand il finit par ouvrir les yeux.

— Bonjour, mon amour, lâcha-t-il d'une voix ensommeillée. Tu as bien dormi ?

— Mieux que bien, le rassura-t-elle. On peut aller récupérer mes affaires aujourd'hui ? demanda-t-elle.

— C'est déjà prévu, répondit Ro qui roula sur le matelas afin de la positionner sur lui. Mais pour commencer... j'ai envie de toi.

Chloé gloussa.

— Tu m'as eue, la nuit dernière. Trois fois.

— C'était la nuit dernière. Et là, on est ce matin, répliqua-t-il avec un sourire.

Et il laissa retomber sa tête.

Chloé sourit à son tour et décida qu'il avait raison.

***

Un mois plus tard

Archer Kane, connu par ses amis des Mercenaires

Rebelles sous le surnom d'« Arrow », se tenait devant le coffret de branchement électrique, à côté d'une maison délabrée, dans une ville merdique de la République dominicaine. Sous le couvert de l'obscurité, il devait couper le courant dans la maison pour leur permettre de se faufiler à l'intérieur, de récupérer la fillette qu'ils étaient venus chercher et de s'en aller, si possible sans se faire remarquer.

Rex avait organisé la mission après avoir été contacté par la mère de la fillette. Son père, un connard de premier ordre, avait disparu avec l'enfant, au terme du temps de visite qui lui était imparti. Rex avait suivi sa trace jusqu'à la ville de Saint-Domingue et cette bicoque presque en ruine.

Ils n'étaient que trois sur cette mission, car ils ne voulaient pas attirer une attention malvenue. Et puis, par-dessus le marché, Ro était en lune de miel avec Chloé et Meat avait la grippe. Arrow, Black et Ball s'étaient portés volontaires et, si Gray avait accepté de rester à Colorado Springs, c'était uniquement parce qu'Allye donnait en tant qu'invitée un spectacle avec le Cleo Parker Robinson Dance Theatre de Denver.

Les quelques lumières de la maison s'éteignirent d'un coup et Arrow adressa un petit signe de tête à ses coéquipiers.

— C'est fait.

— On y va, annonça Black.

Les trois hommes disparurent derrière la maison et y pénétrèrent silencieusement par une fenêtre. Ils ne firent pas un bruit et, un léger ronflement mis à part, on n'entendait rien d'autre en provenance de la maison obscure.

Désignant la gauche d'un signe de tête, Arrow indiqua à ses coéquipiers qu'il allait se charger de la pièce. Black et Ball acquiescèrent en réponse et se séparèrent pour fouiller les autres salles. Poussant la porte, Arrow retint son souffle avant de soupirer de soulagement en constatant que les gonds n'avaient pas grincé.

Comme il portait des lunettes de vision nocturne, il n'eut aucun mal à distinguer les formes présentes dans la petite pièce minable.

Il s'était attendu à trouver la fillette portée disparue, mais absolument pas à découvrir la femme plantée devant elle. Elle tenait un couteau dans des mains qui tremblaient si fort qu'il s'étonna de la voir capable de le garder sans le lâcher.

Avec les lunettes, sa vision en vert et noir était déformée, mais les cheveux de la femme étaient aussi clairs que sa peau, suggérant qu'elle était sans doute blonde.

— Sortez, murmura-t-elle d'une voix âpre et basse.

Arrow effectua un pas silencieux sur la droite.

Comme il l'avait deviné, la pointe du couteau ne suivit pas ses mouvements. Elle ne le voyait pas, en tout cas pas comme lui pouvait la voir.

Au lieu de répondre, il se déplaça dans le plus grand silence, jusqu'à ce qu'il se retrouve à côté d'elle. Regrettant ce qu'il s'apprêtait à faire, Arrow abaissa violemment son bras sur celui que la femme tendait devant elle.

Au contraire de ce qu'il avait craint, elle ne poussa aucun cri de douleur. Au lieu de quoi, elle grogna doucement. Mais l'action d'Arrow avait produit l'effet désiré. La femme lâcha le couteau qui tomba à ses pieds sur le plancher, dans un choc sonore.

D'un geste rapide, Arrow lui enroula un bras autour de la poitrine et l'autre autour du cou.

La forçant à relever la tête tout en l'immobilisant, Arrow se pencha jusqu'à lui frôler l'oreille de ses lèvres.

— Restez calme. Nous ne sommes pas ici pour vous. Nous sommes ici pour ramener la fillette chez elle.

Il n'en était pas au bout de ses surprises, car la femme ne résista pas. Au lieu de quoi, en entendant ses paroles, elle se laissa aller un peu plus entre ses bras.

— Vous êtes américain ?

— Oui.

— Vous jurez que vous allez la ramener aux États-Unis ? À sa mère ?

— Oui.

Quand il prononça cette réponse, Arrow sentit toute combativité abandonner la femme. Mais ensuite, presque aussitôt, elle commença à se tortiller.

— Qu'est-ce que vous attendez ? Vous devez sortir d'ici, le pressa-t-elle.

Arrow relâcha sa prise, même s'il se préparait à rattraper la femme au cas où elle esquisserait un geste menaçant envers lui ou la fillette recroquevillée à ses pieds.

La femme s'accroupit sur-le-champ et chercha aussitôt l'enfant en tâtonnant. Il la regarda prendre le visage de la petite entre ses mains et se pencher vers elle.

— Tu es en sécurité maintenant, murmura-t-elle. Ce monsieur va te ramener à la maison, chez maman.

— Et toi, tu viens ? s'enquit la fillette.

Dans la pièce obscure, ses yeux paraissaient immenses et ses pupilles complètement dilatées.

La femme secoua la tête, puis réalisa qu'il faisait trop sombre pour qu'elle la voie.

— Non, je ne peux pas venir. Tu le sais.

— Je veux que tu viennes ! geignit la fillette d'une voix trop forte.

Arrow s'accroupit lui aussi à côté des deux prisonnières et toucha la tête de la petite.

— Je m'appelle Arrow. Je vais te ramener chez toi.

L'enfant se jeta si vivement dans les bras de la femme

que celle-ci retomba sur ses fesses. Mais une fois encore, aucun son superflu ne franchit ses lèvres. Le choc avait dû être douloureux, pourtant elle esquissa à peine une grimace.

— Chuuut, Nina. Tu sais qu'on ne doit pas faire de bruit.

— Pour que les vilains messieurs ne nous entendent pas, chuchota solennellement la petite.

— Tout à fait. Arrow est ici afin de te ramener chez toi. Il faut que tu sois une grande fille très courageuse, maintenant.

— Comme toi quand les vilains messieurs t'ont emmenée ?

En entendant ces paroles, Arrow plissa les yeux, mais la femme n'hésita pas.

— Exactement pareil. Sauf qu'Arrow ne te fera pas de mal. N'est-ce pas ? ajouta-t-elle, en se tournant vers lui.

S'il n'avait pas su que la pièce était plongée dans un noir d'encre et que la femme ne pouvait rien distinguer, Arrow aurait pu penser qu'elle voyait aussi bien que lui.

— Exact, Nina. Mes amis et moi, on veillera à ce que les méchants messieurs ne touchent plus jamais le moindre cheveu sur ta tête.

— Je veux que Morgan vienne aussi, déclara-t-elle en resserrant sa prise sur le cou de la femme. Elle ne veut pas rester avec les méchants, elle non plus. Elle me l'a dit.

La femme, Morgan donc, s'éclaircit silencieusement la gorge afin de répondre, mais Arrow en avait assez entendu. Il lui posa une main sur le bras et lui demanda :

— Comment vous appelez-vous ?

Il entendit Black et Ball pénétrer dans la pièce, mais ne détourna pas les yeux de la femme.

— Morgan Byrd, répondit-elle doucement.

— Bordel, lâcha Black, au moment même où Ball s'exclamait : « Merde ! »

Arrow ne put que la scruter, incrédule :

— Morgan Byrd, d'Atlanta ?

Elle cilla.

— Vous me connaissez ?

Arrow l'aida à se lever en plaçant une main sous les fesses de la petite Nina, mais celle-ci refusa de lâcher sa compagne et enroula les jambes autour de la poitrine de Morgan.

— Si je vous connais ? répéta Arrow. Tout le monde vous connaît, ma chère. Votre père est passé dans tous les journaux télévisés depuis que vous avez disparu, il y a un an.

Il l'entendit haleter, mais elle reprit le contrôle de ses émotions et hocha la tête.

— Si cela ne vous pose pas trop de problèmes, j'aimerais venir avec vous.

Le fait est que cela leur posait problème. Ils n'avaient aucun papier d'identité pour elle. Ils possédaient le passeport de Nina et projetaient de prendre un vol commercial pour quitter le pays.

Mais les choses avaient changé.

Morgan Byrd était âgée de vingt-six ans... non, vingt-sept à présent. Elle avait disparu environ un an plus tôt. Elle s'était simplement évaporée sans laisser de trace après avoir passé une soirée avec des amis, dans la banlieue d'Atlanta, en Géorgie. Aucune demande de rançon n'avait été formulée et aucun indice n'avait permis de déterminer l'identité de ses ravisseurs ou leur destination. Juste après sa disparition, l'attention des médias avait été soutenue, puis elle avait décliné, mais son père avait fait en sorte que le public n'oublie jamais sa fille disparue.

Ils étaient venus en République dominicaine pour sauver une fillette kidnappée, or il semblait bien qu'ils en repartent avec sans doute la disparue la plus célèbre depuis Elizabeth Smart.

Arrow tendit le bras et entremêla ses doigts aux siens. La manière dont elle se cramponna à lui, même si elle n'avait pas eu le moindre aperçu de l'allure que ses coéquipiers et lui pouvaient avoir, en disait long. Elle était terrifiée. Ses doigts étaient petits et délicats, à son image. Haute d'un mètre soixante environ, elle était à peine plus grande que la fillette, mais Arrow percevait la détermination et la force de sa poigne.

— Si les choses tournent mal, prenez Nina et filez, insista-t-elle.

— Morgan…, voulut répliquer Arrow, mais elle l'interrompit.

— Non. Je suis sérieuse. Vous devez la faire sortir d'ici, quoi qu'il arrive.

— OK, concéda Arrow.

C'était un mensonge éhonté. Pas question qu'il la laisse dans cet enfer. C'était exclu.

Soupirant de soulagement, elle lui serra la main.

— D'accord.

Aussi silencieusement qu'ils étaient entrés, ils quittèrent la maison délabrée en repassant par la fenêtre de derrière. Arrow n'avait aucune idée de la manière dont ils allaient s'y prendre pour extrader Morgan, mais il réglerait le problème une fois qu'ils se trouveraient dans leur maison sécurisée. Le vol qu'ils projetaient de prendre ne partait que dans deux jours, ce qui leur laissait le temps de gérer tous les imprévus de l'opération et de fournir, en cas de besoin, des soins médicaux à Nina. Il devait parler à Black et Ball, puis téléphoner à Rex. Ils avaient besoin d'aide.

Il examina Morgan pendant qu'ils se faufilaient dans les ruelles dégoûtantes et dangereuses de Saint-Domingue.

Elle ne ressemblait plus du tout à la femme dont le visage était apparu sur toutes les chaînes de télévision. Elle avait perdu beaucoup de poids et ses cheveux étaient emmêlés. Les bras couverts de crasse, elle portait un tee-shirt répugnant.

Elle se tourna soudain et croisa son regard pour la première fois... Il prit une brusque inspiration devant ce qu'il vit dans ses yeux.

Le vide.

Morgan Byrd avait traversé l'enfer. Ce qui lui était arrivé avait failli la briser. Mais elle tenait bon. Quoiqu'in extremis.

Tendant le bras, Arrow ne put s'empêcher de lâcher :

— Je vous ai récupérée, Morgan. Je vais vous ramener chez vous, peu importe ce qu'il en coûtera.

Elle ne répondit rien, mais la brève lueur d'espoir, pourtant vite éteinte au fond de ses yeux, lui suffit.

*

Recherchez le prochain livre de la série: *Un Défenseur pour Morgan*

NOTES

Chapitre 1

1. Les initiales « BJ » renvoient à « blow job », autrement dit « pipe ». (N.d.T.)
2. « Beaver », qui signifie « castor », est aussi l'équivalent de « chatte ». (N.d.T.)

REMERCIEMENTS

Je serais vraiment négligente si je ne remerciais pas Kelli Collins, mon étonnante éditrice. Elle prend méticuleusement des notes sur mes personnages et leurs particularités et me téléphone chaque fois que je leur fais dire une bêtise... pour m'obliger à effectuer des modifications. Je vous le jure, si vous pouviez lire mes premiers brouillons, vous lèveriez les yeux au ciel devant ce que je fais dire ou faire à mes personnages. Pourtant, avec Kelli, je n'ai jamais l'impression d'être une idiote pour autant... elle se montre gentille quand elle me signale que je me suis égarée.

Je tiens également à remercier tout le personnel de Montlake qui me facilite tellement le processus d'écriture. Depuis le début, ils se sont toujours montrés aussi encourageants qu'enthousiastes, ce qui est extrêmement important.

Je dois manifester aussi ma reconnaissance envers M. Stoker, mon époux. Il n'hésite pas à dire aux gens comment sa femme gagne sa vie et il n'est ni honteux ni embarrassé de raconter que j'écris de la romance (parce qu'il n'y a rien là dont il faille avoir honte !). Il lit tous mes livres et il est vraiment l'un de mes plus grands fans, ce qui signifie énormément pour moi.

Et enfin, à vous tous, mes lecteurs. Merci d'aimer mes personnages autant que vous le faites et de continuer à lire mes livres. Je suis super heureuse que vous appréciiez le genre d'histoires que j'aime écrire.

DU MÊME AUTEUR

Autres livres de Susan Stoker

Mercenaires Rebelles

Un Défenseur pour Allye

Un Défenseur pour Chloé

Un Défenseur pour Morgan

Un Défenseur pour Harlow

Un Défenseur pour Everly

Un Défenseur pour Zara

Un Défenseur pour Raven

Ace Sécurité

Au Secours de Grace

Au secours de Alexis

Au secours de Chloe

Au secours de Felicity

Au secours de Sarah

Forces Très Spéciales Series

Un Protecteur Pour Caroline

Un Protecteur Pour Alabama

Un Protecteur Pour Fiona

Un Mari Pour Caroline

Un Protecteur Pour Summer

Un Protecteur Pour Cheyenne

Un Protecteur Pour Jessyka

Un Protecteur Pour Julie

Un Protecteur Pour Melody

Un Protecteur Pour the Future

Un Protecteur Pour Kiera

Un Protecteur Pour Les Enfants de Alabama

Un Protecteur Pour Dakota

Delta Force Heroes Series

Un héros pour Rayne

Un héros pour Emily

Un héros pour Harley

Un mari pour Emily

Un héros pour Kassie

Un héros pour Bryn

Un héros pour Casey

Un héros pour Wendy

Un héros pour Mary

Un héros pour Macie

Un héros pour Sadie (Jul)

En Anglai

Delta Force Heroes Series

Rescuing Rayne

Rescuing Emily

Rescuing Harley

Marrying Emily (novella)

Rescuing Kassie

Rescuing Bryn

Rescuing Casey

Rescuing Sadie (novella)

Rescuing Wendy

Rescuing Mary

Rescuing Macie (novella)

Delta Team Two Series

Shielding Gillian

Shielding Kinley (Aug 2020)

Shielding Aspen (Oct 2020)

Shielding Riley (Jan 2021)

Shielding Devyn (May 2021)

Shielding Ember (Sept 2021)

Shielding Sierra (TBA)

SEAL of Protection: Legacy Series

Securing Caite

Securing Brenae (novella)

Securing Sidney

Securing Piper

Securing Zoey

Securing Avery

Securing Kalee (Sept 2020)

Securing Jane (novella) (Feb 2021)

<u>**SEAL Team Hawaii Series**</u>

Finding Elodie (Apr 2021)

Finding Lexie (Aug 2021)

Finding Kenna (Oct 2021)

Finding Monica (TBA)

Finding Carly (TBA)

Finding Ashlyn (TBA)

<u>**Ace Security Series**</u>

Claiming Grace

Claiming Alexis

Claiming Bailey

Claiming Felicity

Claiming Sarah

<u>**Mountain Mercenaries Series**</u>

Defending Allye

Defending Chloe

Defending Morgan

Defending Harlow

Defending Everly

Defending Zara

Defending Raven (June 2020)

<u>**Silverstone Series**</u>

Trusting Skylar (Dec 2020)

Trusting Taylor (Mar 2021)

Trusting Molly (July 2021)

Trusting Cassidy (Dec 2021)

SEAL of Protection Series

Protecting Caroline

Protecting Alabama

Protecting Fiona

Marrying Caroline (novella)

Protecting Summer

Protecting Cheyenne

Protecting Jessyka

Protecting Julie (novella)

Protecting Melody

Protecting the Future

Protecting Kiera (novella)

Protecting Alabama's Kids (novella)

Protecting Dakota

Badge of Honor: Texas Heroes Series

Justice for Mackenzie

Justice for Mickie

Justice for Corrie

Justice for Laine (novella)

Shelter for Elizabeth

Justice for Boone

Shelter for Adeline

Shelter for Sophie

Justice for Erin

Justice for Milena

Shelter for Blythe

Justice for Hope

Shelter for Quinn

Shelter for Koren

Shelter for Penelope

À PROPOS DE L'AUTEUR

Susan Stoker est une auteure de best-sellers aux classements du New York Times, de USA Today et du Wall Street Journal. Elle a notamment écrit les séries Badge of Honor: Texas Heroes, SEAL of Protection et Delta Force Heroes. Mariée à un sous-officier de l'armée américaine à la retraite, Susan a vécu dans tous les États-Unis, du Missouri jusqu'en Californie en passant par le Colorado, et elle habite actuellement sous le vaste ciel du Tennessee. Fervente adepte des fins heureuses, Susan aime écrire des romans où les sentiments laissent place au grand amour.

http://www.StokerAces.com

facebook.com/authorsusanstoker

twitter.com/Susan_Stoker

instagram.com/authorsusanstoker

goodreads.com/SusanStoker